马步升 —————— 著

天倾

Tian Qing
Xi Bei

西北

图书在版编目（CIP）数据

天倾西北/ 马步升著. —北京:人民文学出版社,2021
ISBN 978-7-02-016769-2

Ⅰ.①天… Ⅱ.①马… Ⅲ.①散文集—中国—当代 Ⅳ.①I267

中国版本图书馆 CIP 数据核字(2020)第 257181 号

责任编辑　王永洪
装帧设计　崔欣晔
责任印制　任　祎

出版发行　人民文学出版社
社　　址　北京市朝内大街 166 号
邮政编码　100705

印　　刷　河北鹏润印刷有限公司
经　　销　全国新华书店等

字　　数　251 千字
开　　本　880 毫米×1230 毫米　1/32
印　　张　11.25　插页 3
印　　数　1—4000
版　　次　2021 年 11 月北京第 1 版
印　　次　2021 年 11 月第 1 次印刷

书　　号　978-7-02-016769-2
定　　价　49.00 元

如有印装质量问题,请与本社图书销售中心调换。电话:010-65233595

目 录

序:在大西北走来走去

大西北到底有多大,如果出于认知,受过教育的人可能会一口报出许多精确的数字来,比如横跨多少经纬度,比如,哪座山有多高大,哪片沙漠有多少面积,等等。也确实,在描述西北时,几乎都离不开一个字:大。大天大地大太阳,大沙漠大戈壁大草原大盆地大雪山,以至于:大碗酒大块肉。真可谓,一个"大"字,境界全出矣。

可是,当你置身于大西北的天地时,却往往是感觉不出其大的。只因为,眼中所见之景象过于高迈宏阔,而自己又过于渺小。正如住在一座大屋子里,以自己之小,可以感知房屋之大,假如天当被地当床呢,个体就会完全淹没和融入所处环境中,自己也会成为环境的一个小小不然的元素。

我生长在大西北东部地带,后来又寄居于大西北的腹地。这是建立在认知上的说法。实际上,我生长和寄身的地方,无论从哪个方位,距离大西北的周围四至,都是遥远而又遥远的。还好,几十年来,我去过大西北的大部分地区,如果依照较大的地理概念衡量,比如省区市州之类,那么,也可以说,我去过大西北的所有地方。回头想,开始我是以出生地为圆点,一圈儿,一圈儿,逐步扩大自己的行走半径的。当然,这是本能的,挣扎的,懵懂的,盲目的,行走的每一步,无不关涉生存的需要。后来,便是以寄身之地为圆心,继续扩张自己的脚步,而这种行走,除了生存的需要,更多的则是出于对远方和未知的迷恋。不用说,还有对奇山异景的憧憬。走着,走着,行走成了一种生活习惯,成了一种验证自我生命究竟有无活力的方式。

在当下行走,与古典时代的行走当然不同。古典时代的行走才是真正的行走,自己的双脚驮载着自己的躯体在大地上行走,对天象变化,对眼前道路,对潜在的意外,都处在茫然无知状态。因此,邂逅好事,便会惊喜,遭遇艰难,不由悲叹。在步履蹒跚中,眼中所见,心中所感,都是来自生命深处的欢欣和叹息。这恐怕就是古人有关行旅之诗文得以传世的深层原因。当代的行走,人们免不了使用当代交通工具,一日千里万里,行走的过程被压缩为车厢机舱和某个早已被精确规划的游览路线。而海量的资讯轰炸,早已让即将抵达的地方处在阳光朗照之下,无非是从这里到那里,没有什么惊喜,也没有什么意外。但,人们还在行走,空前规模空前密集地行走,游行一般地行走。

其实,我所说的行走是指双脚落在大地上的行走,是那种出于对未知世界的好奇,而动用双脚的行走。我的童年少年时代是一个依靠脚步行走的时代,我走过无数的路,大都是重复性行走,从家里到学校,从田间地头到就近的农贸集市。成年后,我曾徒步考察过长城,也曾骑自行车漫游过大西北的部分地区。这样的漫游尽管脚踏实地,也带有浪漫的向往和探险的激情,但还是受困于主客观条件,脚步仍然被圈定在有限的空间中。到了后来,常用的旅行方式是,乘坐现代交通工具到了某个地方,以此为圆心,有意避开所谓的风景区,徒步去游人稀少的地方观览考察,所见所闻,也多了一些个人色彩。

大西北之大，不仅是地表所呈现风物之大，湮没在地下的历史文化蕴藏同样浩浩乎洋洋乎巍巍乎，无际无涯，无始无终。地表风物只是皮毛，地下所藏才是骨肉魂魄。十八岁那年，老师带领我们开展考古实习教学，将泾渭流域的文物点，差不多都扫描过一遍。以当时的知识储备，在一个多月的浏览中，当然是学不到多少东西的。但，一腔向往远方的情怀被撬动了，从此，这一双脚再也停不下来了，直到现在。

人长着两只脚，就是用来走路的。我走过不算短的路，但没有走过的路更长。有些走过的路，走了也就罢了，并无文字记述。好在，自己走过的路，无数的前人也走过，同时代的人，以及后来的人，还会在这些道路上行走。只要人的双脚继续担负着走路的功能，天地间便少不了用双脚行走之人，大地上只要有路在，就少不了行走之人。行走，有时并不是为了抵达某个具体的目的地，这只是一种人生状态。

选入这本集子的文章，都是行走大西北的一些感怀，写作的时间跨度超过了二十年，也只是挑选了此类文章的一部分。大西北很大，"我"很小，我们每一个人其实都很小，让小小的"我"走进无尽大的天地，行走的意义也在其中了。

一　三万盘石磨

　　十几年前的敦煌，城圈与鸣沙山和月牙泉之间，有着一望无垠的戈壁滩。戈壁滩上除了稀落苍黄的沙生植物外，就是这种地貌上独有的大如牛头小如米粒的砾石了。砾石的色泽杂而乱，一律散发着远古蛮荒的气息。无论冬夏春秋，敦煌都是不缺阳光的，而几乎所有的砾石都会反光，一星一点的反光汇聚起来，好似亿万颗"小太阳"，从地球向太空散布着五彩光芒。

　　现在，这一块万古旷地已经被各种各样的现代建筑覆盖了，最令世人瞩目的就是敦煌文化博览园。那一片浩大的古代宫殿式建筑，在一年一度的"敦煌文化博览会"期间，世界各地的客人云集于此，仿佛典籍记载中的汉唐时代的敦煌，辉煌而容纳，因容纳四海而辉煌，因辉煌而敢于迎接世间万有。在敦煌文化博览园的旁边还有一个盛大的博览园，取名：天赐一秀。"天赐"，取譬再也明白不过的，而"一秀"之"秀"，则是创建者名讳——赵秀玲——中的一个字。秀自天赐，以秀答天，正是天人互补的礼数。在这占地一千多亩的戈壁滩上，十二个建筑面积都在两千平方米以上的展览馆，既非传统的庄重典雅的中式风格，亦非以金碧辉煌为能事的现代式样，而是从古希腊罗马的神庙建筑吸取灵感，门脸不事张扬，里面却宏阔敞亮。展品以西北风物为主体，涵容古今西东。各个建筑的框架为混凝土浇筑,装饰却是就地取材,把戈壁滩上的砾石用水泥搅拌以后,技工们随手摔在墙上,凝结后,凹凸有致,与周遭环境浑然一色。

最具创意的莫过于园区的路面了。广阔的园区空地仍然保留着戈壁滩的质地和底色,砾石与黄沙相伴,微风拂掠,细沙如小蛇在砾石间游动,阳光朗照,一条条细细的沙流,便是一道道泛射着金色的光芒。而人行道却是用磨盘铺成的。磨盘是圆形的,大小不一,厚薄不一,一盘盘拼接起来,一圈又一圈。薄一些的磨盘,下面用沙土垫起来,与厚一些的磨盘,组合为大体平整的路面。那么,磨盘与磨盘之间的空隙怎么办呢?或者任其自然,或者以砾石填充,因材赋形,随形表意。每一副石磨都是由上下两扇磨盘组成的,上面的磨盘,有着两只"磨眼",那是待加工的原粮进入两扇磨盘之间的通道。磨盘平躺在地上,两只"磨眼"像人的两只眼睛,仰望昊天苍茫。下面的磨盘有一只"磨脐",形状活像人的肚脐眼儿,讲究的呢,箍一圈儿铁片,大多的,凿出一个孔罢了。一副完整的石磨,下面的磨盘,磨脐上要镶嵌一根短短的铁柱,将两扇磨盘链接起来,其作用类似于车轴。有的铁柱被拔掉了,露出一个圆坑,二三寸深浅,也像磨眼一样,仰望着无际空宇。随风而起的黄沙飘落在磨眼和磨脐里,有的已经被填满了,人们肉眼看不见这个过程,但却能够从中感知沧海桑田从来都是由细微而达于巨变的。

至少在北方的农村,在漫长的农业时代,一家一户都是有一副石磨的。而广阔的黄土高原,形形色色的黄土举步皆是触目皆是,行走于黄土之上,耕作觅食于黄土之中,寄身于黄土窑洞中,缺衣少食,缺水缺柴火,唯独不缺的是黄土。一切的生存资源,包括生存灵感和智慧,无不取自于黄土。在种种短缺中,还缺石头。不仅缺可用的石材,如有恶狗突然来袭,急切间连一块打狗的烂石头都找不到。而生活中不可或缺的石磨,却需要上好的石材才可敷用。亿万斯年的流水将松散的黄土层切下上百米,乃至数百米,才可露出岩石。而黄土高原的岩石层与黄土层类似,石质松散而破碎。往往,在一方横阔百里的范围内本身是找不到岩石的,即便有岩石裸露,其材质也未必可以用来打造石磨。在农业时代,人们的工程能力是极其有限的,不可能深入岩石深层去开采石材。也因此,一副石磨几乎是所有农家的一份必备的重要的家当。每户农家,一副石磨就是家中的一口人,而且是顶梁柱式的那口人。石磨在家中享有尊崇地位,磨坊一般都被安置在与家长同等地位的那孔窑洞里,而且给石磨编制了许多带有重大禁忌的民俗,代代流传,代代强化。一个人在懵懂时,已开始接受这样的训育,犹如对待祖先和鬼神那样的禁忌,都是植根于心灵深处的,家中哪怕再宝贝的孩子,无论如何淘气霸蛮,要是对石磨有所不敬,同样会遭到严厉处罚。

人们依靠土地活命,粮食凭借石磨加工,农人们像崇拜土地那样敬畏石磨,这是对生存和生命本身的敬畏啊!细细观摩集结于展览园的三万多盘石磨,无异于在阅读三万个家庭曾有的生命。一副石磨,往往要服务几代人,一百年,二百年,都属正常。想想看,粮食从下种到长成,打碾入仓,再到加工成米面,将是多么漫长而艰辛的过程。人们习惯说,一颗汗水换来一颗粮食,而人们往往把这句话当成形容词,言下之意,一粒粮食是用不了一颗汗水的。其实,只要在传统农业时代的黄土高原当过农民的人都知道,一颗汗水是换不来一粒粮食的,如果真可以一对一交换,粮食将是多么的丰裕,基本是不会频繁出现饥馑现象的。冬小麦从今年的中秋下种,到来年的秋初收割打碾完毕,几乎要耗时一个整年,玉米等大秋小秋作物,也需要长达半年的生长期。也许,广大的北方天寒地冻,土硬水硬地气硬,因此粮食颗粒也硬。原粮在石磨的转动中,从磨眼鱼贯而入,在上下峻嶒的磨齿啃咬下,发出巨大的轰鸣声,被咬碎的原粮从磨缝中喷吐出来,磨面人收入罗中,筛下面粉,再将原粮碎片重新灌入磨眼,循环往复,榨尽面粉,直到再也榨不出面粉的麸皮。

如此坚硬的原粮,便需要比原粮坚硬多少倍的石磨。摆放在博览园的石磨,石质不一,大多是粗麻石。有的呈暗红色,有的为青白色,大多为土黄色,一如黄土地的颜色。大多的磨盘直径为七八十厘米,厚度为二三十厘米,不用说,这是小门小户人家用的。三五口人,一头毛驴拉磨,一人磨面,一天可以加工百八十斤原粮,可供一家人一周的用度。而这种规格的石磨,占去整个收藏品的八成以上。这也符合漫长农业时代北方农村的实际。大号的石磨,直径大约有一米,厚度有四五十厘米,不用说,这是大户人家用的。这种石磨必须要役使身强力壮的马匹或骡子才可拉动,有时,一头骡子也坚持不了一天,中途需要别的骡子换班。这种规格的石磨,一天大约可以加工二百斤原粮。

在漫长的农业时代,农人艰辛,与农人为伴的大牲畜也艰辛,人和牲畜从年头到年尾,从天不亮到天全黑,不懈劳作,也未必能够活得下去。然而,艰辛的生活,并不能消弭农人们追求美的天性和愿望。大多的磨盘上只有必具的磨眼磨脐磨齿,简洁而实用。有的磨盘上则雕刻着各种各样的花纹,有阴阳鱼,有荷花、牡丹、山丹花,还有一盘石磨上,錾刻着一条壁虎,头部硕大昂扬,尾巴细长灵动。不知这是什么讲究,是出自主人的要求,还是石匠的率意而为。石质再坚硬的石磨,半年,顶多一年,都要再錾一次的,习称为錾磨。原因是磨齿老了,石磨将原粮啃碎,也磨损了自己的牙齿,正如所有的人,啃咬食物,也会磨损牙齿。这就需要石匠重新将磨齿錾磨锋利。在磨盘路上,一眼可以看出,有的石磨已经用过很长时间了,百年都不止,在石匠的反复錾刻下,磨盘表面已经深深凹陷;而有的石磨,大约服役时间不长,就废弃了。这也正好折射出时代的信息,四十年间,中国农村发生的巨变,恐怕此前连神仙都未必预料得到。

石磨是必需品,錾磨石匠也成了北方农村受人尊敬的匠人,在所有的农家都会受到崇高礼遇。每当农闲时节,石匠们一个个走村串户,农家妇女像招待贵客一样,拿出自己最好的手艺最好的食物,对石匠殷勤备至。因为,磨面的活儿主要由她们承担,对石匠招待不周,那些心术不正的石匠稍微在石磨里耍一些手腕,这一年,那就惨了。当然,这是例外,主要源自对石磨和手艺人的敬畏。

三万盘石磨落户敦煌,却是来自北方广大的农村,遍及华北平原和黄土高原。多年前,当机器加工粮食在农村普及之时,每个农家对占据一间磨坊的石磨,弃之不忍,又用不着,在这众多农户心有千千结的当儿,赵秀玲女士的"天赐一秀"也在山清水秀的陇南刚刚起步,此时,她已敏感到,传统的农村彻底转型的时代来临了。此后,便是泱泱农业人口涌入城市的世纪性大潮,一个个原本饱满的村庄,眼看着一个个空瘪了。而这是千年剧变,并且是不可逆的大趋势。农业时代结束了,农村转型了,或者,有的农村可能会从此完成自己的历史使命。那么,几千年的农业记忆,以及承载这些记忆的农村风物,也要被随手丢弃么?她开始收集农业时代的用物,马车牛车,门扇门窗,各色劳动工具,还有石磨。起初是就近,然后,呈圆圈形向四周延伸。敦煌从开埠以来,便是世界性的,在汉唐时代的近千年间,曾经是人类文明的重要交汇点。到了新时代,敦煌以世界的眼光重现辉煌。赵秀玲千里迢迢,从锦绣陇南,转战西北荒漠,斥巨资打造新的"天赐一秀"。在这样一个广阔的舞台上,上演什么样的剧目呢?留住乡愁,留住中国传统文化的根,留住中国人的精神家园,这是大踏步前行的时代最为理性的声音。

石磨,只是广袤北方农村在漫长农业时代的一个象征物,搬来石磨,如同吹响了北方农业文明魂魄的集结号,而敦煌,向来被誉为世界的敦煌人类的敦煌,石磨在这里集体亮相,无异于将中国北方农业时代的魂魄搬上了世界的舞台。留住传统不是为了滞留于传统时代,而是让现代更为丰富,让现代的脚步走得更稳当。磨盘拼接起来的园区道路,长达几公里,人们的脚步踏在峻嶒的磨齿上,脚心传来隐隐的硌痛,那一声声叮咚,是在提醒人们,所谓的现代生活源自深幽的传统,而石磨道路的尽头,则是足球场大小的剧场。剧场设在一块天然的洼地里,周边用石磨砌成堤岸,过去用于建房的柱石,则是观众的坐凳。石磨虽然尊贵,但重在实用,而柱石则是一栋房屋的支撑点,既是一户人家居住安全的保障,也是供人观瞻的脸面。柱石的石质多样,以汉白玉为主,柱石周边大多雕刻着各色图案,其意旨大体指向福禄寿喜,还有对天时地利人和的祈愿。赵秀玲在收集石磨的同时,也收集了数千根大小不一的柱石,同样的传统时代的用物,在这里珠联璧合,堪称绝配。更绝的是,供模特出演的长达几十米、高约两米的 T 台,全部用磨盘搭建。模特身穿最时尚的服装,走在古老的磨盘上,在高科技的声光电映照下,千娇百媚。混合着千变万化的声光电,古老的大漠中的古老的敦煌,会是一种什么样的景致?

不妨做一个浪漫主义的设想:假如让三万名身着各色花布衣裳的女性,坐在三万只筛面的面柜前,身旁三万头大牲畜,拉着三万盘石磨,在同一时间,同一场地,同时工作,那将是多么浩大的、足以感天动地的场面啊!而能够提供这么空旷场地的,也许只有西北的戈壁滩,最具备资质的是敦煌。敦者,大也,煌者,盛也。敦煌自开埠之日起,都是面向世界、容纳世界的象征。

第一次踏上园区石磨道路时,敦煌刚下过一场雪,阳光如清凌凌的冰碴子,寒风如见血封喉的利刃,远眺,原本金黄色的鸣沙山一派银白。园区的沙山覆盖着一层白雪,移植来的,几人才可合抱的胡杨林,在阳光下,将倒影铺排在雪地上。一株胡杨的阴影下,足可掩藏五六个人,白雪与暗影,虚幻而真实。山下的石磨路,在白雪下,或隐或显,宛如一个个若有若无的古老的精魂,而有着看不见却能感觉得到的精魂的护佑,所有的寒冷都被一种遥远的暖流所温暖。一位来自华北的青年女子,在她留洋期间,老家的土地被征用了,哥哥全家也移居城市。老家没了,她想把家中的石磨搬走,留下对父母、对故乡的念想。哥哥说,咱家的石磨卖给了一个敦煌人。她冒着风雪,千里辗转循迹而来,她不是为了赎回石磨,只是想最后看一眼那副助她成长并走向远方的石磨。当然,她没有找到自家的那一副石磨。在寒风中,三万盘石磨从眼中依依而过,她忍不住泪流满面,而再度举目伫望这一片博大天地时,她心安了。她家的石磨落户敦煌,就像磨盘的形状一样,也许是一个最为圆满的句号。

而今再度拜访三万盘石磨,已经是另一年秋天的尽头,立冬的第一日。没有雪,只有风。敦煌落雪是罕见的,而敦煌刮风却是日常的。风不大,也不甚寒,但也是冷风。冷风刚够吹动内心那种沉潜的古老的情怀。行走在石磨路上,慨然时,一步跨过一只磨盘,好似我们大步走过的通往现代的迅疾脚步;沉郁时,轻移碎步,好似三万盘石磨同时转动,磨盘啃咬原粮的破碎声,声声从历史的深处轰轰响起,那就是古老文明的回声啊!

二 国之槐

华夏大地树木种类多不胜数，而在树名前冠以"国"姓者，则少之又少，获此无上荣耀者，国槐是其一。国槐原为华夏独有，此后引植域外，渐成普及树种，一如中华文化，根源于神州大地，而润泽于五洲万方。大约是，国槐在中华文化传统中的特殊地位，因之，这种并不名贵的树种，成为某种华夏精神的象征物，论其数量，广布天下，论其树龄，号称古槐者，遍及东西南北中。在众多古槐中，以甘肃崇信境内之"古槐王"为最，树龄高达三千二百年。

上溯三千二百年，时间的触角便直抵商代晚期，那么，"古槐王"若是一部史书，承载的可是大半部中华文明史。崇信位于六盘山之东，以西北各县普遍拥有的国土面积而言，崇信属于大西北地域最狭小的县份之一，这里好像也没有足以耸动视听的人文物产。也许，正因为其蜗居一方，自然环境保存良好，所谓弯道超车，正好赶上"绿水青山就是金山银山"的最新时代理念。据调查，崇信境内树龄在三百年以上的古槐多达数十棵。纵观域内域外，许多古树名木之所以渡尽劫波，能够存活到今天，离不开两个因素，一是僻居人烟稀少之地，二是寄身于名胜尊贵之所。而崇信县的古槐，只有一棵树龄与"古槐王"同为三千二百年的古槐，身处唐朝开国元勋徐茂公衣冠冢院落中，别的都在人烟扰攘的村庄里。

而徐茂公衣冠冢不过是清朝道光年间建造,恰恰因为这棵国槐处在这样一个尊贵之地,它的尊贵的主人并没有神力法力保护它,在一个特殊的年代,被一群疯狂的人挖去大半个身躯,并试图放火烧毁它。然而,也许这棵国槐的主人曾是国之栋梁,真的在冥冥之中,给它注入了什么神秘的生命力,它用仅剩的半个身躯和几支根系,顽强地活了下来,半个世纪过去,仍然枝繁叶茂,并且呈现出老树新花的气象。

崇信县境为什么有这么多古槐存活?很多人试图为其寻找理由,地理的、地形的、气候的,等等,都可能成为古槐存活的条件,但,华夏大地上满足这些客观条件的区域真是太多了。当客观条件不足以构成排他性的要素时,我们不妨回到主观本身。崇信赵湾村是一个拥有上千人口的村庄,地处大路边,村头打麦场边有两棵国槐,树龄都在千年以上,两树相距数十米,并排耸立村头,树冠相接,树干中间空地上有一间矮小土房,说是山神庙,里面空空如也,并无有名有姓神主。就是这座毫不起眼,也显得很不严肃的山神庙,不仅是整个村庄的尊贵之地,也是两棵古槐的保护神。村里人说,这两棵槐树是村里几代人的救命树,在非常年代,槐树皮救过一代又一代人的命。果然,树身上坑坑洼洼,刀痕历历,在诉说着非常岁月。他们说,也曾有人要砍伐槐树,但任其如何努力,锯条却无法深入。细看,锯痕宛在,树身无伤,不过是为槐树增添了些许沧桑感。因这两棵槐树高大辉煌,每年的槐米极其丰硕,但手头再缺钱,或者再爱钱的人,从无一人爬树采摘槐米。攀爬古槐行为本身,如同侵犯神灵。

有人会将此类行为视为迷信。假如迷信可以制约人们的某些不良行为,起到法律和规矩起不到的作用,也没有什么。何况,崇信本地人对古槐的热爱和膜拜，更多的来自文化传统，这种文化传统又形成日常习俗，产生了善意的结果。比如，被命名为"古槐王"的那棵树龄高达三千二百年的古槐，能够存活到今天，与其说是自然奇迹，毋宁说是人文奇迹。古槐王仍然与村民生活在一起，巍然耸立于村落的旁边，真可谓冠盖如云，周围是农田，天热，村民在树下乘凉，一年四季，孩童在树下玩闹，家禽家畜在树下嬉戏，各种鸟儿在枝叶间穿梭，四个喜鹊家族将自己的窝分别搭建在四根树杈上。人说大树底下不长草，可在"古槐王"下，却是大树底下好乘凉，从树根开始，各种植物混杂着生长，半人高低的，淹没脚腕的，隐花植物，显花植物，挤挤挨挨，密密实实，走在上面，如同踏在海绵上。而树上，更是生命界的奇观，杨树、花椒、五倍子、小麦、玉米等九种植物寄生在古槐的树杈上，都显得生机勃勃。

这是以"古槐王"为中心，缔结起来的一个完整的互相依存的生态系统，如果这棵古槐真的担当得起"王"的名头，那么，围拢在它周边，树下的，树上的，植物，动物，也许还有人，都是一个不可拆分的共同体，包括"古槐王"本身。正是秋末，我慕名来访。眼睛看得见的所有景观，专业人士早已以数字的精确昭告四方了。树龄三千二百年，树高二十六米，主干基径三米，最大胸围十三米，树冠东西约三十四米，南北约三十八米，占地二点一亩。可是，当我凑近树干详细观察时，我宁愿相信，"古槐王"是由至少三棵槐树组成的。有可能的是，最初，三棵槐树幼苗呈丛生状，一棵与一棵有着一定的距离，渐渐长大后，互相间的距离被缩短，继续缩短，直到合为一体，乃至互相嵌入，变成一棵树。然而，互相间还是有缝隙的，我是从树干上的不同颜色发现这一秘密的。树干开杈处，堆积着厚厚的腐殖质，雨水渗漏下来，完整的树干是干燥的，树皮纠结,篮球大小的几颗树瘤狰狞犷悍,像这样坚韧的树皮,雨水不可能侵入到树干的肌体中去。然而却有三道水流的印痕深刻地嵌入树干的凹陷处,并且,贯穿到树根。细看,那是树干与树干的结合部。

我不明白许多专业人士为何没有发现这一秘密。难道是发现了守口不说,担心由此损毁了"古槐王"的王者威仪,或者是只顾了叩问"古槐王"的客观形象?我为我的发现而兴奋。三人成众,三木成林,抱团取暖,在互相竞争中成长,在互相竞争中成己成人,也许,这才是"古槐王"获得长寿的真正秘密。人是社会的动物,动物植物何尝不是在群体中繁衍生长并且壮大的呢?崇信县境几乎所有古槐的枝条上都挂满了红布条,一棵古槐就是一方民众的精神寄托,一根红布条,就是一桩来自心底的祝愿。对幸福生活的期望,对灾难的趋避,对不可把握命运的祝祷,都在那根红布条上,而只要古槐还活着,还在身边卓然挺立着,那么,一种安全感便会油然而生。

其实,对古槐的膜拜,正好说明崇信是一个文化传统深厚之地。这里是华夏文明重要的发祥地之一,悠远的文化传统,像境内潺潺不绝的汭河、达溪河和黑河,流淌在血脉中,传承于民俗文化中,形成一种牢固自觉的日常行为。因膜拜槐树,而爱护槐树的幼苗,一代代的热爱,使得幼槐成长为大槐,再修成古槐。崇信人崇尚槐树,是与华夏文化传统相一致的。槐树在华夏文明传统中向来有着独特的地位,在遥远的周代,伟岸尊贵的王宫前便种着三棵槐树,大臣上朝时,地位最为尊崇的三公便分别站在三棵槐树下,等待天子的召见。这三公便是太师、太傅、太保。而这三种官职名号一直延续到后来,虽然其各自的职掌权力,各朝代有所不同,但其名号本身从来都是位极人臣的象征。也因此，后世以三槐比喻三公，并由此延伸出许多特殊的称谓：槐鼎，三公或三公之位；槐位，三公之位；槐卿，三公九卿的代称；槐宸，帝王的宫殿；槐望，声誉卓著的公卿；槐绶，三公的印绶；槐岳，朝廷高官；槐蝉，高官显贵；槐府，三公的官署府邸；槐第，三公的宅第，如此等等，以槐树为中心，形成了一套独特的带有强烈排他性的称谓系统和话语系统。

槐树毕竟是生长于华夏大地上一个普通树种，其指涉的意义，非帝王将相所能完全垄断，而如果与普通民众的现实利益和内心期许完全隔绝，则会失去民众基础，其象征意味便会成为无源之水，槐树成长为古槐的几率便会无限降低。由宫廷官府到民间，槐树渐渐地衍变为华夏民众共享的一种用来励志的象征物。已经取得功名，位列朝廷重臣者，便在自家庭院旁边植槐，号称槐门，既是身份地位的标志，也是奉事帝王怀柔百姓的宣示。所谓王侯将相宁有种乎，普通人家在庭院中栽植槐树，旨在激励子弟，或寒窗苦读，或效力疆场，以此途径猎获功名，挤进槐门之列。唐代科举制度确立以后，更为寒门子弟开辟了进身之路，于是，槐树与科考结缘，开考之年称为槐秋，举子赴考名为踏槐，考试月份则是槐黄。因此，民谚说：槐花黄，举子忙。科举考试是国考，为朝廷选拔经世致用人才，这是高官显宦人家子弟一个有脸面的金字招牌，而对于普通人家子弟，几乎是改变社会身份的唯一出路。在槐花黄时，神州大地的举子赶考正忙，"大江东去，长安西去，为功名走遍天涯路"，有得意者，便有失意者，士子们便望槐而感怀，目睹槐花盛衰，而咏叹人生之起伏。因此，便产生了许多以咏槐为名义的咏怀诗。李频在《送友人下第归感怀》中写道："帝里春无意，归山对物华。即应来日去，九陌踏槐花。"有伤感，有安慰，也有达观。晚唐大诗人、花间词代表人物之一韦庄在《惊秋》一诗中写道："不向烟波狎钓身,强亲文墨事儒丘。长安十二槐花陌,曾负秋风多少秋。"韦庄在大唐王朝崩溃后,虽出任过五代前蜀小朝廷的宰相,但功名之路相当坎坷,在唐朝时,屡试不第,六十岁时才考中进士,他的望槐而伤怀,应当不是无病呻吟。晚唐著名诗僧齐己在《答长沙丁秀才书》中写道："月月便车奔帝阙,年年贡士过荆台。如何三度槐花落,未见故人携卷来。"虽寄身僧庐,却并未放下俗事,即便自己放下了,也替他人放不下。在槐花变黄季节,携卷赶考,总是读书人的一件大事,当然,也是国家大事。白居易一生写过有关槐树的诗大约十首,不外乎,望槐而感怀,咏槐而咏怀。苏东坡更是在咏槐而咏怀中推出千古名句,这便是《和董传留别》一诗的前半部分:"粗缯大布裹生涯,腹有诗书气自华。厌伴老儒烹瓠叶,强随举子踏槐花。""腹有诗书气自华"一句,激励着多少人囊萤立雪,万里路万卷书,九陌踏槐花。

华夏子民对于国槐的尊崇还不限于什么功名利禄。槐树皮在万分困顿时,不知让多少代的多少人渡过了生死关,而槐花可以入药,食用,做染料,也是一种重要的蜜源植物,槐米更是一味药,这在《本草纲目》等医典中都有明确记载。由实用到象征,再由象征到实用,国槐的意义在无限扩展,几乎浸透了人生和社会生活的方方面面。由此,槐树被视为吉祥之树,向来有"灵星之精"美誉,并且有"公断诉讼之能",因此,便产生了不少"树槐听讼其下"的故事,戏曲《天仙配》中便有在槐树下判定婚事,后又送子于槐下的桥段。

当一种普通的树种被赋予文化的意义后,这种树便不是这种树本身了,而文化,尤其是本土文化,无不扎根在大地深处,扎根在民族民众灵魂深处。这种树由幼苗而大树，由大树而古树，历千年劫波而长生者，非独树种有多么优越，而在于与本土民众精神情怀的契合。崇信不过是西北大地六盘山东麓的一个蕞尔小县，其县名最早得之于中唐时期的崇信军，由李元谅开筑。李元谅，祖籍安息，即今天的伊朗。他自小被宦官收养在唐朝宫廷，"安史之乱"后，大唐衰弱，边患频发，军阀作乱，李元谅受命镇守崇信一带。他爱兵爱民，有勇有谋，战功显赫，曾出任陇右节度使，被李唐王朝赐姓李氏，受封武康郡王。后因积劳成疾去世，崇信民众则为他建祠塑像，代代供奉，以感念他的"开拓疆土，修筑镇城，德被民生，感恩王功。"而李元谅所筑崇信城，其寓意为：尊崇诚信，保境为信。只要有功于国家，有德于人民，有信于职责，无论出身如何，也无论哪国人，有了这几种品质，便会受到人们的永久怀念。西汉有金日磾（读音 dī），大唐有阿史那社尔、李元谅，现代有白求恩，等等，都是由异域人士而升华为中华栋梁。尊崇诚信，尚德守道，也许，构建人类文明共同体，需要的就是这种大境界、大情怀。在崇信大地膜拜古槐的日子里，我也在瞻仰留存在这片土地上难以尽数的历史文化遗迹，仰望一棵棵历尽沧桑仍然生机勃勃的古槐，我不由得时时感叹：

国槐，国之槐，大国之胸怀，大国广民之情怀！

三　鸠摩罗什的法种与舌头

这是寒冬的凉州古城的深夜，一年中最寒冷的一个冬夜，我去膜拜一位大师的舌头，鸠摩罗什的舌头。这里只有他的舌头，没有别的，一根供奉在石塔下一千六百多年的舌头。虽然，我无数次来过凉州，春夏秋冬，每来一次，都必须看一眼鸠摩罗什塔，哪怕只够匆遽一瞥的时间。

大街上人车皆空，只有自由主义的寒风。它们从来都是自由的，而今夜，它们的自由达到了极限。街边排列着两行人，行与行之间隔着一街宽的距离，每行的每个人之间，相隔着互不干扰的距离。他们或站或坐，向空旷、清冷，乃至虚无的天地，展示着各自职业的招牌性形体动作。文人一手持简牍，低眉顺眼，谦恭唯诺，却做出抑扬顿挫向天诵读的样子，一手抓毛笔，似乎要对简牍评点、眉批，或者修改。武人少不了刀枪剑戟，或背或拎，或怒目远方，或剑指脚下，而张弓搭箭者，因引而不发，更让人生出冷风穿心之感。比较平和的是那些贤孝歌者。贤孝自诞生起，从业者从来都是盲人，这是上苍赐予盲人的一碗饭，盲人用自己的歌喉和手中的三弦琴，向人间宣介着上苍的好生之德。他们坐在街边，与身边的文人相比，他们多一些谦卑，也多一些诚实；与身边的武人相比，在他们的歌声弦声的声声断断中，所传达的似乎只有一个永远不变的主

16

题:世界永远属于世界,生命永远属于活着的生命。他们的眼睛一律都是两个黑夜一般的墨点,他们什么都看不见,便也什么都不用看,天色,脸色,面前有人无人,给钱不给钱,给多给少,他们看不见,便也不用看。忠孝贤达,奸邪宵小,在他们的吟诵中,在他们的旋律中,一一剖划分明,两个阵营没有看得见的营垒,却势如冰炭,绝无通融。

这是凉州地界上千百年来的杰出人士,以青铜雕像的形式,把凉州人的价值观念固化在大街上,如同那逶迤于千里河西走廊的一洞洞石窟,一身身佛造像。什么是法相庄严,什么是善从心生,识与不识者,信与不信者,遵与不遵者,一目了然。但,这其中没有鸠摩罗什。按理说,鸠摩罗什是凉州大地上有史以来留下足迹的最伟大的人物,他要是晦暗不明,如同照耀凉州的日月遮蔽在深重的乌云中。从来崇佛,至今佛意仍然浓重的凉州,断不至于怠慢了鸠摩罗什。或许,拐过这条街头,就是鸠摩罗什寺吧,或者,鸠摩罗什留给凉州的只有他的那根舌头吧。

鸠摩罗什的西来凉州,成就了佛法弘扬史的一桩不朽传奇。因为争夺他,而爆发两场规模甚大的战争,并导致两个国家的灭亡,这是这位尊者的不世荣耀,亦是他的永恒悲哀。前秦君主苻坚在扫平北方后,又挥军南下,企图一鼓而下蜗居江南的东晋,从而完成那华夏一统的伟业。发兵前,他命令镇守凉州的大将吕光,出兵西域,从龟兹那里夺取鸠摩罗什。大军南侵,他有必胜信心,如果再得到这位旷世尊者,那便是在世俗威权上一统天下,在精神领域里将真理的化身罗致于自己的帐下。此时的东土大地已兵连祸结多少年,真的该天下一统了,也真的需要精神抚慰了。一切如愿,吕光灭了龟兹,俘获了鸠摩罗什。只是东土这边出了意外,苻坚在淝水大败亏输,狼狈逃回长安后不久,又让原来的部属篡逆了。吕光在回军途中,得知此消息,他索性羁留凉州,自己开创后凉国,自己做起了后凉天子,而鸠摩罗什正好在手中,还有他从西域掠夺而来的,要用两万峰骆驼驮载的各色宝物。

有大作为者无不以旷世尊者为天下至宝,此时的吕光,手中有天下第一尊者,又有掠夺而来的充裕的俗世财宝。而凉州又是一个外有山河雄关捍卫,内有广阔平畴生息的宝地。但吕光并非一个虔诚的佛徒。

好在他也不是一个仇视思想精英的土皇帝。鸠摩罗什被羁縻在凉州长达十七年。这些年,他依然拥有国师的身份,间或也做些弘法敬佛的功课,可他的主要业务,似乎是在为吕家小朝廷谋划军国大事。对于鸠摩罗什而言,在这个漫长的岁月里,也是有收获的,比如,他本来就不错的汉语,此时臻于炉火纯青;比如,他对纷繁世事的参与、观察和体验,使他对佛家经典的领悟抵达化境。

时光在凉州的大地上默默地行走十七年,鸠摩罗什也从一个西来时的而立青年变成了知天命的中年人。佛祖似乎觉得这个难得一见的天才佛徒,此前在人世间走过的所有脚步,以及对佛法真谛的领悟过程,都太过顺利,佛法恰好是建立在对人世间的苦和恶的认知和体验之上的,否则,日诵千偈,胸藏万卷,不过还是从经卷到经卷,参不到什么佛法真谛的。这个从童年起,便为西域诸多君王座上客,少年时,便被西域的达官贵人像圣贤一样顶礼膜拜,而其声名如同那横扫过万里流沙席卷东土大地的西风,上至帝王将相,下讫凡人百姓,无不翘首西望。真正的佛徒都是从一个个劫难中诞生的,而所有的高僧大德,其佛法修为的高低,无不与其所受劫难的深浅相关。肉体的劫难是外在的浅层的劫难,内在的心灵的劫难才有望触及灵魂。此前,鸠摩罗什已经受到过一些劫难了,而强加于他劫难的人,正是他当下的主人。龟兹国破灭,吕光如愿俘获鸠摩罗什,军阀的眼里看见的永远都是强权和财宝,在吕光的眼里,眼前这个三十岁左右声闻天下的佛徒,与凡人无异。吕光不是佛徒,可他知道佛徒的软肋在哪里。他强令鸠摩罗什与龟兹公主成婚,鸠摩罗什大惊失色,拒不如命,凡夫俗子的坏点子永远比圣徒要多,如果这个凡夫俗子手握强权,一个随意生出的坏点子都有可能制造出翻江倒海的动静来。他将鸠摩罗什灌醉,与龟兹公主一同关进一间密室。鸠摩罗什破戒了,而先前有西域高僧预言,鸠摩罗什如果三十五岁前不破戒,将功德无量。鸠摩罗什破戒了,时年三十岁。而吕光并未尽兴,他让鸠摩罗什骑乘烈马犀牛,以此出这位佛徒的洋相。

这一切,鸠摩罗什都挺过来了,他的心中只有一个信念:他是为佛而生的,佛法未弘,肉身何用。回军途中,鸠摩罗什给这位劫持他的军阀出过不少主意,有些主意可以说是挽救这位军阀于覆亡之际的奇谋神计。为人谋而不忠乎,这是儒家的做人标准,地狱不空我不成佛,这是佛家的理想。经了许多事,吕氏认识到了鸠摩罗什的价值,在俗世待遇上,应该说,也待之不薄。但,他们的俗眼,只能看见这位世外天才的俗世价值,真正让鸠摩罗什时时因内心痛苦而灵魂震颤的,是他的弘法大愿搁浅在这片四周被流沙包围的天堂般的绿洲上。如何毁灭一个思想家,愚蠢的强权者,往往会从肉体下手,以为这样简便彻底,头颅落地后,再也不会生出什么蛊惑人心的想法了;而精明的强权者,则会留下你的头颅,但让你闭嘴,你的头脑里爱咋想咋想,你的想法不要说出来,或者不给你说出想法的机会,犹如让你锦衣夜行,没有观众,有也看不见,你尽情显摆吧。"罗什之在凉州积年,吕光父子既不弘道,故蕴其深解,无所宣化。"《晋书》中轻描淡写几句话,鸠摩罗什生不如死十七年啊。

吕光死了,吕隆袭位,鸠摩罗什的俗世待遇没有受到触动,可弘道之舟依然搁浅在凉州的戈壁滩上。而此时的长安,前秦国号陨落,后秦旗帜升起,苻氏国姓由姚氏取代。这个原为"罢黜百家独尊儒术"文化理念的发祥地和大本营,城头的旗帜几经更换,当此之时,儒冠凋零,佛光正炽。礼请不得,便发兵强取。长安姚兴如愿攻破凉州吕隆,也如愿俘获鸠摩罗什。此时,应该为那两位因为鸠摩罗什的缘故而导致身死国灭的君主说句公道话,龟兹国王白纯和后凉国主吕隆都完全有能力,甚至有理由,在国破身亡之前杀了这个灾星的,但是,他们都没有这样做。翻开华夏文明史,我无法拥有,你也别想拥有,毁灭你极力要得到的,甚至与你玉石俱焚,也在所不惜,这几乎成为惯例。然而,也有例外,一个是龟兹国王白纯,一个是后凉国主吕隆。在中国古代的帝王谱中,他俩既无大作为,亦无大名头,然而,他们不约而同,放过了鸠摩罗什,有此一举,足以称得上大作为,足以配得上任何大名头。

留给鸠摩罗什在俗世的时光还剩十二年。对于怜惜自己俗世寿命的俗人而言,十二年是一个相当冰冷残酷的数字。十二年能干点什么呢? 十二年后,自己将弃世而去,这个世界不再跟自己有关了啊。可对于鸠摩罗什来说,这点儿时间已经足够了。需要他做的,他想做的事情当然很多,再给他五百年,也不一定得够。可是,他知道,人这种精灵,在宇宙天地间孕育,无数的人,汇聚为宇宙天地间的一条滔滔不息的大河,一代人有一代人的事情,一个人只能做一个人的事情,得过且过虚度一生,是对自我职责的亵渎,也是对自我生命的辜负，但却不能因此越俎代庖包办代替。此时，鸠摩罗什已年过半百，好在，他是一位天纵之才，童年时，即可日诵千偈，三万余言，胸中装满了佛学经典；少年时，又遍访西域高僧大德，辩难释疑，佛学功底一时天下无双；凉州十七年，虽无法正常开展弘道宣化的事业，但一个智者的头脑只要没有停顿，那么，无论身处何时何地，他都是一个思想者，思想者需要日益精进，更需要反刍，在反刍中精进。

鸠摩罗什官拜国师，入住长安的欢乐谷中，他率领八百弟子日夜畅游于佛学的汪洋大海中。《摩诃般若波罗蜜经》《妙法莲华经》《金刚经》《维摩诘经》《摩诃般若波罗蜜大明咒经》《佛说阿弥陀经》，还有《中论》《大智度论》《十二门论》及《百论》等论，凡七十四部三百八十四卷，后世中土佛教几乎所有的宗派或学派，其渊源都在这里。思想者的价值从来就不限于思想者本人，身未死而学说已废，本来就不配思想家的称号；身与学说同死者，最多也只能算作御用学者，他只属于"御"他"用"他的人，仍然与思想无关；真正的思想家，其思想的光辉未必能够照亮当世，但，一定是能够照亮后世的。以此而论，鸠摩罗什当之无愧。

然而，在佛家戒律那里，鸠摩罗什的肉身却是不洁的。据可靠史料记载，他有着三段破戒史。第一个是吕光，这位成心让他难堪的军阀，第二个却出自"好心"。《高僧传》说：

"什为人神情朗澈，傲岸出群，应机领会，鲜有论匹者。笃性仁厚，泛爱为心，虚己善诱，终日无倦。姚主常谓什曰：'大师聪明超悟，天下莫二，若一旦后世，何可使法种无嗣。'遂以伎女十人逼令受之。自尔以来，不住僧坛，别立廨舍，供给丰盈。"

这位"姚主"，大约就是后秦国主姚兴。这位同样出身军阀的君主，很傻很天真，也不乏可爱。他内心有着长远打算，也为这份长远打算付诸了切实的行动。在他的知识系统中，"法种"可以来自生命的遗传。当然，这不能怪他，"王侯将相宁有种乎"，虽有这声发自大地深处的质疑和呐喊，虽有无数的改朝换代命运沉浮成为俯拾皆是的证据，但是，一旦戴上天子冠冕、一朝跻身王侯将相阵容，哪怕明知天命之说不靠谱，但也不愿意就此相信，至少不能让他人相信。何况，鸠摩罗什本人就是"法种"，一时无二的"法种"，他的父亲鸠摩炎，他的母亲耆婆，同为虔诚的佛徒，同为得道高僧。法种绵绵，代代不息，得一人，而天下优良法种，尽在欢乐谷里，如那不懈江河，自然流淌。

鸠摩罗什与姚兴配给他的那十位伎女，到底有无"法种"育出，史无明载。但，鸠摩罗什却是有着两个儿子的，这便是他的第三段破戒史。这次，似乎是他的主动破戒。《晋书·鸠摩罗什传》说：

"（什）尝讲经于草堂寺，兴及朝臣、大德沙门千有余人肃容观听，罗什忽下高坐，谓姚兴曰：'有二小儿登吾肩，欲鄣须妇人。'姚兴乃召宫女进之，一交而生二子焉。"

大师就是大师，对平常人耻于启齿的事情，他说得尽在佛理，做起来也如同做佛事。他说，他的精神遭遇障碍了，而这个障碍来自性欲，只有女人才可克服。姚兴不含糊，他老早都在这样想，这样做，后宫又有那么多闲置的青春女子，只要"法种"可传，保障供给。大师更不含糊，"一交而生二子焉。"看来，从先前的两段破戒史中，大师获得了性经验，而这种经验，并非身外之物，予取予求，可以自由处置，它往往会变成自身的一部分，召之一定来，挥之未必去。这不，大师在这样庄严的场合，肉欲这个孽障，像凡人一样发作了。

　　只是，那一举而得的两个儿子，并没有成为大师，至少史无明载，至少没有成为乃父那样的大师。看来，龙生龙凤生凤，从血统和外形上大体不会有什么差错，但，是龙的形体未必一定有龙的精神，是凤的外形，未必一定有凤的仪态。大师的形体骨血可以遗传，而大师之为大师，却不在于其形体骨血。家学渊源，其来有自，并非虚构，同样君子之泽三世而斩，亦是常见的风景。那些名冠千秋泽被百代的圣哲，其思想衣钵由自己血亲后人传承者少之又少，以至绝无仅有，他们的衣钵在他们的门生手里，门生复有门生，代代沿袭，代代推陈出新。弟子门生是他们真正的"法种"，比如，孔子有"法种"三千人，贤者七十有二，鸠摩罗什有"法种"八百人，贤者有所谓的"什门四圣""什门八俊""什门十哲"，这里面没有那两个他与宫女生的儿子。

　　中国人给译者的事业设置了一个最高标准：如翻锦绣，背面皆华。而鸠摩罗什以他的几百卷佛经译典，成为这个至高标杆的最早践行者。他的心智，他的思想境界，他的现实贡献，都可力证，他是佛学史上屈指可数的大师，都是与日月经天江河行地的，都是不朽的。然而，他的三段破戒史，无论被破，还是自破，却说明他的肉体仍然是血肉之躯，与俗人并无本质差别。于是，他的肉体生命无可阻挡地走到尽头了。也许，他深知，破戒对于一个佛徒是多么地重大，多么地致命，尤其像他这种对佛法事业贡献巨大，因而其一言一行具有强大号召力的高僧来说。这绝非危言耸听，在他享受俗世待遇时，许多佛徒早已按捺不住起而效法了，只是他以自己高超的佛法修行，使"诸僧愧服乃至"罢了。可是，他死后呢？对此，他是一千个不放心，一万个不放心，以他的绝顶高超的修行之功，尚且三番破戒，遑论那些一身袈裟一心俗念佛门混迹者呢。也许，是对自己破戒行为的忏悔，也许，是对佛门弟子的劝诫，抑或是为了证明，自己的破戒，只是肉身之破，而非灵魂之破，圆寂前，他将众弟子招呼前来："今于众前发诚实誓：'若所传无缪者，当使焚身之后，舌不燋烂。'"

奇迹出现了："以火焚尸，薪灭形碎，唯舌不灰。"

这是思想史上的奇迹，古今中外，仅此一例。而让人颇为费解的是，鸠摩罗什圆寂前嘱托，将他的那根烧不化的舌头运回凉州安葬。于是，人世间有了这座唯一的"舌舍利塔"。这同样是思想史的奇迹，古今中外，仅此一例。

是否，肉身破戒，因之肉身也是速朽的，只要在思想上严守戒律，从不妄言，那么，那根传播思想的舌头也会不朽？

谁能说得清楚呢？

在寒风中，在凉州的寒风中，在这个冬天最冷的夜晚，我穿过只有寒风出没的街区，来到鸠摩罗什塔前。我知道，这里供奉着一根不朽的舌头，而我的舌头业已冻僵。

我无语，我欲语不得。

四　敦煌夜行记

　　第一次踏上河西走廊地界时,我便恍然觉得,此生我与河西走廊有缘,而我的前生一定幽居在河西走廊的某个地方。那个地方大约是,或者最好是敦煌。尽管,此时我还在河西走廊的最东端,西行千里才可抵达敦煌。而我此行,注定了只能在河西走廊的大门口挂上号,向敦煌遥致敬意,然后,落寞东归。因为落寞而西行,西行不行,落寞东归。

　　然而,与河西走廊肤浅的一次近距离膜拜,河西走廊的根便扎在我的内心最柔软的部位,或者,我的根扎在了河西走廊最适宜扎根的地方,沙漠,戈壁,绿洲,阳光下,月色中,洞窟里,或者,某一丛骆驼刺扎根的地方,都行。那是我从未见到过的阳光,极尽少年的想象力也不曾想到的阳光。此前,在语文课本中,在文学作品中,对阳光的描写不外乎火辣辣的,或者,火炉般的。沐浴在河西走廊的阳光下,我猜想,这些描写阳光的人,一定不曾在河西走廊阳光下的沙漠戈壁跋涉过,一定不曾见识过沙漠地带有着怎样的一种阳光。

　　其实,我也不知道,我不知道以怎样的语言才可准确描述河西走廊的阳光。这与才学,或者语言的局限什么的无关。天地间有些事物是可以形诸语言的,有些则天生拒绝语言的参与。语言是有边界的，正如人的用来说话的那张嘴是有大小尺寸的，且有着有些话可说有些话不可说有些话此时此地可说有些话永远不可说的讲究。在河西走廊的阳光下，我只感到，内心积久的阴郁霉烂都被晒干蒸发，恍惚间，自感像头顶的天空那样灿烂透明，像脚下黄沙那样灼热洁净。我记住了这一切，也从此，能够拯救我的只有河西走廊。十几年后，我再次来到河西走廊，而且横穿千里，直抵敦煌。此间，我已经游历了大半个中国，被欲望焚烧的都市，被时代遗弃的小镇，喘息着挣扎着的乡村原野，最大尺幅放逐着个人肉体和灵魂的人群，在这个波澜壮阔或泥沙俱下的时代洪流中，我寻找，我彷徨，我迷失，我沉沦，我自救，前途无路回头无岸时，河西走廊的太阳像一道惊雷在头顶轰响。我想起了十几年前我曾对河西走廊的期许，或者，河西走廊对我的承诺。我以刚愎自用的心态，在此行尚未启动之时，已为此行设计了一个完满的结局：河西之行，我将是一个永远怀抱阳光的人。

正是盛夏季节，白天头顶烈日，我穿行跋涉于沙漠戈壁间，眼前只有黄沙，只有被亿万斯年的烈日烤焦的黑戈壁；晚上回到任意一个距离沙漠戈壁最近的绿洲小镇，然后，在月光下，怀想白天走过的地方。月光如水，如水的月光让长空和大地变成一片漫无边际的秋湖，那月光就是荡漾着的秋水涟漪，天地都在秋水中漂浮，而月光照射不到的地方，留下一片片阴影。那不是我们所常见的那种被称为阴影的阴影，层次分明，浓淡相间，浓重之处黑云压城城欲摧，淡薄之地云破月来花弄影，看得见的地方空蒙幽远，看不见的地方正好放飞无边遐思。明知月光照射不到的阴影部分不是绿洲，却宁愿赋予其绿洲的全部意义。白天所见绿洲，那是太阳为河西众生提供的庇护所，而夜晚月光下的每一处阴影，却是月亮为

26

河西众生开辟的心灵绿洲。在无边的遐思中,阳光下的绿洲与月光下的绿洲拼接在一起,沙漠戈壁有多浩瀚,绿洲田园便有多么广阔。

此时,我已经幡然憬悟:阳光下的河西走廊是一个用眼睛可以看到的世界,而月光下的河西走廊则是必须用心灵才可看见的世界。把眼睛和心灵连在一起,把太阳和月亮连在一起,把过往和如今连在一起,也许,这才是一个完整的河西走廊。

我决定夜行。

在那些日子里,每个白天,每个夜晚,我都在行走状态中。千里地面上,以驿路中轴线为基点,旁涉两边,所有的城市,几乎所有的小镇,一一涉足过来。白天,在永恒的烈日下,沙漠戈壁中废弃的古城和各时代的长城遗迹,城镇的大街小巷,绿洲中的田园屋舍,能够涉足之地不遗余力;夜晚回到小镇,有月之夜,在月光下行走,无月之夜,在夜幕下倾听。河西的风从来都是夜行者,像那些千古以来跋涉在这条驿路上的旅人,而河西走廊的风是从不空手闲走的,时急时缓的风捎带着或远或近时急时缓的信息,千年间与镌刻在古驿路上绵密的脚印同样绵密的信息,切近着与古驿道同样生动鲜活的信息,过往和如今在这条古驿路上叠合,如那声声断断的阳关三叠,还有那苍凉千古的凉州曲塞下曲。大漠孤烟,长河落日,醉里挑灯看剑,沙场秋点兵,行人刁斗风沙暗,公主琵琶幽怨多,马思边草拳毛动,雕眄青云睡眼开,男儿西北有神州,莫滴水西桥畔泪。空旷之地,心神如天地般空旷,而正是这般的空旷,古人仅凭天性便可洞穿茫茫沙尘,向西,向西,向极西之西。太阳每日东升而西下,太阳落在了哪里,手中的东西丢了,尚且要低头寻觅一番,而照亮世界的太阳,每天西下之后的那一段时间里究竟藏身何处？距今一千七百年的某一天，一个名叫乐尊的内地僧人，万里西来，当行至敦煌三危山下时，他发现了那颗每日都要丢失一回的太阳。

那个时候，生活在东土的人，敦煌已属地理概念中的极西之地了，却原来，太阳的家在这里。乐尊来到太阳的家里，找着了太阳。他要为太阳建造一个永久的家，敦煌便是一个唯一适合太阳安家的所在。三危山寸草不生，唯有火焰般的阳光，任何生命都得凭借太阳的温暖而生，但在太阳的家里，太阳是唯一的起落轮回的生命。沙山高耸，在天地间逶迤不绝，阳光铺洒上去，每一缕阳光便是一颗完整的太阳，每一粒沙子便是一颗完整的太阳，地上的沙粒以反光的天性，让天上的一颗太阳幻变为地上的无数颗太阳。天上的，地上的，所有的太阳都汇聚于敦煌。这是太阳的家啊！而宕泉河却从沙山的缝隙中奔突而出，水流到处，一派草木恣意葳蕤。天上的太阳，地上的黄沙，生命的咏叹，在这里达成了梦幻般的共识。这里，只有这里！乐尊在沙山尚未彻底覆盖的沙沟里，在宕泉河涟漪可以间或温存的岩壁上，以一己之力，动手开凿第一座石窟。他把阳光和佛光看成是一种光。本来这也是同一种光，阳光照亮黑暗的天地，佛光让阳光抵达不到的心灵深处也沐浴在阳光之下。阳光，佛光，人的心灵之光，在三危山下宕泉河畔的一洞石窟中，融合为一种光，敦煌从此成为光的象征。

在那段日子里，我已经走遍了敦煌城区的大街小巷，也将与敦煌关联的各处圣迹悉心膜拜一遍。近处的莫高窟、鸣沙山、月牙泉，远处的古阳关、古玉门关、榆林石窟、诞生天马的渥洼海，还有那只有魔鬼才可创造出来的魔鬼城。我专程去看过古玉门关的日出，那是需要在夜半时分便要飞车追赶，才有望获得一眼之幸的距离。白天,磨洗过千遍的白刃一般的阳光,万道银针直刺身体的各处,体内的水分似乎已经被吸尽榨干了,而深夜的戈壁滩却寒风刺骨。天地鸿蒙未辟时的黑暗,能感觉到四围戈壁滩的无边无际,眼前却只有被车灯刺穿的那一溜天地。天地无声,而天地喧嚣,漠风掠过夜空,如万千海螺同时鸣响,漠风划过沙滩,大地如同一张坚硬的牛皮纸正在被撕裂。一座羊圈样的土围子出现在车灯撕开的天地间,突兀,孤独,孤傲。这就是那名闻古今的玉门关吗?是的,这就是玉门关。回到汉唐时代,你便是一个居心叵测的深夜闯关者,守关将士会因为你的唐突而严阵以待,如今,唐突的是玉门关,而不是深夜闯关者。一天一地都是空旷,看不见什么,亦无须看,只需倾听那来去无挂碍的风,便知这一片天地是何等的空旷。

太阳还没有出来,东边往常太阳升起的地方,此时升起的是被人们习称为鱼肚白的那种亮光。语言对人的思维的约束力真是太巨大了,而语言在描述事物时给人的思维造成的误区,几乎占据了人的生活的所有空间。我们生活在一个个误区中,一个个自己给自己精心设置的误区中。从古玉门关看出去,那片标志太阳升起的光亮根本不是什么鱼肚白,而是如同脚下黑戈壁一般的铁黑色。那是阳光照射在黑戈壁之上后的反光,青光泠泠,缭绕于青光之上的那片云彩,如同铁器淬火时激射出来的那种烟雾。正是黎明前的黑暗时分,可是古玉门关在这个时分,黎明是真的黎明,并不存在黎明前的黑暗。透过薄薄的夜幕,毫无遮拦的天宇无尽,毫无遮拦的大地无尽,在天地无尽处,那座羊圈似的土筑古城堡残迹,赫然天地的中心,以无尽空宇为顶,以无尽大地为基,俯瞰四方八面,俨然天地之砥柱。晨风一波波刮过,像是无羁的孩子,在无边无际的戈壁滩上无羁地奔跑着,而一个白天的阳光积存在戈壁滩上的温度早已被一夜的漠风驱赶到了比远方更远的地方,留给古玉门关的只有寒冷,彻骨的,以气象温度衡量仍算得上高温,实际感受却是寒冷的那种寒冷。瞭望太阳升起的地方,还是一片清冷冷的铁灰色,而天地之间如同一座被清空的无边无际的仓库。无边无际的苍茫,一无所有的空旷。而在这里,无边无际与无穷无尽同义,一无所有而包含万有。明明看见太阳已经离开了东边的地平线,却不见那种冉冉的、光线逐次铺展开来的日出。太阳有被云层遮蔽的时候,这是正常的天象,古玉门关独立于天地空旷处,却并未独立于天地之外,看来,只能看一场看不见的古玉门关日出了。

就在一错眼间,天地忽然一片炫目灿烂,恰似在一座巨大的光线暗淡的空屋子里独自摸索前行,一支巨型火炬爆炸般点燃,轰然而至的明亮足足吓人一跳;或者,像是一个顽童在跟大人玩失踪,在你焦灼寻找而不得时,突然间从某个完全出人意料的所在闪身而出。我去过许多以看日出而闻名的地方,那些地方的日出,其实与大地上任何地方见到的日出并无多少特异,太阳从地平线上冒出些许射向空宇的光华,太阳露出半边脸,全部露出来,光华顺着苍穹逐次下移,逐次在大地上铺展开来,如此而已。而古玉门关的太阳却是猛不丁从地平线上跳起,在你错眼或错愕时,已经升起一人高了。跳起后,悬浮在距离空宇和大地等距离的虚空中,然后,长时间地悬浮在一个位置。像是漂浮在水中仍在燃烧的火炬,火焰映照着水波,水波承载着火焰,又像是谁在那里托举着一盏红灯笼,风吹灯笼,火苗俯仰,灯苗摇曳,不是太阳在冉冉升起,而是大地随着阳光的逐次铺展而冉冉升起。收回目光,四望大地,黑戈壁一派红光激滟,近处的古城堡,远处的残破烽燧,如一个个到死心如铁的守边男儿,没有得到撤防的命令,历经千年风雨,他们的哨位也不曾移动半步。

一次夜行，让我恍然知觉，敦煌的白天和夜晚不仅仅是晨昏之别，不仅仅是看得见和看不见，而是，白天看得见的，夜晚一定也看得见；夜晚看得见的，白天一定看不见。看不见的那些，也许才是敦煌的魂魄所在。在白天，自然之光照亮了敦煌，而自然之光不仅属于敦煌，凡是沙漠之地，阳光都是那样奢侈，而敦煌的夜晚，仍然给人一种明澈如白昼的错觉，头顶永远有一颗不落的太阳，每当心头升起黑夜将临的警报时，一束光亮便会适时照临。也许，那就是佛光，千年前照亮佛徒乐尊的那束光芒，被佛徒乐尊留驻在敦煌千年的那束光。那束光曾经照亮了无数东来西去旅人的黑暗旅途，他们将这束光留驻在心口，每当黑暗来临时，眼前便光芒四射，心头顿时昭昭然，天地顿时昭昭然。

那一晚，我去了鸣沙山。距今不过十几个寒来暑往，可那时的敦煌相当开明。当然，除了莫高窟，那是绝对的、任何人都得谨守规矩的禁地。而鸣沙山这些自然景观，在夜晚，却还处在自然状态。在白天，购票，行走路线，出入时间，一切都井然有序，到了夜晚，让自然的回归自然。也许，这是管事者对怀有自然情怀者的一种恩赏。不公开主张，也不严格限制。敦煌城区距离鸣沙山大约六公里路程，一条黑色的马路相连，马路两旁都是戈壁滩。夜幕降临，一切交通工具停运。不算远的距离，荒凉的戈壁滩，在默默地考察着你是否真的有一腔自然情怀。大批游客返程时，我迎着游客而去，夕阳依依下沉时，我来到景区大门外。一道简陋的铁闸门，不足以阻挡我的夜游之心。鸣沙山下的阳光已然褪尽，阳光将最后的光晕涂抹在沙丘顶上，艳阳下的白沙此时变为金沙，一朵朵沙丘浮泛着迷离的金光，向西天无极处延展。沙丘与沙丘的每个折角,却形成一片片浓重的阴影,每道折角好似刀刻或者精工雕砌出来的,那道折线明暗严谨,丝毫不乱。而蜗居两座沙山夹角之地的月牙泉,已经采摘不到任何来自天上的光线了,形成一道月牙状的幽深的阴暗。可是,谁都认得出这是月牙泉,不是凭事先的经验,而是眼见的风景。鸣沙山制高点的一片光晕,好似一轮初升的羞羞答答的月亮,正好将一弯光亮,飞洒在月牙泉中。我不知道这是造物主施展了怎样的一种手段,我只有震撼,然后静默。

我沿着一条直达鸣沙山山顶的折线攀缘而上。我攀爬过无数沙丘,却不曾见过这样的沙粒。我只能称之为沙粒,找不出描述此类物质另外的更准确的词语。没有颗粒,只有沙。是沙粉,面粉一般的沙粉,细嫩的,柔软的,温暖的,缠绵的。我看见一缕缕涓流一般的沙粉,却不是水往低处流的那种流向,而是人往高处走的走向。白天,无数的游人将沙坡踩烂,沙坡坍塌下滑,沙粉堆积在山脚下月牙泉旁。有些游人有意落在今天的最后,在沙坡上留下自己的印迹。第二天第一个前去观察,却发现,鸣沙山一如远古地平滑,沙丘尖儿溜直,沙坡上的沙纹如水纹般舒缓有致,昨日的故事被尽数抹去,与未有人迹前的原初状态一般无二。我是事先知道这一奇观的,而此时却是亲见。我目睹了晚风从空旷的戈壁滩来到月牙泉旁,完成集结后,分批从不同的方向,从山脚向山顶推进,将人为倾泻下来的沙粉,再一层层顺推上去,直到将一切恢复原状。并且,也不忘盖上印章,如同小时候在粮库见到的,每一堆粮食上都有的印记。水波纹的,莲花瓣状的,枯枝状的,禽鸟的爪痕,走兽的蹄印,斑驳万状,好似一座艺术展馆。回头看,自己刚才踩出的脚印,正在被一一抹平,有些沙粉走在我的前面,修复他人留给沙坡的创痕,有些沙粉则跟在我的身后,替我遮掩我的冒昧闯入的罪过。

爬上制高点,回环四望,一边是无垠的戈壁滩,戈壁滩的深处便是华灯初上的敦煌城,而另外一个方向,则是那无尽的沙丘。只有个别沙丘的顶部,还可触摸到阳光的余晖,一座拥有余晖的沙丘,便是一颗在云层中忽隐忽现的月亮,月光则被云层完全遮断,给周边形成无边的浓重的阴影。脚下的鸣沙山山顶却是一团金光迷离,只有一团,农家打麦场大小的一团。仰首向西,依然能够看见紧贴在地平线的一溜夕阳。鸣沙山算不得高大,勿论在地球上的高山谱中的排名,即便在敦煌这样的一抹平畴之地,也不过是一座再也普通不过的沙丘。然而,当周围的大地都被夜幕笼罩之时,鸣沙山却可独享一日最后的阳光。我猜想,此时,如果敦煌城内有人正好遥望鸣沙山,一定会看见这一片一日最后的光彩。晚风来自四方八面,而四方八面的晚风却只有一个目标,都在向鸣沙山山顶汇聚。沙粉随着晚风,像是婉约的湖水,一波波向山顶漫卷。你能感觉到自己正在慢慢升高。白日里,被无数的人踩踏崩塌凹陷的山顶,被填补,被垫高,沙粉不会掩埋你正踩在沙山顶上的脚,沙粉从你的脚底渗透进去,山顶被逐次修复,你也被逐次抬升,你随着山顶一起升高。

这是纯粹的自然现象,人们早已根据自己所受的科学训练,赋予了合理的科学认识。可是,人却宁愿相信在自己所处的看得见的世界之外还有一个自己看不见,且对世界,也对自己产生着重大影响的世界。而且,人们宁愿在这个世界面前保持无知。无知是人们在世界面前应有的一种谦卑,一切都知道,一切都明晰,那么,便要因此承担责任。为世界担责,为自己担责,而有些责任却不是自己愿意或能够担当的。重要的是,自己无力担当。现在有了无知作为挡箭牌，以此为护佑之盾，种种的推脱、延宕、顺从，乃至顺其自然，似乎都是可以被理解和原宥的。人在不知不觉间，变得无比强大，甚至无法无天，眼里看见眼前某些完全自然，也并未对自己造成什么不便的事物，心中油然而生的，往往是征服、改变。而有些征服改变行为，纯属损人不利己，纯粹是为了满足内心某种不可告人的欲望。这是一种恶念，根深蒂固，带有原罪意味的恶念。正是一个个这样的恶念，倾覆了自然界原有的平衡态，从而也毁灭了自己原本和谐的生存环境。鸣沙山脚下的月牙泉，便曾遭遇过出自人们的恶念而带来的厄运。在人定胜天的口号如摇滚乐般达到癫狂状态时，曾有那么一批自小生活在月牙泉边的人，当他们得知，在这流沙千里地界，所有旺盛的生命，所有清澈的水流，所有坚固的城堡，都在流沙的侵袭下湮没无存，而月牙泉却在洪水、干旱、沙尘暴的频频肆虐下，亿万斯年，从未发生过任何改变，小小的一汪清泉，从不曾因为洪水而增一分，亦不曾因为干旱和沙尘暴而减一分。这让那些立志征服整个世界的人心下很是不爽。他们调来几台大型抽水机，他们胜利了，月牙泉水位下降了，没有足够水量护佑的沙堤崩塌了，从那以后，月牙泉再也没有恢复到先前的规模。而无数类似的疯狂行为，让亿万斯年独力撑持着方圆千里地界生命平台的敦煌绿洲，缩身为茫茫沙海中的一叶孤舟。

　　人是需要约束自己的能力的，为了别的生命，更为了自己。在当下的生命界，人已成为绝对的主宰。可是，人有能力主宰别的生命的命运，却唯独不能主宰自己的命运。当一种生命强大到不受任何生命的制约时，毁灭是必然的。自己毁灭自己。人什么时候在字典中，在内心里，彻底抹去征服的字眼，那才是拯救，或自救的态度。在敦煌，自从汉武开埠、乐尊开窟，千百年来，在反复的盛衰荣辱中，人们已经知道了该怎样善待敦煌。不是征服，亦非改变，而是改良。过了几年，又来敦煌。那是一个第二天便要进入冬天的秋夜。黄昏抵达，穿过城区，尚未来得及观摩敦煌的变化。车子出了城区，直接往鸣沙山方向而去。夜色朦胧中，恍然惊觉，城区与鸣沙山之间原来的空旷被什么东西填充了。原来的戈壁滩里成长着大片大片的树木，有果树，有各色沙地草木。在树林中，赫然矗起一座辉煌的古典式建筑。这就是今夜要下榻的酒店，位于城区和鸣沙山的正中间。饭后，来到马路上闲走，原来的空旷被填充后，变成真的空旷。原来的空旷是无物之空旷，人可以把自己以往在生活中存储过多的杂物，一一卸载在这空旷之地，趁便歇歇肩，喘口气。可现在没有空旷了，负载着的还得继续负载。在来敦煌的路上，我已经给朋友讲了夜行敦煌的高妙。

　　正是淡季，这个季节敦煌本地人许多已离开敦煌去外地度假了，而外地人像外国人那样稀少。我和朋友决定夜游鸣沙山。两边是草木，秋风扫落叶，万木萧疏，秋风在草木林中任意穿梭，沙粒被草木禁锢了，秋风便拾起枯叶，随手挥洒，仿佛整个敦煌城都被秋风抬起，悬浮在虚空中。草木夹持的宽阔的马路上，只有我俩。秋风把我俩当成了莫名其妙的人，在一个不适合的节令和时间造访敦煌，而我俩也将敦煌的秋风当成莫名其妙的风，一叶落而知秋，在这条空寂无人的马路上，并没有人需要知道现在是什么季节。到了山门前，铁闸门关闭着，却留下大狗可以出入的空隙。凡是门，要不完全关闭，要不大开大门，半开半闭，显得有些暧昧，甚或有故意招徕的嫌疑。我俩钻了进去。秋尽冬来，月亮不知何时已然挂在半空，像是一张血色耗尽的女人脸，苍白，寡白，僵死的那种白。月光洒在地上，仍是那种铅灰色的没有生命迹象的灰白。

灰白的月色,灰白的沙色,灰白的遥远,灰白的切近。反身看看我俩洒在沙地上的身影,竟如同传说中的鬼魅,过度地膨胀,虚浮缥缈,有时候,影子距离身体过于远了,好似不是我俩的身影,有时候影子却与身体过度贴近,好似还有另外的人,另外的影子。我俩同时发现了这个机密,几乎同时毛发直竖。而蜗居在山坳的月牙泉,在灰白的月光下,似乎变成一条巨大的发射着幽光的怪物,沙丘折射出来的阴影,则堆砌为一座座倒立的黑色的金字塔。

没有人说出内心的惊悚,也没有人说返回的话,但两双脚同时改变了行走的方向。出了山门,回头再看刚才抵达的地方,月光清凉,沙山静谧,而月牙泉则隐身在沙丘之间。一切如常,一切如秋尽冬来之敦煌之常,只是先前没有在这个节令来过敦煌。已近子夜,秋风搜刮尽了体内储存的温暖,而此时,头顶正上方的虚空中突然传来人的说话声。细看,细听,却是一只高音喇叭。广播的内容是某个品牌的啤酒广告。突兀而滑稽。四顾无人,夏天的单衣已无法抵御秋杪之寒冷,仿佛谁真的将冰冷的啤酒兜头浇下,身心内外都是彻骨的冰冷。我说,这是专门给咱俩做的广告,这是多大的抬举,咱俩该领这份情。朋友是个着实人,郑重说,应该。沿着来时的大路返回,静夜的秋风如同失去管束的顽童,肆意地啸叫着,肆意地混闹着。大路边,树丛中,一豆灯火明灭,试着查看,果然是一间家庭杂货店。要了四瓶广告中的啤酒,一人两瓶,仰脖囫囵灌下,彻骨的冰冷,五脏六腑,连同骨头,似乎都被彻底清洗了一遍。都是在红尘中烦闷到崩溃地步的人,谁料想,一个自虐式的恶作剧,竟会生出如此神奇的结果。敦煌式的幽默,敦煌式的救赎,如同王道士打开并出卖的藏经洞经卷,以恶噱始,以善果终,因果如此相悖,因果却宛然互证。

东土之人西去的最后一站,西来东土之人的第一站,最初和最终在敦煌高度重合。鸠摩罗什被西凉大军劫持至敦煌时,他的坐骑,那匹将一代高僧从西域驮来的白马,耗尽了生命的最后气力。大师给爱马举行了隆重而悲怆的葬礼。党河边上,一代大师,一匹白马,西域东来的大师,注定了要为中土之人注入精神活力的大师,西域东来的白马,主人的体重不会超过同行的任何一个赳赳武夫,但它也许觉察出了主人的真正分量。七万大军,横渡千里流沙,专为它的主人而来,这是何等的世间盛事啊。无比的荣宠,无比的庄严,无比的荒诞。承载主人走完大地上最艰险的数千里路途,主人踏上了繁华东土的第一站,主人的演出开始了,仆从退居历史的幕后。无法猜度鸠摩罗什当时的心情,但,白马死于此时此地,又何尝不是对主人的某种暗示呢?鸠摩罗什还要继续东行,数千里征程还在等待着他的脚步去丈量,而此次东土之旅,于他,于他弘扬佛法的心中大愿,休咎吉凶,实在难以逆料。指令劫持他前往东土的中原王朝,在他艰难跋涉于茫茫沙海之际分崩离析了,当下统领大军劫持他的人,已经生出自立河西的王霸之心。大师在党河边择了一块闲地,安葬了与自己同生共死的伙伴。白马塔是后人修建的。鸠摩罗什羁留凉州十七年,在长安译经弘法十二年,佛法因为他而在东土的面貌为之一变,境遇也为之一变。追本溯源,白马与有荣焉。民间传说,那匹白马是西海小白龙的化身,专为鸠摩罗什的东行而幻变为马。人世间从来都没有过真正的公平,也因此传播众生平等的佛法得以弘扬。但,人世间又从来都是公平的,或在身前,或在死后,即便是一匹供人役使的马,后人同样会为之叙功记劳,铭石不朽。白马塔矗立在敦煌大地上,塔分九级,八角相轮为座,仰莲花瓣围绕塔身六角坡刹秀盖顶,每只角悬挂一只风铃,有风叮当,无风亦叮当。

初夏的一个深夜,我前去膜拜白马塔。白天的敦煌是阳光之都,而夜晚则是佛光照耀之都。佛祖西来何意,这是历代佛徒都在冥思追询的问题,其中的深意从来无解,也许永远无解。但,西来弘法的路上,西去求法的路上,无尽的雪山大漠,无尽的艰难险阻,高僧们靠的是什么一次次只身穿越,一次次化险为夷?他们的双脚,他们骑乘的马匹,从来都是踏在坚实的大地上,千锤百炼的肉体,千磨万击的意志。我本俗人,有着俗人的懒惰。大街上出租车应有尽有,敦煌城不大,五块钱的起步价可以通向城区的每一个角落。但我要步行而去,不知道白马塔的所在,我要问路前行。即便如此,在古人那里,不过是饭后消食散步之劳。一条条通衢大道,一条条逼仄小巷,党河大桥横亘在月光树影下。当头明月朗照党河碧水清波,天上之月只有一轮,水中之月如空宇繁星,无风,河边旱柳枝条垂挂,而水中倒影却婆娑摇曳。桥那边便是乡村了。在敦煌,无水之地,砂石磊磊,寸草不生,只要有水,草木疯长,田园扰攘。

静谧如远古的村庄,农舍掩映在高大树木之中,月光飘洒在树梢和屋顶上,而乡村道路完全处在浓荫下。偶尔有农家狗被脚步声惊动,它们只是例行公事吠叫几声,并无认真对待之意。在村庄的深处,一片用围墙转圈围拢的果园里,一塔兀然耸立,明月之下,树荫之中,风铃泠泠作声,一千六百年前的一个明月之夜,一代大师,一匹白马,曾于此诀别。

继续往村庄的深处走去,那里还有敦煌古城的一截残垣。敦煌城始建于汉武时代,而最早的敦煌城早已复归于敦煌大地。这段城墙是西凉王李暠所建王城。李暠乃大唐李家天子先祖,二百年后，他的后代举起了华夏历史上最耀眼的大唐旗帜。这个家族肇兴于陇西，西行流沙之地，积聚数百年，又东行千里，在郡望所在的关陇大地，开辟了盛唐伟业。一头是河西走廊的最西端，一头是河西走廊最东端的延伸之地，河西走廊如同一根扁担，挑起了李唐家族的过去和未来。月光下的这段残垣，便是大唐李家的奠基之地。流沙湮没了多少曾经辉煌无比的城堡，漠风曾经摧折了多少纵横天下的英雄旗，而这段残垣，却残破了千百年，耸立了千百年，注定了，还要如此残破下去，如此耸立下去。

这就是历史啊，残破着，耸立着，耸立着，残破着。一位南方作家在游历了敦煌之后，沉默许久，然后写下三个字：圣敦煌。而另一位声名如日中天的南方诗人在游历河西走廊后，一行诗都不曾写出，他沮丧而又油然说：河西走廊让我感到自卑。三十年间，我踏上河西走廊的土地不下二十次，膜拜敦煌不下十次，我已从一个黑发扰扰的懵懂少年，变成一个如河西走廊般沧桑的人，而阳光下的河西走廊仍是那样地一览无余，月光下的敦煌仍是那样地高古幽远。最近的一个月间，连续三次河西之行，其中有两次抵达敦煌。初夏季节，我亲眼看见了河西走廊如何由冬季、春季到夏季的转换过程。一个月，三个季节于此辗转腾挪，立夏后的某一天，河西走廊的几个地方突降冬天的大雪，河西走廊的另外几个地方，则刮起了春季的沙尘暴，河西走廊还有几个地方，却正在宣告夏季的瓜果熟了。这就是河西走廊。流连敦煌的几天里，照旧夜访鸣沙山、月牙泉，照旧夜访白马塔，走着去，走着回，深夜去，黎明回。最后一个夜晚，敦煌本土书法家张无草邀请去他的画室坐坐。敦煌是草圣张芝的故乡。张无草的画室在露天，那家距离鸣沙山最近的酒店的楼顶。三层楼，城堡式，三楼楼顶平台供游客喝茶聊天，另一栋楼房的二楼楼顶平台是表演敦煌歌舞的场所,坐在三楼看二楼,一切尽收眼底。尽收眼底的还有鸣沙山。月色下,几公里外的鸣沙山宛在目前,月光下的沙丘,沙丘间的阴影,山下的果园,共同构成一幅卷帙巨大的山水画。

敦煌古乐奏响,敦煌飞天舞翩跹,张无草展纸泼墨,应节挥笔,一个个"佛"字在乐舞中翩然宣纸上。这是他独创的字体,名为:一佛九写。无论谁的名字,无论笔画繁复简约,都可在一个"佛"字中一笔而成。不是牵强附会,而是妙合无垠,谁看了那个"佛"字,都会认出那就是自己的名字。而且,一个"佛"字,同时含有多才、多子、多福、多田、多寿、多龙、多祥、多喜、多多。有这九样,你还缺什么,你还需要什么?而这九样却是融汇在"佛"字的笔画中的,这一笔,一心向佛,这一笔,三千佛,这一笔,阿弥陀佛,这一笔,心中有佛。真个是,笔笔向佛,字成佛生,一字成佛,你在佛中,我也在佛中。单立人那一笔,是人身半跪,双手合十,一心向佛,而构成"步"字,其余二字,则尽在"弗"中。此前,我自学书法,曾反复练习三个字:弗,拂,佛。取义为:勿要拂了佛意。完全出乎随心随意,而今深文周纳,莫非真的会有什么来自冥冥之中的启示,或警示?佛都敦煌,阳光之下,一切昭昭然,月光之下,一切又昏昏然。

可是,追询自己不知道也不该自己知道的事物,既是人之天性,亦是人性幽暗之明证。佛祖西来何意?敦煌乃佛祖西来首站。问敦煌,敦煌曰:敦者,大也,煌者,盛也,佛者,万有无缺也。

五　绝地之音

那年深秋的一个黄昏,我呆坐在陕甘交界处一座古长城的营盘上,怅望着大沟那面踟蹰在山坡上恹恹的夕阳,倾听着那串如丝如缕如歌似哭的歌声,被风沙折磨了半个月的干涸的眼眶,不觉间盈满了清泪。多年间我怀揣着那串无词无调的歌声游历了许多美丽的、荒瘠的地方,谛听过许多古今中外的人都为之倾倒的乐音,但时刻能够震撼我心灵的能进入我血液骨髓的仍然是这串无词无调的歌声。每到一地,每结识一个新的朋友,在酒酣无状之时,我都毫无例外地要讲起那天的经历和感受。每一次的讲述,所用的语调、词汇、情绪,甚至描述的事实本身,一次和一次都不尽相同,甚至大相径庭。但每一次都让自己感动得不能自拔,也常使对方泪眼盈盈。所以这样,我想我是力图使自己的心智接近那个黄昏,复原那个黄昏的感受,然而,一次一次的努力却使自己对原来刻骨铭心的经历的真实性也产生了怀疑:那一刻究竟是现实还是梦幻?然而,每当那串歌声訇然回响心灵狂荡难已之时,我仍铁定了心,那就是诗人海子那响彻人寰的心愿:那幸福的闪电告诉我的,我将告诉每一个人!

那年秋天,我随导师踏上了徒步考察长城的征程。进入陕甘宁蒙一带,我的心整日被强烈地震撼着。那是一片什么样的土地呵,大沟横断,小沟交错,沟中有沟,原本平展开阔的黄土高原被洪水切割成狰狞的黄土林。我们背负考察工具,和采集到的秦汉边卒使用过的遗物标本,整日跋涉在这无边无际的黄土迷宫中。晚秋的朔风走涧窜谷,刮得干枯的黄土崖面一片乱叫如蝉鸣。在这典型的黄土沟壑地形里,唯一标志我们方向的是长城。细心看,有一条高约二三米的土垒顺山脊若隐若现、时断时续蜿蜒伸展。这一带的长城在修筑时,充分利用了天然地形,因高而置险,因险而置塞,因沟而开堑,因堑而起垒,千百年来,由于洪水冲刷,原来较为和缓的沟壑现多为绝壁危沟,有些区段的长城高悬于数十米,甚至百米的沟崖之上,使残存的一线土垒,倒显得格外威风壮观。

整日里见不着生存在现时现地的人,能与我们交流的只有秦汉边卒的遗迹,那无阻无碍的朔风挟着远古的灵感,一拨一拨地注入我们的身心。用残砖断瓦、夯土层、灰烬、烽缝城障、破碎伶仃的白骨,还有零星的箭镞,将这些置于山川地理之中,置于浩繁的典籍之中,启动那颗秦时的心汉时的心,还有共和国的心,已逝的时代风貌便一一披露眼前。那天,我们向营盘梁进发。在熹微的晨光里,已能清楚地看见营盘梁的一切。这是一座屯兵的城堡,高居于众壑之首,无论从哪个方向望去,这都是一个襟山带河,俯视四周的所在。站在沟这边,似乎迈出一大步就可站在营盘梁上。预料之中的是,我们下了沟,立即就被淹没在黄土林中。为越过一条洪水随意冲出的毛沟,也得七绕八绕,历经艰难,费尽气力。在自然轻描淡写的恶作剧中,人竟是如此的疲弱。午后三时许,我们才绕至营盘梁的脚下。仰面一望,不由倒吸几口冷气。在群沟群壑之间,托出一座馒头似的山峰。山顶尘雾迷蒙,陡直的山坡连羊肠小道也无一根,只有些许衰草在朔风中絮絮叨叨。一天未见着人影,全部食物只有一块干硬的馒头和半壶凉水。必须赶天黑前翻过营盘梁找到借宿的人家,要不山中的野狼会使我们成为古长城线上的遗骨。我和导师开始爬山。我背着几十斤重的标本,导师带着考察工具,在无路处寻路,在陡崖中寻找立足之地。我敢说,我的脚印,今生今世以至永远,不会再有第二个脚印与之重叠。该缓口气了,该补充力量了,一块馒头,此手传入彼手,馒头上只留下几道模糊的牙印,半壶凉水,你喝了我喝,摇起来仍咕嘟有声。这可是我们师徒的生命啊!

终于,攀上了山顶。黄乏的太阳已站在了一根黄土柱上,随时准备一跃而下,将山川人灵都置于无际的黑暗之中。山顶的风很厉,似乎这仍是一座被围困的营盘,风从四面沟崖齐向山顶冲击,一道道土烟合围上来,营盘萧瑟,隐隐有金戈铁马之音。趁着天色尚明,我们立即架起望远镜,观察四周形胜,拍照,搜集遗物,绘图,记录。这是一座巨大的城障,城头上攻战、生活设施一应俱全,处处遗迹都透射着当年的威武壮观。我们站在城墙上,寻找继续前行的路。这时,一个场景牢牢地攫住了我。

面前又是一条大沟。夕阳仍然飘在那面沟坡上。一眼望不见边沿的沟坡破碎而陡直。有一块平地,满沟坡只有一块平地。那是一块什么样的平地呵,沟坡向沟底延伸,突然被沟内冲出来的洪水迎面斩断,在面前划出一道深达百米的危崖,山坡上涌下来的洪水则从两面切割下来,各自形成危崖,中间只留下两亩见方的一块平地,岌岌悬于三面陡崖之上,余下的一面如一根细绳拴在山体之上。距平台不远有两棵山椿树,树下有几孔土窑洞,一群鸡,一条大黑狗,几头猪,还有几头大骡子在树下或站或卧。山坡平缓处,铺展着有耕种痕迹的山坡地。平台上正在打碾庄稼。一头大骡子拉着碌碡在场内不紧不慢地转圈儿,一个人一手牵缰绳,一手扬皮鞭,皮鞭并不往下抽,只绕在空中,偶尔鞭鞘一抖,啪的一声,那声音就沿着三面沟崖哗啦啦传出去,很远很远,直到听不见任何声响,还觉得有一股声音驰向遥远。那人拉着骡子转在了崖边,阳光依然洒下来,远远看去,人和骡和碌碡好似在空中行走。我的心跳起来,人或骡只要走歪一步……那人高扬起手臂,鞭鞘也张扬起来,骡子和碌碡也欢乐了几分。突然,那人唱了起来,细听,那歌无词,也无统一的曲调,只有一种内在的音韵连续在一起。如果说有歌词的话,那只有"咧"一个字。咧—咧—咧—……歌声好似被鞭鞘越沟撩过来,抑或是被风断断续续扔过来。满地是无边的黄土壑,昏黄的夕阳浮在黄土上,满地好似涂着秦汉边卒那风干的血。那歌声,似情歌却含雄壮,似悲歌却多悠扬,似颂歌却兼哀怨,似战歌却嫌凄婉……那是一首真正的绝唱,无词,而包含万有;无调,却调兼古今。

根据地势,那是长城的外侧,也就是长城要守御的对象。长城一线,仅一墙之隔,即便同民族,甚至同家庭也风俗迥异。其显著标志便是寒食节,长城内侧家家户户送寒衣,而长城外侧则无此风俗。长城不光是一道军事防御线,更是一道文化分界线,心理分界线,这条线已超越了历史,超越了民族,它是一种习惯,一种地域自觉。那么,对面平台上引吭高歌的究竟是秦汉边卒的骨肉还是匈奴的遗脉?仅一沟之隔,便有山河悬远,可望而不可即之感。我只有倾听他那洞穿物障的声音。咧—咧—咧—……他究竟要咏叹什么,歌颂什么,怨怼什么,冀求什么?他是为秦汉边卒而歌还是为匈奴先民而歌?抑或是为千年历史陈迹而歌?甚而至于他压根儿什么都不想不屑也没有表达?无词,无调,那单调而变幻无端的音

44

符随着朔风洒向山川沟壑,沿着陡崖一路流淌而去,汇入风沙草棵中。

多年来,我一直在寻找那支歌的词和调,为此我翻遍了几乎所有可以找得到的形式各异的黄土高原民歌卷册,为此,我喜欢听各种音乐和各种嗓门唱出的歌。尽管,我仍不懂音乐,不会唱歌,但我坚信人的心灵是相通的,只要有一支歌与那支歌重合,我便会立即将其捕捉。遗憾的是我的寻找距离原目标愈来愈远,我甚至不能确定世间有无那首歌,或者我曾否听到过那首歌。尽管那首歌仍时时刻刻奔来耳畔,那清晰的音符有力地敲打着我的心灵,让我一次又一次地感动。我相信那是真实的歌音,要不自己怎么会不断地被感动,并且不断地感动着越来越多的天南地北经历迥异的朋友?

我无法确定它,但我必须接近它,捕获它。

过了几年,我闯进了腾格里大沙漠。不知不觉间,满世界只剩下我一条生命。这时夕阳平洒下来,望不断的沙丘便如远古宫殿的金柱,矗满了我的四周。哪一根金柱可供我依靠,哪座宫殿供我憩息,怅然良久,满地都是与生命无缘的荒漠。那串歌吟这时突然奔入我的心房,我濡湿了干裂的嘴唇,迎着依依下沉的夕阳唱了起来。咧—咧—咧—……哦,是那声音,是那来自古长城线上的声音。我至今也不知道那天我究竟唱了什么,但我肯定,那一次我确切地捕捉住了那串古长城线上的音符。

绝地,才能迸发出绝唱,绝唱,永远是绝地的宿命。绝地之音,并不仅仅传达悲壮哀婉,它是生命本身,每一个音符里都透射着生命的全部内涵。它不是用具体的词、调所能表达清楚的,身处无语无理性之境地,废词失调才是真实生命的展示。

六　风雨周祖陵

清明节的那一天，我登上了位于庆阳城东的周祖陵。难辨向度的厉风卷地而来，亦寒亦暖的雨雪潇潇而下。清明节永远是一个感伤的节日，天空飘着的是雪花，落在地上的却是雨滴，河川地里春雨润物，周祖陵上白雪霏霏。是否，远去的周祖在冥天冥界仍在护佑着他的子民，把寒冷揽入胸怀，将温润赐给后人？子曰："未知生，焉知死。""祭神如神在。"我只能以一个凡人的见识去猜度一位圣贤的博大胸襟了，我蓦然想起在大雪纷飞天，老爷爷们毫不犹豫地将唯一的皮袄裹在小孙子身上，自己却以苍老的躯体迎击风寒。这实在是人间最普遍的风景。

可是，我却不是来祭祖的。我一向认定，祭祖是无根的游子寻根的一种仪式，或是心无所依者的自我慰藉。我虽曾长时间地远游过，但我远游的目标却是出发地，我的脚板上始终黏结着故乡的泥土。生于斯，长于斯，安身立命于斯，脚下的路是祖先一脚一脚踩踏出来的，安居的土地是祖先披荆斩棘、焚茅断草开垦出来的，赖以果腹的食物也是祖先寻寻觅觅、甄别良莠选育出来留给我们的。走近祖先，扪心自问，祖先真是对后人想得太周全了，血脉精神是祖先所赐，生存手段是祖先所教，连身体的否泰痛恙祖先也无不关怀备至，使多少痛苦的病体重新闪耀生命之光的岐黄医术就是在脚下这片土地上宣告诞生的。风,将祖先数千年镌刻在黄土地上的脚印搜刮而来展现在我的眼前,雨和雪又将祖先数千年的冷暖寒温尽洒在我的四周。一时,我被祖先的博大深厚所淹没,我回环四顾,发现自己只不过是祖茔前的一粒土或一棵小草而已。

大恩不言谢,大德无由报。面对容天括地的祖先功业,我的祭文将何以开头又何以结尾呢?我只有投入祖先的怀抱,演绎祖先的精神血脉,为自己的生命找寻源头活水。

我曾研读过许多载有庆阳人文事迹的史书,试图廓清历史的迷雾,使几千年的庆阳对我祖露无遗。这可是我安身立命之所在,它的过去怎么样,现在怎么样,未来又会怎么样,一种什么样的生存密码在串联着古往今来?我要明明白白地生存在这块土地上,明白我在这块土地上该做什么,能做什么。谁知,所有的史书向我展示的都是:混沌。天苍地茫,历史邈远,足迹杂沓,难分难解;即便是现实的这块土地上,也是川塬交错,水旱互织,古老与现代相伴,落后与文明共处,历史的迷宫还未打开,现实的迷宫又矗立于前,我只有一遍又一遍地怅然曰:"这是一片不可思议的土地。"然而,人类的思想史告诉过我们一个简单道理:天地万物本来就是人类的知识库,谁偶尔从中捡拾一些,谁就获得了知识。当我登上周祖陵四处眺望之时,我发现,庆阳的一切明明白白写在庆阳的大地上,字迹磊磊分明,而且智愚咸识。

城东是河,城西是河,两条河都一岸护着城,一岸傍着山,庆阳城就是山城水城了。两条河是天然的护城河,两面山是天然的屏障,形同城郭,高大坚固的城墙依两河而筑,便是内城了。两山依河而南走,永远相隔相峙,无有相交相会之机,而两水却在城南合流了:一片巨大的空缺仰城头展开。可是,两山皆有灵,偏偏就在两水汇流之地留下一座伟岸的孤山，阻南门而独立。这样，庆阳城就四面皆山了。人们都把庆阳城称作凤城，当然，一种绵延已久的称呼自有它特定的内涵和传承的惯性，但我更愿将庆阳城称作龙凤城，既有龙的精神，又有凤的仪态。我有我的道理，人人皆知周王曾斩断了龙脉，无龙又何来龙脉？况且，龙居于水，凤栖于山，庆城两水并围，两山夹辅，龙盘水上而眼望两山，是龙朝凤之象也，龙凤相欢相洽，共同造就了庆阳。以勘探家的眼光看，将庆城比做龙，是其两山两水气势奔腾绵延不绝之象；而比做凤，是城垣缘水而筑，仰山而走，循山水之形而成城之状。鸡头、蛇颈、燕颔、龟背、鱼尾，仁立于周祖陵，庆城宛如一只巨凤栖于平川。

其实，略识中国古文化的人都知道，凤也好，龙也罢，都是一种象征物。那么，"凤"象征什么呢？《论语·微子》云："凤兮凤兮！何德之衰！"后人释之为："知孔子有圣德，故比孔子于凤。"原来，古人将有德操之人喻之为凤。周祖教民稼穑，百姓安康，故古书称周为"凤德"。而龙呢，则象征着王者威仪，唯此是尊。古往今来，称王称帝者可谓多矣，自称龙种凤种的更是数不胜数，但是，将自己的血脉拐弯抹角地攀上龙附上凤，就有了龙之威凤之仪了么？结果都不过是为后世积攒了用之不尽的笑料！而周人靠什么从一个偏僻小邦挟北山之劲风，南下关中，东取中原，定鼎天下呢？千古一律的回答是："德"。《诗经·大雅·大明》篇是一首周人自述开国历史的诗章，诗中详述了周族兴起、发展、壮大到剪灭强大的殷商王朝的全过程，我们可以看到，当时殷商是多么的强大，所谓"殷商之旅，其会如林"。而相对弱小的周人又是怎样取得了牧野会战的胜利呢？你看，周人虽然获取了天下，但他们的头脑是多么的清醒，又是多么的明智。诗的开篇即说："明明在下，赫赫在上。

天难忱斯，不易维王。天位殷适，使不挟四方。"换成今天的话说就是，有明明的功德在下民，有赫赫的显应在天上。天命是难相信的呀，不容易做的就是王。居帝位的本来是殷王的嫡子，却使他的命令不遍达于四方。殷商失德，虽受命于天做了王，可是人民并不买他的账。那么，周人又如何呢？"乃及王季，维德之行。""维此文王，小心翼翼。昭示上帝，聿怀多福，厥德不回，以受方国。"意思是说，这个文王呀，只做有德的事情，他为人小心翼翼，明白怎样事奉上帝，就招来了许多的福。他的德行不坏，因而受到四方诸国的归附。

这些话业已经受了数千年的风雨磨洗。长达数千年的历史过程，自然曾有过无数的沧海桑田，山河改容易形，人文历史上更是大河奔流，今不似昨。可是，这些话却像写在每一页日历上一样，时翻时新，每时每刻都会令人悚然惕然？"维德之行"，一个"德"字，简直就是人类做人治国的绝大机密！龙之威，根源于凤之德，凤之德，又托衬起龙之威。周祖所筑的庆阳城便是龙凤相融相洽、德威并举并重的所在了。

然而周祖去矣，他的英灵高栖东山之上。低眉巡检，庆阳城尽收眼底，城垣雄壮，河水奔流，人烟攘攘，民安其业。周祖数千年从未闭过自己的双眼，于历史，他毕竟只是一个有心的旁观者了。他的德行规范对后人只有谏诫作用，他已无力亲理庶务，为民施德了，他只能将眼前发生的一切都默记于心，于冥冥之中恭行天罚，予有德者以护佑，予失德者以惩戒。

以庆阳城的气势，在冷兵器时代应该算是固若金汤了。可是，遍查人类全部历史，从来没有一座不曾被打破的城池。堡垒最容易从内部攻破，这惊人的论断道出了并不惊人的历史真实：最坚固的堡垒恰恰是最容易被攻破的。为什么？深沟高垒是为了防备他人对自己的颠覆，当一个人、一个集团需要用外在的包装展现强大的时候，其内在的危机也就同时发生了。当周人尚处弱小的时候，邻近的戎族正值强大，中原的殷商更加强大，周人不但未因弱小而丧亡，反而在强敌环伺之时茁壮成长。唯一支撑周族首领腰杆的就是"德政"，和沐浴在德政之下众志成城的民众。后来，周人广有天下，相对华夏大地上任何一个集团，都拥有着绝对优势的力量。可是，利器铁军拱卫下的在当时是最严整雄壮的镐京城，却被僻居荒凉陇右的犬戎一马踏破，幽王被杀，平王东播，威加海内、气吞八荒的西周王朝于此化为历史的尘烟。伟岸的城池变成了一片离时光的巨轮愈来愈模糊的废墟，皇皇钟鼎或者混迹尘埃，或者变成达官贵人把玩的古董，或者让一个又一个的有心人对之一代又一代一遍又一遍地生发冲天浩叹。

由弱小而强大，由强大而丧亡，风云繁琐数百年的西周，归根结底说起来，其中道理竟简约得接近于数学定理，一曰：仁者无敌；一曰：获罪于天，无所祷也。前者是孟子说的，后者是孔子说的，朱子将后者所谓的"天"解释为"理"，我想大概与我们今天所说的"公理""人民"可以混用罢。无论是古圣先贤的鸿篇巨制，还是平民百姓的心诽口谤，总离不开一个共同的命题：有德则得天下，失德则失天下。一个"德"字如此了得！如果真有一言兴邦、一言丧邦的奇迹存在的话，那么，"德"字在历史的浩茫巨帙中便会脱颖而出，常令世人不得不睁大迷惘的双眼。

立于庆阳城东的周祖陵，在风雪中眺望远天远地，神游古往今来，历史的感伤情绪一再或远或近地奔袭着我的心灵。我无法猜度，安居于东山之上的周祖英魂饱览了数千年的世事更替、兴衰荣枯之后,究竟获得了一些什么样的感受?当他的后代逶迤南迁、前途未卜之时,他的心灵是否也有着长辈目送晚辈出门闯业时的期望和忧虑?当他目睹后人立足关中、风行德教、万民拥戴之时,是否也曾手舞之足蹈之?当他听闻武王出师中原、终于克服殷商之时,是否也曾捻须而乐?当周公吐哺握发、励精图治之时,他是否也曾为后人敬思前贤、不忘传统加额称庆?而当厉王禁谤防民之口、幽王烽火戏诸侯、平王狼狈东窜之日,圣明的周祖又会是什么样的心情?

周祖毕竟已是远离尘嚣纷争之灵魂,后人自有后人的生活态度,每一个人都有为自己负责、为历史负责的权利和义务。即便是手足兄弟,一方要是敢冒天下之大不韪,另一方也是无能为力的,何况,周祖已完成了自己的历史使命,他已定居于东山之上,放飞出去的子孙后代已有了自己的生活天地,他更多的目光,更多的心愿还是投注在眼前这片土地上。

至今让我深深折服的是,周祖选择庆阳这块土地筑城聚族的惊世眼光。弹丸小城,居然可以北控广袤的塞上,南临富饶的关中,东通陕北,西达陇西,一城之筑,北绝两水可杜异族入侵,南循一河可收桑田之利。进可四达,退则自守,攻则长驱直入,守则铜墙铁壁。以天下之大,周祖独选庆阳为进退攻守之所,真可谓心智不凡。加之,矗立于绵延不绝的两山之上的烽火台,一柱柱烽烟冲天而起之时,不消半日间,诸侯的旗帜便会远近竖起。这真是古代通讯联络方式的一大奇观!事实证明,庆阳果真成就了周祖的宏愿大业。几世积累,几世发展,周人终于完成了主宰华夏大地的王业。然而,四达之地,必是四战之地,得一城而辐射四方,庆阳城就是一座永远不能平静的战场。打开发黄的历史册页,一幕幕惊心动魄的铁血场面蜂拥而来。一朝朝,一代代,不但当立足于中国任何一个方位的王朝在王冠落地之时,庆阳城必有一场浴血纷争,即便在四海晏然之时,庆阳城也常常烽火连天。秦汉唐宋元明清,在如此强盛的大一统时代,萧关故道上北流边关的囚犯也是不绝如缕;同时,给南边报警的狼烟也常常弥漫着晴朗的天空,驿马沉重苍凉的蹄声一次又一次敲碎了沿途居民的平安梦。数千年来,庆阳城头不知变换过多少次旗帜,庆阳城不知掩埋过多少曾经雄壮的生命;城陷城复,筑城的河泥不知更换过多少次,两河之水涨了又落落了又涨不知多少回;河中殷红的血水不知为谁而流,一切似乎都在历史的册页中,一切似乎又邈不可寻。唯有城东的周祖陵巍然屹立数千载,一面若有若无的旗帜上用血书写着一个大大的而又若隐若现的"德"字,在向世人暗示着千古不移的真理。

日月更替,容纳了数千年历史尘埃的庆阳城已容纳不下正在迅猛积累的现实果实。原有的城墙依然伟岸,但是城内的无数生命早已溢出城外,循两川而北上,顺一河而南播,缘两山而超越,庆阳城已泽被四方了。伫立于周祖陵前瞻而后顾,黝黑的依然是城墙,城墙内外的华彩,却是一派现代文明。庆阳城已非四战之地,而是四达之地,深藏于整个鄂尔多斯高原腹腔中的原油源源汇入庆阳,流布四方,催动着无数的车辆活跃于华夏大地。

今天是清明节,我登上了周祖陵。我不是来祭祖的,无须我来奠祭远古的英灵,脚下的奇迹就是活活生动的祭品。奠祭祖先的本来意义就在于向祖先展示后人的勤劳而获。周祖陵上依然刮着风,依然飘着雪,建筑工人正在冒着风雪修缮陵园。我心中怦然一动,我想建议工友们在祖陵的最高处镌刻一个巨大的"德"字,让远远近近的人都能触目惊心。踌躇了许久,我终于没有说,因为周祖当年似乎也没有将这个字挂在嘴上,刻在城头上,他只是用自己执着的脚印刻写出了这个字的笔笔画画。

七　走甘南

1　阿信的羊

甘南的草地连绵起伏,似乎永远没有尽头。草地上最显眼的植物是格桑花,最活跃的动物是羊。

在饭桌上,一人恍然大悟地说,我发现了一个秘密:甘南的羊为何那样从容淡定,汽车呼啸而过,有的低头悠闲吃草,有的昂首望天,视若无睹?

我说,这就对了。甘南的羊什么世面没见过?著名诗人阿信多次写过它们,它们多次上过《诗刊》《人民文学》,获过奖,这不是普通的羊,是名羊,是有成就的羊,千首诗轻万户侯,它们完全有理由傲视世人的。再说啦,有些人写了半辈子文章,上过《诗刊》《人民文学》么,获过奖么,凭什么让甘南的羊,见了你惊慌而逃?

正在全力对付一只羊蹄的阿信失声大笑,把羊蹄从嘴里卸下来,说:"你这家伙!"

阿信大学毕业后,定居甘南,诗名远扬。他的多数诗,都是以甘南风物为背景的。羊群,牦牛,鹰,阳光,天葬台,格桑花,青稞,山水湖泊,寺院喇嘛,醉酒的男人,放牧的女人。

甘南的所有东西都是有诗意的。

在甘南生活,不写诗,你就是一个辜负者。不写诗,唱歌也行,跳舞也行。在甘南,你如果说你不会唱歌,不会跳舞,人会笑话你的。甘南的羊不经意叫一声,都是旋律悠扬的歌儿,甘南的羊在草场上撒一个欢儿,都是百娇千媚的舞蹈。

2　黑措,合作

甘南藏族自治州的首府是合作,一座草原新城。

合作是黑措的转音。

黑措是藏语,意为羚羊奔跑的地方。

多么有意思的名字啊。

改名合作大概有半个世纪了。

一座城市叫合作,也不错的。

十几年前,我去九寨沟,走的是甘南、马尔康这一路。天色向晚,到了合作。山坳里一片黑色的小平房,迤迤逦逦,像牦牛群走过后遗落的隔夜粪便。汽车从街上呼啸而过,男人女人踢踏而过,牧群招摇而过。街道两边的小铺里,摆放着品种不算多,但色泽艳丽的货物。最令我心动的是精致的藏刀,我买了一把。羊角柄,牛皮套,刃长八寸,寒光闪闪,锋利瘆人。我把刀子挂在腰带上,周游了半个中国。后来,一个外地朋友见了,爱不释手,为了友谊,我忍痛割爱。一次聚餐时,他喝醉了,与邻桌发生了冲突,他拔刀追杀人家,眼看要酿成大祸,我上前制止,他却挥刀向我凌厉捅来。看阵势,那不是玩笑,在冷风吹寒我胸口的一刹那,他倒在地上,刀子落入我的手中。

从此,我不再给人送刀。我有很多刀,藏刀,保安刀,英吉沙,蒙古刀,都是西北名刀。无论谁表示出多么强烈的爱意,你尽管一厢情愿地爱吧。

那晚,在一个类似广场的空地,我吃了一碗羊杂碎。那香味至今还闻得到的。旁边有两个男子,不知为何发生了争执,只吵了几句嘴,便各自拔出刀来,你来我往,铿锵有声。摊主笑笑,上前把自己的身子插在两人中间,那两个人各自收了刀,又坐在一条板凳上喝酒,吃羊杂碎。

后来,又来过几趟合作,感觉到在变化,却没有来得及观察什么地方变化了。这个深秋季节,再来合作,已经相逢不相识了。羚羊当然是见不到的,当黑措改名合作时,羚羊就不知奔往何处了。错落的楼宇,宽阔的街道,把一个巨大的山坳塞得满满当当。当然,阳光还是那样强烈,深秋了,阳光还是那样强烈。人都变得光鲜了,衣服光鲜,头脸光鲜。吃草的羚羊跑远了,大理石的羚羊来了。空旷的广场上耸立着许多羚羊的大理石雕像。

人以这样的方式,在一个原本叫黑措的地方,与羚羊合作了。

3 秋天的尕海

尕者,小也。西北方言中常用的词语。尕娃娃,就是小孩子;尕媳妇,就是小媳妇;尕老汉,就是老了还不是很老的男人;尕海,就是一个比大海小的小海。这个大小,不是视觉上,或拿比例尺可以衡量的大小,篮球场、洗脸盆大小的一片天然湖泊,也可以称作海,习惯的名称是:海子。

尕海,就是一个高原湖泊。说其尕,确实尕,尕到上不了任何地图。可是,要是以人的视野和脚步去丈量,却是不尕的。四周群山青青,湖滨牧群攘攘,风吹水波起,鸟儿翩翩飞。尕海担负着维护这一片广大草原生态平衡的重任,湖水稍减,就会有人在各种媒体上呼吁保护;湖边有鼹鼠打了洞,正在奋力打洞的鼹鼠,和它们打出来的洞口,就会以无比狰狞的面目出现在电视画面上。

铁丝网把尕海围了一圈。刚下过几天连阴雨,太阳出来了。草原是被雨水洗过的,牧群是被雨水洗过的,天空是被雨水洗过的,飞翔的不知名的鸟儿是被雨水洗过的,秋风是被雨水洗过的,阳光也是被雨水洗过的。风掠过身体,再浑浊的人,都干净了,阳光洒下来,再阴暗的心灵,都敞亮了。

其实,海无所谓大小,人大了,尕海也是大海,人小了,大海照旧逼仄不可容物。甘南的尕海有着大海那样的宽阔浩渺。

4　白龙江之源

养育了天府之国的白龙江,源头在郎木寺。郎木寺是藏在深山里的一座喇嘛寺院,四川一半,甘肃一半,主寺在甘肃一边。奔腾汹涌的白龙江在这里只有一步宽,一步宽仍然是奔腾汹涌的气势。老虎的儿子仍然是老虎,绵羊的儿子到底是绵羊。江上有一座木桥,大约两步长,站在桥上,进一步,是蜀,退一步,是陇,进进退退间,乱了脚步,乱了方向,便陇蜀不分了。

郎木寺本来是不分陇蜀的,不知谁分开了,分开了,仍然是郎木寺,还是没有分开。白龙江源头藏在一条两个人并排行走都嫌挤的山缝里。两边的山峰高可摩天,青石壁立,石缝里长满松树。循淙淙流水声侧身进入山缝,脚下布满牦牛和牦牛头那么大的卵石。走不多远，水断了，却仍然淙淙有声。扭头一看，一股胳膊粗的清水从道石缝里涌出来。一面石壁上刻有一行红字：白龙江之源。

低下头吧，匍匐在地吧，喝一口大江之源的水吧。

江源的斜上方，有一石洞，名为老虎洞，乱石嶙峋，看不清有多深，我没有进去。所有的人最多在外面瞭望一阵，转身依依而去。洞里肯定没有老虎，但这曾经是老虎的家。

一个藏族小女孩跟在我们后面，手里提了一只空饮料瓶，跟了很远，我突然发现，一位同伴手中的饮料喝剩一半了。她的眼睛无比清澈，如同白龙江源头的水。她渴望得到什么，但眼里却丝毫没有贪婪的神色。在草原上，我见过无数藏人的眼神，男人女人，老人小孩，那是一心向神时的眼神，干净得像高原雨后斜阳下的天空。我问她叫什么名字，她抿嘴一笑，平静地说：松毛香。问她多大了，她说十三了，问她读几年级了，她说六年级。问答中，她总要抿嘴一笑，那是一种天籁的笑，平静的声调，是夜晚草原的那种平静。我把身上的零钱给了她，她抿嘴一笑，平静地伸出手来，接过去，捏在手里。她清澈的目光望着我，嘴角抿起，笑意弥散开来。她没有说谢谢什么的，但我知道，她的感谢方式就是这样的。我向同伴大喊：集资了，集资了！大家慷慨解囊，没有零钱，便给整票，谁都不曾有丝毫犹豫。

小女孩大获丰收，这是她绝没有想到的。她并没有把钱立即装进兜里，她捏在一只手中。如果谁要是反悔了，我想她一定会像我们给她钱时那样，毫不犹豫地把钱还回来的。我们要返回了，她跟在后面，一句话都不说，清澈的眼睛望着我们，轻轻地抿起嘴唇，笑意弥漫山谷。我明白，她不知道以怎样的话语感谢我们,但,我明白,她的眼神就是她的心语。跟出好远了,我说,你知道大家为什么给你钱吗,她只抿嘴而笑,不说话。但她是明白我们为什么给她钱的,我也明白她心中的明白。我说回去好好上学啊,我指着几位同伴说,长大了,就考他们的学校,读他们的研究生,读他们的博士。小女孩轻轻点头,轻轻一笑。临别,我逗她说,你知道博士是干什么的吗,博士是放羊的,他们本事可大了,把公羊可以放成母羊的。她知道我在拿同伴开涮,开颜无声一笑,目送我们远去。

这里还有一处神女洞,那是高耸石壁下开裂的溶洞。口子很小,人快要五体投地了,才进得去,里面有几间房子大小,可以直起腰来。一尊钟乳石像一个妙龄少女依石壁而立,曲线曼妙,周身细雨霏霏,几个藏族妇女将自己的衣襟揭起来,伸手在神女身体的突出部分抹一抹,又抹回自己身体同样的部位,也在脸上来回抹,又把后襟揭起来,把后背贴紧神女的身体,来回磨蹭。搓磨的人多了,神女的身体光滑圆润,楚楚可人。我想,岩浆中一定是有某些矿物质的,或可以治疗某种皮肤病,或有美容的作用吧。

出了郎木寺,我恍然一惊:多年前,我来过这里。为什么会忘了呢,大概我是在醉眼蒙眬的时候来过的。在草原,一不留神,我便醉了。草原的青稞酒醉人,阳光醉人,蓝天醉人,格桑花醉人,牧群醉人,鸟儿醉人,那些名叫卓玛的姑娘醉人,那些名叫才旦的小伙醉人。

郎木寺,全名为德仓郎木,是甘川藏区交界地带的一座辉煌大寺。德仓郎木,汉语意思是:神女虎穴。

这是白龙江的源头。

白龙江养育了天府之国。

5　阿木去乎

在甘南草原深处有一小镇，名叫阿木去乎。这肯定是藏语音译，藏语的原意是什么，我不知道，也不想知道。对于一种语言，从审美的态度出发，有些部分，音意皆知最好，有些部分，听其音，辨其意，则为上佳。

在这方面我有教训。有一年，我去了趟藏区，正是七月天，草原深处一阵急雨袭来，气温骤降，牧民都穿上了皮袍，而我只有一件单衣。一位藏族老人给我找来一件皮袄，冰冷的身体渐感温暖时，一颗大太阳破云而出，草原顿时一派湿漉漉的绚丽。一群小孩冲出帐篷，奔上一座小山岗，面朝太阳，举起双手，喊道：沙格，沙格，喜格沙格，尼玛夏日当！欢欣的场面，如诸神复活，如王者驾临。我记住了这串发音，在心里一遍遍念叨着，脆生生，香喷喷，极富口感。我按不住好奇，问一个大点儿的女孩这是什么意思。她正读小学五年级，会说汉语，她告诉我这句话的意思是：好啊好啊，太好啦，太阳出来啦。一句能给人带来无穷想象的话，被一个确定的意思限定了。

因此，阿木去乎就是阿木去乎，无须知道含义。我很佩服给这几个藏音配汉字的人。阿木去乎像是一句古汉语。在粤人那里，喜欢将人称为阿什么的，比如阿强阿海，如此一来，阿木去乎就如同：阿木，你去吗？广袤草原，一山连一山，草接草，花随花，走过一群羊，又逢一群马，路无尽头，花无终极。"阿木，你去吗？"天大我小，长亭更短亭。在本地人那里，"我们"的汉语发音近似"阿木"，花儿里这样唱道："太子山是个青石山，一道一道的塄坎；拾菜的尕妹妹像天仙,阿木(者)不漫个少年?"是啊,天空地阔,日月长久,阿木何不各自往前走几步,为美丽的草原制造一片温暖的风景。阿木去乎是个岔路口,一路西去拉卜楞寺,一路东达郎木寺。这是两座辉煌大寺,朝圣的信徒一步一个长头,千里迢迢,寻访心中的圣明。"阿木去乎?"去拉卜楞寺,还是去郎木寺,两寺都是我佛驻跸之所,何分彼此,一个长头下去,头偏向哪边,就朝哪边去吧。阿木去乎。

八　在天边走来走去

1　丈量喀纳斯

从乌鲁木齐出发，草草看天池一眼，经米泉、阜康、吉木萨尔、富蕴、北屯，绕准噶尔盆地东沿公路，沿路瞥一眼火烧山、五彩湾、可拉麦里野驴保护基地，一日狂奔八百五十公里，深夜抵达阿尔泰山脚下的布尔津。布尔津，哈萨克语意为欢快的河流。确实，额尔齐斯河，喀纳斯河，还有几条小河都在这里交汇，这是我国境内唯一的北冰洋水系，从天气预报上看到，阿尔泰地区春夏秋冬，时常风斜雨横，大雪如潮，水量供给充足，河水当然就欢快了。太阳冒花，我们乘车沿喀纳斯河要去看藏在深山的神湖了。上一座山，又一座山，一山更比一山高，不觉已上得很高了。上第一座山时，我记住了山根下一个村庄的名字：土库汗村。哈语意为山下的村庄。那里有几间土坯房，有几株大柳树，田园萧疏，不闻人声犬吠，一家小卖部门窗用砖石砌了，褪色的招牌还端正挂着。我在树下活动一番麻木的腿脚，拣起一颗鹅卵石，扬手朝几十米外的一棵柳树飞去，正中树干。少年放羊时练就的飞石本领，还是弹无虚发。那一刻，我心里居然生出了暌违已久的成就感。几十年过去了，难道我在别的方面没有丁点儿长进？紧依村庄的是哈萨克人的墓地，一律用精石砌成，装潢富丽典雅，像一座座宫殿。两山夹峙的一处山坳，怪石参差，进出只有一线险路，我说这里适合打伏击战，同伴说你是伏击者还是被伏击者，我说随便。

两百公里路程，说到也就到了。办完进山手续，定好哈萨克人的木板房，抬头一看，日已西斜，此时正是在山尖上看喀纳斯湖的好时节。

一条弯路可以乘车通往山腰，下车要登上一千八百级石板与木板搭成的台阶。爬上山尖，就可俯视喀纳斯湖全貌了。不过，我只看了一眼，就不忍再看了。说实话我有些沮丧，我为喀纳斯的水抱屈。我说，把喀纳斯的水叫水太亏了，都以水冠名，水与水是有质的差别的，犹如人，顶天立地的伟丈夫是人，宵小营蝇狗苟之徒，也披着一张人皮。可喀纳斯湖的水还不得不与别的水叫同一个名字。其实，人处心积虑设计的语言漏洞是很大的，这是没办法的事情，吃亏占便宜都不必太过计较。把喀纳斯湖的水称为琼浆玉液，称为人头马、XO什么的也不会出大错，水是稠绿的，墨绿的，草绿的，浅绿的，世间能找到的绿色概念，喀纳斯都可天下绿色一湖收，且登峰造极。山上百草荟萃，金黄的，猩红的，嫩绿的，浅蓝深蓝的，漾漾荡荡，极目皆是。山风很烈，把水样骨肉女子的裙裾揭起来，把泥样蠢态男子的衣襟揭起来，人在看山看水，山水也在看人，看女人，也看男人。人在辨识山水的美丽与俗恶，山水也在给人判分着档次。虽然，人对山水絮絮叨叨，妄称知音，而山水终究无言，只用一双冷眼，把世情看穿。抬眼望，一雪峰金字塔样眼前矗立，白光盈盈，伸手可及。我诧问这是哪座神山，维吾尔族向导吐尼莎小姐说，那是友谊峰。啊？我上小学时，偶获一册地图，从此视为珍宝,日日神游天下,几十年来,未尝稍辍。这座雄踞三国边界主峰在我一侧名为友谊的雪峰,至今我仍可一口报出它的海拔高度:4374米。友谊峰原来你在这里!我以为你是一个不可企及的所在,真所谓远在天边近在眼前啊。我立时心痒手痒脚痒,身上无一处不痒。我申请登友谊峰,吐尼莎笑说,你知道它离这多远吗,我说也就二十公里吧。她巧笑道:四百公里。我以为她拿大话吓我,她顺手打开地图,果然那是一个遥远的去处。能见度太低,可以蔽人视线,太高,也会引发距离上的错觉。太低,太高,都有可能变成一种预谋,一个陷阱。

就这样了,山该向你展示的,水该向你展示的,都展示了。太阳挂在遥远的天际,暧昧的斜光让每一个矮个的人,看见自己的身影,都有了迅速蹿高比肩伟人的慰藉。车在半山等着,可我决意要徒步走小路回。吐尼莎说,走小路要下三千级非常陡滑的台阶,还有二十公里河滩路,你是走不回去的。我说我意已决,十点开饭前,我一定赶回,绝不耽搁集体行动。她不放心,定要陪我徒步,我是很愿意与这位漂亮而又善良的维吾尔族姑娘跋涉于名山胜景中的,可理智和道义警告我,让一位连续奔波一千多公里且要负责全团一应事务的女子,为了我个人的些许心愿再涉险路,怎么着都显得别有用心。我再三婉拒,她再三坚持,在山水面前,我向来固执,而在责任面前,她比我还固执。我只好使出最后一招,我说别忘了你是全团的主心骨,责任大于阿尔泰山呀。吐尼莎安顿了再安顿,把能想到的注意事项都反复说了,然后郑重道别。

有一句向来被奉为至理名言的话是这样说的:向上的路与向下的路是同一条路。正如任何真理都是有边界的,越界在别人家果园摘桃子,是会被当贼抓的。喀纳斯的路划定了这条名言的适用范围。向上是沿山脊走的,平坦些,宽展些,向下是从山头直戳戳往山脚走,垂直一线,迢迢倒挂。世间所有的胜景都是神居之地,不情愿让凡夫俗子打扰,喀纳斯的山水为何要远离尘嚣,其深意不可不察焉。突然天外涌来一潭水,突然天外落下一座山,山,直上直下,湖,平起平落。站在湖边看山,一抬头,头晕了;站在山顶看水,一低头,眼花了。青石板台阶搭成云梯,从上向下走,好似在做自由落体运动,一脚踏空,身无挂碍,便可过一把高台跳水的瘾了。好在我是山里长大的人,自小负重上下于黄土陡坡如履平地。二十年城市生活,有些功能退化了,有些零件腐朽了,所幸基本功还在,胆气还在。开始是记诵着台阶走的,数到两千阶,不敢分心了,全心全意瞄准每一台阶,全心全意保证每一脚都能准确地踩在台阶上。喀纳斯的石板光滑如水如冰,纤尘不染。水至清无鱼,人至清无朋,石板至光至洁,对脚板便少了缀附。腿软了,头晕了,腰疾发作了,而此时,腿不敢软,头不敢晕,腰疾也得置之脑后,一脚一脚保证踏在光洁如水如冰的石板上。我明白,每一脚都是我的人生至要。

不知道是怎样下山的,居然到了山底,山尖铺着一层夕阳余晖,山根已经夜幕低垂了。落日之后的湖水才是水了,清冽水意扑面而来,拥吻我这个把好山好水当神敬的俗人。山根散落的碎石片如扑克牌,一片片坚硬舒展,不惮沉重,拣起一片装在包里。这可是喀纳斯的石片呀。

湖边平地松柏成林,一株株挺直腰向高空猛蹿,树下是杂草,黄煞煞一片,红扑扑一片,绿茵茵一片,黑乌乌一片,在西洋油画中我是见过的,原以为是画家的神思妙笔,今日才知竟是写真。还有二十公里路程,心力耗在山上了,游人都收兵回营了,山水一人,爬也得独自爬回去,落魄求人,不是洒家向来作风。拣起一根树枝杈充拐杖,沿从喀纳斯湖溢出的喀纳斯河,向下游驻地蹒跚而去。松柏齐天,松塔遍地,荒草萋萋,清流潺潺,一个东倒西歪落魄人,乱发如草,衣衫横斜,神形俱疲,策杖踽踽。那山,那水,那树,那草,还有那人,那该是多么值得自怜自恋的古风今韵。

十时差五分,我赶回驻地。老少爷们心急如焚,吐尼莎坐卧不宁。责任啊,先生们,女士们,我虽不才,好歹也是一条人命。见我囫囵归来,虽狼狈些,人样儿还算齐全。皆大欢喜,一屋笑声。一盘那仁端上来,几瓶奶酒端上来,哈萨克族主人以本民族的待客礼节,双腿跪地,亲执利刃,一板一眼,刀舞莲花,霎时,一只肥羊分解得肉是肉,骨是骨,停停当当,香香嫩嫩。

心力已尽,而意犹未尽。意犹未尽啊,如此好山好水,一生哪得几回游,又是夜里的好山好水,怎可一枕黄粱错过?我决意要去喀纳斯河边走一走。吐尼莎慨然要去,阿女士一心要去,张先生当然要去,良辰美景,如何不去。西天夜沉,河似玉带,在夜幕下起舞弄清影。绵密松林夹河而走,松涛声,流水声,声声在耳,一条一米宽的木板路依河穿林而走。什么也看不见,两脚替代了两眼,凭着脚板对木板的感觉摸索而行。我策杖在前,走一步,敲出的的笃笃的震响,这里要拐弯,这里有树枝挡路,这里有裂孔,一声声往后传。猛不防,一根横斜的松枝扫在我眼睛上,顿时,针扎锥刺,双泪滚滚。我强忍剧痛,的的笃笃,一声声口令,响彻在暗夜下的喀纳斯河边。两个小时后,摸出松林,上了河边台地。只知驻地要反身回走,却找不见路。都忘了带手电筒,台地上,松林荒草遍布,壕沟塄坎处处,东撞西闯,彻底迷路了,连回程的方向都无法确定。原路返回更不可能:原路在哪?乱冲乱撞一小时,乍见不远处有火光,趋近一看,正在举办篝火晚会。吐尼莎上前打探,弄清了方向,凌晨四时,方才赶回驻地。

这两天时间,乘车一千多公里,上下台阶四千八百级,半天半夜在湖边河边步行近四十公里,天不亮,强忍腰痛腿痛眼痛,又爬起来陪大伙沿昨晚走过的木板路再走一个来回。回归集体,便以集体的意志为意志。这一番丈量,喀纳斯的草木山水便是我永久的记忆了。山因攀登而雄奇,水因涉足而旖旎,不登不涉,走马观花,浮皮潦草,人走了,山水之缘也就散了,山还是那个山,水还是那个水,你还是那个你,好山好水,干卿底事,嗟尔远道之人胡为乎来哉!

2　乔尔玛的石头花

奎屯往南走九公里是独山子。独山子是戈壁滩上的一座小孤山,这么个小不点儿,本来在新疆的群山谱中是排不上号,并且是不应该有名字的,可它居然很有名,大抵是因了山前的一家大型炼油厂吧。从北疆横穿天山到南疆有两条重要孔道,独山子到库车是西孔道,长达七百公里的独库公路从这条天山的自然裂缝中死挤活挤挤了过去。

我们也得挤过去,在天山的大肚皮中,藏着久负盛名的那拉提,巩乃斯,还有巴音布鲁克大草原。漂亮女子藏于深闺,人间胜景也因深藏不露而招人寻访。要挤过天山去,就得过乔尔玛这一关。进了天山,就明白为什么把大地上的一座山叫天山了。原来,不知何方神圣把本来在天上的一座山挪得搁地上了。天上的云是白的,天山的顶是白的,白雪与白云混在一起,白云是天的坐垫,白雪是地的头颅，天坐在地的头顶上，天地就混沌一体了。公路是缠在山体上的一条腰带，天山是一个时髦女子正在减肥，腰带扎得很紧，活生生把山岩抠出一道壕来。这道壕被叫做公路，车在壕里虫一样爬。公路凹进山体了，抬头只可看见悬着的岩石，低头，能见度这么高的地方，居然看不见洞底是什么样子，隐约看见一股白流在数米宽的山缝中蛇样奔窜。顺便自夸一句，不才是可以隔三米远读报纸最小字号的视力。想想看，公路挂在什么地方，车行在什么地方，而这条通道又有何等险峻。山越来越高，公路顺山爬高，终于可以感受到雪峰散发出来的清冽之气了。面前出现一个巨大的山垭，这便是乔尔玛达坂了。

我不知道乔尔玛是哪个民族的语言，又何所指，在这些神居之地，最好免开尊口，心思一动便错，开口表达，错上加错，该你知道的就是眼睛看到的。几位穿橙黄色马甲的护路工在清理从山上跌落路面的碎石，有男的，有女的。我武断地认为，男子汉在这极限之地，四面雪峰环立，山坳碎石如斗，横站山口，冷风一过，乱发飘荡，虽然苍凉，倒有些志士悲壮慷慨之意。而曼曼妙妙的女子身处此地，钦佩之余，总有些许不忍生焉。一朵完整的雪峰不知何故裂作两半，好似专意打开一扇天门供生灵通行。两半雪峰如少年堆起的雪人，矗立两边，在寒风中遥相呵护。雪正消融，流动的是雪水，化作水，流出几步，又被冻结起来，变成冰川，一缕缕挂在山坡。乔尔玛极巅有一股桶粗的雪水，垂直跌落山涧，一挨地便像越狱犯，慌不择路，见缝就钻，终于钻出一条虽逼仄却也通畅的逃路来。水是白的，不是清清亮亮的那种白，是浑浑浊浊米汤那样的白。我惊讶地发现，这股水是伊犁河的一大源头，名为喀什河。伊犁河有三大源头，正源为特克斯河，发源于哈萨克斯坦，东流入中国，汇入伊犁河，拐一个弯，捎去许多中国的水，又西流入哈国；一为发源于巩乃斯草原的巩乃斯河，另一源就是眼前的这股白水了。我不知道为何喀什与伊犁隔着天山，相距千多公里，而伊犁的河叫喀什河，喀什的河却叫另外的名字？喀什，维吾尔语各色砖瓦的城。以城名命名水，以水名做城名，究竟有何玄机？我不懂维吾尔语，问维吾尔族司机艾孜兹，他笑说不知道，问吐尼莎小姐，她也笑说不知道。不知道是最好的，世上有多少事情，因为不知道，才令我们心驰神往，千里万里追寻不舍。

在雪线上，我看到了石头花。石块散落在慢坡上，不知何年何月何故，它们脱离母体，像先锋少年身上的刺青一样，赤橙黄绿青蓝紫，围棋子大小的花儿，镶嵌于石块的肌理中。地上也生长着各种花儿，也是赤橙黄绿青蓝紫。是地上的草花模仿石头花生长，还是石头花抄袭了地上的草花？在神居之地，俗人无须多问，眼睛看见的，就是神谕。地上的草花，一朵朵，一片片，在寒风中，面朝皑皑雪峰，怅望着，瑟缩着，坚持着，再过几天，天更冷一些，雪线下移，它们是会凋残的。虽然，明春暖风一到，它们又会死而复生，一岁一枯荣的命运是注定的。唯有那石头花，斧钺可以斫损它们，大雪可以覆盖它们，但只要承担它们的石头在，花儿便免除了荣枯盛衰的轮回，也不会有花褪残红的忧伤，它们没有生命，却获得了永生，而且，永不褪色。

下了乔尔玛达坂，就是巩乃斯河了。独库公路从南北方向将天山撕裂，巩乃斯河从东西方向将天山撕裂，两条大缝隙握手于那拉提，独库公路继续劈山越涧南去，而我们却要折而沿巩乃斯河西向伊犁了。在这个水与路相交的十字路口，卓立着一座烈士纪念碑。碑是用巨石砌成的，上面镌刻着为修建独库公路捐躯的一百二十八名官兵的名字。都是与我们一样普通且朴拙的名字,而这些名字所代表的人,却用他们普通而朴拙的生命,打通了一条横穿天山的堪称伟大的生命通道。也许,镌刻他们名字的巨石,正是他们用双手从天山上弄下来建桥铺路用的,如今成了他们英魂的驻跸之所。不信你看,那一个个名字上,也生满了各色的石头花,花儿把石碑装扮成一座繁花点点的石头山。我事先不知道这里还长眠着这么多让我逍遥过天山的筑路英雄,没有准备鲜花和祭品,只有把随身带的一罐蓝带啤酒洒在碑前,再插上几朵生长于大地的野花,与碑上的石头花同芳同艳。如此,未审合否烈士的心愿,聊表后来者的敬意罢。

3　梦想之旅

在喀什,我的肉身住在新城,却把心思和目光投注在老城。徒步看完了老城的大街小巷,一遍又一遍。白天遍观市井人文,晚上体验古风古韵,独特的维吾尔族民居宛如城堡,一幢幢连接起来,进了大城进小城,城城错落,堪称胜景。号称"中亚第一巴扎"的大巴扎,确实是荟萃了天下商品,我敢说,凡可以公开交易的东西,这里要有尽有。转悠一天,也许还在某一角落捉迷藏。走出大巴扎,回头一望,扪心一想,准备用什么精妙的语言描述一番,本身有限的才情全部淹没在喀什数千年的历史迷茫中了,搜尽枯肠,翻来覆去竟只有一个字:大。

喀什是此次采风团的最后一站,新疆虽好,我却是匆匆来去的观光客,装满两眼睛大天大地,怀揣一肚子流连忘返,出外旅行只是偶尔的奢侈,还得尽快回家谋生计。将要离去时,我心莫名惆怅。我手捧地图,一遍遍把目光落在南疆南沿和田若羌一线。这可是我魂牵梦绕三十年的浪游之旅啊,从上小学第一次看见中国地图时,这一线的每一个地名都深嵌于心底,梦里醒时,无论眼前有无地图,而那些地名总要蹦跳于我的眼前。一晃地图在心中装了三十年,而我由一个惯于在梦中生活的懵懂童子变成了未老先衰的沧桑人。如今一只脚已踏在了南疆南线的路口上,让我如何忍心坐火车原路返回?一个人可以逞三寸之舌怀天下道理说服任何人,甚至说服冥顽强项之人,唯一不能说服的是自己那桩积久的心愿,哪怕这桩心愿在别人看来是多么地卑微。我嗫嗫嚅嚅把这个想法说给了团长。我从小接受的是集体主义教育,虽然读过无数有关个性自由的皇皇大著,可是,对任何人的个性自由主张我都能无条件予以尊重,对自己,内心深处永远奉行着集体主义至上的原则,任何集体活动,哪怕是两个人组成的集体,我都是最守纪律的个体。在申述个人主张时,谁也无法猜度,这个表面看来落拓不羁甚或无法无天的家伙,其内心是多么地忐忑,内疚,自责和羞耻,话一出口,顿感无地自容。这是一趟大家都不曾去过,且在日常概念中万分艰险的旅程,无论谁发生意外,都会给这个集体带来麻烦,我离队独行,就等于要让团长为我承担一分额外的责任了。如果团长当即断然拒绝,或数落我几句,我倒会坦然独自离队,背负目无尊长破坏团队纪律种种恶名,完成我的梦想之旅。回来后,甘愿接受任何责难,以至处罚。其实,通过多年的公私交往,我知道团长不仅是一位有成就的作家,更是一位通达长者。我的想法刚陈述完,他便慨然道,去吧,年轻人就该多历练,敢于冒险。这是一条好线路,不过,路上一定要小心,安全第一。那时喀什还热浪滚滚,我的心里涌上一层凉爽的熨帖。

上路了，车行在通往和田的大路上。把童年的梦想带在路上，把对团队负疚的心带在路上，把对祖国山山水水的热恋带在路上。一路走，一路停，疏勒，我来了；英吉沙，我来了；莎车，我来了；泽普，我来了；叶城，我来了；皮山，我来了；墨玉，我来了；和田，我来了。地图上的南疆南线名城，一一展现在我面前，那一个个方块字，在我面前一一活了，真实了，具体了，生动了，就像梦中拣到了金元宝，醒来后，手心果然托着一样金光耀眼的真东西。

　　车到英吉沙，已是日上八竿，城里的居民还在消受梦醒的慵懒，饭馆正在洒扫庭除，预备早餐，早起的人在街边树下抻腰踢腿活动筋骨。巴扎开门了，还没有正式营业。来到英吉沙，一定要买一把维吾尔族小刀的，原来托朋友带的几把，都先后送了比远方更远的朋友，这次亲自来了，要亲自买一把，永远带在身上，哪怕是比朋友还朋友的朋友索要，也是不送的。真的是朋友，就应该在利刃面前免开尊口，这是我童年梦想的一部分，把梦想送了人，我注定要残缺到底了。城不大，满城都是刀子，刀子成就了英吉沙的英名，刀子让英吉沙满目灿烂。镶金的把儿，镶银的把儿，镶铜嵌玉嵌珍珠的把儿，牛角羊角把儿，柳叶形的，短剑状的，宽刃的，窄刃的，光灿灿，明晃晃，红日当头，白刃铺地，弱水三千我只取一瓢，有一把，足够了。重要的是，这是英吉沙的刀，是我亲自在英吉沙买的刀。

　　挎上小刀，离开英吉沙，美滋滋地继续踏上梦想之旅。邻座是一位汉人，主动与我搭话，问我是干什么的，我说是旅行的，他立即两眼放光，脱口赞道，我们新疆可真是好地方，不到新疆，不知道中国有多大。我调侃说，不错，新疆比中国还大。他翻翻眼皮，似乎明白了我的意思，说就是的，内地人多拥挤，城市一座离一座几十里远,一村挨一村,再大的地方,都被挤小了。嗨,咱新疆,一县抵得上内地一省,天高地阔,撒泡尿都是畅快的。又是一个豪情满怀的新疆人！走遍新疆的三山四盆,见到任何一个人,无论是哪个民族的,无论是老新疆,还是新新疆,也无论老少男女,抑或仅仅是行旅过客,言谈举止,都闪射着源于心底的豪爽大气。是啊,在这样的大天大地里,再把在促狭之地娇惯出来的婆婆妈妈蟹蟹蛰蛰絮絮叨叨娇娇嫩嫩莺莺燕燕花花柳柳杯杯水水带在身上,该是多么不义的辜负行为啊。

此人自称是安徽六安人,在喀什生活八年了,老婆和三个孩子也接来了,他打算在这里扎根,一辈子不离开,他已爱上了喀什,他是新疆化了的内地人。他把叶城的水果贩往喀什,两百公里路程,每斤可赚两角钱,有亏有赚,赚比亏多,每年几万元的收入,保证了全家的生活和孩子的学费,还可接济老家亲人。他对自己的生活很知足。他原先在老家种地,后做粮食生意,发了不小的财,赶上政策调整,亏得血本无归,再起再落,背了一屁股债,无奈远走新疆谋生。第一次出远门,一口气就奔到了天边。在日落之地,他找到了生计,找到了男人的自尊。当下他要去叶城订货,正是桃子收获季节。他会说维吾尔语,三个孩子都在民族学校上学,汉语维吾尔语都会,还开了英语课。他说孩子们赶高中毕业,就会用三种语言和人说话了。快到叶城了,他说叶城的桃子很好吃,你一定要尝尝。

4　克拉玛依的乡音

中午从喀纳斯湖出来,今天的目的地是五百公里外的克拉玛依。在布尔津吃了一盘抓饭，金杯面包上路了。路是217国道，路面开阔，车辆稀少，路东是沙地草场，一望无际，路西是茂盛草原，一望无际，一条油路永远躺在眼前，一望无际。前几天从乌鲁木齐走喀纳斯，是绕准噶尔东沿北走的，现在要绕准噶尔西沿南走，刚好在北疆盆沿转一大圆。在新疆行走，钱花完了，还可以找朋友借，找有关部门接济，"一望无际"的成语可千万不能忘了，随时都用得着的，虽是俗了点，可就这句贴切，新疆人应该申请对这句成语的专用权。在别的地方明明只有巴掌大，人们动辄也一望无际，这说明此人没见过真正的大地方，或者没去过新疆。在一望无际之地，我们一路说得最多的是主旋律话语，想想百年千年的时光，在这开口便以千里计的荒天旷地中，我们乘着现代化交通工具，只需坐着（有时还可以躺着），什么力不用出，什么心不用操，尚且疲惫不堪，而各族将士负重步行，冒矢石，御外侮，平内纷，维护了版图的完整，如果不亲临体验，单从地图和教科书上，是很难生发出对先贤的由衷敬意的。江山如此多娇，引无数英雄竞折腰，祖国的名山胜景，乃至穷山恶水，二十年来，我多有涉足，每到一处，这句伟人的诗句便会脱口而出，而此次新疆之行，这句诗几乎成了我克服腰疾痛苦，一站站驱驰的动力之源。

黄昏时分，车至乌尔禾魔鬼城。在这只有上帝或魔鬼才可创制的自然奇观中，流连两小时，北京时间晚十时，正是新疆的日落时分，离今天的终点站还有百多公里路程。说实话，同时兼有草原风光、自然奇观和现代工业文明的地域，是可遇不可求的，克拉玛依幸而一身任焉。出魔鬼城不久，沿路丛林般的油井又让人叹为观止。我在内地油田区生活过多年，许多大油田我也见过，但从未见过如此密匝匝的油井。它们像严整的军士方队，间隔三四米远近,横排数十口,纵排数十口,一片一片,被称为"驴头"的抽油机,一律头朝路面,一抑一扬,整齐划一,仿佛在向路人敬礼或炫耀。想想看,百多公里地界,无数颗"驴头"昂首长啸,那也是只有上帝或魔鬼才可创制的人间奇观。

新疆时间,子夜时分,车到克拉玛依。北京时间凌晨两点,内地人正在梦天梦地,而克拉玛依人的夜生活正值高潮。饿了,累了,来到美食广场,一嗓子唱出饭菜名,几名食客诧然回头四顾,都是一脸惊喜。出门了,都说普通话,虽不大标准,乡音不算重的。一中年人离座大呼曰:"啊哈,甘肃老乡来了,快请坐!"他回头朝饭馆大喊:"老板,我们甘肃老乡来了,最拿手的饭菜尽管上,我买单!"他的美意我们理所当然是要婉拒的,出门远行,钱足够花,享受一分温暖,一分亲切,听听乡音,比什么都好。文化学家说,乡音母语犹如一个人的遗传基因,是任何外力都抹不去的。确实,即便中央台那几位甘肃籍的名嘴大腕,普通话说到这份上已不得了了,可甘肃人还是从中能捕捉到些许乡音的。

乡音啊!一句乡音让互相陌生,甚至戒备的心拉近了距离。这位中年人姓秦,武威人,少年从军新疆,后转业到克拉玛依,离家已三十多年,他急切地用凉州方言与我们交谈,可我们中间没有武威人,一省人,乡音差别甚巨,好在互相都听得懂,即使仅仅听到兰州话,陇东话,白银话,眼里也闪射着兴奋的光芒。一盘大盘鸡拌面条,一瓶啤酒下肚,夜已深,身已困,该是回饭店洗浴休息的光景了,明天还要赶到天山深处的那拉提草原,五百公里艰苦的旅程还在等着我们。我们的团长是很民主的,而此时却遇上了独断专行的老秦,他大手一挥,断然道:"不行,今晚一定要去看文化街,来一趟克拉玛依,不看文化街,不是胡闹嘛!"我们说,明天一定去看,今晚累了。他以更强硬的口气说:"不行,绝对不行,白天看不出效果,必须晚上看!"最亲密的朋友,说话做事是用不着温文尔雅的,年已花甲,与青年人一同千里驱驰的团长发话了,他说:"走,看看去!"

果然文化街气势非凡,一公里长的街面,雕塑林立,一幅高达数米,长达百米,用巨石拼接而成的壁雕,勾画出了克拉玛依油田的开发史和油城人的精神境界。喷泉腾跃,彩灯闪烁,一街雕像气势磅礴,各呈姿态,活活生动。疲劳渐退,兴致趋浓,此时,哗然灯灭,一街魅惑。北京时间凌晨四点了。人是需要休息的,注入了人的精神的雕像也是需要休息的。明天,人有事情可做,雕像也要整顿精神迎接明天的知音。老秦恼丧万分,恨道:"还早呢,就停电了。"我们也颇觉遗憾,好像是我们拉了电闸。我想提议去看看十年前克拉玛依那场著名大火的遗址,我想知道,在如此集自然风光与现代文明于一体的地方,怎么会有人喊出"同学们靠后让领导先跑"的脏话蠢话来,我想趁夜去祭奠那几十名遇难儿童在大火中痛苦愤怒的冤魂,这事必须在沉沉夜幕下去做,在白天,太伤克拉玛依人的脸面了。犹豫再三,我还是忍住了。老秦是爱脸的克拉玛依人。

老秦坚持要明天带我们去看黑油山,说那是克拉玛依第一井,非看不可,我们怕麻烦他,表示一定要看的。老秦笑了,他笑得灿烂,笑得依依恋恋,送我们上车后,招手再招手,跟在车后连声呼喊:"老乡,明天一定要去黑油山看看啊!"

5 行者之叹

出喀什城往南走不久,就可看见一座横隔阴阳两界的山了。地图上显示,这是昆仑山。315 国道是沿塔里木盆地南沿走的,左边是塔克拉玛干大沙漠,右边是昆仑山。沙漠大得出奇,山也大得出奇,大沙漠与大山之间夹杂着星星点点的绿洲,和一条宛如在狂风中飘荡的丝线般的公路,豪华大客好似缀附在丝线上孤苦伶仃的吊脚虫。也许,此处的每一块绿洲都堪称大绿洲,路过的也不乏顾盼自雄自我感觉良好的大人物,可在大山与大沙漠的夹峙中,任何人以及任何人造之物,都不过是一粒普通的沙子,至多也是一座风暴一来便改容易形的流动沙丘。

我就是这么一粒沙子。未涉足昆仑山和塔克拉玛干之前,我曾谦虚地认为,自家也算在人群中别人可以找得到的人物,虽不成气候,却也自给自足。而此时,我并不谦虚地感到,自己充其量也只是一粒沙子,大风起兮,杳不知处。看大沙漠容易使人产生自卑心理,如我等小民,全靠胸中一口真气挣扎在茫茫人海中,那口气一时上不来,是很麻烦的一件事情。于是,就看山,盯着看,不错眼地看。人在大山面前仍然是渺小的,可不大容易产生自卑心理,至少我不会。从小生在山窝里,恨山,恨山挡住了我人生的脚步,和眼界,也爱山,爱山提升了我人生的信心;爬上山顶,极目远望,豪情顿生。二十年来,我登临过东南西北无数座山,有名的,无名的。在登临之前,无论大山小山之于我,一律危乎高哉,伟岸辉煌,可只要你下决心登临,敢登临,登上任何一个小山顶,回环四顾,原先一应华堂美屋,一地高视阔步之人,眼见得都小了;要是登上高山之巅,俯视尘世种种,不仅衮衮大公如蝼蚁然,一览众山,不过蕞尔土丘罢了。在动身西行前,我打开地图,一遍遍揣摩早已烂熟于心的西陲地形图,一遍遍体味登上昆仑山的心情。对于登山和走沙漠,我是积累了充足的心理优势的。五岳名山我曾一一健步而上,六盘山翻越过无数次,深夜闯过贺兰山大峡谷,祁连山阿尔金山多次穿越,这次又上了阿尔泰山,横穿天山,只剩一座昆仑山,遍登群峰绝无可能,别说我一介文弱书生,即使登山专业户,也是心有余而力不足,昆仑山千峰峥嵘,万山荟萃,咱只拣一峰试试,有何不可。至于走沙漠,什么毛乌素,什么巴丹吉林,什么腾格里,都曾活着进去活着出来,进去前,心怀忐忑,出来后,不过尔尔。轻薄狂妄是少年的天赋人权,不过这一关,无以走向成熟。而年届不惑再肥马轻裘燕市放歌,那便是真的轻薄狂妄了。事实上,我从乌鲁木齐横穿东部天山到库尔勒,张眼初望塔克拉玛干时,便收了轻薄之意,顿生敬畏之心。绕南疆北沿一路到喀什,又由喀什绕到南疆南沿,塔克拉玛干越绕越大,我越绕越小,所谓进去出不来,而我连进去的路径和勇气都没有找到,遑论出来?当远远望见那座叫昆仑山的大山时,我才知道什么叫天高地厚了。一山如墙,顶天立地,东西横亘,阻绝南北。何处可供登临,何处可供深入,昆仑山没有任何召唤,或仅仅一个暗示,只有板着一张威严的脸,铁青青地俯视着过往行人,还有那也许只有站在昆仑极巅才可窥破个中玄机的塔克拉玛干。

从英吉沙出来,侧目一望,一座雪峰赫然身旁。正是红日当头时分,那雪峰一面红光激滟,一面白光灿灿,脚下众山如猴,蹲于四周,纳头拱拳向雪峰而拜。我问身旁的维吾尔族青年,那是否慕士塔格峰,他一笑手往更远处的虚空一指,拉长声说,慕士塔格在那那边，这是公格尔山。在新疆，如果是指示空间，语调的长短则表示距离的远近，我明白了，慕山还是一个遥远的所在。公山海拔7649米，如此高山，在昆仑群山中只算一个小弟弟，而慕山海拔7509米，比公山低了许多，并且公山离大路更近些，可为何在我的山谱中，慕是名山，公却寂寂无名呢？思来想去，怕是慕山进入我的记忆更早一些吧。人啊，往往凭借自己最初的图谱勾画世界，而最初的画笔往往是靠不住的。慕士塔格，一个多么引人入胜的名字，说出来，语调铿锵，节奏明快，如读"关关雎鸠，在河之洲"，可要把这个柯尔克孜语名字译为汉语"冰山"，就无甚意思了，和把古诗词译为现代汉语一样没意思。"冰山"，一座冷冰冰的山，一个语词与语义都寡淡无味的名字。慕士塔格，单凭这个玄妙莫测的名字，都值得不远万里探玄抉妙一回了。

　　人是活在语言中的，看景不如听景，真是有见识之语。不过，听到的与看到的毕竟是不同风景。盯着公格尔山走，横看成岭侧成峰，远近高低各不同。一会儿，雪峰这边由白变红，一会儿，那边由红变白，一会儿，雪峰变成红白相间的金字塔形，一会儿，又化为上白下红，或上红下白的三棱锥形。走出百里路面后，抬眼望，公格尔山后又显出一山，也是红白交相变化，山形种种不同——那便是慕士塔格山了。两山如两兄弟，并肩而立。我知道，翻过两山，那儿有一道山缝，喀什通往红其拉甫口岸的公路就从缝中挤过，我还知道，循此可达巴基斯坦和克什米尔。自古及今，一路通，中亚腹地，商旅不绝，一路塞，广袤天地，死气沉沉。路边还有那久负盛名的石头堡，公主堡和香宝宝墓地，以及美轮美奂的喀拉库里湖。而我只能听景，只能仰望，只能凭借现有的知识和阅历，为不可把握之茫茫昆仑涂抹些许个人色彩。

长久生活于狭小空间的人最敢说大话，自小我就见惯了这种人。村中一老者，一辈子最远只去过县城，与人口舌，辄振臂大言曰："我啥事不知道，啥事没经过，背上二两棉花纺（访）一纺（访），哪里有牛蹄印我都一清二楚！"这话没错，别说他老人家，我十几岁离家前，村中哪座山头有什么草木，种什么庄稼，哪面土坡上有几个牛蹄印，我也是心中有数的。后来，见过无数官员，凡位卑权小者，口气一律都大，"上管天，下管地，中间管空气"，这类比天还大的话，其实出自小官之口，真正的大官，至少在公开场合很少大言欺天，谬论蔑世；同样，在未见过真正的大天大地之前，我认为，只要是山，我一定可以谈笑登临的，只要是沙漠，我一定可以自由出入的。不用说，这种话今后只可关起门来悄声说。

人生易老，昆仑长在，也许此生我再也没有足够的信心和体能登昆仑看天下了，但我的仰望之情不会稍泯，它会使我时刻记住，什么叫做顶天立地。而塔克拉玛干已经有一条沙漠公路横穿南北了，完全可以乘车逍遥一游，但却并不等于进去了，也出来了，只能算是盲人摸象，对古意山川的一次浅尝吧。

6　大漠信鸽

从且末出发是新疆时间上午九时，北京时间十一时。且末的下一站是若羌，相距五百公里。昨晚打听今天去若羌的车次时，一位值班的操内地某种特殊口音的小伙一口咬定，今天没有去若羌的班车，大有以人格担保之慨然。正好放开睡一觉，为漫长的艰苦之旅积蓄一点体力。可是，今天却有两趟发若羌的车。一趟已发走多时，这趟已整装待发，再过三五分钟，肯定要错过了。错过今天，不知要等到哪天才会有车，淹留一天两天可以，三天四天就难受了。我请求维吾尔族司机稍等，奔回下处拿行李结账。还没吃早饭，也来不及去远处买食物和水，昨晚是空着肚子睡觉的，今天看来得空肚子长途旅行。那个小伙正好在，他见我的狼狈样，一脸有成就感地笑。我瞪了他一眼，实在找不出教训他的时间了。我忽然明白，一种文化环境往往可以为每一个体塑造一种带有根性的品质，这一个体即便后来离开了那一特定的文化环境，即便进入了连沙生植物都难以存活的大沙漠，而其与生俱来的品性中的因子照旧会借地生长，甚至还会大放异彩。

明白了这个道理后，我朝那小伙感激地一笑，而他一时倒找不出恰当的脸色面对我了。那一刻，我竟也生出了某种成就感。

车是宇通卧客，床铺虽然脏，好歹还可以把身子摆平，这比座椅舒服多了。315国道在这一段是沙石路面或沙漠便道。车体庞大路面不平，床铺如摇篮，空肚皮被晃荡得发出一阵阵空水桶的回音。肚子越难受，便越痛恨那个与我同肤色的小伙。在大漠深处，任何谎都是不可以撒的，小小的即使没有恶意的谎，都有可能导致大大的罪恶的后果。一路只有沙漠戈壁，绝无市镇人烟。旅客大多是维吾尔族人，还有汉族人，蒙古族人。维吾尔族司机身架高大，面相俊朗，哼着维吾尔族小调，既沉着又放松，天生一个好司机。引擎盖上还坐着三个维吾尔族青年男子，他们与司机说说笑笑，看样子是坐便宜车的。在卧客轰鸣的间隙，我一直听见有一种类似鸽子的叫声从头顶传来，咕咕咕，咕咕咕，此起彼伏，不绝如缕。把头伸出窗外看，头顶只有旷古蓝天浮云，眼前只有空茫沙漠。真是好笑：这地方哪有什么鸽子？分明是严重的空腹引起的幻听。此时，要是那个小伙在眼前，我一定会跟他打一架的，打过打不过都要打，输赢只代表结果，而打与不打却是立场和尊严的象征。

一路沙尘，一天一地都是万古洪荒。车行两百余公里，来到一个沙丘逶迤红柳点缀的去处。这里是有一条季节河的，河床没水，隐约有过水的印痕，就像人哭过的泪脸。车停了，一个维吾尔族汉子攀上车顶，搬下一副箱笼，我定睛一看，里面关有十只鸽子，灰的，白的，都有。鸽子红红的眼睛望望众人，望望高天旷地。我才知道，不是什么空腹幻听，真是鸽子在叫。我一看车顶还有几笼鸽子，我以为他们是鸽贩，便说你们维吾尔族人也喜欢吃鸽肉，司机笑道，这是信鸽，拉出来分批放飞的。仿佛要举行一个庄严的升空仪式，四名维吾尔族男子将鸽笼搬到呈品字形的小沙丘中间，四人对面环立，说了一会儿话，同时伸出双手揭开笼盖，扑噜一声，十只鸽子同时呼啸升天，立即排成两路纵队，展翅盘旋。所有的人同时举头向天，阳光正艳，天上流火，地上喷火，鸽群呼啸而去，远了，远了，望不见了。又返回了，在头顶盘旋展翅，鸽哨嘹亮。又远了，远了，望不见了，又返回了，依然盘旋展翅，依然鸽哨嘹亮。如此三番过后，鸽群好似才下定决心，各自猛拍几下翅膀，长啸西去。

我对信鸽知识一无所知，便问司机它们什么时候能飞回且末，他有些自得地说，两个小时，到了。我看看沙地尘天，无边无际，犹疑地说，鸽子能飞回去吗？这笼信鸽的主人是一浓须汉子，他豪迈地说，问题一点儿没有，我这鸽子是拿过奖的，飞过几回了。我问是什么奖，他说且末每年都有一届信鸽比赛，搞十几届了，每届他都拿第一，他的信鸽曾从且末飞到和田。我刚从和田过来，稍一推算，那可是上千公里啊。我原以为，居住在大漠深处的人，早已让无边的沙尘和没完没了的干旱作践得七窍生烟，除了为吃喝用度挣扎，哪还有闲心思浪漫呢，而他们竟将信鸽比赛搞得如此热火持久。我大为惊诧，也大为感动：有意思的生活有意思的人无处不在啊，哪怕是生命之光暗淡的大漠深处。我问且末有无信鸽协会有多少会员，浓须男子仍以新疆人特有的说话方式说，信鸽协会有，一百多人，有哩。

从这儿开始，每走出一段路程，便要停下车来，放飞一笼鸽子，到瓦口峡，所有的鸽子都放飞了。瓦口峡是这数百公里地界最大的绿洲，建造十个标准足球场没问题。与新疆所有大大小小的绿洲一样，白杨参天，渠水欢腾环绕，在白杨与渠水圈成的一块块田园中，葡萄架纵横交错，各种农作物茂盛生长。我有了补充食物和水分的机会，近三十个小时没吃饭喝水了，一口下去，腹内发出鸽哨那样激越的鸣叫声。还有三四个小时的路程，有这些养料的补充，我想，在最后一批信鸽飞回且末时，我也会在若羌漫步的。

7　南疆速度

说好的，早九时整，班车准时从和田出发，深夜抵达且末。全程六百公里，在新疆这不算长。和田到且末线上，洛浦、策勒、于田、民丰、库勒，都是我面对地图不断幻想过的地方，今天终于有机会亲身踏勘了。到班车启动，已经是十点三十分，刚出城，车要加油，又是半小时，出了加油站，有人要方便，呼呼啦啦乘客全下去了，又是半小时。和田到洛浦仅二十六公里，竟然耗去两小时。这一带是绿洲连片区，往北看，绿洲之外是浩瀚的塔克拉玛干，别说人进去出不来，目光瞥进去也难以抽出来。往南看，昆仑山横亘如墙，一座座雪峰抵天而立，看似伸手可及，其实都远在天边。维吾尔族农民赶着驴车在路边迤逦而行,人平躺在车上,偶或飞出一串维吾尔族小调,音韵悠扬。常年在路边行走,毛驴都是遵守交通规则的模范,紧贴路边白杨树,不用主人张罗,绝不会走歪一步。什么叫田园生活农家乐,这就是了。

315 国道在这里是柏油路面,宽且平,班车却开得很慢,走走停停,都是无缘无故地停。司机一身洒脱,胜似闲庭信步,也许是新疆太大了,快走几步,前边的路依然漫长,何如信马由缰,图个自在。乘客也安闲自得,快一点儿,慢一点儿,都是无所谓的事情。松松垮垮到了于田,已是下午四时,两百公里路程竟然走了七小时。司机让大家下车吃饭,停车一小时。于田城不大,吃完饭,满城转一圈回来,刚到发车时间。司机却宣布不走了,今晚在于田过夜。离天黑还有五小时,再说目的地是且末,既没有不可抗因素,又没有什么说得过去的理由,为什么要停车呢?司机是一位头发花白的维吾尔族人,待人很和善,见我询问,笑说车站不让发,要让乘客就近食宿。我问为什么,他仍笑说,这是车站的事,我也不知道。满车都是农民打扮的维吾尔族乘客,听到停车不走的命令,虽有不满的表情,却没有不满的抗争。也许他们受到的这种待遇太多了,习以为常了。他们都在观望,眼巴巴看着我们三个汉族人如何行动。出门多年遇到过服务质量很差的客运单位,但还没有遇到过今天这种情况。维吾尔族乘客悄声对我说,开饭店的人与什么什么人有什么什么关系,从不把乘客的利益放在心上。我稍一思量,耽搁半天赶路时间不说,买车票就意味着双方订了契约,终点站是且末,不是于田,哪有把乘客扔在半路的道理。我与维吾尔族司机交涉,他说他只是个开车的,得听车站调度,让我去找车站。找就找,真理在握,找谁都行。几十名维吾尔族乘客向我投来赞佩的目光,我一下有了人来疯的劲头,大踏步去了车站调度室。道理是不用讲的,谁都明白。站长表示,他也拿不了事,得找运政部门的驻站代表,拨通手机说了几句话,便带我在车站大门等候。一会儿,一位穿运政制服的维吾尔族青年来了。听了我的陈述,他把司机和车站负责人召来批评了一顿,我不懂维吾尔语,但从神色和口气判断出他很严厉,最后三句话是用汉语说的,他说你们把简单事情复杂化了,今晚无论如何要把汉族同志送到且末,谁影响了民族团结谁负责。

这位官员批评别人把简单事情复杂化了,其实是他复杂化了。这只是一桩极普通的客运纠纷,我所主张的仅是要求承运方如约把我送到目的地,这应该是世界通行的原则,与民族什么的根本扯不上。我一时惶恐,又不好说什么,只在心里说:维吾尔族兄弟,言重了。在民族地区生活的人们,时时刻刻大事小事都能考虑到民族团结,都能从这个大原则出发去处理问题,又让我感动。确实,民族团结是由一点一滴小事积累起来的共同准则。司机重新打开车门,维吾尔族乘客欢呼雀跃,向我投来一张张笑脸,请我先上车。班车启动后,大家从纸箱中掏出带着露水的葡萄,请我品尝,离我最近的是几位维吾尔族大叔大娘,他们不会说汉语,但那一张张笑脸就是世界语,谁都懂的。我获得了在语言之外沟通的某种快慰。

车过民丰,太阳就落了。落日之后的南疆,能见度依然是很高的,太阳的余晖洒在无边的黄沙上,大地一片晕红。从南疆南线的民丰到南疆北线的轮台,就是那条著名的横穿塔克拉玛干的沙漠公路,全程五百多公里,原是要走一趟的,时间来不及了,只好站在民丰路口望一望,能望多远算多远。是望不了多远的,公路在沙丘中穿行,路口有许多帐篷和集装箱,眼见得是塔中油田的物资转运站了。这里应该是极端缺水的地方,可看起来不缺水,路边一大片一大片沼泽草地,牛羊密集,牧歌嘹亮,多余的水漫上路面,有时水深可以淹没半个车轮,车在水中行走,溅起一行行浪花,清风透进车窗,竟一时难辨身处何地。遇上一个挡车的人,车却不马上停下,开出数百米后,车停了。这是一位四川烧砖师傅,附近有一家砖瓦厂,千里万里,赶来谋生。又遇上几位维吾尔族妇女怀抱小孩挡车,车又开出很远停下,她们花裙招展,彩巾飘飘,汗津津上了车。天完全黑了,来到一路口,路边有人招手,这次,班车一口气开出千米之外才停下。远远地,一个黑点拖着皮箱向这里狂奔,近了近了,听得见箱底铁轮划破路面的声音了,半小时后,那人赶来了,暗夜里,一头汗水锃锃闪亮。他喘着粗气,掩饰不住兴奋,边擦汗边连声道谢,说今晚要是搭不上车,他要喂狼了。司机笑笑,不说话,点起一支烟,爬上车顶解绳索。绳索如麻,二十分钟才解开,箱子放进去,又系绳索,一时又系不住,二十分钟后,系牢靠了。耗了一个多小时,车子重新启动,夜黑如墨。这还是一个四川人,穿着打扮像个跑生意的。我始终纳闷,明明看见有人挡车,不打算拉,不理睬罢了,既要拉又要开出老远才停车,是何讲究。问四川人,他说他不知道,但绝不是故意整人的,这一路就这规矩。

柏油路走完了,班车上了沙石路。天黑了,路况差了,车速却加快了。越过一道道沙梁沙窝,只觉车身忽上忽下,外面什么也看不见。我的座位紧靠车窗,早上一上车,我就发现扣车窗玻璃的螺丝帽掉了,露出两根无名指粗寸长的螺丝,我时刻小心着,撞在这上面可了不得。过了子夜,饥渴难忍,我起身在行李架上取饮料,这时,大客猛地一颠,我把持不住,后背重重地撞在螺丝上,脊梁一阵钻痛,好半天喘不过气来。我强自坐下,伸手一摸,黏黏地一把红血。在这种场合是不便声张的,声张也没用,自己的罪自己受,再说,一个大男人动不动呻吟叫唤的,成什么体统。

忍到凌晨五时许,车到且末,没精神吃喝洗漱,倒头便睡。红日高照时,疼醒了,让同伴揭开后背一看,都大惊失色,离脊梁骨一厘米处,有两孔幽深的黑洞,还在往外渗血,他们说,再偏一点,脊梁骨肯定断了。他们极力让我去医院,我自嘲道:轻伤不下火线,重伤坚持战斗,优良传统怎可说丢就丢? 我只不过是被青春撞了一下腰嘛。我由衷感到庆幸,不受伤比受伤好,受轻伤比受重伤好,我只受了一点轻伤,还可坚持走完余下的路,比什么都好。

十个小时的路程,没有任何阻碍,却整整耗去二十个小时,我戏称这是南疆速度。不过,出门旅行就是为了体验非常规的生活,获得意外的见闻,在南疆速度中,我发现了诸多没有标示在地图上的东西。车到站后,我又累又饿,头晕眼花,腰部旧疾发作正猛,又添新伤,几乎站立不住。我看到年过半百的司机,连续开车二十小时,便硬撑着走上前,递上一支烟,在夜色沉沉中,两双男人的手紧紧握在一起,我说辛苦你了,他笑笑说,应该的,祝你一路顺风。

8　从若羌到茫崖

若羌是地球上降水量极少的地方之一,年均仅十毫米左右。我在读小学时知道了这一情况,并在新疆的地图上找到了这个地名。看见环绕在若羌周围的一大片麻点,我萌发了有朝一日去看看的奢望。这一童年的无妄之梦,在三十年后的一个初秋化为现实。脚下的若羌跟我积攒了几十年的想象中的若羌大相径庭,宽阔整洁的街道,很现代的建筑,欢欢快快的渠水,清清爽爽的男人女人,许多人竟然还操着一口标准的京腔——这哪像个流沙千里天不下雨的地方?

那一夜,我沿着环城的渠水,环城走了一圈。

天亮了,我要走了。若羌是我童年时代的一个梦想,梦圆了,我该走了,我童年的梦想中还藏有许许多多地方,其中就有若羌东行四百公里的青海茫崖。出若羌城二三公里,若羌就是若羌了。飘在天空的是沙雾,铺在地上的是沙碛,放眼一望,这个被称为罗布泊的地方任你怎么放眼望去,也望不穿万古流沙的帷幕。巡洋舰顺315国道朝远处的阿尔金山奔去。说给你,你可能不大情愿相信,这条国道在这里与达喀尔汽车拉力赛的赛道差不了多少,来来往往的车辆,在沙漠中碾压出一条像路的公路。车轮一会儿陷入巨大的沙坑,发出老牛样的吼声,一会儿又撞在坚挺的砂岩上,跳起老高。一辆车过去,车后可以拖起数百米长的黄龙,久久不息。若羌到茫崖是有班车的,可班次像季节河一样,下雨,河里有水,不下雨,就只剩河床了。问若羌车站去茫崖的班车,维吾尔族工作人员说,我也不知道,客多,就发,客少就不发。看我们着急的样子,他说,他可以介绍一辆黑车,不过,收费很高。黑车就黑车吧,车的黑白是运政部门要管的事,至于收费高低更无须考虑,怕花钱,别出门。一个电话,黑车主来了。这是一位中年河南汉子,在这里跑车多年了,他豪迈地说,我那巡洋舰,跑这路,跟耍似的。巡洋舰开来了,倒是真的,只是看不出是哪一代车型,无牌无照,周身破损,座位塌陷,满员七人,却硬塞了十一人。副座被两个山东小伙占领,他俩也是周游新疆,从喀什沿南疆南沿一路碾转而来,中间一排三人座挤了五人,一位老山东,从和田跟我搭伴,另四人都在南疆做生意,三个湖南女人,一个浙江男人,五人屁股错屁股,叠坐一起。后排本是两人加座,因严重塌陷倾斜,坐两人还凑合,却镶进我们三人。出城时,有人拦车,司机还想给后排加一个女人,被我严词拒绝。

十一个人在车厢里像关在笼中的猴子,上蹿下跳,没个消停。车子每猛颠一次,紧靠浙江男人的那位湖南女人便要夸张地叫几声。她的半边屁股塌在他的一条腿上,他一只手抠住车门,一只手从她的后面绕过来抓在她的右肋那里,错落的路面为他的那只抓在人身上的手,提供了充足的行动理由。女人叫道:"你别乱抓呀。"男人也叫:"我没乱抓。"那只肇事的手急忙滑向原处。又一阵颠簸,又一串惊叫,又一番诘难和辩解。三番五次后,路还是忽高忽低的路,车还是蹦蹦跳跳的车,人还是上蹿下跳的人,女人不再尖叫,男人不再辩解,那只手幸福地抓在先前被认为是乱抓的地方。窜入车厢的沙尘比野外的还要浓厚,冷风从各个缝隙强劲灌入,我说,河南人,你这什么破车,他以显摆的口气说,看这兄弟说的啥话,我这车好着哩! 我想不明白,在他眼里,不好的车该是什么样子。

终于出了沙漠,要翻越阿尔金达坂了。公路变成了阿尔金山肚子里的蛔虫,没路找路钻了进去。两面山峰高不见顶,乱石伶仃,胳膊粗细一道清水蛇样游走,河床就是公路,牛大的石块横陈其间,路面碎石如拳,磊磊散落,车轮经过,给人传射着一下接一下锐利的痛感。湘女还在不断地叫,但不再是惊叫,而是近乎呻吟了。浙男说,你做我的情人好不,湘女娇声说,你想得美,浙男说,要想就往美的想,湘女说,要想你自己想,我可不往那想,浙男有些把持不住了,声调怪怪地说,你让我往哪想,湘女的声调也怪了,有些气力虚怯,说你爱往哪想就往哪想。也许,浙男已想到了他爱想的地方,湘女也觉得他爱想的地方对于她其实也是一个不错的地方,两人便同甘共苦,男身女身眼看要团结如一人了。巡洋舰爬上了阿尔金达坂,雪线在望,车悬半空,向外瞥一眼,肚里吸满冷气。在这种地段,河南司机仍没有减速的意思,破车像一只让他随心所欲逗玩的陀螺,一眨眼,几个急转弯轻巧地转过去了。

下山了,破车从山头回到山肚,米兰河像一根肠子,在山肚蜿蜒抻扯。河南司机停车让大家休息。双脚乍然踏在坚实的大地上,每个人的脸上都是一种再生的欣喜。浙男想拉湘女的手,被她用力甩脱了,她相当正经地说,不跟你玩了,浙男相当不满地说,危险一过就变脸呀。大家欢叫着扑向米兰河。河水刚从雪峰流下来,水色如雪,清冽砭骨。米兰河从这里冲破阿尔金山的万丈岩层,注入罗布泊,养育了辉煌千年的米兰文明使米兰古城成为丝绸之路南线入疆的第一站。不幸的是,米兰与同处罗布泊的楼兰、海头,以及罗布泊本身都化为永远的感叹号。一个小山东嘴唇溃烂,我让他用雪水浸浸,他犹疑说,这水干净吗,我说这水要是不干净,天底下就没干净水了。几个女人用这至纯的水把自己女人的脸抚慰了一番。老山东感叹道,这是什么地方?走来走去,还是俺山东好。我说老人家,你山东好在哪里,他自豪地说,俺山东有大平原,有大海,有泰山。我说你山东有天山,有昆仑山阿尔金山,有大沙漠吗,他不言语,我说没有的就是好的,你万里旅行,不就是想看看你没见过的东西吗?他是一位济南郊县的退休工人,凭着手中一张地图自费游西北,出门已一个月了,可他拿的是政区图,且对地理一无所知,到了阿尔泰,没去过喀纳斯,路过乌尔禾,没去魔鬼城,去了伊犁,没去巴音布鲁克,去了敦煌,没去过阳关玉门关。昨晚同住在若羌的旅店里,他埋怨说,书上电视上都是骗人的,新疆根本没有大草原,我把各景点一一说给他,他大都路过没见过,后悔得直捶胸口。今天他要随我远涉千里,翻越阿尔金山到茫崖,再翻另一阿尔金山口,去敦煌看阳关玉门关,再看嘉峪关,买夜光杯送朋友了我说你这夜光杯代价太大了。回到车旁,我由衷赞道,河南人,你这车真好,他以为我在说反话,讪讪一笑说,这车看着破,其实好着哩。我说,真的好着哩,要是新车,跑不了这种路。他很兴奋,说你老弟说了句内行话。越说越投机,我说,你开车手艺天下第一,多难走的路我都走过,多破的车我都坐过,像你手艺这样好的司机倒见得不多,他腼腆笑笑,说这路其实好着哩,这车也好着哩。他最不能容忍别人说他车破,他时刻都要强调他的车好。

确实好着哩,路好着哩,车好着哩,司机好着哩,乘客好着哩,一切都好着哩。只有这样的司机才可开这样的车,只有这样的车才可跑这样的路,只有我这样的人物才不做一分钱的生意吃这份苦冒这份险。

翻过阿尔金山还是若羌地界,若羌一县人口只有两万,地盘与江苏省一般大小。走啊走,颠啊颠,走过一道道沙梁,颠过一道道荒沟,巡洋舰爬上了海拔 4000 米的茫崖。目的地到了,另一青年河南司机专门在这里接站,他要用昌河面包把我们送到七十二公里外的茫崖。他俩做的是一条龙生意,跑的都是国道,巡洋舰是黑车,从若羌到茫崖路况差,管得不严,由中年河南司机承运,从茫崖到茫崖是柏油路面,昌河车有牌有照,该有的都有。他俩如何分成是他俩的事,乘客只管交一份钱。中年司机每天早晨从若羌载客至茫崖,在茫崖等够一车人,晚上赶回若羌,来回不空载。昌河司机亦如此,专吃从茫崖到茫崖这七十二公里的客运饭。稍加估量,中年河南司机每天的收入差不多够我一月的工资了。山高路险,吃的苦多,担的心多,多挣点,应该。

为什么会出现从"茫崖"到"茫崖"这种情况?打开地图,青新甘交界处的那块巨大的三角地,偏于青海一方,与内地一省大小的一块地方,上面只有茫崖一个地名。给地命名与给人命名情形差不多,选择名字大都是有来由的,可这块巨大的空地,实在没有什么明显的标志物,原先又无人居住,随后来的人多了,都用了这唯一的名字。其实,在这一带,叫茫崖的不止两处,公开出现在地图上的便有三处,而且,分属两个省区。新青交界位于青海境内的茫崖镇,名字和地盘都是青海的,可行政由新疆巴音郭楞蒙古族自治州的若羌县管辖,这里盛产石棉。一进茫崖,天是白的,地是白的,山是白的,所有建筑物都是白的,人也是白的,满世界都是白色粉尘。海拔高,要频繁呼吸,每呼吸一次,呼出来的是气,吸入的是粉尘。这里有一条便道,可北通甘肃的阿克塞哈萨克族自治县,三个湖南女人和一个浙江男人走这条路了。

最初拥有茫崖这个地名的是现今的老茫崖镇,如同退休的领导被称为老领导一样。老茫崖镇离脚下这个茫崖大约还有二百余公里,我要去的茫崖是离脚下这个茫崖七十二公里的茫崖。海西州府所在地是德令哈,管辖着数十万平方千米的广大地盘,离茫崖八百公里,大概是为了管理方便吧,在茫崖设了行委。行委所在地的茫崖,人们给起了一个新名字:花土沟。

广阔的茫崖地界,现在有许多地名,差不多都是新命名的,地上还是一棵草一棵树都没有,地下却不断发现宝藏,人们便根据发现地的情况起一个个新名字,什么叉口、油沙山、水站、黄瓜梁、一里平、牛鼻子梁,等等,都是。茫崖行委所在地花土沟便是这样一个地名。这里发现了油田,天南地北的油田施工单位纷至沓来,没用多长时间,这片盐碱滩上便撑起一座规模不大不小的镇子。镇北有一道不算高的山,山上当然是没有草木的,高原阳光下,红赭色的砂岩斑驳陆离,山体中间有一狭沟,从这里拐进去,北面高地上油井林立,这便是花土沟的来历了。镇子就在山根,山上拳头大的鹅卵石历历在目,我想登高远望,可是用了两个小时,才走到山下,太阳快落山了,高原缺氧,我已无力登山,匆匆赶回,已是暮色苍茫。

没有涉足茫崖前,我在中国空白地图上能够准确标出茫崖位置,来了一趟,我却不知道茫崖究竟在哪里。我只能说:茫崖,我来过了,也仅是来过而已。

9　向往德令哈

"姐姐,今夜,我在德令哈",在繁华都市,在漠风旷野,在春风坦途之时,在阴霾蔽天之日,我曾无数次地或朗诵或默诵过海子的诗句。今夜,我要去德令哈,去那个夜色笼罩的、雨水中的、令诗人今夜不关心人类只想某一个人的、荒凉的小城。

早十时,从花土沟的那个茫崖出发,车是宇通卧客,司机是西宁人,上车前,他仰脖灌了大半瓶烈酒,车站运管人员目睹他喝酒,也没人说什么,都憨憨地笑。喝完,嘴一抹,点着一支烟,跳上车,稳稳地把住方向盘,高喊一声:走了! 车就走了。庞大的卧客好像不是机器带动的,而是他吼动的。天上阳光朗照,地上沙尘无边。道路正在整修,从花土沟到大柴旦,四百公里路面全被挖烂了。几十年一直在路上晃荡,无数次遭遇修路,我始终没搞明白,再大的工程队其作业面也是有限的,几百公里路面为何不一段一段地挖,一段一段地修，而要一次将所有要整修的旧路都挖烂呢？卧客行走在辅路上，又是颠簸，又是跳跃，窗外没什么可看的，几个乘客想玩扑克，一个回合没打完，都被颠得东倒西歪，头上磕出了肉包。没法玩，也无甚风景可看，索性睡觉。我略无睡意，坐在引擎盖上看风景。今天要横穿柴达木盆地。柴达木是我心仪已久之地，从上小学到现在，我无数次地怅望地图，想象着盆地的山水风物。年年岁岁图相似，岁岁年年人不同，这幅个人化地图中的内容随人的年龄增长而屡屡更易，今天，我要验证我的地图的准确性了。

柴达木，我来了。北面是东西横亘的阿尔金山和祁连山，南面是东西绵延的唐古拉山，中间是坦荡无垠的柴达木盆地，两山夹一盆，山无边大，盆无边大，再大的人也是无边地小。我不错眼地朝外看，看几个小时了，边开车边唱花儿的司机停了唱，笑问你看啥哩，我说看风景哩。他出声笑笑说，看到了么，我说，看到了。他诡谲一笑说，看到啥了，我说：电杆。他大笑。他给我讲了一个故事。暑假，他上初中的儿子没人管，他随车带出来散心。只一趟，儿子宁愿独自待在家里也不愿跟他出来了，他动员再三，儿子急了，大声喊叫：爸，你带我出来是让我数电杆吗？此后，儿子要是调皮捣蛋，他便以带他跟车出来玩相威胁，这一招很管用。

确实，旷天野地中，唯一的风景便是一排从天边来到天边去的木质电杆。那电杆一线鱼贯，黝黑挺拔，像古代西征的将士。路边其实是有风景的，偶尔有雕塑似的山，红的，黑的，偶尔有连片的雅丹地貌，嶙峋怪诞。我内心至深的渴望是要见到水草的。水是有的，都是盐湖，盐分高得结了晶，人畜不能饮用，连机器都吃不消。所以，一路无草，更无牛羊。偶尔有人影在远天远地晃动，他们或是筑路工，或是各类矿工。我在心中绘制了数十年的无数幅柴达

94

木地图，每幅图中都是有水有草的，而现在一一化为白纸，映入眼帘的才是真实的柴达木。真的，我太想见到一棵树，一棵草了，哪怕只有一棵，一根。可是，没有，数百公里地界，绝无一草一木。车行数小时，也会遇到一个小市镇的，几间东倒西歪泥巴屋，几个七长八短邋邋遢遢人，屋前一律竖着一匾：补胎充气。我说这里有人居住，咋不栽几棵树呢，司机笑说，要栽树也可以，就得从德令哈拉土拉水，冬天还要给树盖房子。我对柴达木有些了解了：这地方真有意思，有草有水的地方，地面有人有牛羊，地面什么也没有的地方，地下宝藏要有尽有。名为聚宝盆，宝差不多都聚在无水无草无人的空旷地界。

　　子夜时分，卧客驶进一片灯光中，大柴旦到了。我依然坐在引擎盖上，没有见到渴望的草木，草木却植进了我的心里，六百公里过去了，我于心不忍。我似乎在跟谁较劲儿。名为大柴旦，实际不大，一两分钟，车出城了。下午是到小柴旦吃饭的，小柴旦似乎比大柴旦要大。突然，灯光中闪出一排高大的白杨树，我精神为之一振，推说要方便，司机停车，睡梦中的乘客闻讯风火下车。漠风正烈，厚重的外套在冷风中变成一张薄纸，白杨哗哗，声声都是萧瑟哀鸣。

　　我依然在车灯中找寻我渴望的世界。腰部旧疾发作，在且末到若羌途中又遭重创，差一点儿磕断脊梁骨，几天来疼得我虚汗滚滚，盐碱水让又我腹胀如鼓，无法进食，眼下疲倦已极，却略无睡意。突然一只老鼠在横穿公路，其捷如电如风，我低喝一声："老鼠！"声未落，老鼠已穿越成功。老鼠是可恶可厌之物，但在柴达木却是生命的信息。枯坐铁板，忍受了十几个小时的伤痛、颠簸和高原缺氧，不就是为了在无生命之地搜寻生命的征兆么？一只老鼠带给了我信心，我的目光与两根车灯的光柱黏在一起。"兔子！"我又低喝一声。那时我可能显得很滑稽，司机在长年的跑车生涯中可能很少遇见我这种少见多怪的人，他无声地笑，顺手扔过来一支烟，自己也点起一支，专心开起车来。这怪不着他，他哪知道，在我对柴达木长达几十年的想象中，什么情形都出现过，就是没出现过今天看到的情形。我曾让柴达木牛羊成群过，莺歌燕舞过，遍地黄金过，唯独没有让它寸草不生过。一个故事往往有一百种结局，九十九种结局都想到了，第一百个是最不可能的结局，但这却是最后的结局。有老鼠和兔子的奔跑，说明眼看要一一化为泡影的九十九种结局，在离绝望越来越近时，希望之光姗姗降临。

"姐姐，今夜我在德令哈，夜色笼罩。"夜色笼罩下的凌晨五点，我来到了当年海子伤怀"姐姐"的高原小城。我与海子同岁，当年他在德令哈伤怀"姐姐"时，我正骑自行车浪游鄂尔多斯高原，可我没有把"姐姐"藏在心中的幸运，我只有一幅童年装在心中的地图。今夜，我在德令哈，这是海子仙逝十几年以后的高原小城，依然是夜里，依然是为了追寻和印证，我要把在心里装了几十年的地图上的三个汉字，端端正正地写在地图所表示的这块土地上。当年，德令哈的海子之夜是下着小雨的，而我的今夜，德令哈无雨，且无电，已经停电半个月了。黑暗了半个月的德令哈之夜，将半个月的黑暗全部叠加在我的今夜了，天地一派纯粹的黑暗。盯了一天的一无所有的盆地，乍一下车，只觉天旋地转，强自定神，才想起车上司机说过，德令哈已停电半月，所有的街道都在翻修。

我来到的是什么也看不见的德令哈，连被挖烂的街道都看不见。凭感觉，身旁是一家旅店，捶开门，店主是一位操河南口音的中年男人。他不大高兴，我说你知道海子吗，他反问海子是谁，我说我睡一觉告诉你吧。

海子兄弟,今夜我在德令哈,我来到了地图上的德令哈,你诗中的德令哈我还无法看见。今夜,我在德令哈,今夜,我不关心人类,我只想睡觉。

10　德令哈的外星人基地

后半夜来到德令哈,糊里糊涂睡了一觉,知道睡在德令哈,睡在城里哪个方位哪家旅店不知道。一觉醒来,天已大亮,全城都在整修街道,一地溃烂,无处下脚。今天的溃烂是为了明天的崭新,这道理我懂,自小接受的是理想主义教育,我已习惯了站在今天的废墟上畅想明天的宫殿,进而把今天的废墟当成今天的宫殿。不过首次来此,就要我为一座陌生城市的明天做出牺牲,多少都有一点儿别人吃饭我埋单的不平。德令哈在祁连山脚下,一条叫巴音河的小河从山中流出来,穿城而过,流向盆地深处。我把行李搬入州政府招待所,今天我要去寻访外星人基地了。

从电视节目中看到,德令哈地界发现了一处外星人基地,那里有比远古还远的时代,由天外来客建造的生活基地,那时已有完善的地下供排水系统了,生锈的铁管镶嵌在岩洞和湖水中,历历毕现。我要实地看看,别说什么现代化设施,外星人拉泡屎留在今天,也是天下至宝。问服务员外星人基地情况,她们说事情知道,具体在哪不知道,拦住几辆出租车,他们也知道有这事,但具体地点不详。又拦住一位的姐,在荒寒的高原上很难见到如此标致清爽的人儿,我一说明意图,她说出了具体方位,但她没亲自去过,她丈夫去过。她家在郊区,她要带我去她家,让她丈夫送我。我心里多少有些失望，又不好明说，到她家，她丈夫不在，手机关机，她说他可能晚上打麻将没回来。我说你开车走吧，大体方位知道就行，边走边打听，她说那里没有居民，没法打听。没办法，乘她车来到公路边，一年轻运管干部在路边等车，我试与他搭话，他极热情，说他认识一位去过那儿的司机，一会要开车路过这里，他答应帮忙。半小时后，一辆昌河面包满载乘客而来，他一挥手拦住车，不由分说赶人下车，让他们另找车回城，令司机送我去外星人基地。司机慨然应诺，谈好价钱后，又附带一个条件：带女友搭便车同去。这算什么条件，座位闲着也是闲着，司机心里有劲儿，车开得好，好事。一个电话，他的女友颠儿颠儿来了，很年轻但不漂亮的一个姑娘。司机给老婆打电话说要出长途，那头好像安顿他注意安全。

这时，我才知道，外星人基地在一个叫托素湖的湖边。

昌河车沿公路疾行，路边旱地草场夹杂着一片片农田。牧草稀疏枯黄，田里青稞蔫头蔫脑，看不出能有多少收成。司机情绪高昂，一路大谈本地风物民情，口才极佳，妙语连珠，把女友逗得直掏他的敏感处，越掏车开得越平稳，话越说得生动。他自称是专家级向导，我认为他够格。当然，爱情的力量也不可忽视。昌河车拐下公路，驶进戈壁草场。只有一条有车辙的便道，车子连蹦带跳，南疆之行，柴达木之旅，驿路万里，大车小车都蹦跳得这样欢实，多少天了，都在蹦跳中度过，在梦中，也在蹦跳，早适应了。那位女友显然还不适应，她比车蹦跳得还剧烈，车来回蹦跳，她却只往司机方向蹦跳，一声声尖叫，掏出了司机炉火纯青的开车手艺。到了巴音河下游，河水没有出路，在这里聚成一片沼泽地，红柳艳艳，芦草喧天，蚊虫密如雨滴，不一会儿，车玻璃上的蚊尸遮挡了视线。在停车擦玻璃的空闲，我想起了明朝一首借蚊子讽世的歌词：

蚊虫儿,生就得惺惺伶俐,善趋炎,能逐队,到处成雷,吹弹歌舞般般会。

小脚儿在绣帏中串惯了,轻嘴儿专向醉梦里讨便宜。随你悭客贼逢他定是出血也,你这个尖酸少不得死在人手里。

我问司机这是啥地方,他说是怀头他拉。我兴奋得差点从车窗奔下去。上小学时,我在地图上见过这个独特的地名。我曾反复吟诵过这个地名,怀头他拉,怀头他拉,这节奏,这音色,这猜他不透的奥义!后来,我知道了"他拉"是蒙古语草原之意,一半神秘感被打破,使我体会到了童蒙无知的羞涩和美丽。我紧紧护持着剩下那一半神秘,就像怀揣着童年能给我带来长久幸福的秘密,一直想给人说破,又怕人解密,直到得知我已来到怀头他拉那一刻。太突然了,我印象中的怀头他拉在另一个方位。我还是忍不住问司机"怀头"为何意,专家级向导从未考虑过这个问题,他说反正是蒙古语,这块草地就叫怀头他拉。太好啦,我还将拥有我童年的秘密,连土生土长的本地人都不知道,说明我的这桩秘密该是多么地弥足珍贵呀。怀头他拉,怀头他拉,我的怀头他拉。一边是蒙古族牧民的牧场,此时空无一人一畜,他们转场到祁连山深处的夏季牧场了,一边是远近闻名的劳改农场,关的都是重刑犯。当然,犯人是轻易见不着的。

走出百多里,不知拐了多少弯,眼前出现一道望不到头的黄沙梁,司机说:到了。我很紧张,一个俗人要与天外来客面对面了。沙梁上有一道盘旋而上的便道,司机开足马力,冲出十几米,车累死在半道。只好徒步,走过沙梁需要两小时。高原正午的阳光是吸人血的,一会儿,便周身瘫困。正在犯难,司机却高呼一声:皇军来了。远远地,两辆三菱越野呼啸而来。车上下来的是身着训练服的解放军军官,男女都有,个个英姿勃发。当地人把解放军叫"皇军",丝毫不带贬义,纯属叫着玩,过嘴瘾。司机拦住一位军衔较高的军人问:"皇军同志,我这车咋开过去?"军官笑笑说:"跟我来!"昌河尾随三菱从另一侧一啸而上。远远地,一山一湖,赫然眼前。

山叫白公山,几十米高低,数百米长短,白色岩石在白色阳光下白光莹莹。湖叫托素湖,湖水比蓝还蓝,蓝得离谱。托素湖是姊妹湖,左侧几公里外还有一湖,一咸一淡,此处为姊,水咸,咸出了盐晶的那种咸。山与湖之间隔着几十米宽的沙滩,有心人把各种长着奇怪样子的石头,以各种奇怪的姿势立起来,一滩的怪石,人样的,神样的,兽样的,像壁画中的地狱景象,要是一个人来,猛乍乍能吓一大跳。其实,活着的只有成群的苍蝇蚊子,还有蜥蜴。这水咸啊!

外星人住过的山洞在白公山下,军人们一哄而入,惊叹,照相,一哄走了。我满怀敬畏钻进洞,搭眼一望,什么呀,以我有限的化学知识,一眼看穿了当代人借外星人耍的把戏。山体中含有大量铁质,一条条,一块块,雨水将铁氧化后,成条的似管状,成块的似器皿,到湖边看,道理同样,湖水比海水还咸无数倍,水是极透明的,湖边湖底的铁质被氧化后,也露出管状器皿状的蚀痕。这就是外星人的地下供排水系统了。我理解有些人拿外星人说事的苦衷,其实,根本用不着把虎皮披在外星人身上,单就这蚀痕的形形种种,就够人惊叹的了。管状的,有的粗如水桶,有的细如手指,有的长达数米,有的戛然一现;器皿状的,有的如盆,有的似碗,有的如瓢,有的如挖耳勺,圆润可爱,巧夺天工。铁锈当然是红色的,岸上的红与水中的红自是有别,岸上的,在阳光下,如陈旧的血,水中的红,在蓝得近乎虚假的蓝水中,如咕嘟冒泡的热血。再看那湖底石板,大的小的,块块打磨得光洁如玉,错落拼贴在一起,严丝合缝,即使在神仙眼里,这仍是只有神仙才可拥有的手艺。

山是白的,阳光是白的,湖是蓝的,天上的云是白的。天的蓝与湖水之蓝,都蓝得虚假,说是把湖水泼上了天,还是把天铺在了地上,都是可以的。人间能见到的蓝,在这里都不算是蓝,人发明的描述蓝的语言,在这里都用不上,我只有说:湖水真蓝,天空真蓝。还有那附着于蓝之上的白云,那种白也是没法说的,我想说,是谁把新疆的长丝棉扔上了天空,絮絮绺绺,虚虚浮浮,让天地一竿子干净到底?俗了,不是那种白,而只是个:白。天空的白云映入湖中,经蓝水一洗,那个白,实在不能说是白了,然而还是个:白。什么叫语言的局限,这时,我有些理解,有人为何要把这纯粹自然造化归于外星人,原来是出于语言表达的困难。也许,真的只有外星人使用的语言,才可描述这里的蓝,这里的白。确实,外星人是应该生活在这纤尘不染且宁静祥和的天地中的。

回程中,远望祁连山,黑云压顶,山本来就高,眼下山与天连为一体了。山在移动,山在快速滚动,车在飞驰,车在快速向山的方向飞驰。整个山疯了,无头无脑奔突,压下来的,不是山,不是云,是黑风暴,风暴眼中夹杂着雨滴。山那边的河西走廊起沙暴了,是黑的,越过了高山,倾泻在山这边的德令哈荒原。还没到天黑时分,天黑了,地黑了,车灯打开,昌河车像一片枯叶,在黑风暴中飘荡飘荡,钻进了黑风重压下的德令哈小城。

今夜,我在德令哈,海子兄弟,今夜我在你多年前来过的德令哈,这是一座离外星人不远的,在黑风暴中喘息的高原小城。今夜,我在德令哈,今夜,我不关心外星人,我只想在地球上风雨飘摇的人类。

九　风从祁连来

1　日落磨坊

从高山峡谷中顺流而下,水边有许多磨坊。当然,外人是不知道这里有磨坊的,经村里二十岁以上的人指点,哦,这里曾经有座磨坊。磨坊是水磨坊,凭靠奔腾的河水激荡磨轮,然后磨面榨油。

在漫长的岁月里,河边的人谁家有一座水磨坊,那是财富和权势的象征。在乡人的指点下,水磨坊一一呈现。曾经的引水渠,曾经安放磨轮的地沟,从磨坊上拆解下来的、无甚用处的石块。一切都是曾经,一切的曾经组合起一座曾经的磨坊。

终于找到了一座构架完整的磨坊。磨坊依地势跨在一道断崖上,水流自上而下,突如其来的落差催动磨轮。两抱搂不拢的松木柱,一方方巨石砌起的墙,木质磨轮早已被人拆了,安置磨轮的地沟还在,还是那样的深幽。磨坊的大门是锁着的,将军不下马的老锁锈迹斑斑,看得出,多少年都不曾打开过了。不知谁从哪里钻进去过,钻进去过的人一定很多,在很长时间内有很多人钻进去过,里面到处都是人的粪便,新鲜的,陈旧的,鳞次栉比。磨坊主大约是怀旧的人,把曾经标志着家族辉煌的巨大的磨盘保留下来,顺手砌入自家的田埂,既废物利用了,又显得别致。十多只磨盘拼成一道威风凛凛的石墙,十多孔磨脐,像是某种怪物的巨眼,并排站在路边,看世事兴衰,日月轮回。磨齿看似刚用钢钎錾过不久,棱角飞耸,青光凛凛,想象得出,再坚硬的粮食搁进去,都会粉身碎骨的。

可是,水磨的废弃绝非一朝一夕的偶然决定,为何不在磨齿老钝时,而把磨齿錾锋利了才做决断?可知,对一个家庭来说,錾一次磨齿是一项非常巨大的工程,要把石匠请来,好吃好喝,工钱开足了,这么大的磨盘,錾一只是要花费几天工夫的,把眼前的这十几只都錾了,谈何容易啊。我绕磨坊转了很多圈,此时,夕阳西下,一抹落日余晖泼洒在摇摇欲坠的磨坊上,我忽然明白了:磨坊主人把磨齿錾锋利了,等待顾客上门磨面的,等啊等,等啊等,等来的却是燕雀聒叫,门前荒草。机器磨面的时代无可阻挡地来临了,水磨停转的磨轮,给一个时代画上了沉重的句号。

我无法猜度磨坊主人当时的心情,磨坊的废而不弃,已经说明了一切。磨坊旁边是一个打麦场,各式农用机械在忙碌工作,一群半大孩子在麦秸垛上窜来窜去,吵闹声盖过了机械的轰鸣声。一同去的画家给磨坊画了一幅素描,孩子们围上来,齐声说:画得真像。他们说,这是谁家谁家的磨坊,那家人是地主。从孩子的嘴里说出这个恍如隔世的名称来,我心里不由一紧,转过身去,只见夕阳依依下沉,身边的河水从容流逝。

2　天空的主人

"包袱"快要抖开了,现场所有人的两只耳朵都耸立着。说话的人是一个讲笑话高手,他讲的笑话曾经把一位见过大世面的人当场笑死了,为此还吃了一场官司。当然,与那个人过度肥胖有关,今天的听众不胖也不瘦,具备了听笑话的先决条件。人在野外,抬头是雪山,脚下是一条河流的河源,四周都是参天松柏。这样的环境适合说笑话,适合听笑话。笑话开讲前,大家都像英雄那样,昂首挺胸表示:万一把谁笑死了,就地埋葬在雪山下,河源边,松树林里,女人永垂不朽,男人永垂不起!

最后时刻来临了,一人忽然叫道:快看,鹰!说笑话的人,听笑话的人,不约而同抬起头,仰望天空。阳光是白刃闪闪的那种阳光,雪峰是哈达抖动时涟漪款款的那种雪峰,流水是秋夜古筝的那种流水,松柏是万古长青的那种松柏,鹰却不是鹰击长空的那种鹰。四只鹰,飞得很高,看似在雪峰之上,其实在雪峰之下,人要是站在比鹰高的位置看,就知道,鹰的位置与雪峰的半腰是平行的。四只鹰的翅膀披满阳光,可鹰仍是黑的,雪峰的白光映照在鹰的翅膀上,可鹰仍然是黑的,鹰的影子洒在河畔,影子是虚幻的黑影。鹰不像是在空旷的天空飞翔,而是在清澈如虚空的湖中漫游,看不见翅膀的扇动,听不见尖厉的嘶鸣。它们好像没有什么事情,像我们一样,没有什么事情,找一个安静的地方休闲来了。中流击水的泳者堪称弄潮儿,有足够的勇气,有足够的泳技,就够了,人在中流,却似闲庭信步,必是泳中之王者。翅膀一动,长空为之碎裂的是雄鹰,在没有任何支撑的虚空中,许久可以保持一动不动的姿态,冷眼翅膀底下的风云变幻而不为所动,以空中王者喻之,也没有什么不可以。

天空本来是鹰的领地,鹰击长空本来是再也寻常不过的眼中风景。可是,不知在什么时候,因为什么,天空真的空了。在这片天空中，见到了鹰。鹰仍然是天空的王者，天空仍是鹰的领地。鹰不用戾气滂沱，与谁争夺什么，所以，也用不着弄出什么鹰击长空的动静来。优游从容，独往独来，在自家的田园里，尽情消受那蓝天白云，无边风月。

空旷已久的虚空，原来的主人回来了。这是一件重大事情。笑话是用来填补空虚的心灵的，天空不再虚空了，心灵也没有理由空虚了。鹰不期而至，笑话戛然而断。

3　到过的地方

车过五台岭时，看见路边的积雪，我说，咱们停车放风吧。敖包耸立在雪峰顶端，五彩经幡迎风呼啦飞动。时令还是秋天，我们来到了雪线上。这个季节身披暖阳，打一场雪仗，是一件相当奢侈的事情。

翻过五台岭达坂，另一面是一条十里长坡。白雪覆盖道路两边的陡坡，路基露出厚厚的黑土。是那种焦黑的，只有在雪线上才会有的黑土。消融的雪水挂在路边的悬崖上，滴滴答答，在阳光下，一滴水就是一团清冷的白光。我忽然发现，这是我曾经来过的地方。某个炎热的夏天，我从这里经过，没有这么多的雪，没有这么多的雪水，道路我却是认得的。我清楚地记得，我在前面那个弯道撒过尿，车上有女士，我因此多走了几步路。对面就是那座山顶有五个平台的五台岭。有了这个缘故，加深了我的记忆。我的记性本来就不错的。所不同的是，这次是下坡，那次是上坡。

我把这个情况说给了同伴。他们都是当地人，无数次路过这里。他们问我是从哪儿到哪儿，我说了从哪儿到哪儿。他们异口同声说,那不可能,从那儿到那儿,绝对不可能走这条路,走这条路只有一种可能性,就是今天要去的地方。今天要到达的地方,我是第一次听到,此前也没有来这里的任何理由。我们要去的地方是一个死角,只能从这头进去,然后,原路返回,那头没有出口。

可是,我确实来过这个地方。大家分析说,是否与哪个梦境重合了,我说,再真切的梦境也真切不到这个程度。又说,这片山地高原,相似的山峰和路面很多的,说哪里哪里还有一个几乎与这里一模一样的地方,我说那里我根本就没去过。又说了几种可能,但,这些可能都是不可能的。

问题出在哪里呢?我找不出一个能说服自己的理由,大家也找不出一种可能的可能性。但是,这里我确实来过的。也许,有些地方真的到过,却与真的没到过一样,有的地方真的没到过,却与真的到过一样,如同有的人你真的没见过,一见面却像上辈子的朋友那样心心相印,而有的人,一起厮混了一辈子,却满眼都是陌生。

4　摘棉花的女人

一地花白,这头望不见那头,与遥远的祁连雪峰相呼应。从这里到祁连山相隔至少百里,可祁连雪峰的白依然那样清丽炫目,如同眼前棉花的白。棉花似乎生来与女人有关,女人似乎专为棉花而生。在漫长的岁月里,棉花经由女人的手,温暖了天下苍生。

女人的家乡不产棉花,她们来到产棉花的地方,她们为别人摘棉花。大红大绿的头巾将脸包起来,身上的装束大红大绿,她们弯着腰,一朵,一朵,一筐,一筐,摘去花朵的棉枝,像是终于解脱了的样子,可是,刚伸直腰杆,就感到了失落;还挂着花朵的棉枝,借着相当温和的秋风,腰肢颤颤,花朵摇摇,看着渐渐靠近的飞舞的女人的手,兀自有些把持不住。是渴望,还是惊惧,秋阳秋风知道,在秋阳下,秋风中,摘棉花的女人知道。

我们给其中的一个女人帮忙摘了一片棉花,她很高兴。同行的摄影师说,我给你拍张照片好不好,女人嘴上说,我长得又不好看,不是浪费你的胶片么,却习惯性地抬手把头巾扶端正,把衣襟捋展刮了,但表情却僵硬了。摄影师说,你放松点儿,保持平时的样子就行。越这样说,女人的表情越僵硬。无奈,摄影师说,你摘棉花吧,我不拍了。女人感觉很对不起人,有些失落,也如释重负。在这一刹那,快门响了。

摘棉花的女人被装在相机里带走了,也许会出现在各种媒体,或橱窗里。女人的形象被带走了,女人还在棉花地里。大红大绿的头巾,大红大绿的装束。远处是白光耀眼的祁连雪峰,身边是白雪一般的棉花。

5　割燕麦的大娘

今年的雨水好,到收燕麦时,又遇到了长达一个月的连阴雨。燕麦的秆儿长势旺盛,和黄豆秆儿一般粗细。麦穗很长,麦粒却不甚饱满。往年的这时候,燕麦早已打碾完毕,农人们也该安闲休冬了。大娘已经相当老了,一头华发,满脸褶皱,手持一把弯月镰刀,一下,一下,面前的燕麦不情愿地倒下去。

抬头,山梁上的积雪在阳光下闪射着森森白光,低头,积雪将平川消融得一派精湿。头顶的太阳虽然艳丽,却是快要入冬的太阳了,如同一个热情的老人,热情是感人的,热度却是有限的。燕麦是湿的,大娘的镰刀斫倒一行行燕麦,也斫出一溜溜露水。我说,大娘,我给你割。她看看我,说你行吗?我一手抓住燕麦,一手抡起镰刀,嚓嚓嚓,燕麦倒下一片。大娘再看看我,说没想到你还会干农活儿。我说,农民的儿子嘛。我弯下腰,又挥起镰刀。却听大娘惊呼:停下,停下!我诧然回头。她指着我的裤脚说:"把衣服弄脏了。"那天,我穿了一套质地不错的衣服。裤脚被露水打湿了,衣襟被露水打湿了。不只是露水,还有被露水打湿的泥土。我笑笑说,没关系的。大娘却不让我再割了。她反复说,衣服弄脏咋办嘛,出门在外,没办法清洗的。

大娘住在女儿家,女儿正在生病,家中无人干活,她给女儿看门。眼看入冬了,燕麦还撂在地里,燕麦虽然熟得不够饱满,却是一季的辛苦,不能白白撂了。走出好远了,回头看,大娘依旧弯腰挥镰,一下,一下,阳光下的白刃一闪,阳光下的麦棵倒下一缕,阳光下的白发随风一甩。

山梁上站着几头犏牛。犏牛是黄牛与牦牛杂交的产物,雄壮得让人无法理解这是牛,是被人役使的耕牛。一头牛站在那里便是一座小山,一头牛移动了,是拉起一座小山在移动。而大娘是苍老的,孱弱的,但她仍然是强大的,用不了多长时间,她面前的那片燕麦就会倒在她面前。

燕麦是用来喂犏牛的。吃饱燕麦的犏牛,就可以帮大娘拉扯岁月了。

6 不是魔幻

面包车在一条沙漠便道上趴窝了,司机折腾了半天,什么作用也不起,顺势坐在沙地上抽烟。

这是一个严重的问题。左边是连绵的祁连雪峰,看得见的只有耀眼的白雪,隐隐的青松,还有乌鸦一声两声的聒叫。离开前面那个居民点已经五十公里了,到下一个居民点还有五十公里,便道的另一侧,是纵深百多公里的流沙。走这条路的人和车很少,印在路上的只有一道车辙,是朝相反方向去的。

时近正午,艳阳将路边的沙子晒得吱吱乱叫,阳光是惨白的那种,沙漠是火焰红的那种。没有做充分的准备,不过一百公里路程嘛,说话就到了的,储存的矿泉水剩不到一人半瓶了。着急只能是干着急——无用的着急被说成是干着急,沙漠里的着急,才是名至实归的干着急呢。手机没有信号,叫人帮忙没有可能。与其干着急还不如不着急,大家精脚片子爬上沙丘,像是铁板火烧上的鸭子,惊叫着,跳跳蹦蹦,眼看脚心冒烟了。穿上鞋,站在沙丘顶上,沙漠风像火焰,呼啦啦的,但没有沙丘下面那样闷热。站得高,看得远,看看有无过往的车,最好有与我们同方向的车。闲着没事,大家便说闲话。一个说:"一定会过来一辆大卡车的,而且是同方向的,咱们还没说话,人家主动要求为咱拖车,吉人自有天相嘛,这地方的人个个都是活雷锋。"一个说:"要是女司机过来,帅男要主动上前搭话,要是男司机,靓女胆子要大些,穿着要暴露些。"一个说:"赶天黑要是没有车过来,山里的狼出来觅食时,大家都要为保护野生动物争做贡献呀。"

口干舌燥,闲话说得无趣,却看见同方向一股沙尘荡起,大家欢呼雀跃。这样空旷的地方,一眼可以望出去至少二十公里。来车离这里还远,看不清是大车还是小车。大家都沉默了:人家不愿意帮忙怎么办?一直沉默不语的领导发话了:"司机是我的小学同学。"大家都笑,闲话又续上了,一个说:"一定是女同学,班上最漂亮的那个大眼睛女生。"一个说:"还是同桌呢,你给递过条子,老师批评你早恋的那个同桌的她。"领导微笑不语。大家都知道,领导的老家远在千里之外,这里是农村,当农民的小学同学不可能来这么远。而且,他已经年过半百了,小学同学即使见面也是相逢不相识的。

车子渐渐近了,是一辆东风大卡车。意志力已接近崩溃了,大家蜂拥上路,说什么也要把车拦住。大卡车停在几十米外,女司机跳下车,笑呵呵地说:"是不是车坏了?"忽然,她大惊失色,指着领导说:"你是不是某某?"领导笑呵呵地说:"我就是某某,你是哪位啊?"女司机说:"连老同学都认不出来了?我就是某某嘛。"哦,老同学!两人同声说,两双手握在一起。他说:"你怎么在这儿?"她笑道:"女人嘛,腿长,千里姻缘一线牵呗。你来我们这儿干什么?"他说:"去山里引水工地参观,想抄近道,不料,车坏了。"他说:"没想到会碰上你。"她说:"我家就在前面的村子,去羊场拉羊粪,返回来了。"他说:"离那么远,又几十年不见,你怎么会一眼认出我?"她坏笑着说:"你猜。"他举头想了半天,无头无绪。她说:"我去省城送孩子上学,在你们单位的橱窗里见过你照片。"他说:"那你怎么不找我?"她哂笑着说:"你是城里人了,还认我这个一身泥土的农家妇女么。"

领导钻进大卡车,我们乘坐面包车,大卡车拽着面包车,车后荡起一股久久不息的沙尘。告别女司机后,我们说,领导,你是不是知道你的女同学在这儿?他说:"真的不知道,小学毕业后,从来没有联系过,也不知道她的下落,就是知道她在这儿,也不会碰得这样巧啊。"

110

大家叹息了一路，一位有过沙漠生活经历的同伴，故作高深地说:"在人烟罕至的地方，出现不正常的事情，才是正常的。"

7　偃卧河床的水牛

谁家的水牛丢了，在大通河里卧了无数亿年，还不牵回家去?

水牛是这样横空出世的。大通河的名气似乎不够大，却是黄河上游最大的支流之一。河床狭窄，湍急的河水奔流在高山峡谷中，大有"惊涛拍岸，卷起千堆雪"的气势。有那么一段，河水被水利工程截流改道了，亿万斯年深藏于水下的河床，乍然裸露于世人面前，不知把多少人惊呆了，又不知有多少人发财了。

湍急的河水携造化神功，打磨出了无数奇形怪状的石头。河床里到处都是睁圆两眼、低头寻寻觅觅的人。我见过一头"水牛"，卧在残留的水渍中，要是不到跟前细看，不爬上牛背骑一回，还真以为是谁家的水牛跑丢了呢。那是一块质地坚硬光滑的石头，重约四吨。牛脊骨骼雄奇，嶙峋嵯峨，线条苍劲张扬，仿佛大画家潘天寿先生把他的那头著名的牛，浓墨重彩复原为活着的牛，放牧于大通河床的。四肢偃卧，牛头缓缓从脊梁延伸出去，悠然低头做饮水状。

在河边居住的一位老者，在牛背用红颜色涂上了属于自己的标记，开价一万元，由他负责从河床弄到公路上，装上卡车，就算成交了。这是一方罕见的奇石，但，时间很长了，看的人多，却没有买主。这么庞大沉重的牛，是要有较大的院子安置的，农家是有院子的，可农民谁玩这个呀。玩得起与否，暂且不说，以当地人文状况而论，哪个农民谁要是花一万元钱，把这个弄回去，非让人骂臭不可;远处的农民也许资金不存在问题,也有足够的雅兴,可如何运输呢。城里人有玩石头的金钱和雅兴,可是,谁也没有能力和胆量把这个庞然大物弄到阳台上去,弄上去,一个单元的人都别打算活了。公园或机关单位的院子倒是可以容纳这头水牛的,摆放在那儿,再没意思的地方都会马上有意思的。但是,如果没有个人利益在其中,多一事,不如少一事,是当今权力阶层的行动指南,为这么一头水牛,让人说三道四,甚或危机到头顶的乌纱帽,实在不划算的。

至今,那头水牛还卧在那里。我与牛的主人签订了一份口头协定,我买了一套旧房子,倒是有几米见方的院子的,可如何把它弄进大门去,如何隔墙搁在院子去,对个人来说,仍存在着难以克服的技术问题。

离开大通河后,时时想起那头卧在数百里之外的河床上的水牛,觉得这头水牛只有卧在原地是最好的,与两岸摩天青岩和谐,与四季风雨和谐,自然的造化搁在任何非自然的场所,看起来,都是不自然的。此时,不禁为那头水牛生出了一种感慨:大有大的难处,大也有大的好处啊。

十 采自石羊河的风

1 有水的地方

许多年了,乌鞘岭在秋冬交替时,山色是灰暗的,像遭过山火一般。山火烧过的树木和山火烧过的土,颜色是不一样的。乌鞘岭像是刚从炕洞里挖出来的那种土,堆起来的。

这是往年的情形。

今年的这个时候,乌鞘岭的上半截身子被白雪覆盖了。人说,女要俏,穿身孝。积雪退去的乌鞘岭是男性的,犷悍而可憎,雪中的乌鞘岭是那种只可远观而不可近玩的女性,俏丽而冷峻。一座座山头挺拔而敦厚,与蓝天离得很近,与白云若即若离。雪线以下是枯黄的青草,枯黄的底色上涂了一层隐隐的青色。一条高速公路缠绕在山裙基上,把山和平地隔断了。平地的那一面仍然是山,山叫马牙雪山,是祁连山的一部分,整个河西走廊的东端,大多的河流都源于她的积雪融水。所以,方圆几百公里的绿洲平原上,用不着关心天气预报,用不着过多考虑另外的因素,抬头看一看马牙雪山有多少白色,大体就知道今年的收成了。今年的马牙雪山像一个摩登女郎,把一身的粉白一直展露到腰部。公路的一侧是农民的庄稼地,连绵一个月的阴雨,把收割了的庄稼留在庄稼地里了。人们在等待晴天的到来。十多捆小麦堆成一旋,左右每隔五六米远近便是一旋,一旋旋延伸到肉眼看不到的远处。小麦被镰刀撂倒了,小麦穗儿与麦秸秆还连在一起,一捆小麦矗在那里,有半人高低,无数小麦穗儿被绑缚在一起,像一颗戴帽子的人头。帽子是日本鬼子戴的那种帽子,迎风忽闪。被割倒的小麦由金黄褪色为土黄,像日本鬼子的军服。一眼望不到头的麦旋子,仿佛抗战结束时,放下武器,等待审判的鬼子大部队。

这一条川名叫抓喜秀龙。金强河从马牙雪山流下,从马牙雪山和乌鞘岭的空隙中向东流去。这条河是兰州西达乌鞘岭之间二百公里地界的生命之河。在距离兰州城西数十公里处注入从青海赶来的大通河,接着又注入黄河。所以,乌鞘岭是黄河与石羊河的分水岭。石羊河是内流河,方圆数百公里的武威绿洲全要看她的眼色荣枯盛衰了。

金强河把抓喜秀龙分为两半,河那边、河这边都是农田,河那边的农田沿马牙雪山的山腿延伸到河边,河这边的农田就是乌鞘岭的延伸部分,一台比一台低一些,直达河边。台地上白杨树成林的地方一定是村庄,以树林的大小可知村庄的大小。当然,也不尽然。河堤上和河床里栽满了白杨树,有的白杨树雄壮而傲慢,把树梢伸向无尽的虚空,有的白杨树以低调的姿态,守护着渐行渐远的流水。越靠近河边,白杨树的叶儿越绿,都经受过冷雪的拍击了,叶儿还是绿的,如同血气旺盛的后生小子,在风雪中,仍然可以敞胸露怀,身上仍然热气腾腾。离河边越远,树叶的绿色淡了,一半淡绿,一半淡黄。到了山根下,树叶全都枯黄了,但还没有掉下来的意思,冷风袭来,发出窸窸窣窣的响声。同一棵白杨树两种颜色,面朝阳光的那一面是枯黄的,在阳光下,发出清冷而又热烈的金光;背向阳光的那一面是淡绿的,在那半面枯黄色的映衬下,苍凉而超然。

金强河流出一段路程,变名为庄浪河。"庄浪"是羌语音译,意为野牛出没的地方。庄浪河畔原本是水草丰茂的草原,野牛不知在哪个年代远去了,代替草原的是炊烟袅袅的田园农舍,代替野牛的是一川矗立的小麦旋子。我不知道这可以象征什么,但,要我说,只要庄浪河里的水量不要减少,象征什么都是可以的。有水,就有生动。

2　断而又续的河流

过了乌鞘岭,就算河西走廊了。可是,这只是大概念。要看见广袤的走廊,还要穿过天险古浪峡。古浪峡和千里河西走廊都是东西走向,都为南北二山夹峙。不过,夹峙河西走廊的山互相离得很远,最远处达千里之遥,也许北山和南山并不知道,它们之间有一条著名的走廊。古浪峡很窄,最宽处,站在这边可以看见那边的人脸上的麻子坑;最窄处,一只麻雀从这边飞往那边,要敛了翅膀慢慢地飞,飞得猛了,撞在那边的石崖上,会很不好受的。

这是由东向西进入河西走廊的第一个关口,长约二十公里。乌鞘岭是堵在峡口的一堵高墙。高墙挡住了东来的暖风湿雨,成为西北半湿润半干旱地区和半干旱半沙漠地区的气候分界线。但,再高的山都挡不住人的脚步,何况,乌鞘岭的海拔只有三千多米,在众多的大山中是排不上号的。因为一山之东西,气候风物大为不同,在漫长的时代,人们在由东向西翻过乌鞘岭时,不由得生出苍凉悲壮的情绪,而由西往东过了乌鞘岭时,又会油然生出种种的感恩。

其实,真正考验人们的是古浪峡。想想在那漫长的时代,靠脚步行走的人们,乍然进入一条逼仄的峡谷,两岸山峰直薄云天,松柏遮天蔽日,身旁湍流喧嚣,飞禽走兽在幽暗处发出连绵的怪叫,而这是脚力优良者一天的路程。如果不幸被耽搁了,是要夜宿峡中的。幽峡变通途,不过数十年的光景。路通了,两边陡坡上的树木也不见了。二十年前,我第一次去河西走廊,古浪峡的公路如同一个人正在闹病的大肠,处处溃烂,施行手术的医生和过路的车辆一样多。那时候,我还是一个毛头小伙子,第一次独自出远门,一腔都是探险的情怀,并不着急赶路,睁大一双好奇的眼睛,看见什么都令我怦然心动。我看见峡谷里的溪流在路旁漫溢,有时从路面上漫过去,所有的车辆小心翼翼,歪歪斜斜,破浪而前。不幸一辆装满货物的大卡车趴窝了,西来的,东去的大车小车全被堵住了,警车号叫着,一时却无法靠近现场。上路的人似乎早已习惯了,司机和旅客纷纷下车,撒尿的,用不着回避谁,撩起衣襟,便撒出一场激情来。更多的人挽起裤腿,露出或黑或白的腿来,冲进溪流,给浪花翻滚的溪流增添无数的浪花。

后来,我又多次经过古浪峡,路面一次比一次宽敞,溪流一次比一次荏弱。终于,有一次,我发现,河床没有水了。终于,我发现,干涸的河床变成峡谷里一道正常的风景。而在干涸的河岸上,多了一尊雕塑,主人是当年罹难的西路军红军战士。红军在古浪峡打过一场悲壮的仗。我不知道,这些红军战士如若在天有灵,看到已经无树无水的峡谷,会作何感想?距上次来河西仅有一年半时光,峡谷里那条溪流又欢畅了,又听到了二十年前那种哗哗的流水声。随水流蜿蜒伸展的公路上,奔驰着形形色色的车辆,一辆车以正常速度穿过峡谷,大约只需半小时。水流与车流之间,隔不多远,便有一方警示牌矗立,上面书写着同样的文字:涵养水源,加快石羊河流域改造步伐。

人就是这样,丢了的东西,才觉出这是好东西,于是,便花费十倍百倍千倍的努力去寻找。这个时候,谁都会悔不当初地说:当初为什么不看管好呢?亡羊补牢,犹未为晚,道理是说得通的,不过,有些东西丢了,未必还能找得回来。比如,眼前的这条河流,今年的雨水罕见地充足,断了的河流又续上了,明年呢,后年呢,如此干旱的地方还会有这么多的雨水吗?而这条河流在亿万斯年中,断流只是近年的事情,断流的原因在于上游植被的遭破坏。

这条河,名为古浪河,发源于乌鞘岭深处,河不算大,却是古浪绿洲数千平方公里唯一的水源。"古浪",是藏语古浪哇尔的简称,意为黄羊出没的地方。黄羊当然是难觅踪迹了,留下一条断了又续、时断时续的古浪河,还有一块宽阔平坦,但却时时在沙漠压迫下痛苦呻吟的黄羊川。令人稍感安慰的是,在河源那里,数十万亩天然林和人工林正在恢复和建设。在这里,砍伐一棵树,只需几分钟时间,栽活一棵树,与养育一个孩子的代价差不多。

牢记啊,这片土地上的人们,今后在做任何事情时,首先应该想起,古浪河的得名与黄羊有关。哪一天,逃走的黄羊又回来了,人也许才可避免黄羊那样的命运。

3 两个老骑士

见到宋德福老人时,我马上想起了堂吉诃德。不过,堂吉诃德先生是手执长矛与风车作战的,悲壮而滑稽;宋老爷子却是抓起铁锹与风沙对抗的,没有滑稽,只有悲壮,他们都是骑士。滑稽的骑士也是骑士,悲壮的骑士则是骑士的本来风度。

这是古浪县海滩子镇上冰村,古浪绿洲处在沙漠最前沿的村庄,前面就是如大海一般浩渺的腾格里沙漠。乘车离开古浪县城,朝沙漠的方向走去时,和往年见到的情形大不相同。绿洲农田的庄稼已经收割了,空旷的田野却并不空旷,树木和各种沙生植物显得分外精神。今年的雨水多,大片大片气焰嚣张的沙漠老实了。沙漠是植物最厉害的杀手,风助沙势,沙助风狂,所过之处,摧枯拉朽,一切生命都要让位于死亡。同样,植物也是沙漠的死敌,而植物却是需要水的滋润的,水之于植物,如同战士手中的刀枪。沙漠中生长着梭梭、红柳、花棒、沙枣等等,这都是节水耐旱的植物,它们的阵容虽显得单薄,但也足可暂时绊住随风横行的沙漠的腿脚了。走完了绿洲,终于来到了抗沙前沿阵地上冰村。有上冰村,便有下冰村,两个村庄原来都属于冰草湾。冰草是一种草本植物,根系极为发达。人口繁衍,村庄扩张,只好一分为二。人在扩张时,沙漠在整装待发,人在为自己的些许成就得意洋洋时,沙漠趁势反攻,人不但把沙漠还给了沙漠,把绿洲也还给沙漠了。

冰草湾只剩下了名字,阻击沙漠的冰草已难觅踪影了。大风起兮,沙尘遮天蔽日,田园顿时黄沙浪漫,半截屋子沉没黄沙,一碗饭吃完,碗底落下半寸厚的沙粒。有些人携家带口,挥泪离开村庄,有些人四顾茫茫,徒唤奈何。但,也有人起而抗争。

宋德福老人就是抗争的一个。

在摧枯拉朽的沙漠面前,宋德福老人显得太羸弱,太渺小了。这是一场不公平、不对等的战争,战争还没有开始,战争的结果已经出来了。沙漠无语,但,沙漠就是这样认为的,它对横在面前的宋德福不屑一顾。宋德福无语,他揉一揉钻进眼里的沙子,抡起铁锨,在沙海的波峰浪尖上,剜出一个沙坑,栽上了一棵树。然后,他挺进大漠深处,一棵,两棵,成千上万棵,成百万棵。仿佛一根根针,将跑得飞快的沙漠牢牢地钉在了大地上。

八年的时光,中国军民以简陋的武器,凭着一腔忠勇,一腔热血,打败了不可一世的日本鬼子;还是八年时光,宋德福老人仍然以简陋的劳动工具,凭着一腔忠勇,一腔热血,给万亩黄沙披上了绿装。外围是防风固沙的沙生植物,往里走,是果园。老人捧着猩红甘甜的大枣坏笑着说,我把亲戚朋友骗了一个遍,前多年骗,去年骗,今年照样骗,我骗他们帮我栽树,我没有钱雇工人,但,树不可不栽,沙不可不治。果子成熟了,我少卖一些,留下送给他们吃,他们高兴了,就帮我栽树,亲戚朋友的孩子来了,我给他们吃果子,哄高兴了,他们也帮我栽树。

万亩草木堵住了风口,逃离的人陆续回来了。凌厉的风照样可以透过防风林,可是,这是清风,是干净的风,饭碗里只有饭,没有沙粒了。诗人谢荣胜在这里挂职村支部第一书记,他给村里办起了阅览室。草木在这里扎了根,现代文明在这里扎了根。雨后不久,沙丘上的植物还带着露水,我爬上一个制高点,向腾格里沙漠深处极目远望,映入眼帘的是望不断的深秋季节黄绿相间的各种植物。

本来这里是被沙漠侵吞了的绿洲,现在又变成了绿洲,人们正在以骑士的姿态,从脚下的绿洲出发,挥舞绿洲向沙漠深处挺进。

两天后,我来到了武威凉州区长城乡洪水村。

长城乡名不虚传,残留的长城断断续续,从遥远处来,到遥远处去。当年用来抗拒对手的壁垒，如今在沙浪面前一筹莫展，许多城堡并没有倾塌，却被黄沙掩埋。金戈铁马之声早已化为历史深处的感叹和幽怨，而从前的抗敌前线，如今又变身为抗沙前线。曾经的敌对双方早已偃旗息鼓，融为共存共荣的一家，面对的却是共同的敌人。他们此前的所有纷争，无非是为了争夺在脚下这片土地上的生存权，而今，沙漠以席卷之势，让所有生命的生存愿望化为最后一滴眼泪。

在这里，我见到了另一位沙漠骑士王天昌老人。

乍一见，我首先想起的仍然是那位中世纪的西班牙骑士堂吉诃德。同样，没有堂吉诃德先生的滑稽，有的只有他的知其不可为而为之的绝世悲壮。与宋德福老人略有区别的是，王天昌老人手中有一杆枪。两米长的枪杆，圆锥形的大约一尺半长的枪头，枪杆的另一头是锄头。这是王天昌的发明创造，被人称为"沙漠枪"。使用沙漠枪的基本套路是，先用锄头刨去地表一层干沙，再调换方向，枪头插入沙中，用脚使劲踩踏，当枪头完全没入沙中时，拔出来，将树苗从枪头刺出的圆孔中植入。

一棵树就这样在流沙中生根发芽，成为阻截沙漠侵袭的新的长城。王天昌老人率领老伴，还有儿子王银吉，每人手执这样一杆枪，抗战八年，给一万多亩流沙披上了绿色。

至今，王天昌老人提起长孙的病故，仍然泣不成声。长孙十四岁那年，突然生病了，王天昌率领全家正奋战在抗沙前线，他以为一个正在茁壮成长的半大小伙子，偶然生病没什么要紧，这一错误的"以为"，给他，给全家留下了永久的伤痛。长孙人生最后的愿望，竟是让爷爷背着他，来到治沙工地，他望着爷爷辉煌的治沙业绩，幸福地闭上了一双少年清澈的眼睛。我见到老人那一天，正是日近正午时分，天空阴云密布，凛冽的寒风扫地而来，他与老伴、儿子，一人一杆沙漠枪，在冬天来临的前夕，抢种梭梭。他盘腿坐在冰凉的沙地上，我也盘腿坐在冰凉的沙地上，大风一波波袭来，沙丘上的草木迎风摇曳，而沙粒则被牢牢地钉在原地。说起孙子的病逝，他黯然神伤，说起治沙来，立即又志气高迈。所有的治沙经验都是从无数次的失败中得来的。起初，他在流沙中栽树时，挖坑四十厘米，眼看一大片树苗栽活了，一场沙尘暴，树苗被连根拔起。他没有气馁，心想，大风可以吹走四十厘米的流沙，我便挖坑八十厘米，吹走一半，还剩一半，只要树根不被拔走，就有存活的希望。

他成功了。

说到这里，他忽地站起身来，傲然昂起头颅，灰白的头发迎风招展，高大的身躯像是扎根于沙漠深处的一棵大树。他说了一句粗话："我就不信，我对付不了这驴日的风！"这是一句粗话，在厅堂里这样说话，肯定不雅，可是，这是抗沙前线，面对的是给生命制造灭顶之灾的沙患。电视台记者也在现场采访，有人悄悄建议，播出时，把这句话删去。我不明白，为什么要删去这句话，这是我在抗沙前线听到的最精彩、最男人气、最有英雄气概的一句话。

真男人，真性情，真英雄，真本色。谁能看得出，灰头土脸的王老还弹得一手好三弦？他坐在条凳上，头颅高高仰起，眼望一眼望不穿的大漠，转轴拨弦三两声，忠臣孝子气纵横。他弹的是凉州贤孝，时而慷慨激昂，时而哀婉悲凉，风送弦声，弦外传音，王老一家栽种的树木，在风与弦的和鸣中翩然而舞。

4　日落青土湖

青土湖里没有水,只有青土。名曰湖,原来大约是有水的。事实上,青土湖原本就是一个湖。水的消失是距今不远的事情。水走了,土来了,湖里只剩下青土。名为青土,实则是沙。腾格里大沙漠和巴丹吉林沙漠在这里握手了。巨人之间的握手,往往令世界改颜换色,大沙漠之间的握手,则一定让世界改颜换色。

于是,青土湖里只剩青土了。

青土湖是民勤绿洲的尽头。从民勤县城出发一路东去,仿佛完成了一个生命过程。繁盛的绿洲,间杂在田园中的荒滩,草木稀疏如同谢顶中年男人的沙丘,然后,到了青土湖。青年,壮年,中年,老年,一路走来,到青土湖再也走不动了。一个埋人的好地方,安静,荒凉,却不孤独。这里从来不缺少专程前来吊唁的人,凭吊消失的湖泊,震惊于蜂拥而来的沙漠。你当然是受到凭吊的一分子,你的灵魂得到安慰,但你不必为此背上人情债务。你仅仅是消失了的无数生命中毫不起眼的一个。干涸已久的湖底,仍在向前来凭吊的人们宣示着曾经的繁荣,就像一个从祖辈已经败落的富家子弟,眼下虽饥寒交迫,一边吞咽着乞讨来的食物,一边还不忘了,在举手投足间,透露先前阔绰的信息。湖底散落着贝壳,米粒大小的,黄豆大小的,樱桃大小的,核桃大小的,一枚枚圆润可爱,比大海边的,比烟波浩渺的大湖边的贝壳,丝毫不缺少什么。

似乎一切都是定数。我一路东去的时候,太阳正在踽踽西行,路边草木的倒影越来越长,越来越虚飘,到青土湖时,猛然看见自己的身影竟是那样地高大,然而却如一个游魂,黄昏的漠风袭来,回环四顾,都是空幻。太阳像一个绝望的风尘女子,萝衣血染,胭脂淋漓,回头漠然一望,耸身跃入山崖。

一个物体的坠地是有回声的,一颗太阳陨落了,余晖还萦绕在天地间。青土湖的黄昏一派凄美,甚至算得上壮美。沙丘顶上金色迷离,沙丘底部阴影晕染,稀疏的红柳丛,向阳的部分殷红鲜艳,背光的一面,雾锁寒烟。还有梭梭,还有芨芨草,还有沙蓬,还有花棒,还有沙枣,所有的生命都在仰面苍天,在落日的余晖中发出焦渴的呼唤。

太阳还没有落山时,月亮早已挂在天空,太阳在西,月亮在东,太阳红光激滟,月亮脸色煞白。太阳终于落山了,月亮渐渐有了颜色,白的,淡黄的,浑黄的,再度为白色时,白天的雾岚被夜色遮去,天空一派清辉,大地陷入不可知的虚空。

这个时候,青土湖是一个引领人们进入无边遐思的所在。

5　最后一种色彩

多年前的一个夏天,我曾来过这里。那一天,头顶艳阳高悬,脚下尘土飞扬。红山崖水库的库底快要露出来了,库区中心剩下的一点儿水,在艳阳的暴晒下,像一个衣不遮体的贫家少女,羞赧,恐惧,愤怒,绝望,在抗拒着不怀好意的人们目光的侵害。长久生存在这里的生命都知道,水库里缺水,将意味着什么。水库边所有的植物,枝叶发出忧愁的瑟瑟声,鸟儿在水库上空盘旋一回,苦着脸儿,声声都是哀鸣。

这次再来,水库还是那座水库,情形却大不一样了。水库内,风吹碧波起涟漪,晴空鸟儿款款飞;水库外,渠水咆哮,白杨哗哗,实在不像是时令快要进入冬天的气象。今年，老天爷给河西多下了几场雨。多下几场雨，对老天爷来说，并不需要费多大的劲儿，可对缺水的地方来说，那便是最大的恩典。我问一位资深人士，在河西，如果水库有水了，是不是就意味着粮仓有粮了？他说，那当然，水库里有多少水，就等于粮仓里会有多少粮，原野会有多少绿色。

红山崖水库的水蓄满了，民勤人笑了，民勤的庄稼草木笑了，民勤的鸟儿也在笑，民勤的牲口也在用五音不全的嗓门大声唱歌。

红山崖水库是民勤绿洲唯一的水库。民勤人田里的玉米熟了，每家门前堆得跟小山一样，民勤人田地里的辣椒红了，空地上晾晒的辣椒把天空都染红了，民勤人田地里的棉花熟了，从外地赶来的男男女女，正在低头弯腰摘棉花。

玉米是金黄的，辣椒是鲜红的，棉花是雪白的，红山崖顾名思义是红色的山崖，赭红色的山崖聚集起来的水是蔚蓝的，草木是绿的。这些都是可以给人带来愉悦的色彩。可是，站在红山崖水库的制高点，用不着极目远眺，低头，脚底下就是黄沙。黄沙也是一种色彩，它代表着毁灭，是一切象征生命的色彩的终结者，是最后的色彩。

我没有说，黄沙的色彩不美，相反，她很美，那是一种能给灵魂带来震撼的美。但是，你见过将死之人的目光么，那是一种闪射着绚丽色彩的目光。然后呢，死神如约而至。

6　杂木河畔

杂木河是石羊河六大支流的第三大支流。河流的排名大概是由径流量的大小决定的,不像兄弟姊妹,谁出生早,排名便靠前。河西的河流,源头都在祁连山,杂木河也不例外。其出山口在杂木寺,便以此得名。

杂木河担负着凉州三十万亩土地的灌溉任务,还有三十万亩平展展的无水浇灌的土地,在呼唤着她的滋润。河西走廊的土地就是这样,只要有水,别说肥田沃土了,沙漠戈壁都会长出茂盛的植物。河西走廊面积共二十四万平方公里,与大英帝国正好相当。且大多都是平地,即便山地,也宜牧宜林,地下还有丰富的矿藏。可是,这么大的地盘,却受制于一滴水。一滴水可以让河西走廊活泼生动,一滴水同样可以让河西走廊死气沉沉。

我早应该想到,杂木河应该是一条水势浩大的河流,当我来到河畔时,还是被她的恢宏所感染。当然,我从小生活在河边,那虽是一条名头不够大的小河,水量却不会比杂木河小。后来,又定居于黄河边,整天陪伴着汹涌的波涛。在河西走廊,是不可以用世俗的眼光去看待河流的。烟波浩渺呀,惊涛拍岸呀,一泻千里呀,等等,都俗了。说姚明高大,是因为他的个头本身就高大,篮球打得好,是高大的,打得不好,也是高大的。这只是描述了一个属于现象学范畴的事实。身高最多达到姚明胸部的拿破仑,在人的心目中,在皇皇史册中,向来也是高大的,他以他显得有些猥琐的身躯,让博大的世界为之改颜换色。这属于史学范畴的事实。我说杂木河是恢宏的,并非我的少见多怪,地球上有名的大江大河,我还是见过几条的。可杂木河确实是恢宏的,她养育了凉州绿洲,辉煌的凉州文明因她而生,因她而泽被四方。母亲虽然名不见经传,但却养育了伟大的儿子,所以,母亲也是伟大的,从发生学出发,母亲比儿子更伟大。

杂木河从祁连山谷拐弯抹角出来了,当她看见平原时,平原也看见她了。她在渴望平原,平原以百倍千倍的热情在迎接她。她一出山,便被委以重任。等候在山口的分水工程,立即将她肢解为几部分,以总渠、干渠、支渠、斗渠的形式,送往无垠的平原。

　　于是,杂木河水流所经之处,天空是明澈的,大地是繁荣的,鸟儿是欢快的,人的脸,还有牲口的脸,都是喜气洋洋的。

　　在什么山上唱什么歌,走到哪里说哪里的话,在杂木河畔,我看见这条绝对意义上的小河,绝对是一条恢宏壮丽的大河。

7　祁连大雪

　　我曾经三次穿越祁连山,三次都在一年当中最热的七月份,时间跨度大约二十年,但三次都遇到了大雪。史书上说,隋炀帝视察河西,于盛夏穿越祁连山时,遭大雪袭击,军士随从冻死冻伤者十之八九。我不大相信。胡天八月即飞雪,农历的八月,大概接近,或到了公历的十月了,祁连飞雪,太正常了。而公历的七月,大约是农历的六月。一次是偶然,两次是巧合,三次就不偶然,也不巧合了。我没有说必然。必然是靠不住的说法,祁连山的冬天必然是要下雪的,可是,往往没有雪。祁连山的冬天没有雪,来年的河西走廊便要遭受干旱的煎熬。这是必然的。

　　这次是公历的十月中旬,农历也进入九月许多了。此时的祁连山只要有降水,一定是雪,而不会是雨。可是,对于这场雪,我还是没有足够的思想准备。正在与人说某个冬天,我们约合一些朋友来山中赏雪的事情,而这大多只是一种向往。因为,大家都忙,聚在一起做这种浪漫的勾当,实在太过奢侈,更不可预测的是,人有空了,天会不会成人之美呢?所以,大雪的不期而遇,就像乍然间发了一笔意外之财,令人惊喜而惶恐。

午后,从凉州区的长城乡往张义堡赶时,天还是晴的,虽不甚晴朗,却也不算阴。不大一会儿,没留意,天是怎样阴了的。到了山口,开始飘雪花了。继而,雪花变得狂放了,稠密了,回环四顾,天地茫茫,眼前的原野平畴,周围的山峰,满眼都是凄迷之色。我溜出屋子来到旷野里。这是祁连山深处的一个山间盆地,四周高山巍峨,中间一块平地。高山很高,平地很平,真像谁家把洗脸盆丢这儿了。当然,大概只有上帝才会拥有这么大的盆子。山谷的风很是凌厉,飘在空中的雪花,在风中打着旋儿,落在地上的雪花,又被风举起来,一时天地混沌,不辨天地。我来到风雪中,寒风不由分说掀开我的秋装衣襟,雪片不失时机侵入我的肌肤,本来便储存有限的温度,霎时随风雪,消散于大化之中。放学的孩童身穿比我还单薄的秋装,肩挎书包,猫着腰,冻得脸色乌青,脚踩旱冰鞋,成群结队,在湿滑的水泥路面上,顶风冒雪,啸叫着飞来飞去。

雪天,是孩子的节日。孩子的热情如同温暖的太阳,我也不觉得冷了。我是一个喜欢雪的人。在老家,每年冬天,大多时候,原野都被白雪覆盖着,我喜欢听脚步踏在雪地上的那种声音。我谋生的地方,雪很少,只要下雪,无论白天黑夜,我一定会来到风雪中的黄河边上。一场雪,会扫尽我身上和内心深处,那积久的尘埃。

天黑下来后,风还在刮,雪还在下,还是那样地激情四射。农舍里炊烟袅袅,看不见人影儿,也听不见人声儿,但那浓浓的节庆气氛,还是像风雪那样,弥漫在天地间了。透过夜幕,极目处,所有的山头都白了。雪是老天爷对河西人最大的赐福。冬天的祁连山积雪有多厚,来年春天的河流就有多欢畅,原野就会有多繁荣,人们的肚皮就会有多充实。

这里是人参果的主产地，在暖棚里摘下果子，和着风雪一起吃了，醇香味久久地储藏在脏腑中。刚培育出来的一株人参果树，高约两米，占地面积也不过一米见方，年产果却高达五千斤。千里河西走廊有四大名镇，张掖是其一，可是，汉武帝时的张掖县治却在今天武威的张义堡。张义堡的再度知名，与深藏于此的天梯山石窟有关。现在，这里的人参果，已经把名声闯到南方和海外了。

穿过张义堡的是黄羊河，在天梯山石窟那里有一座水库。许多年前，水库的水淹到了大佛的胸部，后来，大概觉得把佛爷常年泡在冰凉的水中不大好，就给面前砌了一堵几十米高的水泥墙，把水隔开了。人站在墙头大致可以与佛爷的目光对视，要烧香磕头，得顺台阶下去。人与佛爷的脚踝一般高，要瞻仰佛爷的仪容，只得仰视了。

作家赵旭烽是天梯山石窟的专职解说员，听说，每有重要人物来，大多都要点他的将。我去过多少次，很遗憾，没见过他解说时的风采。我只见过他作画，写毛笔字，表演武术，修理花草树木，听过他唱民歌，唱凉州贤孝，也听过他吹当年在独龙沟淘金时与人打架，亲手制造猎枪和单手使猎枪，当然，也读过他的小说、诗歌，还有他整理出版的凉州宝卷。

在这条忽宽忽窄的峡谷里，盛产传奇人物，盛产罕见故事，许多都让老赵写成小说了。其实，他也算一个传奇人物哩。还有中土佛窟鼻祖天梯山石窟。天梯山石窟的名头不算大，但，地位却很显赫。开凿天梯山石窟的工匠，以此为蓝本，又远涉千里开凿了云冈和龙门石窟。还有新宠人参果，在中国，栽种人参果，张义堡肯定是不算早的，但，其品质却是最好的。人参果适合在气候温凉的

128

地区生长,张义堡刚好满足这个条件。

　　雪下得正欢时,我离开了。第二天,日上三竿时,我站在当年萨班与阔端凉州会盟,标志着西藏正式归中国管辖的白塔寺边,隔几十里路程,看见昨天所经之地的所有山头,在阳光下,都是耀眼的白光。

十一　河西走廊补白

1　乌鞘岭上的风

兰州西走百多公里,有一道南北走向的山地,威威赫赫,阻断东西交通,这就是不怎么著名但地位特殊的乌鞘岭。说她不甚著名,是因为华夏大地的名山太多了,以名山论之,她默默无闻,以大山而论,虽然也不可说她小,但她更适合在小毛头群中厮混。

然而,她仍是一座重要的山。人说大西北,大多是以行政地理而言,其实,广阔的关陇地区与中国的北方地区,无论地理地貌,还是文化风俗,都没有太大的区别。从潼关西行两千里,过了乌鞘岭,才算到大西北了。也就是说,当你进入大西北两千里以后,才算到了大西北。乌鞘岭海拔不到四千米,可她是太平洋暖湿气流能够触摸的最西点,一条山岭便形成一道重要的气候分界线,一岭之隔,岭东是半干旱半湿润气候;岭西,包括千里河西走廊,广袤的新疆和中亚,都是干旱荒漠气候。实际上,用不着这么专业,到这儿,一眼就会看明白的。乌鞘岭以东,山上的草木也很稀少,枯黄的缺少营养的那种,河流很少,水量也不丰沛,但绝没有沙漠戈壁;翻过岭,满眼便是沙漠戈壁了,这种景象,一直可以延伸到地中海东岸的以色列。当然,沙漠戈壁中是有绿洲的。从文明形态上说,这叫绿洲文明。河西走廊便是典型的绿洲文明。

乌鞘岭便是一条农耕文明和绿洲文明的分界线。

从中原大地一路西来,爬上乌鞘岭,人会突然感到,已经来到了另外一个天地。正是七月流火的日子,中原的秋庄稼大概都长成了,这里却是油菜花烂漫的季节。这里的油菜花是概念意义上的黄色,像是用水着意搓洗过,或是高明的油画家绘制在山坡上的。确实,这种油菜花的黄只有在西洋油画中看得到。最先给人发出信号的还是风。太阳正红正艳,天空正高正蓝,草木真像是涂抹在画布上的,纹丝不动。可是有风。风没有来路,没有去向,可风在刮。这里的风很硬,可能你经历过台风的摧枯拉朽汪洋恣肆,但台风袭人是铺天盖地劈头盖脸的那种,乌鞘岭的风却不这样,她只往人怀里钻,大热的天,你只觉身子一紧,第一反应便是掩住怀。掩住也是不顶用的,风还会想办法钻将进来。风是带了冰冷的、尖锐的刺的,别说是一件普通的衣服,即便是身披挡得住箭镞利刃的铠甲,这里的风也照样与你肌肤相亲。

大概,乌鞘岭的风是在奉命告诉你:阁下,你的双脚已经正式踏在大西北的土地了。

奉谁的命呢? 你就别问那么多了,没人会告诉你,该让你知道的,就是眼里所看到的。高山牧场上散落着一群群白牦牛,它们在吃草,打架,游戏,当然也少不了恋爱。白牦牛听说过吗,见过吗,地球上只有乌鞘岭山地有。乌鞘岭是甘肃天祝藏族自治县的地盘,天祝是新中国设立的第一个少数民族自治县。白牦牛是国家保护的动物种群,虽然它与别的颜色的牦牛一样都是驯养的。皮毛的颜色让它们身价不凡。沿山脊蜿蜒着一道土墙,你可别把它当土墙看待,那是长城。一截是汉长城,一截是明长城。白牦牛出入于长城内外高天白云下,逐水草而徜徉。在它们的眼里,长城就是一道土墙,哪边的草好,我便跳过豁口去哪边吃,烽火台上的狼烟早已让岭上的硬风吹散了,城墙上的士兵早已让引吭高歌的牧人赶进历史了。抬眼望,一派绿山群中,突兀着一座白山,那是马牙雪山。怎么会叫这样一个山名?不外乎山的形体像马牙罢,好似谁把一颗白玉米粒立在了那儿,扁扁的,耸耸的,一掌即可扇飞一般。当然,上帝也没有那样大的掌力,也许正是上帝从哪里弄来了这么一座山。马牙雪山是几条河的源头,在大西北,哪怕是多么小的一条河,都是弥足珍贵的。如果河流是商品,你用多少金银去交换,都是没人跟你换的,除非你用河流去交换。水是生命之源,在大西北的任何地方走一遭,你就会由衷服膺,首先说出这句话的人,是一个伟大的家伙。马牙雪山的重要性就在这里。而乌鞘岭无所不在的硬风就是马牙雪山的雪光水意氤氲而成的。

2　谁给马安上了翅膀

越过乌鞘岭,穿过古浪峡,大西北的大门,以及整个中亚的大门算是向你敞开了。武威是万里丝路的第一重镇,向称凉州。我曾在一本书中写道,凉州是一个有名的地方,随便将手伸进中国古代典籍中,一把就可抠出几个凉州来。这话算不上精彩,但是我说的话,我当敝帚自珍。说凉州最有名的话恐怕数这一句了:凉州七城十万家,胡人半解弹琵琶。其实,凉州现在也很有名,只要旅游过的中国人都应该知道的,那匹奋蹄扬鬃足踏飞燕的铜奔马就出自凉州,它是中国的旅游图标。

铜奔马出土于凉州城边的雷台。雷台是古人祈雨的设施，台不甚高，也就二三十米，台也不算宽阔，方圆十亩地而已。但雷台呈现出来的却是欲与天公试比高的气势。为什么呢？雷台四周都是一眼望不到边的阔地，这就是登泰山而小天下的视觉效果。雷台是就地取材用白土筑就的，凉州大地上的土是白的，而非我们常见的黄黑红土。白土筑起的高台矗立于天高云淡绿野平畴间，历史与现在便融于一体了。我见过一些名胜点，为了显示其悠久苍凉，便弄几棵人造的古树来装样子，就像一些男人为了更像男人，搞一些什么毛栽在胸部上，怎么看怎么别扭。同志们哪，一个男人像不像男人，在于他棱角分明的外形，说话做事的风格，还有他的胸怀修养，满身长毛的男人未必是男人，很可能是返祖现象，而毛发稀少的男人，做出来的事情倒有可能很男人，比如那位长得如妇人一般秀丽的大丈夫张良。绕了一个大弯子，我想说什么呢，雷台前也是有几棵古树的，那是常见的杨树，据说已经几百岁了。树梢和旁枝完全干枯了，只有树干似乎还活着，点缀着几片半死不活的绿叶，树皮脱落，像一只刚被剪了毛的老绵羊。这种树，只有在画中才可见到，更像是源于生活而高于生活时，高出来的那些。然而，人一看，便知它是真正的古树，与人造的古树迥然有别，因为仿真的古树太真了，比真的还真，便流于假了。

古杨树长在墓道外面。这是一座汉墓，墓圹就在雷台身下，也就是说，雷台充当了坟丘。究竟是墓先台后，还是台先墓后，我没有考证过，无论谁先谁后，都可视为风云际会天作之合。墓道很深，一进又一进，进到里面，顿觉进了地心。墓道全部用碎砖砌成，被习称为秦砖汉瓦的那种砖。可秦汉的砖向来是很气派的，这里又为何要用琐屑碎砖呢，是墓主没有足够的金钱吗？显然不是，墓主是贵族,从别的陈设看,金票是大大的有。这恐怕是有钱人的特立独行吧。从功用看,陵墓异常坚固,以审美论之,碎砖聚拢成拱顶,大小薄厚参差,幽深邈远如天穹然。而铜车马阵就曾布列于最深处的一个墓庐中,被命名为铜奔马的那匹马是其中的佼佼者。可惜,发现铜车马阵的那位农民将原阵搞乱了,现在的阵势是郭沫若先生重新排的,是不是原样子,没几个人有资格评论。离奇的是,墓道口有一口井,井口在雷台顶,垂直贯通墓道后,切入地下数十米,据说曾是守台人的饮用水井,现在井里没水了,井底堆满了各种面值的纸币,当然都是当今通行的合法纸币。把钱扔入井里不是因为钱多花不完,也非祭奠什么,纯粹是为了好玩。硬币到了井底,轮廓便会大如银元,一元人民币下去,币面放大如小学生的作业本,要是百元大钞下去,便是一张年画了。而井底大多是百元大钞,看来当今千金博一笑的有钱人也不鲜见。何以如此,懂得多的人说,视觉差故也。

墓中的铜车马阵被放大了无数倍,陈列在雷台下的旷地上,供人们一睹那秦汉勇士的风采。铜车铜马铜人都是用青铜铸的,阳光下,浮泛着绿莹莹的幽光,一时,遥远的英魂应召而来,金戈铁马之声隐隐作响。谁都知道,马是奔驰在大地上的精灵,是几千年来武士的神韵,人们创造了无数颂扬马的形容词,但也止于千里马就到头了。至于天马之说,那更多的是人的想望。可天马却是真实存在的,汉武帝得之于敦煌渥洼海的那匹即是。天上的马下凡于尘世,当然是千年一遇的,可那位好大喜功的汉天子,似乎不明白这个道理,非要兴师动众搞回成群成群的天马不可。天马成群,还是天马么?天子闹出的笑话,一定是比普通人闹出的更可笑。汉家天子得到的那匹真的天马已经渺不可寻——虽然它是天马——

134

而那匹天马的真髓却凝固于凉州雷台了。看看吧,它仰天长啸,鬃毛剑立,马尾直指长空,三蹄腾飞,一蹄踏着一只正在展翅翩翩的飞燕。能将飞燕踏在蹄下的马,岂千里马可以做得?而今,这匹天马已随着滚滚的华夏人流,飞向了地球上所有有人的地方,而妙合无垠的形体神韵,不为流俗羁绊的独立情怀,立足大地志存高远的品格,乃是天马得以纵横长空的翅膀。

3 圣蓉河畔的刹刹

过了凉州往西几千里,便是古丝路的通天大道。但这并不意味着没有岔道,出了凉州不远,就有一条岔路口。凉州到丝路要塞绣花庙两百多公里,都是笔直大道,为安全着想的,不急着赶路的,大的商队,都沿着大路一站一站地往前赶;从凉州到绣花庙还有一条小路,约百多公里,那些小商贩,做黑道生意的,讲究兵贵神速出其不意的兵家,当然看好这条比较隐蔽且便捷的路。两条路上行两种人,路有宽有窄,有坦途有险道,而两条路都车水马龙,从不寂寞。

千里河西走廊一路都夹峙在两山中,南面是祁连山系,通称南山,北面的山名比较多,概略为北山。这条小路是夹在北山的山缝中的。这一段的北山叫合黎山。一条叫圣蓉的小河将合黎山又切作南北两山,北边叫干渣子山,南面叫合黎山。是不是啰嗦了点儿?我也觉得啰嗦了,可有什么办法呢?在大自然面前,我们不得不耐心点儿。河流很弱,河谷很窄,两个瘦人并排走,都觉得挤。路是人脚和马蹄踏出来的,时有时无,时宽时窄,时断时续。河谷的最窄处有一胜景,两座山峰直薄云天,隔河相对耸立,站在两座山峰上可以正常聊天，但要是握手拥抱，登山健将也需要跋涉大半天。两山的山尖上各有一座佛塔，白色的唐塔。两座山我都想爬上去看看，可时间有限，只能选择其中的一座。我选择了北塔，是有一条小路可从后山上的，可我要走没路的路。山体是风化岩，赭红色的，在艳阳下，像一支燃烧的火炬。北山的相对高度约有百米，是一面垂直的悬崖。我对我的攀岩能力是绝对自信的，崖面上，每隔一人高低，便有寸宽的风化层，正好可以立足。攀了一半，想给山底的人炫耀一下，试往身后一看，不得了了，我感到我是粘贴在火焰上的一只壁虎，或苍蝇，大火正在焚烧着我，我正在被烤干，风化，一做这样想，立即头晕眼花，腰软腿颤，承载着身体全部重量的两臂有如快要断了的绳子。我赶紧回头，往上看，身处崖面形成的死角，是无法看到山顶的。

要不摔下去，给古丝路增添一桩茶余饭后的谈资；要不攀上去，站在山巅上，看看古丝路的古风今韵。不用说，我攀上去了。生与死，成功与失败，都是大得不得了的事情，可是，往往是由一口气，一个念头，左右的。据说，唐僧当年西天取经时，就是走的这条小路。虽是据说，可我坚信。有时候的信与不信，是不需要举证的，套用法律上的一个术语，便是：自由心证。站在山巅的白塔下，感觉站在了一重天上。头顶还有一重天，白云正白，红日正红，蓝天正蓝。野风掠过山巅，唐塔认得这是大唐的风，我只能识别出，这是当下的大西北的劲风。圣蓉河在脚下默默流淌，从哪里来，到哪里去，那不是河水要关心的事情。名为河，就得有水，有水，就得流，不停歇地流，这是河水的宿命。

山下不远处有一截古长城，跨河而建，河水侵蚀了谷地，使残破的城障烽燧更显伟岸了。这是一段汉长城，用芦苇拌黏泥依地势修建的,漫说数不清的刀兵水火了,两千年的风吹雨打,也足以让任何坚固的东西改容易色,可汉长城却挺了下来,拌了泥的芦草早已坚硬如石。城下河边有一座古墓,墓庐已经塌陷了。这是一座西夏墓,不是用来埋人的,里面埋着一万多尊刹刹(音 chà)。何为刹刹?用黄泥捏制的,与馒头形状大小相似的佛像也。蒙古大军灭西夏时是吃过大苦头的,一旦拿下了对手,便对西夏人格外得狠。二百多年的西夏文明在蒙古铁骑屠刀下,真可谓白茫茫大地一片真干净。但人世间总有人眼看不到的东西,有马蹄和屠刀摧毁不了的东西。这座刹刹墓便是劫后珍藏。西夏人笃信佛教,在佛事上向来不惜工本,也许正是佛祖显灵,西夏人还是为世人留下了一星半点关于记忆西夏的凭据。刹刹墓便是其中之一,而且,普天下仅此一座。每尊刹刹里面都包裹着一条两寸长短的金箔,上书一段经文,一万多尊刹刹汇合起来,便是一部完整的经卷。可是这座天下唯一的刹刹墓现在坍塌了,一场雨就可淋坏无数尊刹刹,耸身一跃跳下墓去,两只脚一次就可踩碎许多尊刹刹,漫说那些眼露贼光的大盗小偷了。想想我们今天的人,哪怕是多么没出息的一个人,都会让那些纵横万里天下无敌的蒙古武士甘拜下风的。确实,我们正在轻而易举地做着蒙古武士拼了老命都没有做到的事情。

一条隐蔽的丝绸古道,流淌着一条细弱的圣蓉河,河岸的山巅上有两座唐塔,河边有一条两千年不倒的汉长城,城下的河堤上有一座举世无双的刹刹墓,刹刹墓正在被我们活着的受过现代文明滋养的文明人肆意糟践。一条逼仄的河谷包容了两千年的文明,但未必能够容得下已经身心俱废的刹刹。有道是群体的力量是强大的,谁让普天之下只有形单影只的刹刹呢?

4　绣花庙不是鬼门关

河西走廊在由武威地界进入张掖地界时,南北两山在绣花庙突然收缩了,像一条宽大的口袋,被人拦腰扎住了。如果说,乌鞘岭是河西走廊的大门,凉州是大院和前厅,那么,到了绣花庙,便要进入河西走廊的卧室了。而绣花庙以西的大平原,便是河西的后院。也不难想象,两头都是几百里宽阔的地面,在一个弹丸之地浓缩为百多米,两山夹峙,驿路逶迤,一处要塞便有了天造地设的气象。绣花庙不仅身居河西大道的要冲,另一条穿行于圣蓉河谷的逼仄小路也得在这里汇齐。真叫惹不起,躲也躲不过。

绣花庙的老名叫定羌庙,听这名字,便可闻着火药味。都在一口锅里搅勺,干吗那么戾气滂沱的,有一个高人在路过这里时,打听到此地还有一个比定羌庙更古老的名字,而且,这名字容易让人心生美妙的联想,这就是绣花庙。老名字据说源于很古的一次征西战争中,一位女将在铁血的间隙,并未忘了自家的女儿身,夜坐营帐,妙手绣花,让打打杀杀远离家乡的将士做了几场粉红色的梦。当然,这都是据说,大多都是清醒者替沉睡者做的白日梦。

绣花庙属于山丹地界。山丹是隋炀帝亲自起的县名,这位又风流又荒唐的皇帝,曾在河西搞过一次超大规模的会盟,西域乃至波斯高原几十个国家的元首都来了。隋炀帝本是个爱排场的人,这次把风头出足了,他给千里河西走廊所有的树木都披上了锦缎,把那些同样是一国之君但没见过什么大世面的王侯将相唬坏了。一时,已经臣服中原王朝的国君把头低得更低了,还没臣服的呢,赶紧双手捧上国书,送来他们的漂亮女子和好东西,又是称臣纳贡,又是攀亲戚拉关系,好不热闹。耍了这么一回,隋炀帝兴头正盛,车驾路过山丹时,抬头一望北山,只见山色如丹而色淡于丹,但仍是丹色,是那种好似被删削过后的丹,于是,灵感袭来,他随口命名此地为:删丹。这是个雅致到了极点的地名,可惜能雅到这个程度的人不多,再说,起名字的皇帝已经被人拾掇了,咱还怕他甚鸟,咋方便咋来,改为"山丹",笔画少,少写两笔是便宜。

山丹有着保存完好的、连续几十公里无间断的长城,一抹平畴戈壁滩,一道土墙威严西走,把走廊豁开成南北两半,北面离北山根很近,南面离南山很远,占据长城以北地域的人明显地处在下风。这是汉长城,长城以北是胡人,以南是汉人。不用读多少史书,实地一看,便可蠡测当年的河西风云。与长城并行西去的还有两道与长城同样壮观的设施,一条是 312 国道,一条是兰新铁路。而这三条大动脉都得经过绣花庙,好似三股粗麻绳,要同时从一孔细针眼里穿过,还必须穿过。如此特别的去处,发生一些特别的事情,似乎也合乎常理。多少年来,这里一直有着"中国的百慕大"之恶誉,宽阔平坦的公路,汽车速度放得很慢,也会莫名其妙地翻车,一出就是重特大车祸,每一年,总有那么几起,十几起,甚至几十起,这里成了司机们的鬼门关。公路专家一批又一批来了,从专业的角度看,找不出公路本身的毛病;地质学家来了一批又一批,因为有人怀疑这里有什么地磁感应,结果证实这是空口说白话。可凡事总得讨个说法,现在可是科学昌明的时代啊,不能把一时还不可知的事情归之于神鬼。

在车祸闹得最凶的时候,我在绣花庙住了一夜,我是以记者的身份去的。正是火红七月天,在绣花庙的戈壁滩上待一个白天,一个大活人可就离木乃伊不远了。那一夜,大雨如注,陪同我的交警说,今晚肯定是有事的。我们穿上厚毛衣和雨衣,来到了公路边,还没找到理想的落脚地,霹雳一声响,一辆满载货物的大卡车摔出了路面。我们冒雨去救死扶伤。这边正忙得不亦乐乎,不远处又是山崩地裂一声响,赶去一看,又一辆载重卡车兜底朝天,立即又分头救助。一辆,一辆,又一辆,司机们好像得了传染病,明明看见好几辆车撂在路边了,还在前赴后继,一辆离一辆的倾覆地点不过十几米之遥。寒风携带寒雨,我们已经浑身精湿,冻得手脚麻木。业务繁忙,我们的人手分配不过来,而新的车祸还在继续发生。利用喘气的空闲,一位干警自嘲道:"干脆咱歇着,等车翻够了再处理,看它究竟能翻多少。"当然这是笑话,这一夜,两公里的路面上,毁车九辆。

后来,人们还是找到了原因,大概是由于视觉差使司机产生了误判,公路东高西低,而两面的山却是西高东低,路面是有着十几度的坡度的,可坐在车里看,却是一路坦途。在长途行车后,遇上一道慢坡,对车速的悄悄变化已不十分敏感了,反应过来时,已来不及了。绣花庙据此开始了大规模的道路整修工程,高处削低,低处垫高,此后,再也没发生过大的车祸。绣花庙还是那个绣花庙,绣花的人芳踪难觅,活着的人从来也没见这里有什么庙,聊可自慰的是,绣花庙不再是西出阳关者的一道鬼门关。

5 亥母洞存疑

亥母是藏传佛教中的一个重要角色。当年西夏人很是尊奉这位神。西夏人六征河西终于取得成功后,便把河西当成了自家的大后方来经营,弘扬佛教是其一大国策,亥母洞因此进入了人们的

140

视野。亥母洞地处祁连山中,由四孔天然红砂岩洞组成,中间一洞据说穿透了祁连山直达青海,前庭则可以同时容纳数千人坐地诵经。想想当年的盛况! 现在的洞窟全部坍塌了,胆大的人往里面走过,走出了很远,听那幽远的回声,似乎离尽头还很漫长,只有见好就收。一座灰蒙蒙的大山,唯有亥母洞所在的山包是红色的,洞前横着一道山脊,形似一尊睡佛。有几个信徒,在每天过完必须过的世俗生活后,自愿在这里打理各种佛界事务。

亥母洞重新引起世人注意的是,前几年这里曾发现了一本西夏文经卷。我们知道西夏人是创立了自己的文字的,但让蒙古人几乎毁完了,现在谁要是手头有西夏文的片言只语,一定是会当成稀世珍宝的。而这里一次就发现了一本完整的经卷,名为《维摩诘所说经》。更珍贵的是,这本经卷是活字印刷,而印刷质量却很差。这在流传下来的古代印刷品中是绝无仅有的,何况这是极端崇佛的西夏人印制的佛经。这是什么原因呢? 原件送到了凉州博物馆孙寿龄老先生手里。据说,国内懂得西夏文的仅有区区数人,孙先生就是其中之一。无论木活字,还是铜活字,印出来的文字都十分精美,而这本经卷不是字缺角,便是字行歪斜。一个大胆的推测蹦出孙先生的脑海:这是泥活字印刷品! 谁都知道,印刷术是中国古代的四大发明之一,发明者是北宋的毕昇。可证据呢,一找不到活字版,二没有印刷品样品。全部证据就是沈括在《梦溪笔谈》上的一句语焉不详的话。不把实在的证据拿出来,话就由人说了。于是,德国人说印刷术是他们的发明,韩国人也不甘寂寞,要把这桩旷世功业抢注到自家人名下。为了这,许多国家的科学家倾注了毕生精力,试图研制出来一副能够印刷文字的泥活字版。可是,都没有成功,泥活字印刷术的发明权只好悬着。

孙寿龄手中有了泥活字印刷品，但这只是推测，要证实，必须拿出印版来。孙先生在自己的斗室里支起了制陶炉。他是一个多面手，考古是本专业，年轻时搞过泥雕，练过书法。他从郊外取回红黏土，团成一个个小泥坯，刻上西夏文字形，放进炉中烧制。可是，字坯要不爆炸成粉末，要不根本没法组版。一次次失败，一次次改进，白天，家里炉火通红，晚上，家里炉火彻夜。转眼间，三年过去了，孙先生终于烧出了第一个泥字，组成了第一副泥活字版，印出了第一张泥活字印刷品，而且与那本出土的经卷一般无二。时隔千年，中国人终于用实物巩固了自己的发明权。当中央台播出这个消息后，我去拜访孙先生。他已经退休两年了，全家挤在一套狭小的单元楼里，孙先生的工作间是那面不大的阳台，他在这片悬空的水泥板上扎根几年，攻克了一项世界难题。阳台上摆满了他用小火炉烧制的仿真西夏文物，虽是仿真，也是十分珍贵的。许多人要跟他合作走市场，他不干，在他那儿，事业是不能用来谋利的。他的西夏文书法和泥字雕刻作品，早已成了收藏家们的新宠，可他只给懂得的人送，只懂得钱的人，免谈。

　　我见到孙先生的那个夏日午后，他刚从考场回来，神情有些沮丧。一家权威学术单位要聘他当西夏考古专业的博士生导师，可他只是个中级职称，只有考取至少副高资格才可上任。他几次都是被英语挡在了门外，这次也不例外，虽然他是全国屈指可数的西夏文专家，而聘他的目的就是为了发挥他的西夏文专长。但衡量他西夏文水平的唯一尺度却是他的英文水平。孙先生是很想为国家培养几个专业人才的，别的懂西夏文的几个专家都是高龄了，他尽管也已经退休，在业内，却是最年轻的。不知道，当孙先生的英语终于过关，获得上讲台的资格后，他还有没有力气登上那三尺宝地。我看着他的泥活字版,看着他的西夏文书法作品,看着他再次名落孙山后的神情,很想对他说,让你这样的人再去考副教授,而且考不上,丢人的不是你。但我还是忍住没说,面对一个一心想为国家培养珍稀人才而没有机会的老前辈,我想安慰他都难以启齿,怎可发这种愤世之言呢?

我是在见到孙先生的第二天,驱车上百公里去看亥母洞的。那一天,凉州的天空飘着小雨,小轿车沿着一条水渠往祁连山方向进发,田园葱绿,渠水欢快,离亥母洞渐渐近了,我的心却慢慢虚了:亥母洞还有佛吗?孙先生的智慧之光使蒙尘的亥母佛光灿烂,而这束佛光能否照亮独行者脚下的道路?

6　独流沟的太太

裕固族是甘肃独有的一个少数民族,世居祁连山中,过去一直叫尧乎儿,周恩来给改成了现在的名字,取富裕巩固之意。裕固族人以放牧为生,夏天赶着牧群去了高山牧场,冬季就生活于山坳平地,日子过得宁静祥和,当然也有悲欢离合阴晴圆缺。无论哪个民族,这种感受积累得多了,就会想办法表达,也就会诞生自己的作家、学者和歌手艺人。裕固族也不例外,何况他们与所有的草原民族一样,天生就能歌善舞。

与我同龄的铁穆尔,是一个集作家、学者和歌手于一身的裕固族男人,他还是一个优秀的骑手,可他常年住在肃南裕固族自治县的县城,算是城里人,这一手就不常用了。铁穆尔文章好坏学问深浅,业内人士早有定论,轮不着我来饶舌。他的歌唱得好,却是连天上的云树上的鸟都听得出的。他唱腾格尔唱过的歌,几乎可以把腾格尔比下去,我曾戏言,要是铁穆尔也是专业歌手,腾格尔的这碗饭就吃得困难了。腾格尔听见这话一定会不高兴的,你不要不高兴,你唱你的歌,我说我的话,你连我这样人微言轻的话都在乎,说明你对自己没有足够的自信力。事实上,铁穆尔从未打算抢任何人手中的话筒,他唱歌纯粹是因为高兴、忧伤、闲得没事干,还有朋友们想听。他唱得最好的歌是河西小调,这是流行于他家乡的汉族民歌,他从小就唱,一直唱到现在。就像草原的酥油、奶茶哺育他长大成人一样,民歌塑造了他的精神气质,那乐天知命的、飞扬的、忧伤的、凄婉的、缠绵的、俏皮的、庄严的旋律搅和在一起,形成一种立体的声音世界。铁穆尔就是这样一个立体的人,他在做学问写文章时,完全是一派殉道者风范,一个民族的过去、现在和未来,似乎压在了他一人肩上,而他也摆出了一副舍我其谁的架势,青灯黄卷,掘地三尺,为一句话一个事件,不惜万里搜寻,绝不稍作通融。朝闻道,夕死可也,他是做得到的。

可要是唱起歌来,铁穆尔立即变成了一剑一箫走江湖的风流种子了。无论在什么场合,也无论场合中有什么人,有人喊一声:铁穆尔,来一口!好似按了音箱开关,歌声奔流倾泻。只要开口,即如天河开闸,倒不尽是不罢休的。有些混蛋哥们这时必定是要起哄架秧的,有人喊:铁穆尔,来一口香辣脆的。铁穆尔也不甚在乎是否少儿不宜或男女之防,嘴一张便是黄水漫流:大路的边边,凉州的哥哥,你回去给我的娘家人说……歌词大意是一个新嫁娘在大路边,向路人哭诉她的新婚之夜的不幸遭遇的。这种歌,铁穆尔会唱很多首,连唱一天一夜,保证没有重样的。听这种歌的人,神色是变了的,变得满脸桃花色,而唱歌的人却声情并茂习以为常。此时的铁穆尔,像一个燕市放歌旁若无人的游侠,更像一个酒肉穿肠过佛祖心中留的有道高僧。

　　铁穆尔还好酒,在草原上不喝酒的男人不是好男人。铁穆尔是个好男人,或者他一心想做个好男人。做好男人是要有代价的,铁穆尔的代价便是把胃喝坏,把自己一次次喝醉。只有敢醉并且常醉的男人才是好男人,才是全心全意待朋友的男人。祁连山深处有一条独流沟,独流沟有一条河叫独流河,河水是刚从雪山上流下的,在盛夏时节也是冰冷刺骨。这是一个风光无限好的所在,抬头,白雪耀目,低头,清流靡靡,松柏喧天,群鸟翔集。有一次,我赶到独流沟时,铁穆尔从昨天已经醉到今天了。酒一上来,他仍开怀痛饮,都是六十度的青稞酒啊,他不再醉一次怎生得了?他唱了几首歌,出了帐篷,我不放心,随后出外查看。这一看,让我笑了几年。我冲进帐篷招呼道:快去看,河边睡了一个漂亮太太!大家一看都忍俊不禁。河边有一棵大松树,遮出一片阴凉,一个喝醉了的陌生男人四仰八叉躺在那里,铁穆尔以同样的姿势躺下去,两人高低肥瘦相当,头并头,脚并脚,分毫不爽,恰好构成两个"太"字。敏捷的朋友将此景象抓拍下来,一个"太太"便永远地定格在独流河边的松树下了。

7　黑水国里的羊群

　　张掖北去十多公里的沙漠深处,有一片古城的废墟,据考证说是西汉时小月氏国的都城,因濒临黑河,因而汉人称之为黑水国。小月氏覆亡后的两千多年时间里,河西走廊的大王旗一直在各城头变幻着,黑水国的都城扼守河西走廊的要冲,当然也闲不下来。

　　现在,表面看是闲下来了。

方圆几十里的城池,有的地方闲着,有的没有闲着。闲着的是那依然伟岸的城墙,还有散落在城郭里的残砖碎瓦。黑水国的砖是有名堂的,号为子母砖。砖分子母,子砖凸出的部分镶嵌在母砖凹陷的部位,妙合无垠。用这种砖砌的墙大概是希图牢固。可是,再牢固的建筑,都经不住时间的摧残和空间的寥落。房塌屋倒,子母分离。当然,人间的子母分离是再也正常不过的风景。子母砖,如果象征的是子与母,十月怀胎,一朝分娩,算是子母的自然分离,儿子大了,离开母亲,算是子母的社会分离。分离是无奈的事实。如果是对男女关系的暗示,那就更是人间正常的风景了。《婚姻法》无论多么严密,只能管了一对男女的身体,对双方的心思,只能徒唤奈何的,对于什么来世的事情,只能睁只眼闭只眼了。什么"在地愿作连理枝在天愿为比翼鸟"啊,看看那些散落在地的根本无法辨识先前谁跟谁配对的子母砖吧。

没闲着的是在远处流淌的黑河水。黑河从祁连山下来,漫出了一大半的河西走廊绿洲,还有丝绸之路几千年的熙熙攘攘。早先的黑河是可以作为黑水国护城河的,黑水国灭了,黑水河也绕道而走了。炎凉冷暖,也是人间再也正常不过的风景。汹涌的河水走了,汹涌的沙漠来了。但各种沙生植物却没有闲着,红柳,花棒,拐枣,梭梭,一片片将沙漠钉住。天上的鹞鹰,地上的鸟雀,看起来,是闲着无事而翱翔,而聒噪,再一想,这本来就是它们的生命方式,它们不算闲着。还有那一年四季无休无止的风,它们送来了沙尘,也送来了远方的消息。

在进城门时,一个牧人赶着一群羊从城圈内出来,人像一棵枯树的影子,羊像洪水一样漫过来,但却都悄无声息。阳光正艳,虽是深秋了,走廊正午的阳光仍然那样明艳灼人。觉不出有风,但在灼热里,冷不丁钻入怀中的那股气流,像锥子一般尖锐。不远处有一片绿洲,有绿洲必然是有人家的,绿洲不算大,人家便也不算多。与所有的绿洲相似,高大的白杨转圈儿把绿洲围了,把人家遮蔽了,把沙漠和田园分开,把天和地分开。深秋的白杨,一些叶片是绿的,一些叶片是黄的,一些叶片是红的;一些叶片挂在树上,在无风的艳阳天里,哗哗有声;一些叶片散落在地,在无风的艳阳天里,窸窸窣窣;一些羊,一些鸡,一些鸟,在散落在地的叶片中寻寻觅觅。阳光透过树上的叶片打在它们身上,它们和散落在地上的叶片,都多了一种类似阳光的色彩。

8　日出玉门关

在中国古人的眼里,玉门关无异于天之尽头,那句"春风不度玉门关"的诗是尽人皆知的了。确实,敦煌是千里河西走廊最西的一个大绿洲,而玉门关却在敦煌以西上百公里外的沙漠中。那片沙漠有多大,只能借助地图和一组组枯燥的数字,靠人的感觉和眼力是无法测量的。这样说吧,任你功高盖世富甲天下目视高天裘马扬扬,一旦置身玉门关,不用别人说,自个得俯首低眉曰:洒家原来嘛也不是。即便是一截荒废的长城烽燧,偶或还可引来怀古者的一声两声惊叹,即便是一块戈壁石,一粒沙子,一只蜥蜴,还可暂时勾动来自大都市和水乡泽国之民的好奇心,只有人在这里是弱势群体:一瓶矿泉水都会让任何人不得不折腰的。

可是,一心要与天地为友的人,立志要探幽析微的人,还是钟情于玉门关的。一个人的一天是从日出开始的,玉门关也在模范地遵守着这个上帝规定的作息时间。要与玉门关一起开始新的一天，人就要必须比太阳早醒至少两个小时，因为人必须住在敦煌，而敦煌距玉门关有着至少两个小时的路程。驾车从敦煌出发，一晃眼，就置身于沙漠中了。其实，此时的沙漠不是用眼睛看到的，而是用耳朵听到的，用心灵感受到的。大地如墨，长空无月，稀疏的星斗挂在虚空，映出一只只拳头大小的亮光，其功用也只是让人把天与地区别开而已。但，你是知道你行进在沙漠中的，车灯像两把插向无物之阵的利剑，极具穿透力，却不知道穿透的究竟是什么。实际上，面前什么都没有，天地本来就是一个无边无际的虚空，也无所谓穿透与否了。听那刮来的风是无阻无碍的那种，是划破了什么尖硬的东西的那种，是刺破肌肤直透内里的那种。这便是漠风，这便是夏日清晨的漠风。一会儿，东天里出现了一抹红，在日常概念中，这个时候的那里，出现的应该是一种被习称为鱼肚白的东西。可是，这是玉门关的领空，这是大漠日出的前兆。

东天的半边天都红了，红得像一片巨大的刚出染坊的红布，红血淋漓，一滴滴血水挂在天际，那块天红得透明；血水洒下来，洗去了掩藏大地的黑幕，立即，地上蒸腾而起的红尘与天际垂挂而下的红雾连为一体。此时，天上的红雾却迅速退去，一片鱼肚白将天与地的界线划出来了。感觉到太阳已经出来了，却没有出来；看见太阳出来了，还是没有出来。稍一错眼，太阳已经出来半人高了。玉门关的太阳是蹦出地平线跃上天空的，像一颗红色的信号弹，倏然闪亮天空，倏然君临大地。新鲜出炉的太阳是猩红色的，放射出来的不是光，是可以触摸，可以掬舀，可以痛饮的葡萄美酒，每一条光线都涌流着醇香，仰脸一望，目迷神移——那是一种醉态。所谓"葡萄美酒夜光杯"，不仅酒可醉人，玉门关的日出也是可以醉人的啊。有多少个流寓边关的古人，迎着日出，把他乡的太阳当美酒饮了,又有多少个今人把古人的故事当作现成的美酒饮了,而醉了的却同是一副悲天悯人的情怀。

9　魔鬼城的震撼

在乌尔禾魔鬼城,我被震撼了;在哈密魔鬼城,我仍被震撼了;在敦煌魔鬼城,我被深深地震撼了。我实在不明白,为什么要给这些地方起一个这样的名字?难道是因为我们说惯了的鬼斧神工的造型,还是此景只应地狱有,人间不得一回闻?说实话,我是在怀疑魔鬼的想象力。我以为,要闹出这么一个个排场来,除了魔鬼惊世骇俗的魅气,还少不了上帝体贴入微的媚气。魔鬼城是魔鬼与上帝精诚合作的典范。这是魔鬼与上帝的第一次合作,也是最后一次合作。

敦煌有个莫高窟,莫高窟旁有座鸣沙山,山下有眼月牙泉,水火不容的几样物事在一块和睦相处十七个世纪,非但不相克,而且还相生相成,这应视作上帝与人的一次灵光互照。出敦煌西去百多里,在四面沙山围裹无数重的绝望之地,偏偏有一片浩大的水域,名曰渥洼海,这就是诞生过人类历史上唯一有记载的一匹天马的所在。这应视作上帝与人的一次互通有无。上帝能给予人的于此尽矣,人的想象力于此极矣。而上帝似乎余兴未尽,不惜冒犯正邪自古同冰炭的天宪,选择魔鬼做合作伙伴,又在敦煌西北百里外的沙漠中,一口气创造了一座让人难以揣度其边际的魔鬼城。什么魔鬼呀,什么上帝呀,在功利至上的俗人那里,谁给了人好处,人就膜拜谁,人就给谁一个好脸色,何况此城是魔鬼与上帝携手共建的呢。

大海一样波浪起伏的黑戈壁，阳光铺上去，大地宛如牧人的黑牦牛毡，在这毡片上，摆放着魔鬼和上帝赐给人类的一切。这里是一个庞大无朋的海军舰队，旗舰是形似美军"小鹰号"的航空母舰，甲板上各种火炮齐齐瞄准前方目标，无数架舰载机振翅欲飞，母舰四周是驱逐舰、战列舰、巡洋舰、补给舰，还有穿梭于阵中的各色小炮艇。站在前面看，人会看见舰队乘风破浪，以雷霆万钧之势向你压来；站在旁边看，你会觉出舰队高速推进时，卷起的凌厉旋风。这里是一处皇家粮仓，圆顶的，方顶的，庵式的，窖型的，应有尽有，也只有皇家需要这么多粮仓储藏粮食。是粮仓就得有人看守，放眼看吧，一个秃顶老卒神情漠然，蹲在仓顶上，怅望着远天远地，一个少年兵蛋子，歪戴头盔，心不在焉。什么使他走神了呢？哦，对了，那座庵式仓顶上，立着一位少女，她衣袂飘飘，一身忧郁。这是一个什么样不人道的皇朝，竟然让美眉来服役！管他的，一个少男，一个少女，无论在何种险恶的境况中，他们自身的激情都会让一方世界鲜花盛开的。

要描述一遍敦煌魔鬼城的妙处，就像给上帝和魔鬼画像一样不可能，不可能的事情我们何妨搁置不论，我们只需要懂得，造物主给乌尔禾搁一座魔鬼城、给哈密搁一座魔鬼城、再给敦煌搁一座魔鬼城的良苦用心。把话说白了，魔鬼城是决意要给人以震撼的，每一座魔鬼城给人一次震撼，在一次次震撼中，使人学会谦虚和敬畏。

10　废墟的守望者

离开阿克塞新城，转眼就到了阿克塞旧城。两城相距仅二十五公里,海拔却相差一千一百米。正是由于海拔的缘故,阿克塞人才弃旧迎新的。正应了一句话:只见新人笑,不闻旧人哭。新城建在敦煌以南七十公里外的一片广袤的戈壁滩上,原来寸草不生,几年下来,已然楼宇勃勃,草木楚楚,风生水起,鸟雀啾啾。而旧城已是一片废墟了。

旧城位于当金山口,阿尔金山和祁连山东西并排各延展数千里,在这里乍然分手了,被一条数十米宽阔的山口硬生生撕裂了。山北是百里不见人烟的荒漠,山南是千里寸草不生的柴达木盆地,西面又是罗布泊。这是一条生命的死角,除非有特别的使命,观光者很少有理由光顾这里。我也实在没有理由来这里,而我已经是第三次来这里了。小时候,大人常谆谆教导说,不走的路都得走三遍。意思是说,做事要留后路。所以,第一次来这里时,同伴说,我再也不会来这里了,给个国王当,都不来的。我看了他一眼,没有说话。人的双腿是自己的,向哪里走,以何种姿势走,往往由不得自己。第一次离开这里,三年后,第二次来这里,又过了三年,第三次来这里。这一次,我依然没有说再不来这里的话。

刚在城边下车,突然,从一截断墙后蹿出一只大灰兔,朝阿尔金山奔去。深秋季节,山地牧场一片枯黄,极目之处,不见人影和牧群。十字街还赫然可辨,原来的屋宇只剩下残砖碎瓦。是谁拆走了还可重复利用的梁木砖瓦?新城的一切都是新的,旧材料是用不着的。此外,数百里以内没有居民点啊。抛弃一座城,或出于权宜,或出于迎新的愿望,但,抛弃了,已是罪过,何必要毁灭呢?被毁灭的大多是平房,还有两栋四层高的楼房依然保持着楼房的尊严,一栋是医院,一栋是学校。玻璃碎了,各房间睁着阴郁而茫然的眼睛。大概拆毁楼房是需要技术和较大的代价吧。

几个认识的人曾在阿克塞的旧县城工作过,他们都先后逃离了。他们都成了学者诗人,逃离时,是那样决绝,逃离后,却忍不住频频回头。他们赖以成名的作品大都是写阿克塞的。阿克塞是哈萨克族自治县,也是甘肃极西的一个县份,土地面积与台湾一样大,人口不足万人。几乎所有的人都搬入新城了,他们的牧群依旧游荡在阿尔金山和祁连山的深处,牧工都是内地农民。旧城还有三户居民,我没有问是哈萨克族,还是别的民族,远远望去,城北紧依阿尔金山的缓坡上,有一片绿树掩映的平房,门口停放着一辆农用车。他们是旧城的守望者。

　　要离开时,忽然看见那只大灰兔蹲在足够安全的沙堆上,远远地向我们张望。它也许在等待我们这些擅入者的离去,客走主安,它也是阿克塞旧城的守望者。

十二　好吧，我们去天堂转一圈吧

多次去过天堂，这次却把路走错了。走错了路也不要紧，闲着没事干出来玩，走哪算哪，才是玩的顶级状态。可是，今天是说好的去天堂，便也有了预定的目标。一个目标事先装在心里，如同被一道绳索捆绑，目标时刻萦绕在心头拂之不去。那么，我们调转方向，走上正确路线吧。

这一周折，便是大半个早上的时间。过了华藏寺，进出天堂就剩下一条路了，想错都错不了。我给朋友说，去天堂的路上，必须经过五台岭。那是一个山垭口，海拔很高，即便大夏天，也可以在路边的雪地里玩一会儿。那儿还有一座敖包，终日彩旗迎风飘荡，风马像雪片洋洋洒洒。何况，此时正是初春。城市里，一个冬天没有下几场雪，偶尔下一场雪，还没有来得及看，雪已经融化了，像那惊鸿一瞥的昙花。车子在深邃的峡谷里穿行，两面悬崖壁立，缓坡上正是快要返青的冬草。不是绿色，不是枯黄色，也不是灰黑色，而是近似于赭色。有些阴坡地带，还有积雪，那积雪也不是白色，也不是黄色，而是土黄色，空茫大地一般的颜色。车到五台岭下，却无须上山了，隧洞打通了。现在打通一道隧洞似乎太容易了，就像一个搞重大工程的院士开玩笑地给我说，他们打通一个隧洞，相当于开着盾构机，从山的这边开进去，从那边开出来。

那么,就进隧洞吧。隧洞很深邃,地狱一般深邃。要不是里面有灯光,那就是传说中的地狱啊。想着这隧洞也浅不了,原来翻山走是要大约一个小时车程的。隧洞让复杂艰险的路途变得平易,但却把人与自然风景隔绝了。人世间,两全其美的事情本来就不多,十全十美的事情只是听说过,臆想过,有谁真正见过? 只有传说中的天堂才是十全十美的所在。隧洞这边阳光明媚,想象中的春天的阳光是明媚的,这里的阳光就是你想象中的那种明媚。出了隧洞,却是大雪。雪片随风涌入隧洞口,离洞口很远,在恍惚的灯光中,都能看见飞舞的雪片了,都能感受到寒意了。出了隧洞,天是白的,山是白的,路是白的,寒风将地面上的雪片卷起来,扔到天空中,雪片再跌落下来。一枚雪片,好似腿上安了弹簧,落地,升空,至少需要两次弹跳。这就是有名的风搅雪。当风与雪结盟后,真可谓"战罢玉龙三百万,败鳞残甲满天飞"。

冒着风雪往前走吧,出了这一条峡谷,就是天堂了。

路面很宽,却不是封闭的高速公路。随你的意吧,只要你有"停车坐爱枫林晚"的雅兴,只要公路边有空地,你随时都可以停车遛遛眼睛的。正好,必须要停车了。公路两边都是高山牧场,一大群羊,一大群牦牛,还有几匹马,乌乌泱泱,正在横穿公路。牧群不着急,牧人不着急,行人也不着急。难得路遇风雪,难得见到这么大的牧群。也没有多少行人,前后出现在这里的,也就七八辆或新或旧的车,也就男女老少十几个人。人们纷纷掏出各色手机,对准牧群哗哗哗。牧群像明星一样,早已习惯了处在聚光灯下,这下更不用着急过马路了。它们站在马路中央,向着拍照的人,尽量都把脸部露出来。有些行人来了情绪,跑过去站在牧群旁边,摆出各种姿势,催着同伴给他们拍照。他们一般都选择羊群。羊是一种随和的动物,羊比人身量低矮,人混在羊群中显得高大。其实,牦牛更具有画面感,但却没有人选择就近与牦牛合影,都是离远些,再离远些,以牦牛做背景。牦牛这种动物,身材高大威猛,眉目也不像老黄牛那样和善,在高山旷野中狂野惯了,假如一下子不能理解生人靠近它们的良好愿望,牛脾气发作了,后果可真不好预料。人其实在有些方面做得真的不够好,牦牛强大,脾性不可测,他们便对牦牛敬而远之;对于相对绵软弱小的羊,不征得它们同意,侵犯肖像权倒也罢了,有的人,包括有些看似羸弱的女人,还把手随意搭在它们身上,甚或扳着它们那一对儿也堪称锋利的头角,吆吆喝喝地,嘻嘻哈哈地,起码的礼节都没有——这可是在去往天堂的路上啊!

风雪不停,人可以停下来。此时的高山牧场,那就是一幅巨大无朋的水墨画。人世间没有这么大的厅堂,这幅画只能悬挂于大天大地之间。有了雪片的点染,漫天的雪雾成为画的背景,让画意飞向遥远不可及处,随风飘洒的雪片便是对画面精心的点缀,山坡上各种潜伏的色彩随风雪溢出,赤橙黄绿青蓝紫,种种色彩在白雪的映衬下,明暗交互,层次自现。没有人能描绘出这样的画,但是,天可以,地可以。我和朋友不约而同说,要是哪个画家这时来这里写生,原模原样画出来,就是一幅好画,随即又不约而同说,最好不要有人此时来这里写生,哪怕丹青高手,只要经了人的手,都是对天地造化的亵渎。

风雪还没有停下来的意思,路面上的积雪已经很厚了。往前走吧,既然目标是天堂,通往天堂的道路注定了是风雪之路。路面很滑,轿车宛如一叶扁舟,摇摇晃晃,飘飘忽忽,两面高山牧场,也恍恍惚惚,依稀仿佛。恍惚依稀中,车前的路边仿佛有人。车缓缓停下来，一老人，一妇女，一小女孩。小女孩的脸色是那种典型的高原红，风雪中，其红如瘀血，青而紫，紫里生黑。妇女说，我们等不到班车，把我们带上吧，我们付车费。我问你们去哪里，妇女说去天堂，这条路只能去天堂。朋友说，不要你们的钱，上车吧。

还是风，还是雪，走了一会儿，我试着回头看，小女孩的脸色正常了，那种青紫的颜色淡去，高原红鲜艳如花。二三十里后，来到一个巨大的盆地当中，这块盆地的名字就叫天堂。紧靠一面高山悬崖下，一座辉煌寺院依山而建，这就是天堂寺了。在空地上，车子刚停稳当，风雪霍地停了，就像一副性能良好的车闸，说停就停了。有人会认为我这是夸张，我知道，夸张是作文的一种必要的修辞手段，是为了达到或加强某种表达效果。但，此时此刻，我真的没有夸张，只是白描。风雪和汽车同时停了，一颗惨白的太阳从浮云中露出头来，就像一张刚生完孩子的女人脸。三个乘客依依下车，道谢不绝口，那个老人摸出一根烟卷递给我，我没有犹豫，接住了。我烟瘾很大，但十几年来只抽一种价钱极其低廉的烟，别的烟，无论天价烟，还是劣质烟，我都不抽。熟人朋友抽烟时，也不会礼让我，我抽烟时，也不会礼让熟人朋友。但是，对于陌生人，尤其抽劣质烟的人，我一般会接住他们礼让的烟卷，生怕让人误会。我接住了这支烟，他们是附近的农民，我顺手点着烟，他们三个喜气洋洋回家了。

风雪中，来到了天堂，望着辉煌的天堂寺，朋友略显迟疑，我说："还去不去寺里？"朋友说："你说。"我说："如果用最简明的一句话表达佛祖的初心，你用哪句话？"朋友说："与人为善。"我说："我也是这句话，除此，想不起别的话。"那么，我们今天已经看到了天地间的绝世风景，又做了善事，此行已经完满了。我们选择在寺外看寺。天堂我们都来过许多次，对于没有来过天堂的人，客观的信息网上都有，你随便查阅吧。我只说一些网上查不到的主观感受，当然，还得说几句客观内容。这是甘青两省交界处的一座藏传佛教寺院，初建于唐朝，历经千年烟云，成为格鲁派重要寺院。这块名叫天堂的盆地，乍看是完全封闭的，真的像一只盆子一样，四面高山悬崖，举头是一片圆圆的天空。其实，哪有这么封闭的地形，大通河贴着南面山根，飞湍急流，将盆地拉开两条豁口，只是水在拐弯，山随着水拐弯，水拐得急促，山也拐得急促，便看不见豁口了。要说真的有什么天堂，天堂寺所在的天堂，也许就是天堂的模板。

对于任何一个佛教寺院，若非专家，也就是转转看看，以示自己来过罢了，或者有什么心愿，对着某个冥冥的神灵，说一说，祝祷一番，要真的弄清楚其中的古往今来阴阳两界，则是千难万难的。那么，我们看看天堂周围的山川形胜倒是明智的。按大的地理方位说，天堂属于祁连山东端的余脉，群峰嵯峨，岩石峻嶒。大通河是黄河上游重要支流，将坚韧山体强行划开一道缝隙，水量不算大，但却气势非凡，远闻之，步履虚怯，近观之，心胆俱寒。几十米宽阔的水流，划开巨大山体，隔出甘、青二省，在距今不远的时代，无疑是天河遥望。四外都是高山，一侧是湍流，偏偏有这么一坨平地，平原一般的平地，在这天造形胜里，如果没有人文繁盛为对应，便是一种辜负了，也因此，有了天堂寺。既然决定不进寺院了，那么，沿着寺院周围走一走吧。风雪停了，风雪制造的业绩还在。山根下，积雪盈尺，石崖下，灌木丛里，抑或空地上，只要有立足之地，必然有鹅卵石堆砌，大者如牛头，小者如鸡蛋。本来都是大通河边普通的鹅卵石，现在已经不普通了，大大小小的鹅卵石上都画上了六字真言,在一面面石壁上,各种表示特殊意义的画像和文字,让整个山体尽显神秘肃穆。绕着山根盘旋的木质栈道上,白雪耀眼,在白雪映衬下,一颗颗被涂上图案的鹅卵石,像是人身上的某些器官,而且,这是一些正在演奏着生命旋律的器官。

天造形胜之地,必有人文精神加盟,人文精神之感召,必有稀世珍奇呼应。多年前,大通河水利工程截流,河床露出一块重达四十吨的巨石,宛然一副鬼斧神工的砚台。大约因为圆石滞留于石面上,水流可以催动圆石,却不足以将其冲走。日月轮回,圆石旋转,在石面上磨出一个巨大的圆坑,成为天然砚池;旁边有一个较小圆坑,显然为较小圆石磨出,成为天然笔洗;而原本突出部位,如雕刻时在石料上预留之屏风,正好作为笔架。此石出世,轰动周边百里地界,一时观者如潮,种种传说铺天盖地,所有传说无不指向神祇。巨石被起运出来,放置在天堂寺前松林中,信奉者如大通河之激流,很快地,整个石砚,以及松树,都被吉祥哈达围裹。如今,大通河边开辟出一片公园,专门供奉石砚,成为天堂寺又一景观。

不说这些了,天堂是造物主的杰作,天堂寺是因山河形胜而造就的人文经典,一个地方的灵气,上离不开天,下离不开地,地上离不开山河生灵。那么,我们说说为天堂注入生命之源和灵气的大通河吧。从我居住的城市去天堂,至少有两条道路,一条就是刚才走过的路,来去都是翻山越岭,另一条路是沿大通河顺流而下。大通河是甘青两省在这一地段的界河,河谷最宽处,也不过一箭之地,河流占据着峡谷中心,两边奇峰接天,壁立万仞。伟大的人们沿着石崖下,硬生生凿出一条大道来,而这条大道,遇山绕山而走,遇水桥梁相接,于是,这一脚油门,在甘肃地界,另一脚油门,则是青海地界。峡谷逼仄,河流和道路占去大半,但也有可供停车玩耍之地。大通河里多奇石，以前与朋友来过多次，也捡到若干罕见石头。而今天，时值初春，冰封湍流，只能听见水流憋屈的吞咽声，冰雪覆盖着河床。想起多年前的一次大通河之行，时值隆冬，真个是泼水成冰呵气成霜，与友人奔驰数百里来到大通河边，所有能着脚之地，都被冰雪吞没。天气冷到让人内心发狂境地，尴尬之时，朋友指着眼前露出手掌大石面的石头，摸出一支烟说，你把这支烟抽了，我把这块石头挖出来，如果是奇石，我一定亲自送到府上去。我是从不抽这种烟的，却鬼使神差接住了。朋友挥镐奋力，在冻土中，挖出一块石头，翻过来一看，一只形神毕肖的猴子，重达六十八斤。

这只猴子至今还蹲踞在我书房的显眼处。

人与人有缘分，人与石也是有缘分的，既然有缘分，缘分必定是可遇不可求的稀罕交集。那一次，我与那只石猴有缘分，这次，我不再冀望有什么缘分出现，我只愿意在冰封的大通河边，看天看地看山川生灵。路边，一只麻雀飞走了，两只麻雀飞走了，一群麻雀飞走了，它们落在自以为安全的地方，或低头觅食，或嬉戏打闹。山涧里，一只呱啦鸡飞走了，两只呱啦鸡飞走了，一群呱啦鸡飞走了。它们本来不善于飞翔，但飞过大通河没有问题。它们飞到河的对岸，继续叽里呱啦，闲庭信步。天空中出现一只鹰，平白无故地出现一只鹰。风雪过后的天空，只有阳光和蓝天，浮云都没有几朵。所有的天空只有那只鹰。不知道这只鹰在一无所有的天空干什么。它只是飞翔，好像也没有目标任务，就像一个遛弯的大爷，或者无处消闲愁的小媳妇。它就是一个富贵闲人，天空就是它的后花园。它不讲速度，也不追求姿势，像一具漂浮在静水上面的浮尸。它索性一动不动了，悬停在空中。原来，鹰还有在虚空中悬停的本事。行动时，迅疾如闪电，休憩时，寂静如死尸。那只鹰，也许要居高临下，以身作则，给依附于大地的生灵示范一些什么。

　　离开天堂越来越远了，我知道，拐过眼前这个弯道，再也看不到天堂了。停下车，回身望去，雪山之下，湍流之滨，阡陌如画，生灵安妥，这不就是天堂的镜像么？

十三 兰州三山记

1 马耳山记

站在自家阳台上，可以远望马耳山。天晴可以清晰望见，天阴亦可模糊望见。有好几次，贴着山下走，却从未生出登临意愿。我知道，这是一座黄土山，除了黄土，还是黄土，什么都不会有。在一个假日，实在不想做什么事，却也实在无处可去，走远了，时间不够，近处，该去的都去过无数次了。朋友说，咱们随意走吧，走哪算哪。这正符合我的心思。我去过无数地方，大多都是走哪算哪，事先并无明确目的。我从大地上获得的所有感怀，几乎都来自常年的无目的行走。

所谓看山跑死马。乘车过黄河大桥，从街衢里巷转来转去，约莫一个小时后，终于找到了上山的路。像这样的地方，此前肯定也是有路的。有人的地方必然有路，何况这是紧贴着城区的一座山。看得出，先前的路都是小路，而今却是大路，普通机动车都可通行的路。无疑，这是时代的幸运。这真是一个大路通向各个角落的时代，这真是一个普通人也可拥有机动车的时代。大时代为小人物赐予走向远方的机缘，小人物为大时代推波助澜。循山路而上，原来山坡上暗藏着一个镇子。很大的镇子，三五千户人家是有的，街巷错杂，有旧时庭院，有新款楼宇，家家门前有杨柳，大街上流蹿着大大小小的狗。

车过街巷，遇到一些人，一个个神情漠然，没有人会在意车上坐着谁，是来干什么的，这和都市的情形一样。出了镇子，就是山了，真正的荒山。一条大路盘山而上，隐于无际黄土山峦中。顺着大路往前走吧，既然面前有路，干吗不走下去呢？攀上制高点，回头俯视，一条黄河将兰州城隔成两半，在两半中的各自一半中，又随黄河婉转，各个城区或大或小。还可以看见我所蜗居的那栋楼。这完全是因为熟悉的缘故，事实上是看不见的。我有些纳闷，从我家看山，山是永远的存在，而在山上看我家，我家却在或有或无中。忽而明白了，任何一座山都是亿万斯年的存在，而任何一座城市，城市里的任何一座宅院，在岁月的长河中，不过都是忽兮恍兮的影像。

在山下看山，看到的都是山的形体，山的内蕴是看不到的。看山要进到山里看，要站到山上往下看。山下看马耳山，看到的仅仅是一座陡峻的黄土堆。其实，马耳山没有那么陡峻，不是还有那么大的一个镇子么？镇子坐落在山腰的平缓处。这是一片台地，比黄河高出百米，比山头低出数百米。这应该是农业时代就有的聚落，人们需要靠种地为生，镇子周边都是坡地，有些坡地广阔一些，有些坡地局促一些。可以想见，大路尚未开通时代，此地的人们低头即可看见兰州城，而要把自家土地的收获物拿到城里交易，那可是需要大半天肩挑背扛才可做到的啊。现在依然是农业用地，但已不是先前的耕作模式。一些土地上覆盖着各色大棚，一些土地上是果园，一些土地上是养殖场。

到了山顶，才是进山的开始。前面还是山，更大的山，鸿蒙浩茫的群山，望不到极限的山。山头之间都是有一条大路连接的，好像谁将一颗颗土豆用绳索串联起来。而山头与山头之间却是山坳，小山坳，大山坳，幽深的山坳，宽敞的山坳。每个山坳里都有村民聚落，大山坳大聚落，小山坳，小聚落，还有独门独户人家。举目都是远古蛮荒，看见的只是屋宇，听见的只有一声两声鸡鸣狗叫，却很难看见人影。而分明地，山坳，山坡，山头，都是层层叠叠的梯田，梯田里种植着一种不常见的植物。说出植物的名字，一定会让人心生骇然。这是百合，名动天下的兰州百合。百合的生长地域很广，黄河上下，大江南北，都有。但是，天下独尊兰州百合。依照通常思维，金枝玉叶一定会出自豪门大宅，兰州百合也一定生长于什么膏腴之地。不是啊！干旱，坡地，黄土，土质松散贫瘠，海拔两千米左右，这就是兰州百合生长的要件。

看看兰州百合的生长环境，你去哪儿说理呢？世间的许多事，本没有那么多理可说，也不需要事事都去说理，非要说理，也许只有一条理：因地制宜，适者生存。

2　仁寿山记

兰州南北两山夹峙，中间黄河西东横穿，所以，在兰州城区的任何方位，都是抬头看山，低头看河。有名的山，北有白塔山，南有皋兰山。既然是名山，就不去说它们了，多说一次，它们是名山，少说一次，它们还是名山。

说说仁寿山吧。

仁寿山在黄河北岸的安宁区，现在已经是贴着城区了，准确地说，是城区贴着仁寿山了。二三十年前，还是远离城区的一座无名山，山下是十里桃园，人们的目光盯在好看的桃花和好吃的桃子上，不怎么在乎仁寿山。现在，桃园被楼房侵吞得差不多了，人们在水泥森林里憋闷了，抬头便看见了仁寿山。仁寿山于是也变身为名山了。天下名山的成名大抵都有些近似，因为没有什么实际用处，种不得田，牧不得马，无主闲地可供闲人们随意走动，走动得人多了，再有一些有闲也有点儿才学的人，晃悠得来情绪了，呜呼吁嗟一番，呜呼吁嗟的人多了，便也成了名山。

我在仁寿山下住了将近二十年，平日休闲散步，都是朝着黄河边去的，不去仁寿山。对于山，我还是比较喜欢无名山，或者喜欢没有名气的山。一座有了名气的山，和一个有了名气的人，在某些方面近似，围拢的人多了，架子大了，脾气也大了，动不动给人甩脸子，尤其那些由无名山成了名山的山，和那些由无名之人变为有名的人。变身了，一般都会变脸的，其缘由，大概是身与脸是连体的吧，同一个身子，这块变，那块不变，似乎也说不过去。

仁寿山是个好名字，仁者寿，仁而寿，多吉祥的，多时尚的，单是这一个山名，不成为名山都挡不住啊。在山底下住，多少年不上一趟山，实在说不过去，就好像与名人比邻，懂得人世间眉高眼低的人，都理解咱是深知名人难以接近，怕人家给咱难堪，出于自爱自律，对名人敬而远之，厚道木讷一些人呢，反而会说咱一个无名的人比名人还傲慢。听听，这话有多狠！由此，心下颇为不安，暗下决心，在有生之年，一定要登一次仁寿山。好几年过去，决心还是那个决心，却屡屡止步于山下，唯愿仁寿山体察见谅我只是心诚而身懒，绝无不敬不趋奉之意。一个秋天的一日，忽有老城区朋友来访，且是驾着车，言明要上仁寿山看看。

好吧,我们去仁寿山吧。

山不甚高。顺便略作交代,兰州周遭皆山,而南山众山都高,北山众山都低。仁寿山是北山众山之一座,有盘山公路可供车辆自由通行,不到十分钟,车到山顶。这是什么山嘛,一座黄土包子,种了一些杂七杂八的树木,修了几间高高低低的屋子,就算是名山了?当然,这也和众多名人一样,离远点儿听听传说还可以,绝不能凑近点儿看看。好在,山后面是一道沟,很长很长的一道沟。想起来了,这道沟我曾进来过多次,那是给一个机构做自然风光保护方案,在半个月时间里几进几出。不过,只是从另一个沟口进去的。事实是,在没有被保护前,这里是一道荒沟,有人家,但人家不多,荒地里有许多坟墓。受保护以后,沟里开通一条大路,原来需要保护的内容反而被损毁了。原来要保护的是什么呢,是红砂岩地貌。学过地质的大约都知道,红砂岩地貌被命名为"安宁系",也就是说,地球上凡是满足这种地貌条件的,无论在哪里,都可以叫这个名字。得到命名已经八十多年了,命名的几位中外地质学家当然都不在了,得到命名的地貌被一条并没有多大必要的公路损毁得差不多了,那根活模活样的天然阳具柱子,还卓然挺立在一座山头上,在红太阳下,红光淋漓。

公路既然修通了,那就走一走这条路吧。原本是洪水沟,被不知多少年的多少次洪水冲刷,沟底很深。现在,都一律被抹平了。那些原本看上去仪态万方或狰狞万端的红砂岩构造,没了深沟的衬托,好似被砍去双腿的人,委顿而猥琐。要想富先修路,在这里也得到了体现,沟里的人家也多了起来。兰州的南山和北山隔了一条黄河,南山中都是山大沟深,黄土相对松散,适宜种植百合;北山中普遍山小沟浅,土质坚硬,雨水稀少,严格地说,什么都不适宜种植。可是,人要生存呀,这里的人发明了世界上独一无二的压砂田,就是将砂石铺在田地里,以此保墒。然而,就近没有砂石怎么办？只好去几十里外的黄河边采砂。旧时代的人们没有什么可以代替人力的机械,那就只有靠人力了。将远处的砂石一袋袋挑来,铺这么一层,如果保护得当,可以用几十年,而挑砂压田的那代人,身体大体都累垮了。所以也就生出一句俗话来:累死一代人,养活三代人。现在的兰州砂田可是宝贝了,已经被推广到周边许多自然条件相似的地区。有了机械的帮忙,大家不再需要那么辛苦了,砂田里生产的瓜果,那是别的瓜果无法比的。

与所有的山区一样,地球上大约不存在铜墙铁壁一样严密的山,只要从一道山口进去,里面七绕八绕,都是相通的。和人一样,每座山,都是有头脸有腿脚有肚肠的,人的肚肠也就是山坳吧,一个个或大或小的山坳里,都是生命的乐园。仁寿山后面是连绵的山,总是有一道或宽或窄的沟,沟通着这山与那山,每道沟里总是有一条或宽或窄的路,连接着这家和那家。那一天,我们在山缝中转来转去大半天,又从进山的地方出山了。

3　关山记

按行政区划,关山不在兰州版图内,但地界与兰州西固南山错杂相连,地貌无甚区别,说话也是这一块的兰州近郊口音,风俗习惯也差不多,究竟与紧邻的兰州近郊人有什么区别,大约也只有当地人分得清。至于地界,当然也只有当地人脚下有分寸,像我们这种偶尔出来溜达一圈的人,一律说成是去郊区溜达溜达,反正都是本国本省的地盘。

最初只是偶尔溜达一圈，没想到成了经常来的地方，春夏秋冬四季都曾来过。一者是距离兰州很近，一者是好玩。说很近，是按现在的交通条件衡量的，在几十年前，这个可以望见兰州城的地方，谁要是去过一趟兰州城，那是一生的造化；说好玩，这是依照我的喜好说的，要按通行的游玩标准，则是要啥没啥，不要的啥，却啥都有，比如，举目荒寒，举步维艰。

我喜欢人烟稀少的地方，一个地方为何人烟稀少，当然是因为环境恶劣生存艰难所致了。天下叫关山的地方很多，仅我所在的省份，仅我去过的关山，都有好几处了。兰州南山的关山是一个乡级建制。从兰州城区，贴着黄河边的公路到达西固，拐进一条通往刘家峡水库的峡谷里，两边悬崖壁立，抬头看不到山顶，低头看见的是横在前面的山崖。顺着峡谷公路转着胳膊肘子样的弯道走，偶尔会瞥见公路旁有岔口，试着从一个岔口拐进去，在更逼仄的峡谷里，还有道路相通。因是县乡公路，车子可以开得慢一些，还可停靠在路旁看风景。这样便看见了一条路。若不细看，是看不见那条路的，在五六十度的陡坡上，还能修出一条车路？这种路是供当地人走的，或者只有顶尖高手才敢在这种路上开车。试着开上去，刚够一个车道，一边是陡坡，一边是修路削斩而成的悬崖，一盘盘，像是一根藤条缠绕在大树上。

我是不会开车的，不知开车的难度，便无知者无畏。朋友说，敢不敢开上去，我说敢，既然是路，别人敢走，我们为什么不敢。一旦上路，只有一条路走到头，没有掉头的地方，更不可能倒车回来。手艺是练出来的，也是逼出来的，对于一个平常只在城区大街和高速公路上开车的私家车司机来说，这条路的每一米，都是在考驾照。不用说，一路顺利，开到山顶，停车四望，呀，偌大的兰州城不

167

过是一片房屋,浩浩黄河,原来只是一线水渠,而周围群山,浮尘与浮云混同,山包与云朵杂处,真可谓大天大地大光阴。

大西北之大,既在于大地域,也在于大气象。大地域当然不用说了,何为大气象,你不妨低头审视一下脚边的那蓬狗尾草吧。黄土干硬,看得出好久没有见到雨水滋润了,茎叶枯黄,不用说是缺少营养的那种,置身黄土悬崖边,而松散的黄土遇到一场小雨都有可能垮塌,但是你看那支茎,向天而立,不蜷不缩,被蔑称为狗尾的束穗,如农家田地里的谷穗,圆锥花序紧密呈柱状,籽实相依,大有石榴"千房同膜,千子如一"风范。关山的狗尾草生长在寒天酷地上,一岁一枯荣,周而复始,从不发哀怨之声,无风小招摇,有风大招摇。苔花如米小,也学牡丹开,而狗尾草之花比米还小,到了开放时节,也大模大样开满山野。狗尾草从古以来被称为莠草,"良莠不齐"这个成语,明目张胆地让它站到了好草的反面。《本草纲目》也一样,将其界定为"秀而不实",只因其茎可以治目痛,才有了光明草、阿罗汉草的美丽称谓。

不攀比,不顾影自怜,不畏寒风冷雨,不舍脚下大地,这就是我说的大西北的大气象。生活在关山的人也一样。这里的人从来都以农业为生,在陡坡上开辟了或宽或窄的梯田,种植着各色农作物,现在也种百合。关山不在兰州地界,种出的百合也叫兰州百合。正如许多兰州牛肉面馆并非兰州人经营,也一律叫兰州牛肉面,表示的只是一个地标,还有所经营产品的基本标准。不是假冒名产,不是蹭名产热度而牟利,关山百合的品质与兰州百合一般无二。本来就在同一片山地嘛,只是行政区划将一地分属两地了。我随机去几家农户看看,生活都很艰苦,但他们说,比多少多少年前好到天上了,烧的是液化气,吃的是自来水,开的是汽车,饭管饱吃,衣管够穿,还要上天吗？唯一让他们烦恼的是,男孩子娶媳妇难,女孩子漂亮点儿的,身体好的,头脑清楚的,大多都进城了,好容易找到对象了,女方不愿意在本村居住,基本条件是在兰州西固区买一套住房,好赖要一部汽车。这些花销要好几十万呢,算上彩礼钱、酒席钱,等等,经济实力稍弱的家庭,可真是负担不了。

一般来说,女孩子的择偶标准,代表着一个时代民众的价值取向,她们看好哪类人,哪类人便是时代潮流的引领者。女孩子向往美好生活,愿意生活在繁华热闹的城市里,这都可以理解。难题是,农村,尤其自然条件较差的农村,对女孩子失去了吸引力,导致每个村都有许多光棍。关山的一位扶贫干部给我说,他帮扶的那个村,几个光棍是他开展帮扶工作最大的难题,到农忙季节,比如挖百合,本村的单身妇女,出工钱请他们帮忙,他们宁愿没钱花,也不愿去,因为对生活没有希望,没希望就没有动力,而邻村的单身妇女叫他们帮忙,不开工钱,他们也会一溜烟就跑去的,那个精神!不用解释都是明白的,与本村妇女一般都沾亲带故的,没法发展感情。扶贫干部感叹说:人性啊,在任何时候,都是人生的原动力。

每到关山,我都要找个山坡蹲下来,细细品味一番狗尾草。一株株狗尾草,生长在无望之地,那是命运的安排,确实不由自主。可是,愿不愿活下去,能不能活下去,能不能活出精气神来,原动力却在于自己本身。遇到一位百合种植大户,年纪都花甲开外了,儿女都定居在城里,他和老伴仍然在经营他家的十几亩地,一年四季忙个不停,收入很是可观。他们不仅是为了收入,而是不愿闲着。老人说,生活这么好,闲着干啥,人只要活着,就得动弹嘛,能动弹,才算是活人嘛。

真可谓,一个动弹,境界全出矣!

初次来关山是临时动议，后续多次来访，则是有目的而来，我想在这必须努力生活才可活得下去的地方，为自己注入一种人生的动力。

十四 什川小记

　　兰州以东二十公里许有什川,初为黄河转弯处一滩地,山围四周,河水穿行其中,外观如盆地然。与兰州地形近似,可视为兰州之缩微版。黄河中上游此种地形甚多,皆因河水劈山,泥沙漫淤所致,而后多为农耕大作人烟辐辏之地。什川亦如之,而什川独以古老梨园名世。

　　由兰州去什川有两种走法:走水路,则乘船,顺水而下,风萧萧兮水漫漫,群山虽荒芜而可遍览两岸田园参差风光;走旱路,则越数座土山而过,人在车上,山在车外,山巅童童,而山坳时有繁树野花赏心娱目。水路旱路,都是去什川的好路,不过,走水路者甚少,知者说是船费靡贵,耗时漫长,无如走旱路之便捷。私意揣度,水乡人对水上行走有感觉,而旱地人走旱路心里踏实。到底如何,并无深究之必要,而什川却为兰州人就近游玩之首选。

　　兰州四面为土山所围困,近年发酵般膨胀,本来逼仄之城区已被试与山巅比高低的摩天大楼填塞得满满当当,街衢里弄,车流滔滔,人群泱泱,行走困顿,呼吸亦为之不畅。节假日,坐困城区,散心会友吧,身无空间,心下无趣,而远行,财力时间,均告不便。而什川,实为兰州人两全其美之所。

　　什川盛景在于春,春来什川有梨花。什川为明代兰州近郊军事要塞,守塞军士及家属,因地制宜,栽植梨树,积少成多,渐成规模。苍狗白云,人事更替,梨树穿越时空到如今,树龄六百年,占地近万亩,据云为目下世界最大最古老之梨园。什川人凭借一方梨园生活六百年,跨越无数艰难岁月,什川梨修成正果,为一方显耀名产,而梨园文化亦堪称博大精深。梨从梨树来,人养梨树梨养人,人不亏梨树,梨树则以香梨回报。什川多少代人,守着梨树度日,其养护梨树之一整套技术可谓独步天下。譬如其防虫之术,几乎升格为艺术。或以黄河滩地细沙圈树,害虫侵入细沙,脚下溜滑,绝难逾越,形同天堑;或以河底稀泥涂抹树身,藏于树皮细缝中之害虫则无所寄托;或于冬日以利刃刮去树皮硬壳,摧毁虫巢,而树皮硬壳为上佳燃料,煮饭煨土炕热黄酒,均为不二之选,而草木灰则为滋养梨树之天赐肥料。至于地面事务,诸如为梨树松土、除草、引水灌溉之类,什川男女老少,人人都是行家惯手。养护梨树难在高处,所谓高处不胜寒,而什川梨树的高处,岂一个寒字了得!那是直接与从事者的性命有关,堪当此重任者,一个时代,偌大什川,也仅寥寥。此类梨园杰出人士,有一响亮名头,曰:天把式。天上作业的把式,与天角力的把式,称之为"以色列",也属应当。以色列,意为与神角力的人。天把式,什川与天角力的梨园大拿。

什川梨树身高枝密,梨大而繁,挂果后,树梢枝条不堪重负,往往折断,跌破果实,又损伤梨树。什川种梨把式因此闪亮出世。天把式身手之首要在于爬云梯。此云梯非战阵攻城之宽阔坚挺之云梯,宽约尺许,高可数丈,一头挂地,一头搭树杈,稍加压力,便软闪闪,晕乎乎,成年人厝身其上,宛如拴在细线上的蝴蝶。而天把式爬上云梯是要手脚并用作业的。先是在春天时,天把式攀云梯爬上树梢,脚踩云梯,双手拽扯一根麻绳,将险要处各个树枝一一绊结为一体，使之互相借力，形同伞骨与伞盖阵势。至秋尽天凉，又到了考验天把式身手时节。什川梨子极是娇嫩，皮薄汁丰，稍有磕碰，便香消玉殒。云梯架起，天把式缘梯而上，与地面家人配合，将草筐吊至手边，摘下梨子小心装入，一筐装满，吊下入库，反复吊上吊下，一棵树完毕，再换下一棵梨树。试设身处地一想，除了双脚附着在晃荡不休的树枝上，身体略无依靠，而双手在频繁劳作，对于梨子还要轻拿轻放，誉之为天把式，名实相符。窃以为，天把式之诞生，后天历练锻造与天生天赋各占一半。凡天把式，无不瘦骨嶙峋，胆大心细，树枝摇动似汪洋中一叶扁舟，动之敏捷如猿猴，静则恰似偃卧床榻，神定身安。天把式，却原来是天生的与天角力的把式。饶是如此，什川地界，身残肢残者在所多有，多为曾经的天把式。

一方人养护梨园数百年，一片梨园回馈一方人数百年，人于梨树有养护之功，梨树于人有回馈之德。据云，在上世纪六七十年代，一棵梨树正常年份可给主人带来一千五百元收益。这是多么浩大的恩德啊，可知，在那些岁月，这笔收入，相当于一个普通公职人员几年的工资啊，而一个普通农民，耗尽心力，十年也未必有此进项。身家性命系于梨树，什川人对梨树岂可生出一分怠慢之心？然而，世事如棋，如今交通便捷，物流天下，时鲜果品，要有尽有，四时供应不辍，什川梨子虽仍为一方名产，却不再独擅天时地利。人间，从来都是得失在转瞬间，什川梨子失去专宠地位，而梨园梨花却得天独厚。都市人在满足基本物质需要后，休闲度假成为必需，而身边的兰州最为稀缺者，便是什川这么一个去处。什川的先人为后代，打制了一只永远有饭吃的饭碗。游梨园，看梨花，成为兰州人的时尚，而支应游客，成为什川人的主业。梨花烂漫时，花落叶浓时,梨子成熟时,每日人车无数,农家乐,游人乐;游人乐,则农家乐。而梨园外如带缠绕之黄河,乘船顺流而下,可达大峡,山势奇绝,向来为名胜,就近,则可于黄河中作泛舟之游。

我定居兰州已二十年,于什川,每年必有一游,或数游,多为朋友邀约,有此一日之游,爽身快心许多时日。今春梨花繁盛时,蒙什川朋友不弃,游玩之时,有媒体采访,我坦言,梨园乃什川之魂,有梨树在,什川人的生活,当如梨花般灿烂,而保卫梨园,则是保卫什川人自己的饭碗。

十五　康县四美

天下风光无有不美者。自然风光之美，美在天然去雕饰，人文风光之美，美在雕饰近天然。世间之美景，虽出自天造地设，却是其美在人，人无赏析美景之心境，之修为，虽大美在前，亦如寻常物事，而其心底如朝阳初升，所见所感无不光华四射。反之，忧烦遮目，利欲熏心，人虽在美景中，定然眼不见美景，心不生美意。

而乡村之美，却是自然与人文的重叠之美，混合之美。乡村肇始于人之生存需求，先民选择某处为寄身之所，天上必有日月赐予之光华风雨，地上必有赖以为生之草木流水。先人向来重视风水，所谓风水，无非是顺风顺水。顺从天地自然，方可求得风调雨顺。于此前提下，焚茅断草，披荆斩棘，开垦土地，营造屋舍。乍看，此为改造自然之行为，实乃以人之心智体力，修补天地供给之不足，之不均匀。光照不足，则采光聚光，土地或高峻或低洼，则削高以垫低，流水不合人意，则凿井掘渠引水为人而用，草木粮食有根有种，则种植养护，使其生生不息。如此，人依自然而存活，自然因人而生色，自然是舞台，人文是剧目，大幕开启，一剧演千年。

康县号称中国最美乡村，是否最美，倒用得着一句广告词：没有最美，只有更美。其美，初来乍到，天然之景色，足以令人目不暇接，又目不移瞬。目不暇接在于，眼前景色万千，可惜只生了两只眼；目不移瞬却是，弱水三千，一瓢水尚且饮之不尽，不遑他顾。移步深入，则人在风景中，无处不风景。康县地处西秦岭，山不高大，而无处不是山，无有大江大河，却盈耳都是流水淙淙。在那山间河谷中，空中飞鸟翔集，山中林木猬集，水中鱼类麇集。更有那一座座村落，一片片田园，掩映于山脚下，林木中，水流旁。

此两者，可视为眼中可见之美。而眼中所见之美，无论何等美不胜收，总有浮光掠影之轻浅。如此便到了欣赏美景之第三阶段：心领神会。康县很少大片平地，因其平地少，村寨多为袖珍佳构。身临每一村寨，举目一瞭，一村一寨，尽在眼中，屋宇错落，树木间杂，若是写生，素描下来，便是绝妙构图。村旁有或大或小或急或缓之流水，流水边，有鸡鸭聒噪，有妇女捣衣，有孩童嬉戏。田园在河边逶迤，茶园在山坡延展，而山头一律为林木覆盖。农家门户大多随意敞开，获准进得屋去，茶是自产茶，水是山泉水，红泥小火炉，一壶罐罐茶。康县的茶大约因其纬度高，地气硬，其色其味，别是一番韵致，天下好茶懂茶之人无不心向往之。至于农家饭，这里位于亚热带与北温带的过渡带，又是黄河与长江两大水系的交汇地，真可谓，地跨南北，气兼温凉，其物产之丰富，其风俗之多样，直让人感叹自己先前毕竟见识有限。

要说康县风靡全国的风俗，大约要算得上是上门女婿了。有女不嫁而招婿，有儿不娶却嫁儿，此种风俗自有其深厚文化渊源，而此种风俗所生发之人情和美，更令康县山美水美之外，还有物美，而人情更美。四美皆备，是为康县之美。二十年间，我曾多次去康县，康县大多村镇都有涉足，而为了撰写《西北男嫁女现象调查》一书，还曾在康县南部阳坝的乡村住过半个月。也因此，应邀为介绍康县风光的书说几句话，是我之愿，是我之责，亦是我之所擅长焉。

是为序。

十六　美石偈

　　大通河畔有美石。先前去过两次，薄有所获。正月初五，天色甚好，二百公里路程，不觉已到。天蓝水清，山高谷深，眼过万石皆不是，那块石头在河边等我。石面蒙尘，却无法清洗。此处水急岸陡，万一失足落水，不幸淹死，人说活该，幸而不死，人叹惜哉。透过星星泥垢，但见纹路苍翠，有雁北山水气象。扛起，距车二百米，踏过乱石阵，车载而还。过秤，五十斤，稍加清洗，原形毕露，画面粗疏，撑死中美协理事档次。真可谓，兴冲冲，抱得美人归，急切切，掀起盖头来，凉煞煞，越之西施翻脸齐之无盐。随即释然。天不生无用之人，地不载不美之石。存之美心，寄之美意，施之美目，则天下万物无有不美。石之美丑，在于人之宽窄，而石与人无不以大概存世，只可远观，不可近察。君不见显微镜下，即便绝世美人之肌肤，亦是七沟八梁四十二道拐，螨虫载歌载舞，粗细血管如雨后蚯蚓，上穷碧落下彻黄泉，狰狞可怖之状与常人无异。以此，存心刻薄，则遍地行走该死之人，举目横陈不堪之石，若属意宽厚，大恶之人，尚可放下屠刀立地成佛，奇丑顽石，也铺得了路打得了恶狗。容物，同于容人，惜物，比如惜福。我有一石，我自美之，谁有美石，与我共美。

十七　红尘甘心处

　　江山有胜迹，毛驴先登临。在幽深峡谷蛇行数小时后，峡谷渐趋疏朗。忽左侧悬崖下又横生一谷口，且悬有一奇怪名称寺院匾额。细审之，似可通车。拐入，峡谷逼仄，仅容一车道辗转。砂岩耸峙，枯草离离，回旋数里，至沟掌，一间七倒八歪屋，大约庙宇，一个风摆萧条人，疑似庙祝。屋后有炕大空地，聊可泊车。一驴一羊，天地两生灵。车停，毛驴宛然长官模样，面孔肃杀，踱步抵近视察，车门难以打开。幸获允准，下得车来，举目唯见一片蓝天当顶。庙祝乱发遮脸，胡须纠错，歪坐屋檐下泥地，仿佛无关之人。庙内杂物横陈，几无容足之地，唯两尊塑像光亮依稀。观音面南，护法面北，后背相贴而立，各不见面。上完布施，回头忽见毛驴横身堵门，挥之不去。驴眼与人眼对视，恍如隔世相见。我心中暗祝，毛驴啊，你我前世若为兄弟，今日邂逅，便是兄弟相见，当再续兄弟前缘；前世若为冤家，今生再见，便是善缘，理当一笑泯恩仇，当此戾气滂沱之时代，你我戾气不散，便是旧业未结再添新业，若有和解意愿，彼此掂量生命之意义，何妨一拍两散，从今后，人走人道路，驴奔驴前程。毛驴挪步，绵羊前来。绵羊角缠红布，疑为放生羊。若是，无论你身负何人魂灵，你已是羊身人心，前生若有不甘，就此甘心吧。人之苦难，在于不甘心，一世不甘心，便是大苦难，若将此生不甘带至来生，无异重吃二遍苦再受二茬罪，君之愚，是为永远之愚。红尘扰攘处，你若甘心，便是圆满，抬头即见晴天，移步处处芳草。

十八　永远的花儿

　　古人云:礼失而求诸野,乐失而求诸郊。明代前七子领袖李梦阳说:"真诗在民间。"也许精神的鱼米之乡正栖居于物质的不毛之地。而乡村,尤其是偏僻的乡村,精神向来是生命大厦最持久最坚强的支柱。而这种精神是用在蓝天白云下的纵情歌唱表达和传承的,飘扬在西北大地高亢婉丽的花儿便是见证。

　　当年,王洛宾随西北抗敌服务团来到了六盘山脚下,向来干旱少雨的六盘山在那几天却下起了连绵大雨,王洛宾一行只好住进了一个叫"五朵梅"的妇女开的车马店。有一天夜里,在滂沱的雨声中,他听到了穿云裂石的花儿:"走哩走哩者越远了,眼泪花儿飘满了,眼泪花儿把心淹了……"这是"五朵梅"唱的六盘山花儿。她的歌声将王洛宾的脚步和灵魂永远地留在了西北大地。这是天外之音,不用任何物质器具伴奏,天生的歌喉,天然的歌唱,一曲情浓意浓的花儿便浑然天成。王洛宾放弃了出国学习音乐的打算。音乐的圣地就在西北的荒野。

　　"花儿"就是一朵朵长在野地里的花儿,它是活的,伴着日月风雨成长,经过几代花儿歌手的口口传唱,到了"花儿王"朱仲禄那里。"五朵梅"的花儿变成了如今闻名遐迩的《六盘山令》:"走哩走哩者越走越远了,眼泪的花儿也飘远了。眼泪的花儿把心淹过了。走哩走哩者越走越远了，褡裢里的锅盔也轻下了，心上的愁肠就重下了。穷光阴把阿哥害苦了，尕阿哥他走到口外了，丢下呀尕妹受罪了。五朵梅花开呀开败了，我把阿哥想坏了，清眼泪淌成大海了。"你听听，阿哥出门谋生了，阿妹独倚柴门相送，远了，远了，阿妹望不见阿哥了，阿哥身上的干粮没了，阿妹的心让眼泪给淹了。女人用眼泪把自己的心上人送走，用刻骨的思念把男人的心拴住，扯回；相互温存几番，聊解相思之苦后，又送走，又扯回，回环往复，终生终世。

其实，六盘山花儿只是进入西北花儿漫漫航程的码头，河州才是无边无际的花儿的海洋。这里人人都会漫花儿，天上白云飘飘，地上大河滔滔，人们眼望高天，目送流水，看见天上飞过一只鸟，看见地上的一棵草，也能随缘起兴，把它们与世界上最美好的事物，与心中最美好的向往联系起来，一曲三叠九折撼人心魄的花儿便飘扬在天地间了。朱熹说："兴者，先言他物以引起所咏之词也。"花儿歌手未必懂得什么比呀兴呀赋呀的，但他们个个都是修辞高手。物质的极端匮乏使他们满脸苍凉，感触万端，而生命的愿望又使他们"寂然凝虑，思接千载；悄焉动容，视通万里；吟咏之间，吐纳珠玉之声；眉睫之前，卷舒风云之色"。精神像一只在广阔天地自由飞翔的鸟儿，没有物质的缀附甚至没有对物质的奢望，自由纵飞就是一切，发之为声，则如天河下倾，无阻无碍。

花儿本来擅长的就是"兴"式构思，一曲花儿也多由上下两段组成，上段起兴，下段言情，兴是物质的现实，情是精神的超越。"一溜溜山来两溜溜山三溜溜山，脚户哥下了四川；一日里牵来两日里牵三日里牵，把好人牵成了病汉。"取譬则寻常物理，况义则幽独玄机，一牵两牵三牵，牵动的又何止一山两山三山，从古以来，又有谁人不曾被一而再、再而三地牵过，人的心灵也由一片荒地被牵成了万木葱茏的森林。你听听："大燕麦出穗者索罗罗吊，穗穗里钻出个水了；小阿哥说话者水活活笑，心儿里吃上个你了。""马步芳修下个乐家湾，拨走了心上的少年；哭下的眼泪调成个面，给阿哥烙给个盘缠。""城头上打锣者城根根响，教场里点兵者哩，十股子眼泪们九股子淌，一股子连心者哩。"真是"美人当前，灿如朝阳，虽抱仙骨，亦由严妆"，天然之情以天然之语道来，以天然之音唱来，无形之情便成了可捉可摸之情，握之于手，怀之于心，冰清玉洁，感动肺腑。而情既出之天然，便如春水不容濯污脚，鲜花不忍见俗人样，其情便上达天庭，使神龙动容；下彻黄泉，令鬼蛇揪心。李渔在《窥词管见》中说："词之最忌者有道学气、有书本气、有禅和子气。作词之料，不过情景二字，非对眼前写景，即据心上说情。说得情出，写得景明，即是好词。情景都是现在事，舍现在不求，而求诸千里之外、百世之上，是舍易求难，路头先左，安得复有好词？"

花儿足以当此论。

确实，在花儿的故乡，在需要物质和精神联手才能支撑起来的天地里，物质只能给生命提供最低水平的需要，精神便像一位知其不可为而为之的江湖游侠，去如疾风，来如游云，往往在人们无望之时一声霹雳，一道闪电，在阴霾的天空，擂响意气风发的战鼓。如果单以对物质的占有来说，已然身临险境，生存之光晦暗不明："东山的日头背西山，三伏天，脊背上晒下的肉卷；一年里三百六十三。实可怜，肚子里没饱过一天。""皮肉剐干剐骨头，骨头砸开了熬油；死了还不如一条狗，罢下了官家的税收。""讨饭要馍上口外，口外比口里更坏；在外头没个好穿戴，在家里揭不开锅盖。"可是求生是人的本能,越是生存艰难,越是要生存下去,生活的激情由生存的艰难迸发出来。这一生存密码贯穿着人类从古到今每个民族的历史,而苦难的天地正是滋生艺术禾苗的肥田沃土。

艺术就是天国设在人间的精神难民营,人们就在这里避难,喘息,幻想,也把心声让天国的使者带向遥远。与任何民歌一样,花儿的主体部分也是情歌。也难怪,在物质充塞、物欲横流的世界里,情便充当了海绵中的水分,无须费多少力气,就会被挤出去。聊可自慰的是,这水分是会流动的,寻找到安放自己的空地,而物质枯涩之地,为情的生存提供了博大的空间。如今,如果不是刻意为之,谁还能在都市听到民歌的声音?即便听到,那歌声再也不是天籁,不是人与上帝的交流,纯粹是人与人的对话。如果允许极而言之,都市里的人生活在他人和自己精心设计的程序里,上班,下班,吃饭,睡觉,说话,做爱,即便是以表达自由心灵为标榜的艺术,也很难做到自由的表达。小说要有结构,诗要有节奏,音乐要合乎旋律,电影电视要方便拍摄,而这一切越来越多地被市场这只看不见的手东琢西磨,当所有的个性的棱角都被磨平时,才获得了传播的权利。更不容商量的是,表现精神的艺术必须转化为物质,做不到这一点,艺术的创造者便会被物质的巨石殛灭。

生活在高山大野的人们却无须这样,他们生活在传说中,而传说是可以自由发挥的,他们为自己歌唱,自己唱,自己听,哪怕优美的歌声换来的仅仅是饥饿,他们也要唱,他们本来唱的就是自己得不到的东西,诸如幸福的生活,甜蜜的爱情。但是,一曲出口,飞扬开来,这些得不到的东西他们已然得到了,精神上的得到便是真的得到,在这所天国特设的难民营,他们的心灵获得了最大的慰藉。"葡萄的叶子里一湾湾水,风刮是水动弹哩;毛洞洞眼睛哟尕窝窝

184

嘴,说话是心动弹哩。""大雨倒给了整三天,毛毛雨毛给了两天;哭下的眼泪担子担,尕驴子驮给了九天。""青石崖上的鸳鸯楼,手攀住栏杆者点头;尕妹是阿哥的护心油,千思万想的难丢。"歌唱的人其心灵是多么的丰富,情意是多么的率真、浓厚,陶醉其中,足以让人暂时忘却生活的残酷。

花儿是纯精神的,花儿拒绝物质。在"艺术搭台,经济唱戏"成为天下共识的时候,花儿仍独守着自己清贫的纯粹。在花儿流传的地方,一年总有那么几天,人们愿意抛开天大的事儿,一心一意属于花儿。花儿从来不是孤独的象征,相反,它是群体的狂欢。我们不妨循着花儿的旋律走进花儿的深处吧,炳灵寺,松鸣岩,拦家庙,瞿昙寺,老爷山,大庙山,罗家洞,岗沟寺,林家河滩,尕护林,东干桃林,何家山,莲花山,等等。这些天然的花儿会场,一律躲开喧嚣,避居深山,以它本身的魅力,一年一度,让潺潺溪流汇集成海洋。男男女女,隐身林中,歌飞天外,即兴遣词,随缘度曲,真是一歌一世界,一曲一精神。男方唱道:"太子是个青石山,一道一道的塄坎;拾菜的尕妹妹像天仙,阿么者小漫个少年?"女方答道:"手提着尕笼者摘蘑菇,手摘了一对的树菇;头来是没见过人不熟,二来是抓不住心腹。"问得率性,答得爽快,姻缘未到,怨不得别人。

这是花儿会上用歌初识,模仿牧羊男和拾菜女的口吻对歌。如果唱出了意思,双方的心儿便如蕾初绽,渐渐地吐出红艳来。于是,男方唱道:"十八个梅鹿们山尖上过,尕枪手跟的者后头;阿哥是蜜蜂者尕妹是花,花丛里,尕蜜蜂跟花者转了。"女方应道:"上山的鹿羔们下山者来,下山者吃一回水来;心上的阿哥们跟前来,尕手里抓住者唱来。"当都市里的男女在决定感情归属时,还要让爱情这只空灵的鸟儿驮上诸如地位、财富等沉重的包袱时，西北漠野里则有这么一群人，用歌声搭起了通往洞房的桥梁。

关于花儿有许多传说，最动人的传说莫过于瞿昙寺花儿会的来历了。据说，清朝初年，瞿昙寺被一股悍匪包围。瞿昙寺是九曲黄河的一座大寺，殿宇辉煌，僧侣众多，香火鼎盛。远近香客闻名而来，一心礼佛，广结善缘。江湖土匪也踵迹而至，他们看中的是金塑佛身，殿中财宝。信仰和贪欲在此狭路相逢，僧人和香客坚守寺院，浴血三昼夜，土匪仗着人多势众，武器精良，仍然狂攻不休，寺院渐渐支持不住，放弃大院，退守殿中。土匪将殿围成铁桶，断绝水源，企图迫使寺院屈服。寺主使出诈兵计，扬言说，四乡八堡的援兵即将赶到。匪首看看依山傍河、僻居一隅的瞿昙寺，扬声大笑。出家人不打诳语，佛徒的撒谎艺术，显然还不敢妄称高超。这时，奇迹出现了，香客中有一位善唱花儿的老农，他跃上屋脊，在土匪如飞蝗的乱箭中，目视高天，旁若无人地引吭高歌起来："上去个高山者望平川，望平川，平川里有一朵牡丹。阿哥的憨肉肉哟，摘不到手里是枉然。"一声既起，众声附和："看去是容易摘去是难，摘去是难呀，摘不到手里是枉然。阿哥的憨肉肉，摘不到手里是枉然。"他们唱的是《河州大令》。花儿产生于高山之巅、大河之滨，其音域与大河同宽阔，其音色与天地同雄浑。在大敌包围中，僧人和香客视敌若无物，此唱彼和，一对一答，这一唱就是两天两夜。他们唱的全是情歌，在生死交关的当儿，他们展舒胸怀，尽情地抒发着人生的浪漫。

歌声飞出殿外，传到了正在一步一个等身礼向寺院而来的香客那里。花儿是相互开启心扉的钥匙，是传达共同心声的暗语，也是激发生命力的呐喊。走在路上的香客一个答应了，两个答应了，成百上千个答应了,他们相互应答着,呼唤着,从四面八方向瞿昙寺走来。听觉中的歌声渐渐地化为视觉中的墙,执着地向寺院围裹而来。瞿昙寺变成了花儿的海洋,也变成了花儿的城堡。杀人不眨眼的土匪害怕了,一节节花儿的旋律抽打着他们的神经,如果是战歌,也许会激发他们的野性,而漫山遍野的情歌,却使他们坚硬的心坎如久遭水浸的堤坝,奄然松软。擅长攻城拔寨的土匪逃跑了,追在他们后面的仍是众声合唱的花儿:"瞿昙寺修下的隆国殿呀,对面儿照的是宝山;人伙里看见妹妹的脸,万花里就你鲜艳。"

这是那一年农历六月十四日到十六日间的事。土匪逃跑了数百年,朝代换了许多次;花儿也唱了数百年,直到如今,不曾间歇。生时唱,死时唱;聚也唱,散也唱,唱的都是一波三折的花儿。散漫地唱是唱不出来花儿的魂魄的,每年到了这几天,人们便放下手中的活儿,撂下心中的事儿,跋山涉水云集瞿昙寺,千人引,万人和,千人万人唱那时唱时新总也唱不完的情歌。过去的一切事实,尤其是近乎奇迹的事实,人们都愿意用传说的形式使其流传,因为传说可以使事实披满阳光。在历史的长河中,这样的传说何其多啊,楚汉相争时,垓下旷野里的四面楚歌,法国大革命时的《马赛曲》,苏联卫国战争时的《喀秋莎》,中国抗日战场上的《义勇军进行曲》,还有南联盟多瑙河大桥上那恢宏壮烈的歌曲。

歌唱是一种姿态,歌曲是一种精神,这是将人类引向永恒的一种姿态,一种精神。

十九　寻访花儿歌手

　　"人说岷州花儿窝,花比山里野花多,一天要唱一大坡。你一声我一声,唱得石崖裸一层。石崖石崖你莫裸,底下还有你连我。"这段花儿歌词是人们用来形容岷县花儿之盛的。其实这里面没有形容词,全是写实之语。

　　岷县位于甘肃南部,岷山深处。岷山就是毛泽东诗中"更喜岷山千里雪"的那座山,东西横亘,一山隔出了甘川二省,也隔出了一方民风。黄河上游最大的支流洮河,挟藏地草原之犷悍,一路冲突西来,叠藏河依岷山地势,自南而北奔泻而下,两条激情澎湃的水流在二郎山下狭路相逢,撞出了一片河谷平地。四面皆山,岷县一城而控两水,弹丸之地,山水交错,五路通衢,从来都是要津。二郎山是一座名山,俏立县城西南方,圆圆整整,莽莽苍苍,脚踏两河口,头顶白云天,据高鸟瞰,岷县城呈扇形在脚下散开,街衢人物,历历毕现。这是一座不用借助航拍手段即可拍到全景的、拥有十万居民的大县城。当然,二郎山的有名,不仅是其山势俊俏,还因为这是洮岷花儿的主会场。每年5月17日,周边数十州县的人潮涌而来,满城的人,满城的歌,满山的人,满山的歌。

　　这一唱,就是三天。

　　这三天,在城里走出百步地,往往需要一天时间,山上就更不

188

用说了,除非你是提前几天上山的。二郎山是用花儿堆积起来的一座山,无论是谁,能在这三天的二郎山上,面朝人山人海一展歌喉,而且,赢得了喝彩声,那便是一生的荣耀,哪怕身在困境,哪怕生命之烛摇曳不定,想起这三天的风光,便会觉得人生无憾了。二郎山的花儿会,在人们心上的分量超过了任何一个盛大的节日。这三天,把所有的艰难撂下,把所有的烦恼撤开,把所有的清规戒律砸碎,把人世间的一切都化为歌声。这是中国式的狂欢节,这三天,人们丢弃了一切,留下的只有彻底的自由。一年当中有过这么三天,所有的苦难和烦忧都不算什么了。

二郎山花儿会的场景是不能用任何语言进行描述的,这是歌手们的擂台,一切以歌声品评取舍人物,谁的歌声盖过了对方,谁把对方唱得口中没词了,谁就是英雄。谁用歌声唱动了对方的心,谁就会得到尊重、追捧,还有爱情。这三天是彻底自由的,而且是民主的,上了山的人,尽情尽性,与天地大化自然物理水乳交融,歌声是天下至尊,是评判一切的标准。败下擂台的人,也不丢人,也用不着沮丧,因为总有一个他或她会属意于你;唱遍满山无对手的人,披红挂彩,尽情地风光吧,一副好嗓子让你赢得了宽广的自由空间。

那么,过了这三天,洮岷大地就没了歌声了吗?

花儿是生长于群山漠野中的自由之花,天地风雨在,花儿便满山遍野盛开;花儿歌手是生活中人,他们和所有人一样,要生老病死,要油盐酱醋。和常人有所不同的是,他们生活着,唱着,欢乐着唱着,痛苦着唱着;欢乐时,越唱越欢乐,痛苦时,向着天地苍茫吼几嗓子,痛苦便会减轻一些。他们是生活中人,除了一年当中在二郎山尽情尽性地唱三天花儿外,他们的歌声始终是与他们的生活搅和在一起的。而在不是花儿会期间,谁实在想听花儿,便要去寻访,去花儿歌手生活的场所去听,看他们手不停劳作,脚不停跋涉,嘴不停歌唱。

二郎山下的洮河大堤上是有一个相当固定的花儿会场的,无论农忙农闲,在每日的夕阳西下时分,爱唱花儿的,爱听花儿的,骑自行车的,步行的,男女老少,从近处的田野或集市中赶来,面对滔滔河水一展歌喉。洮河是一条大河,夹峙在连绵大山中,水清流急,自西而来,于此,折而北去。爱花儿的人,散坐河边,目送河水,一曲曲或高亢激越,或婉转千回的调子随口而出,那音色,那唱词,便荡漾在清澈喧闹的流水中,飘向比远方更远的所在。把夕阳唱进深山,把流水唱向遥远,把一天的欢快唱尽,把一天的疲累赶走,歌手们该回家了,明天还有明天的事情。岷县是被国家命名为"中国民歌之乡"的,歌手很多,一律都是业余歌手。他们都是生活中人。要听他们唱歌,就得进入他们的生活场。

我踏上了寻访花儿歌手之旅,我要寻访的是几位经常在花儿会上问鼎夺标的歌手。正是初冬季节,岷山大地早晚寒气袭人,而白天却红日当头,温暖如春,清凌凌的洮河水穿行在群山中,阳光洒下来,明澈可鉴。县委宣传部派对花儿也一往情深的包海燕女士为向导。董明巧是我们要寻访的第一位歌手,家住南川寺沟乡,是南路花儿的歌后。南路花儿又叫"阿欧怜儿",为什么叫这样一个名字呢?岷山自古为藏汉杂居之地,数千年风雨,数千年融合,自由取舍,互相补充,使得你中有我,我中有你。"阿欧"便是藏语"英俊少年"或"少年朋友"之意,"怜儿"则含有"我的爱"之意,合起来便是"我心爱的少年俊友"。有人干脆把"阿欧怜儿"称作"扎刀令",是说这种花儿曲调高亢悲凄,一声喊出,穿云裂帛,山鸣谷应,听起来有挣破嗓子扎在心上之感。可惜,那天,董明巧赴亲戚家奔丧,未能听到她的歌声。

我要寻找的另一个花儿歌手是姜照娃,她住在洮河边的西江镇农村。洮河从岷县城折而向北,沿河北走九公里是岷县第一大镇——梅川镇,"岷归"乃天下名产,主要由这里集散于世界各地,"世界当归之乡"的牌子高悬于梅川镇头。从这里过洮河北去十公里,便是姜照娃的家乡西江镇草滩村。约好中午见面的,一早上时间干点什么呢,小包提议,去西郊药材市场找刘氏兄弟。在人海药山中找了半早上,人没找着,已到了与姜照娃会面的时间。挤出市场,刚转过一个街角,小包发现了刘尕文。原来他早已卖完药材,吃了早餐,准备回家呢。听说我们找了他好半天,他有些过意不去,小包笑说,这不正应了你唱的几句歌词:石头打到浪上了,没寻着撞上了,两家走到一个向上了。双方约定,下午三时,他带上哥哥一块儿来宾馆与我们会面。

中午赶到梅川镇,姜照娃却早已等在那了,她十点就来了。我们感到很过意不去,她却慨然一笑说,没啥,你们想听我唱,我很高兴。刚满四十的姜照娃可是个忙人、苦人,丈夫去千里外的酒泉打工了,女儿出嫁了,儿子在县城读高中,她一人侍弄四亩地,今年全部种了当归。现在正是挖药季节,一个壮劳力一天只能挖一分地,见面握手时,我感觉她的手很粗糙,像一首诗中写的那样:十指如钢锉,茧花铜钱厚。我知道此时药农家家都雇人挖药,问她为何不雇人,话一出口,我就明白我说的话是多么弱智,她笑说,雇一个人,每天管吃管喝管烟抽,还得付二十二元工钱呢,还不如自个慢慢干,药材不像庄稼,迟收几天没关系。姜照娃除了衣着打扮像个农妇，可说话做事，却是一副见过大世面的气派。她一天书没读过，一个大字不识，可要是即兴编起歌词来，我在文化圈里混了这么多年，还真没见过此等捷才。她从小就爱唱花儿，看见什么唱什么，即兴编词，略无迟疑。母亲是有名的歌手，对她影响很大。不过，母亲唱的是本子花儿，就像本子戏那样大铺排的花儿，她唱的是散花儿。

西江在县城以北，流行北路花儿。北路花儿被称为"两怜儿"，或"阿花儿"。"两怜儿"，意为"两个爱怜的人"，是这种曲调送声、和腔的称谓句；又因曲调拖腔、起腔多以"啊"字打头，故名"阿花儿"。与南路的"阿欧怜儿"相比，"两怜儿"旋律舒缓有致，音韵悠长规整，长于叙事倾诉，一唱三叹，委婉动听。姜照娃的嗓音是没得说了，我要看看她即兴编词的能力。我出的第一个题目是——假如咱俩是联手（相好），久别重逢，你如何唱。她不假思索，张口就是一段，词曰：

> 常没见着也见了，见了一面想颤了，
>
> 活把人心想烂了，场里碌碡转圆了，
>
> 你成园里的茄莲了，我们到一搭不须顾（意为不期而遇），
>
> 立刻想得站不住。

我们坐在路边的一个小饭馆边吃饭边唱花儿，我看见路边有一溜宣传标语，她不识字，我说一段标语的内容，请她以此为题来一曲，她不假思索，张口就来，歌词非常生动具体。

当然这只是为了活跃气氛做的游戏，与所有花儿歌手一样，姜照娃所唱的一律都是情歌。自小，她唱的就是情歌，在山上打柴

唱,拾猪草唱,下地劳动唱,一天不唱几曲,好像一件重要的活儿没干完。在不开心的时候,一唱就云破天开,啥事都没了。她十四岁订婚,二十岁嫁人,人人都爱会唱歌的人,丈夫怕她的歌声引来麻烦,不让她唱,她还唱。起初一个人悄悄唱,后来大大方方地唱,边吵架边唱。丈夫发现她是一个顾家的女人,什么事都没耽搁,也没出什么感情风波,就不再干涉她了。到了二郎山花儿会那几天,哪怕有天大的事,她都要上山去的。唱出名声了,主办者让她担任擂主。这怎么行,混到人群里唱着玩玩儿还行,站到高台上,向成千上万的人唱,她可不敢。听到这个消息,一想那场合,她全身抖个不住。第二天就要上阵了,她还在抖。主办者说,你今晚抖过一晚上,明天就抖不动了,上了台,你权当是面对高山大河唱歌,就不怕了。这一次,她荣获三等奖。有了这一次,以后多大的场合都不怕了,她又获了两届一等奖,获奖的都是即兴编的情歌。花儿歌手是不记歌词的,随编随唱,随唱随忘,可姜照娃至今还清楚地记得第一次获奖所唱的歌词:

> 场里的碌碡没有脐,想你一晚心悬起,
>
> 黑了夜饭吃不及,我把馍馍手里提;
>
> 镰刀割下柴着哩,远方来下人着哩,
>
> 忙得我倒穿鞋着哩;心上想下疙瘩了,
>
> 想得不由自家了,把淘气的根根栽下了。

姜照娃就是这样一位民歌手,告别我们,风尘仆仆的她,在第一时间,从民歌的愉悦中抽身而出,回到她安身立命的那片土地,为每天必须的生活奔波了。

民歌手都这样,唱歌只是个人爱好,是对艰苦生活的一点儿调剂,他们的歌声是生活重压下的一声声喘息和叹息,与其说,放声一唱,是因为高兴,倒不如说,是因为劳苦。他们需要身体和心灵的休息,需要情感的宣泄,需要暂时的忘情和忘却,哪怕是一种短暂的、虚拟的快乐,对于他们的精神调整,都是雪中之炭旱时之雨。而唱歌对于他们来说只是纯精神的,卓越的歌声并不能给他们带来多少现实的物质利益,喜欢听他们唱歌的人很多,但愿意像给三流歌手那样付酬的人——哪怕仅付一点误工费车船费——都是凤毛麟角,好像他们的艺术真的那样至纯至洁,并不需要起码的物质滋养。而实际情形是,物质保障在他们那里方可显出其不可或缺性和神圣性。在所有的花儿中,几乎找不出来一个富人。当然,真正的民歌手是不追求这些的,有人喜欢他们的歌声,是他们最大的欢乐和荣耀。正如他们唱的那样:

> 杆一根,两根杆,唱个花儿心上宽;
> 不是图的吃和穿,哪怕没有一分钱,
> 喝口凉水也喜欢。铧一页,一页铧,
> 唱起花儿胆子大;心里有啥就唱啥,
> 不怕钢刀把头杀。

下午三点,我准时赶回县城,刘国成、刘尕文兄弟也如约来到宾馆。他们都是骑了十里山路的自行车,从瓦窑沟村赶来的。早上约定后,他们赶回家挖了一会儿药材,又赶回来了。我感到很过意不去,而他们却说我从千里路上来听他们唱歌,心里高兴得说不成。说实话,我见过的名扬四海的歌手不少,可让我喜欢、感动和心生敬意者不多,那一天,我在僻居一隅的岷县见到的几位灰头土脸的民歌手,让我喜欢,让我感动,让我对他们心生敬意。

刘国成今年刚满四十岁,头脸上,一身蓝布衣服上还沾着尘土,身材消瘦,腰过早地弯了,这些都在提醒着我他的生活的艰辛。可一说起花儿,他立即两眼放光,精神抖擞。他算是花儿歌手中的知识分子,曾读过小学。他也是从小就与花儿结缘,父亲是有名的歌手,父亲爱唱,他跟着唱,带着两个弟弟一起唱,长大后,弟兄三个都是有名的花儿歌手。在花儿界,他们算是门里出身。不过,花儿歌手是天生的,是无法互相教的,父亲只是培养了他们对花儿的兴趣。他说,他家现在的生活水准是能吃饱饭,可这并不影响他唱歌,闲时唱,忙时唱,差不多每天黄昏都要在洮河大堤上,与人对唱一阵花儿。他家共有四口人,夫妻俩和两个儿子。两个儿子都在外地打工,他往年也给人打工,挖一天药,能拿到二十元工钱。今年他自己种了四亩黄芪,这种药根扎得深,挖起来很费劲。当下正是挖药材的要紧时节,家里还等着卖药材的钱开支呢,可这依然不影响他唱花儿,手不停,嘴不停,几个山头都是挖药人,你一句,我一句,我唱你和,你问我答,把太阳从东山唱出来,又从西山唱下去,一天又一天。有时,唱上劲了,只顾唱了,忘了挖药,自个不后悔,老婆也不埋怨他。老婆就是喜欢听他的花儿才喜欢他的,多少年过去了,他还是那样喜欢花儿,老婆还是那样喜欢听他唱歌。有时,老婆真的生气了,他开口一唱,还没唱出声来,老婆已经笑花了脸。他唱的是南路花儿,被叫做"阿欧怜儿"或"扎刀令"的那种。确实,花儿是扎在他心口上的一把刀,让他的心口常带着一种锐利的情感,他自己为之痛着爱着,让他爱的人和爱他的人,也为之痛着爱着。

刘国成从1985年登上二郎山花儿会擂台,再也没有下来过,每年5月17日的前一个月，主办方就通知他做登擂的准备。所谓准备，也就是安顿地里的活路，家里的琐事，唱歌这档子事，是没有什么好准备的，到了场合，想起什么，看见什么，即兴编词，随口唱出罢了。有人问他刚才唱了什么，他一句词儿也记不起来。花儿不是学着唱的，学来的，到了对唱时，一点儿用都没有。如今，他的家里常是高朋满座，有的是从县城来的，有的是从市上来的，有的是从别的村子来的，还有省城和更远的地方来的，都是喜欢听他唱花儿的人。他呢，来的都是客，无论忙闲，无论心情如何，来者不拒，一嗓子唱出，天大的事都忘了。有的人要给他钱，他死活不要，他认为，这是羞辱他，当众打他的脸哩。他唱花儿，是因为他喜欢，与钱无关，他也喜欢别人把他的花儿与钱分开。他也做些小生意，他缺少本钱，联手（朋友）也不让他摊本，他是以花儿做股本的。他俩合租一间铺面收购药材，租金由联手付，生意由联手做，他什么事都不用管，躺在床上唱花儿。联手太爱听他的花儿了，别的人也太爱听他的花儿了，更要紧的是，他太爱唱花儿了。他觉得这种日子简直美死了，啥心不操，歌唱着，钱挣着，前年，他做生意赚了五六千元呢。他是二郎山花儿会的常客，获过很多奖，还参加过在银川举办的西部民歌大赛。

刘尕文今年二十九岁，是刘国成的亲弟弟，家里共四口人，他，媳妇，一儿一女。他家只有一亩地，媳妇嫁过来时，土地已承包过了，儿女当然更赶不上趟了。他的生活压力便格外大些。今年他将一亩地全种了黄芪，收了一千三百斤，正赶上药价走低，每斤只卖了八角钱。自家地里的活拾掇干净了，他便去帮人挖药，或打零工，一天二十元工钱，这项收入一年可达到两千元，他说他与村里其他人的生活水平差不多。生活压力大，可对花儿的迷恋却丝毫不逊于乃父乃兄。再说,他是从花儿中得到过"好处"的,且不说他出过的无数风头,获过的四次奖,赢得的无数笑脸和尊重,他的媳妇就是他唱来的,说是歌中自有颜如玉,一点儿都不过分。岷县南部有个糜子川,每年5月13日开花儿会,规模也不小。有一年,他去赶会,离家上百里路呢,他骑自行车去了。登台一唱,一个姑娘对他有了好感,两人就好上了,好成了两口子,现在还像当初那样好,他照样喜欢唱歌,她还是那样喜欢听他唱歌。有时,她听得忘了做饭,他唱得忘了吃饭,吃罢饭,又唱,又听。他说,我们这里的人,无论穷富,会唱歌,就会得到人的怜惜,素不相识的人,一曲唱罢,就成朋友了,当地话说是:投心病了。

我住在宾馆三楼房间,弟兄俩你一曲,我一曲,你唱我和,你问我答,南路花儿高亢澎湃的旋律,从两副瘦胸腔里喷薄而出,贮满房间后,从窗口激射出去,对面就是那座高入云霄的二郎山,我仿佛看见,花儿的旋律音色,化为一片片祥云,在岷县上空随风飘荡。而这一天的岷县,阳光灿烂,万里无云。宾馆楼前有一大片空地,此时,寂然无声,但我感觉到了某种喧嚣,悄悄伸头往外一看,一地的人都在那儿静静地听着。花儿确实会让陌生的人"投心病"的啊。

> 枇杷开花满山红,大眼了着我的人,
> 眼泪又淌心又疼,腿子打软走不成。
> 刘家兄弟,莫愁前路无知己,腿别软,一路走好。

夜幕降临后,小包带我去拜访景生魁老人,他老人家可是花儿界的"大哥大"了。此前,我读过他搜集出版的花儿本子,读过他写的花儿专论,我还知道,他编剧的很多戏公演过,写的一部长篇小说在北京拿过奖。景生魁老人已混到"爷"字辈了,不仅是年龄资历,更多的是因为他的无形资产。小包叫他景爷,提起他的人都这样叫,我便也这样叫。景爷自身就是一本大书,一座二郎山。他住在县城南侧的二郎山根,面山而居,出门走出三步,就可摸着山了。二郎山在这里,是纯粹的悬崖绝壁,抬头,一座大山搁在头顶上。周围都是三层或更高的小楼,景家住在一个低矮破旧的四合院里,院子比门外的通道低出一米,进了大门,是简陋些,却不寒碜,非但如此,相形之下,那些高门大户倒显得俗了。

景爷从小住在二郎山下,浸淫于独特的乡风民俗中。在就读岷县师范时,他就加入了地下党,成为岷县最早的共产党员之一。爱舞文弄墨是他的天性,早在上小学时,他就在报纸上发表作品。1949年,西北野战军打到了岷县,他参了军,后又参加抗美援朝,转业不久,一生的噩运开始了。两度家破人亡,他忍痛把几个月大的小儿子搁在路边送了人,背着大儿子踏上了流浪之途,这一走,就是整整十年。他逃进了藏汉杂居人烟稀少且民风古朴的卓尼临潭山区。他靠唱花儿为生,走到哪儿,唱到哪儿,人们都爱听他唱,当地没有付钱的习惯,看他父子可怜,就给碗饭吃。唱出了名气,每到路上碰见人,每到一个村庄,他开口就唱:

> 远路人问一声你是谁,我是蚂蚱沟的景生魁;
> 走到哪里哪里站,哪里都是爷的歇马店。

那年月,花儿是不许唱的,谁唱花儿,轻则批斗坐班房,重则当场暴打,被打死的人都不少。深山老林有深山老林的好处,正所谓天高皇帝远。景爷背着儿子,自由地流浪,自由地唱。唱着唱着,唱出胆子了,在路上碰见单个女子,他张口就是一段调情的歌:

> 路上走的朵娘娘，
>
> 蛤蟆背兜我背上，
>
> 朵娘娘走在我心上。

那位朵娘娘不会认为你这人不正经，男人需要一唱吐露心声，女子也要用歌声排解旅途的困顿与枯寂，于是，接口对上了：

> 路上走的光棍汉，
>
> 眼馋嘴也馋，
>
> 三天吃不上一顿稀汤饭。

两人你一段，我一段，机锋迭出，妙语连珠，走一路，对唱一路，直到分手，或把一方唱得肚里没词甘拜下风为止。

景爷说，讨上三年饭，给个县长也不干。这话包含了多么深重的人生苦难，但在那些个特殊岁月里，讨饭也许是一种最安全、最自由、最尊严的生存策略。大山深处，缺医少药，人生了病，要不眼睁睁等死，要不求神问鬼，把活下来的希望托付给鬼神。一天医没学过的景爷便黑红一把抓，遇上啥病治啥病。"病"治得多了，"鬼"赶得多了，也混出了不菲的名头。于是，他走到一地，像叫卖东西一样，先来这么几句：

> 人说我是那个牛鬼蛇神，
>
> 我说我就是的，
>
> 弄鬼哩，装神哩，
>
> 黑的红的都成哩。

每逢给人驱鬼时，景爷便精神抖擞，手舞足蹈，上蹿下跳，口中念念有词，一时灯火摇曳，煞有介事。一次，他作法时，正好让老同学撞上了,事后,老同学说,你在装神弄鬼?他说,就是就是,我本来就是牛鬼蛇神嘛。同学又问他嘴里念叨些什么,他悄声说:"《长恨歌》《琵琶行》。"这里没人懂得这些名堂,只见他嘴皮大风卷纸片般乱动,又听他说出的话,音韵铿锵意思古奥,都以为是说神话鬼话呢。

风暴过后是平静,热闹过后是淡泊,如今,景爷与第三任景奶住在二郎山根这座小院里,提起往事,所有的苦难,经过了岁月的风吹雨打,就像一张张发黄的旧照片,笼罩着一层历史的烟云和沧海桑田的凄美。会唱花儿的人叫花儿爱好者,唱得好的,叫花儿歌手,唱得好,且懂得花儿真髓的,便是花儿艺术家。景爷便是这样一位花儿艺术家。在血水里闯荡过,在盐水里沐浴过,在碱水里浸泡过,在风里火里磨炼过,似乎这是一个艺术家的宿命。说来也怪,善于编造风花雪月故事的艺术家,却往往与风花雪月的生活无缘。景爷紧紧抓住人生的落日余晖,在潜心研究花儿的源流脉系,为花儿正名,激扬花儿的艺术价值。他要让花儿走出相对狭小的地域,变成全中国乃至全人类都能接受的精神财富。他唱了近七十年花儿,现在还在唱,还在揣摩着花儿的妙处,他想让洮岷大地的花儿长上翅膀,飞向遥远的地方,与更多的人分享这道遗世独立的精神大餐。

与景爷景奶依依作别时,岷山大地已是沉沉黑夜。抬头远望,月隐空宇,星疏河汉,二郎山虎踞龙盘,当头眈视,稍远处,洮河滔滔喧闹,叠藏河声声断断,好似那,或狂狷,或优柔的花儿旋律,在向无尽的远方洇濡渲染。

二十　沙漠写生

1　沙漠中的小精灵

从古阳关的烽燧上下来,时正中天,悬在头顶的太阳像是朝大地抵近了许多,炭火般的光焰,居高而下喷吐着,远近的戈壁沙漠都变成了火焰般的猩红色。突然,随行的南方朋友惊叫起来,我回头朝他指示的方向一看,不禁莞尔。

那是一只沙漠蜥蜴,当地人称之为沙娃娃。真的,形似神似。一只蜥蜴趴伏在路边的沙砾中,二三寸长短的身材,三四寸长短的尾巴,拇指蛋大小的头颅,两颗眼球闪烁着,头脑伸伸缩缩,身子纵纵伏伏,好似一支队伍的侦察兵,或有什么难处要向人求救。朋友第一次来西北沙漠地区,惊诧过后,听了我的介绍,不觉兴致大增,把那无所不在的火焰暂时抛掷不顾,双手端起照相机,悄悄接近沙娃娃。我说不用,风景区的沙娃娃和广场鸽一样,见得多了,不怕人的。

朋友还是小心翼翼接近。那只沙娃娃似乎看出他是初来乍到者,身子一纵,索性跳上一块半尺高的砾石。沙漠的温度已可以在短时间内烫熟鸡蛋了,穿着登山鞋,脚心也能觉出烫来。沙娃娃占据的那块砾石,炭火般熊熊燃烧。沙娃娃似乎找到了当明星的感觉,跃居砾石的顶端,或跳跃如街舞,或静伏似定格,或昂首做仰天长叹状,或闭眼以示不耐烦态,酷,萌,娇,骄,恰如乍然得宠的明星。相机咔咔响着,朋友大获丰收。

出了古阳关,在葡萄架下喝茶乘凉,朋友一遍遍观赏刚才拍摄的照片,一遍遍感叹,喜形于辞色。他问我沙娃娃都是这样么,我说,我见过的沙娃娃无数,今天所见,确属第一遭。这是老实话,不是为了给朋友助兴。

多年以来,每当我感到烦闷,或精神萎靡不振时,总要去一趟沙漠。艳阳的暴晒,沙砾的烘烤,借以修复身心内外阴郁的部分。在大漠深处,在绝无生命信息的地带,沙娃娃也许是唯一的生命。沙丘连绵,横绝天地,艳阳当顶,大地火烧。你以为你是这片天地唯一的生命了,忽然,身前身后,细沙簌簌作响,定睛看去,一只只沙漠色的小生命,昂首向你,扑闪着土红色的眼睛,似乎在向你质询:客从何来?友乎?敌乎?当你身子稍动,或仅仅是表情有了变化,它们便飞窜而去,眨眼不见踪迹。我不知道它们以什么为活命资本,但观其来去无碍的身姿神态,我猜想,也许是身无拖累,才使得它们获得了精灵一般的自由吧。

2　冬天的沙漠

冬天的沙漠中也是有生命的。

满世界只剩下沙丘,阳光,你。无所不在的沙丘,无所不在的阳光,孑立于阳光之下沙丘之上的你,还有你的影子。没有风,但满眼都是风,一地都是风声。细沙如蛇,那种与沙丘同色的蛇,在漫无目的游走。蛇们总是能够找到通行的路。沙丘间并无路,车走的路,人走的路,蛇走的路,一概没有。在没有路的地方,到处都是路,对于蛇而言。

寂静,死亡般的寂静。死亡万年后的寂静。但却是鸟鸣山更幽的寂静。大寂静,大喧哗,形体的死亡,魂魄的复活。生命鲜活地带的阳光来自一颗太阳,而沙漠中的阳光来自无数颗太阳。悬挂在天空的那颗太阳,面色苍白,如沙漠驿路上飘零者随身携带的被榨干了水分的白面饼,光线依然夏天般强烈,却没有多少温度。可是洒在沙丘上就不一样了,一颗太阳立即幻化为无数颗太阳。一颗沙砾便是一颗太阳,每颗太阳射出一束阳光,从脚下,从四周,从远处,你是所有太阳的聚光点。

固定的沙砾是固定的太阳,流动的沙砾是流动的太阳。固定的还有各色沙生植物。红柳,拐枣,花棒,梭梭,芨芨草,沙蓬。沙砾一般的形色,沙砾一般的枯寂,毫无生命征兆。但它们活着。没有任何活着的理由,其实活着并不需要什么理由。以死亡的姿态活着,活着便是对死亡的抗拒,还有否定。每座沙丘都有自己的区别于其他沙丘的造型,那种棱角,那种纹线,那种图案,即便是造型艺术家看来,也只好拱手承认,这只能出自上帝之手。你要是一个喜欢恶作剧的人,你完全可以与任何一座沙丘较劲儿,撒欢儿,打滚儿,直到把整座沙丘糟践到你认可的面目全非为止,你还可以将你糟践前的沙丘拍成照片,也可以将你糟践后的沙丘拍成照片。这都是法庭上证据之王级别的铁证。一夜过去,你再来看看你昨日的杰作。你双手捧着照片一一比对,你看到的一定是与你糟践前完全一样的沙丘,一个棱角都不会差,一条纹线都不会差,一幅图案都不会差。

一颗上帝的心，一双上帝的手，让沙漠保持着原初的永恒的状态。

有人将此归结为风，其实，那是上帝的心，上帝的手，那是上帝本身。人们习惯于把自己不知道、不可知、无可把握的事情，统统归于上帝。上帝很忙，上帝管辖的事情太多了，忙不过来，于是，很多事情便也放手不管。尼采惊呼，上帝死了。真的死了，也绝非老死的，或意外死亡，一定是忙死的，累死的。让上帝歇歇吧。将风的事情还给风。风会改变沙漠中的一切，也会复原沙漠中的一切。人留在沙丘上的痕迹，有些会被风带走，掩埋在某个聊以维护人的脸面的角落，比如垃圾。人不怎么顾及自己作为人的脸面，风会替你顾及的。有些人为的痕迹，当人离开后，哪怕只离开一会儿，风便会替你抹平了。比如脚印。深的脚印，浅的脚印。尽管在许多时候，人并未感知到风的存在。风以抹平人的痕迹的方式，提醒人重视它的存在。风是沙漠最初的主宰，也是最后的主宰。

可是，风却可以默许别的力量在沙漠中留下自身的痕迹。

冬日的沙丘上，满眼都是死亡的景象，也满眼都是生命的喧哗。死亡与喧哗在这里实现了共谋。一串串不知从哪里来，更不知去哪里的印迹，让整座沙丘变成一个雕刻艺术展览馆。莲花瓣的蹄印，三角梅的蹄印，巧媳妇针脚线的蹄印，也许只有特别专业的昆虫学家才可辨认的脚印。而容易辨认的，黄羊的蹄印，狐狸的蹄印，狼的蹄印，兔子的蹄印。种种蹄印，或大或小，或深或浅，或新鲜，或陈旧。不知道它们何时驾临过这里，也不知道它们以何为生。以人留下的脚印应该拥有的持久度相比，风更容易抹平的是这些印迹。但这些印迹却如人留在岩石上的雕刻一样，是向着不朽而去的。

也许,沙漠是沙漠生命的专属领地。认可权属于风。风以自己的方式宣告,谁是合法居民,谁是非法闯入者。

3　沙漠里的因果链

沙漠其实是欢迎人的强行介入的,以一种友善的、建设的姿态强行介入。

必须是强行介入。

沙漠的主宰者是风,风让沙漠变成这个样子,变成那个样子。这是风的使命,也是沙漠的宿命。涉及使命宿命,这些带有原初性的话语,便天然地拒绝道德评价。风其实不愿意这样做,再崇尚自由的人,包括那些提出不自由毋宁死的人,内心都是渴望归属感的。自由的极限,如同断了线的风筝,无拘无束,其实也无依无靠。风明白自身的价值,给炎热之地带来清凉,给寒冷之地带去温暖,给干旱之地带去雨水,给贫瘠之地带去沃土和种子。可是,风在沙漠里只剩下一种使命了,那就是把沙丘从这里挪到那里,把地上的沙砾捧上天,又摔下来,像是一个顽童,自己累个半死,没有什么意义。有时候,还会受到生命的诅咒。人,植物,动物,离不开风,却也不待见毫无约束的风。

沙漠风是深知这些的。能够理解到世界本质的,天地之间也许只有风。风能够感知到,生命在风中的大欢喜,大悲愤,大抗拒。可是,风可以改变生命,却无法改变自己。这是风的使命,也是风的悲哀。沙漠风给沙漠中的生命几乎带不来什么益处,带来的只有灾难,至少在人这种生命看来。这时候的人其实是忘了,或不愿承认,自己正踩在脚下的那片黄沙,恰好拜人所赐。

人是有生命的,植物动物是有生命的,日月是有生命的,风是有生命的,砂石也是有生命的。各个生命体之间因为有着一种天然的秩序的存在,才互相约束,才互济余缺,才各安其位,只要有一方不守规则,打破了边界安宁,那么,连带起的便是骨牌效应,便是群体的灾难,便是群体的反抗。沙漠本是地球上的天然景观,与大海,与草原,与沃野,与河流,与绿洲,都是地球上的合法公民,自有天赋的领地,但却因为人的不遵约束,侵犯了原本属于沙漠的领地,沙漠奋起反抗,收复失地后,士气正旺,以其摧枯拉朽之势,宜将剩勇追穷寇,不可沽名学霸王,将人逼入绝境。

　　自然界的秩序与人类社会的历史何其相似乃尔!正是:

　　茫茫大块烘炉里,何物不寒灰?古今多少、荒烟废垒,老树遗台。

　　锅里煮饺子,这个浮起,那个沉下,谁见过千年以前的旗帜如今还在迎风飘扬?

　　现在,沙漠由被压迫者堕落为压迫者了,而人却由被压迫者变身为反抗者了。凡是反抗者,其自身天然地占据着道德的制高点,正如沙漠反抗人类的过度侵犯时一样。在中国的北方、西北大地,原来一望无际的草原变成黄沙漫漫,原来清凌凌的湖泊为黄沙填埋,原来人烟辐辏的绿洲为黄沙覆盖。天空只有日月朗照,飞鸟绝迹,大地上只见风走黄沙,不见流水汤汤。人已无退路,只有奋起反抗一途。于是,凡是有沙漠的地方,便有了立志治沙者的雄姿豪情。与任何压迫者一样,当被压迫者吹响反抗的号角时,压迫者也不得不倾听反抗者的诉求。植物减缓了风速,黄沙顺风而呼的激情消退,甘愿蛰伏在植物的婆娑身影下乘凉,而各种动物也找到了借以栖身的家园。

生命间的失衡永远是暂时的,也只能是暂时的,而生命间的平衡则是永恒的,必须是永恒的。不要不相信因果报应,冥冥间是有一双手在的,那双手在天上,在地上,在你那里,在他那里,在我这里,在未知之地。

4 荒 城

说是这里居住着消失于世界史中的那支罗马军团的后裔,在者来寨,古书上则称之为骊靬。如今外来词汇吃香,包括貌似疑似的外来词汇也跟着吃香。者来寨很少有人叫了,口头的,纸面的,屏幕网络的,大都叫骊靬。尽管很多人面对那个"靬"字,往往口将言而嗫嚅,不敢确定读音是否准确。骊靬疑似貌似外来语,"者来"何尝不貌似、不疑似? 在东北大地,在西北大地,在整个中国的北方,这种用汉语音译标注的地名到处都是,包括"骊靬"或"者来"紧紧依傍的祁连山。祁连,意为天,匈奴语,而隔着不甚广阔的绿洲那边的连天黄沙,一个叫巴丹吉林,一个叫腾格里,都是蒙古语的汉语音译,前者意为六十个湖,后者意为天沙。

如此而已。

不知很早的先前,这里是什么样子,估计不会热闹到哪去。河西走廊为连通中原与西域的最主要通道,位于驿路中轴线的各个村镇没有不繁华的,大城有大城的大繁华,小村落有小村落的小繁华,而骊靬却是偏离中轴线的。南依祁连,北贴丝绸之路要津。以兵家眼光看去,其最主要功能则在于控制南边的祁连山山口,与丝路交通轴线尚有不远距离。在今天的交通条件下,这点儿距离并不算什么,二十分钟车程即可通达永昌县城,一条黑色公路横穿县城与骊靬之间的戈壁滩。但这是古代设置的军事要塞。在古代，今天的二十分钟车程，并且要穿越砾石错杂的戈壁滩，大约不算一桩潇洒的事情。

骊靬热闹了一阵子。这一阵子说的是几十年。先从学术界热闹，然后是政界，然后是媒体，然后是影视，然后是民间。一个形同废弃的村庄，突然成为国内外侧目的一个所在，只因那位罗马巨头克拉苏率领的六千人军团，消失在世界史的烟海中。风一样消失了，两千年了，许多人在找，谁也找不着，实在找不着了。但是，是要找着的，六千人呢，还不是一般的人，而是影响了世界史格局的一群人。如今一个人丢失了，哪怕是多么不起眼的人，都得麻烦警察去找。找遍了所有可能的地方，不知谁率先把目光洞穿千年迷雾越过五湖四海，落在了河西走廊中部，一个从来被冷落，还将继续被冷落，直到废弃的一个村庄里。原因是，那里有几位村民的长相疑似意大利人。

把话说开了，河西走廊为几千年丝绸古道上最为重要、最为畅通、最为繁华的孔道，这条路上，多少个民族，多少个人种的人，没有留下足迹，没有留下血脉？

者来寨还是那样平静，而骊靬现已廓然大城。在离者来寨不远的戈壁滩上，一座古城拔地而起。高大的城墙四面围定，四方城门朝向四方，宛然古城。城里一座万佛殿，屋顶是中式建筑，廊柱却是欧洲风格，供奉在里面的是中土的佛。各色建筑慢坡地形高低错落，民居，菜园，市廛，广场，像模像样。

仿古的古热闹了，被仿的古像是真正荒废的古代遗迹。者来寨是有着半截古城墙的，包围在一片民居中，与河西走廊大多的古代遗迹一样，都是黏土夯筑。一些民居保持着泥巴平房样式，无砖无瓦,屋顶是平的,在阳光下,白土反射着白光。一些民居是砖瓦房,红瓦白墙,砖砌墙角。一座打成四方草捆的干草垛堆放在一户民居的大门前,标志着这里还有人在生活。村落寂静如古村,零星的老树依着各自的院墙晒太阳。不闻鸡叫狗吠,亦无鸟语人声。站在村落的制高点上,南望祁连,雪峰隐约,北望走廊,苍白浮尘下隐现着似乎也在随浮尘飘荡着的楼宇屋角。当此时,方才发现,者来寨并非建在平地上。祁连山山脚一路泼洒下来,深入走廊腹地,而者来寨挂在逐次往下延伸的山脚上。旁边一条河床从山中漫泻下来,将戈壁滩划出一道深刻的砂石沟。者来寨在担负军事功能的岁月里,这应该就是护城河了,就是防御屏障了。这是季节河,一年中绝大多数时间是没有水的。不知道以前是四季河还是季节河,观其古城规制,应是长流水吧。没有水的河流,流淌的便是磊磊碎石。一川碎石大如斗,阳光下,一颗碎石便是一颗太阳,耀眼的光芒从地上射向天空。

村落中终于出现了一个人。

红头巾,分辨不清颜色的衣服,佝偻着腰,在村巷里闲走,看不出要干什么有意义的事情。这是一个有些年纪的妇女。

村落中终于又出现一个人。花白的头颅,佝偻着腰,黑衣黑裤,是那种褪了色的黑,是那种从火堆里滚爬过的黑。步态缓慢,踽踽独行,看不出他要干什么,这儿望一眼,那儿望一眼,然后,返回他刚出来的那座民居中。

这是一个有了相当年纪的男人。

村中的青壮年要不出外打工,要不移居县城,只有那段十几米长的残墙摆出岿然不动的姿势,似乎要告诉人们,这是一座有着两千年历史的古城,只有头顶的阳光依然光芒四射,似乎在向人们宣示,阳光可以让远古的天空光芒四射,也同样可以给当下的大地带来生机。

5　跟着麻雀叫几声

在沙漠深处,先前一切你不喜欢的,乃至讨厌的生命,都会让你生出亲近之心,生出喜欢之情。是真的亲近,亲人间的亲近,生死老友间的亲近;是真的喜欢,让目光油然柔和的喜欢,让心尖怦然颤动的喜欢。

没有什么深邃的理由,亲近就是天然的亲近,喜欢就是天然的喜欢。一定要给一个带有功利尺度的理由,大约是,别的生命于此存活,我亦有可能于此存活。生命之间看似品质悬殊,比如有的可以飞跃千山万水,有的则终生蜗居一隅,哪怕是一条小河沟,都是鸿沟天涯。但,回到本质上,却谁也无须自卑,谁也骄傲不起来。谁都离不开吃喝二字。饿了无食可食,渴了无水可饮,此际,谁又顾得了考究高迈,或者卑琐。

麻雀是无处不在的生灵,大约因为多,便常常不受人待见。那要看在什么时候,在什么地方。比如在沙漠深处。艳阳下,沙漠中举目一派大火。火从天上烧起,火焰凌空而下,引燃了地上的黄沙,黄沙烈焰蒸腾,发出轰轰的燃烧声,上下火焰纠缠在一起,互相借着火势,互相助着火势。你觉得天空被烤干了,大地被烤干了,大地上的一切都被烤干了,你自己被烤干了。而这时你却听到了鸟叫。一声,两声,无数声。你听得出那是一种名叫麻雀的鸟儿的叫声。麻雀的叫声永远那样特别,吵闹,枯燥。你会怀疑自己的耳朵,这样的地方怎么会有麻雀,麻雀难道是一种耐热耐火的鸟儿?

你没有听错。风光旖旎之地,麻雀的叫声确实显得吵闹,枯燥,也许这正是不受人待见的因素。可是,在沙漠地区,麻雀的叫声却是如此的清丽,悦耳。不是此一时彼一时的权宜。确实不是,清丽悦耳之声,声声传来。宛如一股凉风,一股带着鲜润的清风,游荡在沙海中,滋润着你的荒芜的耳朵,抚慰着你的枯寂的心田。

那是一阵阵清风,那是一阵阵细雨。你的耳朵里那些原来储存的被烤干烧焦的音符,渐渐复活。春风吹又生般复活。你的心田泛起一丝丝湿意,土壤深处的那种底墒。你感到禾苗在那里发芽,柔软但却不可阻遏地有力。你感到那里原来是有一眼泉的,泉水不够丰沛,但却不绝如缕。不觉地,你有了吟哦、歌唱,或随便发出一些什么声音的愿望。你听见了你的声音,你也听清了,那是与麻雀一样的叫声。此时,你并不觉得有什么不妥当,或者羞愧之类的,你觉得你的声音很好听,麻雀的声音也很好听。

6　沙漠中遇雨

多年以后,你会想起许多自己经历过的有意思的事情,而你想起的事情中一定有一件事情不大,但却有意思的事情,那便是你在沙漠中遇雨的经历。

你像所有人一样,在进入沙漠前,已经把沙漠想象为一个完全无水的世界。为此,你尽自己最大的能力带足了你必需的水。你的想象与你的遭际完全吻合。长空在燃烧,大地在燃烧。在这无尽的火焰中,你感觉到天地间所有的水分都化为一股喷吐着焦煳味的白烟,化为火焰的一部分,包括你的肌肤中的水分。火苗又将尖利的吸管伸向沙漠,剥开沙漠灰烬般的表层,将地层深处的水分抽出来,交给火焰。你以为沙漠本来就是这样的,应该就是这样的,这时,你发觉有一团阴影,不知什么时候,已悄然覆盖在你的头顶。你以为那只不过是一团云,一团无雨的云,就像张目可见的海市蜃楼。

你错了,那就是云,真实的云,携带着雨水的云。当雨点拍打在沙砾上时,你确信那就是雨水,当雨点浇灌在你的身上时,你分明认出,那就是被我们一直称为雨水,有时候也被尊称为甘霖的液体。确实是甘霖,飞荡在空中时是甘霖,落在沙地上是甘霖,汇集在沙丘间低洼地带的那一摊浊水也是甘霖,让无数沙漠居民得以延续的生命之水。

沙漠中的雨水永远都是冰凉的,哪怕不远处没有雨水光临的天地仍然在烈焰蒸腾。落在你身上的雨水冒着白色的气体,如同开锅的水蒸气;打在沙地上的雨水,也冒着青白色的气体,如同正在给器物淬火的铁匠铺里喧腾而出的水蒸气。但,那形象是热的,而质地却是冰凉的。你也看见了,原本绝无生命迹象的沙丘上,一时间,不知从哪儿冒出那么多的生命,甲壳虫,蜥蜴,蚂蚁,鸟儿,它们在雨水中忙碌着,狂欢着,而你却如经霜寒雀,在那里瑟瑟发抖。

不过,你也觉察到了,原来叠压在你身上的,你怎么也放不下的重物,此时放下了,完全放下了,原来堵塞在你心窍那儿的,你怎么也疏通不开的浊物,此时无阻无碍,天地一派空阔。

7　沙漠中的勇士

偶尔去沙漠的人,往往把目光抛给了胡杨,喜欢对自己见到的事物适时发表一些感慨的人,也毫不吝啬把自己胸中储备的那几句赞美之词奉献给胡杨。这不但没有什么不可以,而且这种愿意赞美他人的胸怀本身便令人尊敬。其实,沙漠中的任何生命,植物,飞禽走兽,活着的,死去的,高大辉煌的,低矮猥琐的,都应该受到赞美,它们也配得上任何语言的赞美。因为它们生长于沙漠,因为它们生存的无比艰难,因为它们的无与伦比的生命力,因为它们的勇士一般的抗争和坚守。

在这无数的沙生植物族谱中,最不起眼,也最应该受到所有生命礼敬的是骆驼刺。这种植物有着另外一个名号:沙漠勇士。我第一次见到这种植物是在腾格里沙漠深处的一片流沙地带,正是一天中能见度最高的时候,站在沙丘上,回环四望,几十里范围内的所有物事尽收眼底。而映入眼帘的只有一种颜色,阳光下金光万道的黄沙。但在一道沙坡上,金光氤氲之下,却有一星绿意浮现。几乎不能算作是绿色,要不是遍地黄沙的衬托,那种颜色是不能算作绿的。浅浅的绿,浅浅的白,浅浅的黄,浅浅的黑。

一路跋涉,头顶的艳阳似火,脚下的流沙像是余火还在燃烧的炉灰,到了那团绿色跟前,果然是一丛植物。当地人说这就是骆驼刺。不知是有多少棵单株组成的,这一丛骆驼刺大约占地一平米。就近看,远处看到的那种绿和白是骆驼刺的本色,而黄和黑则是错觉。

方圆几十里唯一的植物啊!

它是怎样在死亡之海中独存的?

它是怎样在烈日和滚烫的黄沙烘烤下生存的?

与我们预想的一样,这丛骆驼刺没有什么伟岸的足以独当一面的外表,矮矮的个头,委顿细弱的枝条,苍白枯瘦的容颜,宛如在街衢里巷经常可以看见的那些落魄者，似乎你只要再抛给他们一个不屑的白眼，他们最后的那一丝生活下去的底气便会一泻无余。

二十一　黄河本纪

1　动荡与安宁

　　说话间，与黄河为邻已经十六年了。十六年前的那个秋日，一辆东风大卡车承载着一家三口人，和全家的现在与未来，在黄昏时分，从千里之外逃到黄河边一座旧楼上落了脚。谁也无法猜度我在那个秋日的心情，天上没有细雨秋雾的暗示，地上没有落叶铺陈的渲染，可我的心却是冰凉冰凉的。虽然，我蜷伏在车厢霉味扑鼻的书捆中，不时把头伸向驾驶楼，一个个笑话，逗得爱人和女儿开怀大笑。我是一家之主，唯一的男人，就有责任把一切的沮丧和伤怀都深深埋于心中，怎么着也得营造一种喜庆的气氛，谁又能知道，即使在说笑话时，我的心仍是冰凉冰凉的。十六岁从农村考入那座黄土高原腹地的小镇，一口气生活了十八年，一边是青春的梦想与失落，成长的驱驰与收获，几度风雨几度春秋，终于安身立命了；一边是小镇变大镇，大镇变城市，荒凉变繁华，在外界的声名与日俱增，我所供职的学院也改容换色，眼见得有些气象了。而此时，已经失去青春年华的我，又将失去与我一块长大的城市和事业。依照哲人乌纳穆诺的说法，记忆是一个人最重要的财富，而小镇赐予我的记忆无疑却是我用全部的青春做抵押换来的,如今我却要将亲手获得的财富亲手扔那儿,而且必须弃之如敝屣,怎么说都是一件残酷而又失公允的事情。在小镇工作期间,我曾去北京深造四年,在那儿立住脚后,我惊讶地发现,我内心深处的种种冲动,无不来源于那座遥远的小镇。我还发现,这个世界无论多么精彩,对我最大的诱惑仍然只是一张平静的书桌,无论这张书桌搁在什么地方。京华烟云只是他人的风景,我只有回到小镇,也许才可找回内心的那份安宁。

我回来了,我不得不回来。当年,在我人生最黯淡最绝望的时刻,小镇以它的古朴和宽容,接纳了一个来自乡野的漂泊者和寻梦者。根似乎是扎下了,我不再是一片大风中的枯叶,梦似乎也寻到了,我知道了,此生我该做什么,能做什么。原以为,仅凭对小镇的深刻记忆和感情投入,还有所求甚少,即可在这里获得生活下去的理由。在卡车开出小镇时,我明白了一个道理:感情投入越多,越易受到伤害,受到的伤害也越深,你掏出的是心,别人玩的是皮球。假如你掏出的本来就是皮球,别人如何对待,是无所谓的事情。我从多年来众多的最终不得不逃离小镇的人的身上,还明白了:小镇是一个以平均为至高生活准则的社会,这么多一心与人为善的人却无善报,只因为他们一不小心把头颅蹿出了平均线,理所当然要遭到群体性的乱砍滥伐。

安宁充其量只是内心的祈祷,而动荡往往是祈祷的结果。人在自感最安宁时,动荡已经在抬手敲门了,犹如美国得克萨斯的飓风是由南半球的某只蝴蝶祥和地扇动翅膀引发的一样,动荡的起因常常是以不经意的和风细雨的方式展现的。一句伤面子的话,一件不足挂齿的小事,都可迫使一个人痛别昨天,重新安排明天后天的人生。按说,我应该算是一个了身达命坚强的人,从童年起,几乎每年都有重大的不幸强加于我,而我并没有从中感受到有什么活不下去的理由。是否,人的年龄、体能、社会地位,以及应变能力的增长,并不一定就意味着按正比例增长坚强,甚至会按正比例走向脆弱?我就是为了一件不足挂齿的小事举家逃窜的,什么事就不再追述了,因为它的不足挂齿。个人所遭遇的伤害,脱离特定的语境,孤立地看来,许多都应该是不足挂齿的,只有局中人才可体会到其中的重大和致命,谁又敢说,黄河决堤一定比自家的下水道堵塞更烦人呢?而我的仓皇逃窜必须戴着喜庆的面纱笑容可掬地进行,因为表面看来,我是从地方城市上调省城的,按通常说法,这是人往高处走。为免矫情之讥,我也只好努力把自己装扮成另谋高就的样子,在各界朋友长达一个月每天两场的送行宴上,每次都不惜以醉倒的方式来遮掩内心的动荡和神色的仓皇。而这,正是我在小小的挫折面前极端脆弱的体现。

兰州不仅是省城,它还有一条黄河,两山南北夹峙,城市东西鱼贯,黄河穿城而过,绵延数十公里。据说,这是国内唯一一座大河贯穿全城的省城,而黄河又是民族的母亲河,我有幸成为河边一人,又有什么理由不纵情欢呼呢?说起来,我与黄河的缘分早了,童年时,家乡小河边的台地上挖出一副世界上保存最完整重达八吨的剑齿象化石,虽然,无论从哪个方向走,本村距黄河都在千里以上,可是,那条小河属黄河流域,化石也就命名为“黄河古象”了。那时候,我知道世间是有一条名叫黄河的大河在浪奔浪涌的,可怎么也没想到,三十年后,我真的会在黄河边上讨生活。我生在水边,从此命中便离不开水了,不是海或湖那种在盆子里晃荡的水,特指一去不复返的河流。我不大相信命相家的谵妄无稽,但一

217

日不见河流便心气生涩不顺倒是确实的。无论我失去了什么，身边有了一条大河，也算是命运对我的一种格外眷顾吧。我是兰州的不速之客，也是黄河的闯入者，全家住在两间阴暗污秽的过渡房里。大房子住惯了，女儿伸头一看为她安排的小屋，立即泪流满面，闹着要去住宾馆。好说歹说，女儿安定下来了。安顿家小是我的责任，可谁来安顿我呢？我同样有一颗冰凉破碎的心需要抚慰，需要休整。好在我不用坐班，我的双脚是自由的。白天，爱人上班了，女儿上学了，我无法待在家里，挟起一本书来到黄河边。我希望这条被称为母亲河的河真的能够担当起母亲的责任，伸出它温暖的手，给飘零者以生活下去的动力。

那时的黄河边还是一片乱石滩，采石场一家挨一家，挖出来的大大小小的碎石堆成一座座乱石山，石山之间是垃圾场，大风一来，五颜六色的塑料袋如五颜六色的蝴蝶，满河滩飞舞。用石块砌成的年久失修的河堤上，生长着百年老柳，一棵棵排出去，像一队古道烈风的士卒。树根裸露，盘错如蛇，几人才可合抱的树干，粗皮黝黑，树冠如伞遮天，一树之荫可以覆盖一个篮球场的阳光。堤内是一望无际的果园，桃杏已谢，苹果和梨缀满枝头，丰收在望，果农喜气洋洋。我徜徉其中，恍然忆起童年的农家生活，倍感落魄的凄凉之外，又暂时得到了虚幻的安宁。说起安宁，我所在的区就叫安宁区，以安宁桃闻名于世，我所在的单位周围，都是大专院校，以此命名，可谓实至名归。身在安宁，理当安宁。我坐在古柳下，背依田园，头顶绿荫，面朝黄河，口诵古人华章，不觉间，不平之气随水而去，安宁之愿如约而来。

来了一趟河边，我有了把他乡当故乡的虚妄。那个秋天的白天，我寄身河边，用那从天上来又奔流入海的河水，把黯淡的日子打发得水波荡漾。冬天来了，我发现，我已离不开黄河了。河边古柳枯枝，田园荒寒，北风劲吹，刀刀伤人。冬天的黄河在兰州是不结冰的，黄河瘦了，河床裸露出来，青光可鉴，河水也是清的，蓝格莹莹的，满河激溅着透骨的寒气。听老兰州说，二十年前，河冰可以跑载重汽车，我想象不出，那该是多么壮观的景象啊。家乡的那条小河，冬天结冰后，就变成孩子们的乐园了，揭起一块青石板，坐在冰面上呼啸往来，发出飞机掠天那样的震响，生动了一个村庄的冬天。而兰州的黄河，在这个冬天的这一段河边，只有我孤影徘徊，向水怅然。我沿着乱石杂陈的河边，无目的地来来去去，冰冷的阳光铺洒在冰冷的河面上，泛着凛凛寒光。在一个长满杂草的回水湾里，一群水鸭在自由嬉戏，我心中不由一热：冬天的黄河并不寂寞呀。我不懂得水鸭的种类，把它们通称水鸭。黑的，白的，红的，黑白相间的，红黑相间的，大的，小的，一并旁若无人，任我从容计数。数到两百只时，河对岸传来一声巨响，水鸭一齐窜向空中，一串惊怖的叫声过后，河岸平静了，水鸭重获自由和安宁。我突然觉得，我就是一只水鸭，偶遇惊扰，本能避险，动荡一过，生活如常。生命不能老处在过去的阴影中，和对现实的不安中，得安宁时且安宁，安宁一天，就得一天安宁。我心安宁，天下安宁。

　　黄河是一本大书，每朵浪花，河边每种风景，都传达着生命的启示。那个秋冬，我坐在河边，数着水鸭，目送流水，读完了几十本我此前读过但似是而非的古书，黄河的巨浪大波淹没了我心中的那些小小不然的杯水风波。

2　漩涡与房子

熬过冬天,春天来了。

春风一起,古柳吐绿,柔枝婆娑,逗引得河水一片喧闹。河边台地上的万亩果园,一夜之间,万紫千红。杏花粉红,粉嘟嘟,色迷一片天地;桃花猩红,一片天地醉眼惺惺;梨花粉白,又一片天地春宵梦醒。一片,一片,又一片,河岸花团锦簇,蜂狂蝶乱,河水却由清变浑。浑浊是黄河的本色,黄河的魂魄,水一变浑,眼见得黄河的精气神都来了,萧郎宝马,热闹过市。

我把那一个春天的我依然留给了黄河。我的脚步走得更远。一脚踩着乱石,一脚踏在扑上堤岸的水渍,我向上游乱走。漫无目标,只要不离开河岸,永远不会迷失方向。逆流而上,无论走多远,即使走到千公里以外的巴颜喀拉河源,顺流而下,还会与出发的脚印会合。有一天早晨,我从门前的河边朝上游走,内心一片澄明,我什么也不想,连我是谁,"彼将安逝矣"这类不想也会随时奔来心头的问题都没想。看见激流汹涌处,我会随手丢出一块铅球大的圆石,石头入水时,圆石居然会乘水漂浮几尺许,才一头扎下去。我不懂物理中关于浮力之类的定理,也不想懂,看见圆石也会浮水就够了。在漩涡流转的水面,我知道这里的水是很深的,河底藏有暗坑,黄河在这里也展示了其卑劣的一面。九岁那年,我与最小的胞兄在家乡那条小河的漩涡耍水,他水性极好,我俩一同下去,一同没顶,可我居然死里逃生。那一个午后,我目睹了手足兄弟溺水身亡的全过程,半个小时的生死搏击啊,最后还是水性好的人从漩涡底的烂泥中把尸首捞出来的。午后斜阳,山川涂血。从此我心中眼中便有了一个永远的漩涡，经常平白无故地天旋地转。也从此，每遇一条河流，我格外关注它的漩涡，每看见一个漩涡，我的心智便不由自主地沉沦于九岁那年午后的阴谋中。黄河的漩涡真是波澜壮阔呀，浩浩浊水低头俯冲，一展腰，漩涡便诞生了。涡轮飞转，划出桶粗的涡心，涡轮一圈圈散开，大小相扣，一个钓命的圈套宣告完成。胞兄的遇难教会了我对付漩涡的手段。坐着，或平躺在水面上，用身体的面积盖住涡心，随涡轮陀螺似的打转，任它如何拽扯，也沉不到水下去。可是，听人说，在黄河这一招是不灵的。沙质河床极易形成渗洞，进洞口在河底，出洞口也许会在太平洋，多少一流弄潮儿便丧生在经验的漩涡中。那年，一位外地诗人来看我，我请他在雨中的黄河渡船上喝啤酒。大雨如注，黄河也在耍酒疯，飞漩激溅，动人心肠。诗人奋臂大呼要一展泳技，征服黄河，我越是劝阻，他诗兴越发，说他曾横渡过长江，我看他醉了，我也信口胡说，败他的兴致。我说长江是长江，黄河是黄河，毛泽东曾在长江中闲庭信步，但面对黄河却只说了一句"一定要把黄河的事情办好"，并没有"不管风吹浪打"，跳进去"当今世界殊"一回。我们都是手捧红宝书高唱语录歌长大的，伟大领袖没说过的话，我们不能说，伟大领袖没做过的事，我们不能做。他识破了我的阴谋，还要往下跳，我用更难听的话继续败他的兴，我说，作为人，你的人不如伟大领袖伟大，作为诗人，你的诗比伟大领袖差得远，伟大领袖都不去畅游黄河，你凭什么？我知道，这话是很伤人自尊的，虽士可杀不可辱，但好死不如赖活着，我本善良，说这话无非为诗人的生命负责。再说，把他与伟人相比，出于下风，其实也不丢人。就好比有一次打乒乓球，人赞我球技不错，我谦虚说：比刘国梁差得远。众人大笑。发笑的人说明是有幽默感的人，要是谁说，你是什么东西敢跟世界冠军比,那就煞风景了。

诗人高兴得放弃了游河计划。

这一回,我在河边走,风自吹,水自流,我真个胜似闲庭信步。每遇漩涡,投石一击,以水的回声测水之深浅。到水流平缓处,拣一石片,打一个两个水漂。我的这门手艺堪称精绝,石片像冲锋舟,横波击浪,一石击出数十朵水花,方才力竭而没。一路闲走,一路闲耍,城市走完是山川原野,天朗风清,鸡鸣狗叫,尘嚣远遁,好不祥和。看看日落西山,来到两水汇流处。一水从斜刺邀击黄河,黄河耸身抵敌,一清一浊,垒垒分明。相持片刻,两水握手言和,相视一笑,绽出一片巨大的涡流,一张如花的笑脸包藏着深不可测的祸心。心下一惊:这里距兰州已是百里之遥了。

回家吧。当然我要回的家是那两间过渡房。在农业文明时代,家是一处累世不移的根,那一座山下,那一条河边,那一个以姓氏或山水方位命名的村庄,与那一方天地共荣共损,一座座土坟,便是个人和家族永远的灵魂所系。"祖父埋在这里,父亲埋在这里,我也会埋在这里,这是一块唯一可以埋人的地方。"在现代社会,人都变成了无根的漂萍,家充其量只是一间随城区改造而不断挪移的水泥房,嘴上说着以四海为家的大话,内心永远藏着从何处来到何处去的忧伤和彷徨。在离开家乡前,那个村庄的那五孔土窑洞便是我的家,出门多远,多久,那五孔土窑洞就像五只眼睛在时刻看着我,我的一切言行都要为它们负责;后来,我的家在高原小镇,十八年间,换过八次房子,一间,两间,一套,搬家八次,家的方位以及形式和内容变更八次。老家来人,常常找不到我的家,而我回老家则无此麻烦。我呢,每次出差,或乘汽车、火车,或坐轮船、飞机,也无论走向哪个方位,回家的箭头都一律指向高原小镇。

在京求学几年间,每到回家时分,挤火车,挤汽车,套买高价票,心急火燎,不惮辛劳,只因那所叫家的房子在勾扯着我的心。今天,偷得一日闲,远足闲游,离家时,并不知道要去什么地方,要走多远,到回家时分,目标便明确了,我要回的就是那两间过渡房的家。而既然是过渡房,注定是要搬迁的,这只是我今天的家,也许下次出门,要回的将是另一个家了。

临走,我忍不住又看一眼那片飞扬跋扈的漩涡,涡轮依然舒展刚劲,涡心依然深幽难测。此际,我恍然一醒,家其实与漩涡类似,进去了,是很难出来的,即便侥幸拔出了身子,心会永远留那儿的。

3　风情与风景

从此,我离不开黄河了,虽然我不再住过渡房。

白天,我有了一张平静的书桌了。

晚饭一过,黄河开始以响亮的涛声呼唤我。此际,我再也坐不住了。不知从什么时候开始,每当遇到不开心的事情,一见到黄河,种种的不快便会浮水远去,每当才思枯索之时,一见到欢畅的河水,心弦往往会被拨动。我爱上了这四季四色的黄河。他乡的人爱上了他乡的河,于是,他乡也升华为故乡。

冬天的河水是清澈的,清澈得可以看见河底的磊磊卵石;春天的河水是土黄色的,与河边黄土地浑然一色;夏天的河水是暗红的,暴雨将上游青海高原的红黏土带下来,满河陈旧的血色;秋天的河水又是土白色,一个夏天,山上的青草覆盖了地表,雨水带走的只是些许浮土。河水可以随季节换颜改色,而我只能以一种脸色应对人生。坎坷也罢,顺遂也罢,该做的事还得做,该说的话还得说,所谓江山易改本性难移罢。移又能移哪去呢？与其移无可移,何如坚守不移。

我爱上了乱石杂陈的河滩,爱上了破碎伶仃的柳堤,爱上了那岁岁枯荣的果园,甚至爱上了那暗示人间五颜六色生活的垃圾场。而这一切,在一个夏天轰然寂灭。一夜之间,果实累累的果园夷为旷野,拔了果树栽楼房,是再也平常不过的风景。崭新的条石和水泥掩埋了垃圾场,换上了宽阔的滨河马路了。这样巨大的工程是用一个夏天一个秋天完成的。冬天来临,这一段河水,已被南北两岸各长四十里的黄河风情线夹峙。条石砌成十米高的崭新河堤,一米多高的水泥护栏,沿河宛转,几十米宽的绿化带,树一片,草一片,花一片,四车道高速路,各色车辆开足马力呼啸而过。走在风情线上,享受新风情。人是念旧的动物,而我尤其念旧,虽然还不到念旧的年龄。黄河在我黯淡的日子里接纳了我,给了我安宁,而我这么容易就喜新厌旧,是否有不仗义之嫌？我在寻找黄河旧迹,除了寥落的河之洲,还有洲上茂盛的野草,旧貌邈然,新颜披陈。后来的人再也见不到黄河的原貌了,而我所见的原貌依然是黄河的新颜。

河边林草带中蜿蜒着碎石路。从家门口到安宁黄河大桥下,来去二十四里路程,晚饭后,只要在兰州,我是一定要走一趟的。无论春夏秋冬,无论雨雪烈风,夜幕降临时,我准时出发,走到桥下,手扶栏杆,目送河水,抽一支烟,烟灭,耍一套拳路,摇身返回。风情线建成了,风情来了。春夏秋三季,在我潇然独步时,几所大学的男生女生也成双成对,相拥相抵,在河边喁喁私语,绘制着爱的蓝图。仅仅二十年光阴呀,我在上大学时,与班上女同学说过的话,还写不满一张明信片。那时候,我虽然还没有到谈恋爱的年龄,可有那么多早该当爸爸妈妈的大龄同学,也没听说谁把大好时光用于谈恋爱,偶有走得稍近的一对两对,毕业时,也让校方天各一方分开,以儆后来。而今在河边走一圈,就会知道黄河在变,世界在变,越变越好看,变一回,离人近一回。"给每一条河每一座山,取一个温暖的名字,陌生人,我也为你祝福,愿你有一个灿烂的前程,愿你有情人终成眷属,愿你在尘世获得幸福,我只愿面朝大海,春暖花开。"这是我的同龄人诗人海子的心愿,也是我的心愿。我把这几行感天动地的诗转送给所有幸福的和正在追求幸福的人们吧。

我在河边徒步十年。冬天夜幕下的河边,常常只有我孤身子影,的的笃笃,踏着碎石路来来去去。可我并不感到孤独。这倒不是如马尔夸德所说的,我缺乏孤独能力,还不配孤独,而是我确实不感到孤独。两岸彩灯林立,河水波光潋滟。冬天的草木虽由青变紫,却依然是活着的草木,花虽然也易容变色,可仍然是花。我与坚守着的生命在一起,也把坚守当作生命之至要。兰州是干旱地区,冬天偶尔也下雪。干旱的兰州,雪下起来急而猛,一片片,横空砸下,碎石地上铮铮有声。一天白雪,两道白山,两岸白堤,夹峙着一川清流,那该是何等景象。每遇下雪,无论白天夜晚,我一定是在黄河边上的,我喜欢雪,喜欢雪中的黄河。枯瘦的河水看见雪片砸下来,一起鼓浪掀涛,争相延揽这天外来客。而这时,孤身子影的我,却绝无冰冷凄清之感,反倒倍觉温暖。老家那疙瘩雪多,一抹高原,一冬白雪漫漫。童年时,身穿单衣,脚蹬破损的布鞋,在大雪中下深沟抬水,上高山砍柴,脸生冻疮,手脚溃烂,那是没法子的事情。我恨过雪,恨过冬天,后来爱上了雪,爱上了冬天,再后来,离不开雪了,依恋有雪的冬天了。可这时,我来到了少雪的兰州。在如此难得的雪天，又是黄河边的雪天，怎可两相辜负。

夏天的兰州进入雨季，雨水不算多，只要下起来，却是又急又猛的暴雨。这种天气，我一定是要去黄河边的。那不是雨，是天河决堤，大水漫灌。通畅的泄洪道，泄不及满天急雨，三几分钟，路面可积水盈尺。缺水的黄河乍遇暴雨，便如饿急的婴儿见了母乳，恨不得连奶头也揪扯下来。河边的花草树木虽常有河水提灌，可旱地植物带着与生俱来的干渴秉性，湿风刚过，满河滩的花花草草就哗地抬起头来，张开大大小小的嘴，待雨落下，一世界都是不分点的吞咽声。我走在花草丛中，一任暴雨灌顶，眼见得花艳了，草嫩了，一场天浴，身外的污垢，内心的杂念，一时荡涤干净。我获得了短暂的纯洁。天人有约，这场雨云破天开，又一场雨还会知时如令而至。一块洗洗吧，让我们的身心内外，干净一点儿，再干净一点儿。

4　老鼠与水鸭

风情线建成了，引来了人间风情，也引来了与人如影随形的老鼠。风情不是人的专利，我无端揣想，凡生命都是解风情的，野火烧不尽，春风吹又生，春风解语，草木生情，天地间便芳草萋萋，岁枯岁荣；老鼠过街，人人喊打，只见人喊打，不见鼠绝种，无时无地解风情的鼠辈，在绝对数量上便压过了解风情但须择时择地的人类。

风情线上风情有，黄河老鼠大如斗。也许旧河滩也是有老鼠的，因为杂乱，鼠辈便逞天纵之才，隐身藏形，昼伏夜出，钻人的空当，解风情的尽情解风情，毁堤岸的埋头毁堤岸。风情线竣工那一天,我便踏上了花草坪间的碎石路。夜幕降临,彩灯闪闪烁烁,猛地脚下蹿出一物,头大如拳,身硕似猫,磨牙奋爪,人样直立,鞠躬如仪。细看是鼠,不禁心下骇然。草坪坦荡如垠,碎石深嵌,并无顺手之物击打,急切间,一跺脚,硕鼠款款收势,大摇大摆钻入花草丛,灯光下,蹬出一路暗影浮云月黄昏。老鼠这家伙,外形猥琐,头脑可笑,虽不见得敢吃活人,却会让人恶心得四肢乏力,食欲不振。我不知道用作医学实验的小白鼠与老鼠是否同一品种,若是,说明这物与人有相似之处。看看吧,在家中,若遇人追杀,它想都不想,一头扎入值钱易碎的物件下,时而探出头来,朝人磨牙奋爪,声声在说:打呀,打呀,不打,你是孙子! 见人列了真打的架子,又急忙隐身宝物下。人被它撩拨得心火大发,忍痛打下去,一片破碎声响起,老鼠皮毛无损,早已找到了更加妥帖的藏身之地。在草坪也一样,它知道人怕湿了手脚,不会下身份逮它,找武器又不顺手,可能还知道,人植的草坪是不允许人踩踏的,喊打,只是虚张声势,它便不怎么在乎,逍遥自在,与人捉迷藏玩。

当然,这是成了精的硕鼠。幼鼠阅历欠丰,见了人,第一反应还是抱头鼠窜。那一个深秋寒雨过后之夜,我走在湿滑的碎石路上,眼见得脚前一米处有一枯叶随风滚动,细看却是一只刚生出绒毛的幼鼠。听见脚步声,大惊失色,低头瞎跑。显然,这是一只离群的幼鼠,鼠爹鼠妈还未教会它最起码的生存本领,就失散了。往左往右稍拐就是雨露淋漓的草坪,可它不知变通,像一个坐不更名行不改姓死也要死在阳关大道的伟丈夫,占住路面,一路猛跑。跑出一截,蹲下歇息。我跟在身后,它跑出无数步,我一步即可赶上。听见脚步声逼近,它又猛跑,再蹲下歇息。我停,它停;我走,它跑。我不想置它于死地,虽然见鼠不打犯的是姑息罪。我要看它究竟有多大耐力。整整一小时，它在前面跑，我在后面走，一公里过去了，幼鼠瘫卧在地，只见蠕动，不见前行，可始终没离开路面。我深为折服，只好一步越过，迈步不顾而去。走出老远，回头看，它仍在路面蠕动。

河边是有水鸭的。水鸭也解风情，于是，生生不息，雏鸭成行。那个夏末黄昏，河水看涨，淹没了河边草丛。我见一鸭蹲在水边向水悲鸣，身前身后围着六只雏鸭，夜风袭来，只只迎风瑟缩，而它们竟不识利害，站在灯光显眼处。我一怕不良之人加害，又怕鼠辈偷袭，便抓起一把土，将它们赶往水中。大鸭呱呱叫着，雏鸭叽叽相随，像幼稚园童子，排成一列整齐纵队，依依走进水中。

约一小时后，我返回原地，猛听得鸭鸣大噪，扶栏一望，大鸭带着雏鸭又回到灯光下，几只老鼠四面疯狂围攻，大鸭斜翅奋喙抵挡，身边雏鸭已剩两只，看看情急，我抓起一把土，大喝一声，砸了下去，鼠们惊惧四散，大鸭护着硕果仅存的雏鸭向水中走去。平时，河中只有水鸭时，随便一跺脚，一喝喊，它们便会惊飞冲天，而危急时刻，遭遇喝喊声和击打，却仪态从容，不惊不惧。是否，水鸭也像善良的人，看见警灯闪烁，不但不会心虚胆寒，反倒会增添一分安全感？水鸭无语，这事情颇费思量。

如今出家门不远处，就是一片占地达一千二百亩的湿地公园，黄河从旁边流过，春夏秋冬，依旧水枯水荣，依旧水色变幻，不变的是浪奔浪涌，声声断断，公园内芦荡迷离，春夏秋冬，容颜各自不同，各色飞禽随季节变化，调整各自的栖息方式，而不变的却是一种安全和宁静的家园感。

二十二　驴事荟萃

在黄土高原腹地,农家饲养的多种动物里面,驴给主人帮的忙算是最大了。猪只能平时踩粪肥,喂肥了,杀了吃肉,羊的作用与猪类似,多一层的贡献是可以剪毛,牛除了耕地,再无别的用途,食量还大得惊人,小门小户的,往往养它不起。现在,每家就那么炕大一片地,养牛实在是不划算的,所以村庄里很少见到牛了。在家养的动物中,最占便宜、日子过得最舒坦的是狗。农家的狗是看门用的,无须像城市里的宠物狗那样乖巧,闲来无事,要绞尽脑汁揣摩主人的喜怒哀乐,以便于适时做出种种娇模样来,讨取主人好脸色。农家的狗吃饱了,卧在大门边,主人不在家时,来了生人,把他们挡在门外,主人在家时,喊叫几声,通报主人知道。有时候逢了主人高兴,还可以带它们去野外散心,去赶集,去走亲戚。

农家饲养的所有动物都是家里的宝贝,但正如在子女众多的家庭里,有最受宠的孩子,也有最受气的孩子。驴是农家出力最多、用途最广,也最受气的动物,一年四季有干不完的活,只要在干活便也有受不完的气。干的不如站在一边看的,爱闹的孩子多吃糖,誉满天下,必然毁满天下,这都是人世间的寻常故事。人之间如此,人对自己豢养的动物也是这样对待的。冬季,风雪弥漫,人干不了什么活儿,但人得用水。人要用水,人饲养的羊、猪、狗,也得用水。水需要驴从深沟的山泉里驮上来。通往山泉的路很陡，很窄，如一根钢丝架在百丈悬崖上。取水困难，取一回要算一回的，驮桶便很沉。路上有积雪，间或还有冰溜子，身负重物的驴，一只蹄脚打滑就麻烦了，运气差点儿的，连驴带桶跌下山崖，便只剩一张驴皮，作为对主人的最后奉献；运气好的，卧倒在路上，跌倒了再要爬起来，实在太难了，主人在后面帮忙往起抬，驴四蹄打滑，使不上劲儿，主人便以为，皮鞭之下出勇驴，凌厉的皮鞭裹挟着凛冽的寒风，一鞭鞭抽在驴背上。驴吃疼大叫，也不排除是因为委屈而高声抗议。主人不管这些，扯起与驴一样粗豪的嗓门叫骂着，抽打着，直到驴重新爬起来上路，还不罢休，骂骂咧咧地，难听话说了一路。

水驮回来了，别的动物欢呼雀跃，在安然享用甘甜的泉水，此时，谁又对水的来源感兴趣呢？刚挨了皮鞭的驴背火辣辣疼，刚经历过决死挣扎的驴还在呼哧哧喘气，此时心里便格外不忿，鼓出一口真气仰天长啸。听得懂驴话的耳朵都知道它喊的是：凭什么！凭什么！凭什么？谁管你凭什么，就凭你是驴！驴千辛万苦驮回来的水跟驴没有多大关系，主人舀泉水时，驴顺便喝饱了，这一肚子水，足够撑到驮下一趟水的。把驴的驮水行为，说成是无私奉献，也不算拔高。

静下来一想，驴的心气渐渐平顺了：比起前辈来，进入新世纪的驴，真是幸福生活比蜜甜了。如今驴所干的活儿，先辈的驴一样不少干，先辈还有一样活路，让所有的驴，即便是千秋万代，驴这种动物彻底与人脱了干系，或彻底死绝后，还可以听见那洞穿历史烟云的怨怼声的。先前的人要靠石磨加工粮食，拉磨的活儿全靠驴来承担。先前的人生活水准低，全靠粮食填塞肚皮，饭量便格外大，大点儿的家庭几乎每天都得磨面，小点儿的隔三间二也得磨一回面。驴被套在石磨上，蒙了眼睛，一圈，一圈，从拂晓转到日落西山，肚子饿得鸽子般乱叫，嘴边就有粮食，嘴却被棍子叉死了，吃不到的。有食物而吃不到，那饿太难忍受了。农忙季节，驴的日子简直暗无天日。半夜被赶起来拉石磨，天亮了，顾不得吃一口草喝一口水，还得下地拉犁耕地。过去，磨面的活儿主要由年轻媳妇承担，她们没有耐心，成天待在磨坊里，扑鼻的驴粪味儿，推拉一天箩儿，腰酸胳膊疼，对婆婆的不满，种种煎熬，让她们满身都在冒邪火，而唯一的发泄对象便是与她们同样不幸的驴。磨坊里备有一根枣木棍子，那是专门用来打驴的，叫臭棍。每家磨坊的每根棍子都油光瓦亮，在太阳下，血光殷殷。那是驴油、驴血的混合物。每每在夜深人静时，这些种群记忆便会浮现在新一代的驴的脑海中，此时，驴们不禁长叹一声：罢了，罢了，抚今追昔，几曲阑干遍倚，又是一番新桃李。

不知过去的苦，就不懂今日的甜。人的历史靠文字的书写代代传承，驴没有文字，但它们同样有历史，它们的历史是靠至今人还没有破译的种群记忆来完成的。驴凭靠自我调适的能力，送走漫长的冬天，迎来短暂的春天。生活中虽有这样那样的不快，但并没有郁积于心，导致什么抑郁症之类的精神疾病。春天来了，真个是万物复苏百鸟欢唱啊，驴也禁不住心花怒放，快活地打几个滚儿，仰天长啸，歌唱春天。可是，驴的理想很快就破灭了，新的烦恼随着春天的脚步一并降临。先前，耕地的活儿主要是牛的，如今，主人把牛卖了，理所当然要由驴来代替了。驴倒是可以拉犁耕地的，但并非擅长。牛的力气大，步子稳而慢，人常说，不怕慢，单怕站，看似慢腾腾，一个工作日下来，几亩地耕完了。所耕的地，质量也高，这叫慢工出细活。驴的性子急，步伐急而散乱，驴的步子乱了，犁头便跟着乱，田间便暗藏了没有耕到的硬垄。主人不管这些，只知道高扬皮鞭猛抽。驴犯了错儿，却不知错在哪儿，还以为主人嫌它速度慢呢，便拱起腰猛跑，犁头更加乱，挨的鞭子更多了。好在，如今到处都人多地少，最多三五个工作日，春耕大事就了结了。人的春天来到了，飞禽走兽的春天来到了，春天快要结束时，驴的春天才真正来到了。人常说，春天姗姗来迟，用这个成语形容驴的春天，再准确不过了。一天驮一趟水是驴全年雷打不动的本职工作，在春天，水驮回来后，可以在山坡上闲溜达，吃着青草，沐浴着春风，也可以和同在山坡享受生活的同类异性，把生活调剂得有滋有味。人处在幸福状态时最易怀旧，驴也一样。此时，又免不了想起先辈种群在春天的种种苦难，忆苦思甜，便一夜东风，枕边吹散愁多少。

夏秋季对于驴，天天都是好日子。天热了，家里用水量大了，雨水也多了，黄土山乡的人还保留着久远的传统，每见天有了下雨的意思，便急忙将盆盆罐罐搬到院子接雨水，存入大瓮，留给家畜们喝。说是这样，驴每天大概也要驮回两趟水的，太阳未出山和下山前各一趟，图的是凉快。两趟就两趟罢，一点儿事都没有，生而为驴，有的是力气，也不怕出力流汗，驴怕的是无端受到主人的责罚。早晨一趟水驮回来后，一个白天基本上就无事可做了，驴可以在青草迷离的山坡上，吃几口嫩草，把长长的驴脸尽可能地抬高，仰望蓝天湛湛，白云悠悠，也可以和邻家的驴自由奔跑，看谁跑得快。虽没有人的喝彩，没有主人颁奖牌，图的是玩出一个心跳来。

主人给了自由，会不会享受自由，自由度有多大，自由的边界和底线在哪里，这是一个原则问题，和主人磨合久了的驴，都可以应付自如的。不用说,这都是在一次次挫折中学到的。比如,驴可以漫山遍野地疯跑,但绝不可跑进庄稼地里。跑进自家的庄稼地里,顶多挨主人一顿皮鞭,就事论事,没有什么后遗症;若是跑进别人家地里,从而引起邻里的不和,或者,邻里本来就不和,借此机会大做文章,事就闹大了,甚至还会导致绵延几代人之间纠缠不清的仇怨。再聪明的驴,所掌握的历史知识都是比不上最蹩脚的历史家的,但,驴通过察言观色,通过与生俱来的颖悟,未必就不知道人世间许多大的纷争,包括世界大战,双方开打的架势早列好了,却要费尽心机寻出一个由头的。驴不会招惹超出自己能力范围的麻烦,当然也不会为超出自己能力范围的事情担责。遍查人类历史,没有一次战争是由驴引发的,更没有一场战争是由驴发动的。这是驴的可爱,驴的明智,驴的善良。要说驴有无理由给人制造一些事端?绝对有的,驴吃得差,住得差,出不完的力,受不完的气,黑馍白馍都有气,凭什么人心里压抑,有些机构还给提供专门的发泄场所呢,哪个人又有驴所受的压抑沉重,而驴的心理问题谁曾关心过?天下所有的道理都是人发明的,为什么最不讲道理的反倒是人呢?反观驴,天下没有不曾受过主人无辜责罚的驴,但,一码是一码,心里怨气再大,任何一头驴,也不愿意因此让主人家破人亡。驴做事处世是有底线的,谁见过驴故意把一车人拉下悬崖报复主人,谁见过驴杀人放火,谁见过驴在公众场合把驴皮扒了搞什么伤风败俗的行为艺术?没有嘛。驴对人的报复,最多是后腿弹起,蹦人一蹄子,即便这样,驴从来不踢妇女,更不会踢孕妇,踢男人时,也一般不会踢到不该踢的部位。

先前的驴还有一项美妙的差事:娶媳妇。过去,平原地带的农村娶媳妇,人们差不多都用花轿抬。这在黄土山区是做不到的。

羊肠小道，两面悬崖，陡坡曲里拐弯，直上直下，轿夫没法抬，新娘坐在里面，弄不好，会一头从轿子里扎出来的。这就用得上驴了。给驴头缠一片红布，给鞍辔上铺一层红被褥，一个小男孩在前面拽住缰绳，四个吹鼓手，两个走在驴前开道，两个跟在驴后压阵，吱哩哇啦，呕呀啁哳，音调虽不够优雅，图的是个响亮红火。前天晚上，事主家会把驴当贵客招呼的，今天装人还是丢人，驴至关重要。青草尽饱吃，上黑豆料时，也不再抠抠搜搜了。迎新这一天，驴和新郎一样精神。新娘的身子一般都较为单薄，驴并不感到吃力。有一肚子好草料垫底，有这么多目光关注，尤其背上那个妙人儿，晃晃悠悠，颤颤巍巍，微风一过，身上的芳香徐徐沁入驴鼻，喷嚏打的，那叫个刚劲有力，那叫个爽！礼仪场合，既要热闹喜兴，又得切忌粗俗。要是叫驴走这趟差，千万得注意，心里可以万分得意，但不可胡思乱想，不可乱起意。这个时候如果想起与哪头草驴的风光事儿，一般比较尴尬。后腿间那个玩意不经意垂下来，就麻烦了。这当儿，驴不会有什么麻烦，不会有人拿鞭子抽你，都图个高兴，打驴，也是败兴事儿。麻烦的是新娘。一帮搜尽枯肠琢磨坏点子的坏小子，哪会放过这个使坏的机会。他们会大惊失色叫道：啊哈，新媳妇，不得了啦，你看你看，你怎么把驴肠子压出来了啊！新娘会羞红脸，嘴上什么都不敢说，那些坏小子就等着她接茬呢，她说一句，会引出一百句怪话的。新娘只敢在心里暗暗骂道：这死驴！驴是听得见的，故意装作听不见，它心里正美呢。它为喜庆事情制造了一些喜庆的由头。它昂首一串大叫，身子颠儿颠，把新娘吓得心里暗暗告饶：死驴，要死啊你！

　　一场喜事从头到尾都是个爽。让驴略感不快的是，前面牵缰绳的小孩，明明牵的是驴缰绳，为什么非要叫押马娃娃？要叫也得叫押驴娃娃合适啊。难道马比驴高贵，马既然高贵，为什么不用马娶媳妇？驴是知道的，黄土山乡养马用处不大，吃得多，难伺候，马能干的活儿是很少的。驴更知道，所有人都有虚荣心，明明是馍夹肉，非要说成是肉夹馍，谁拿肉夹一次馍让我看看！明明是个歉收年，还非要打一场丰收锣鼓。俗话说，年三十晚上丢了一头驴，不好也得说好。人啊人，做这些虚套子装谁呢。

唉，说东道西，这种美差事，眼看也轮不上驴做了。驴站在高山之巅，久久纳闷：这么高的山，这么陡的坡，人怎么就可以修出宽阔的路来呢？大路一盘一盘，从山根盘旋而上，盘住山腰，盘上山顶，新媳妇坐在漂亮的轿车里，几股黑烟，几道尘埃，娶回来了。驴眼巴巴地看着，蓄满了浑身的力气，却得不到主人的重用。

驴的历史是一部苦难史，也是一部光荣史，驴以自己的苦难给人带来了幸福。一头驴来到世间，到离世而去，所做的从来都是好事，都是有利于人的事，但，在人那里，从来没有落下一个好名声，相反，倒成了反面典型。好不容易走出故乡，被人装到船上运入黔地，既不是公款旅游的，也不是给谁找麻烦的，无端端地，让一头老虎给吃了。吃了就吃了罢，弱肉强食是世间再也正常不过的事情，何况，即便遭逢动物界的王者，驴还是进行了英勇地抵抗，如此，竟落了一个黔驴技穷的笑料，让人编派了千年，还没有罢休的意思。历史确实是强者的话语游戏，不承认不行。公平地说，人有什么资格嘲笑驴呢，世界上不存在从来没被灭亡过的国家，世界上也从来不曾有过不败的军队，签订城下之盟，挂白旗投降，二十万人齐解甲，这都是人无数次做过的、必将还会做下去的事情。驴打败了，败给了百兽之王，可谁也不要忘记：驴是被打败的。在嘲笑驴之前，还是好好检视一番人的历史吧。

驴在与老虎的战争中吃了败仗。驴的失败,在于其笨。于是,人在骂人时,便有了一个词汇:笨驴,或蠢驴。在这头驴被老虎吃掉之前、同时和以后,多少人被老虎吃掉了,多少人在遇到老虎时,老虎吃他还是不吃,并没有做出最后的决定,但,多少人已经被吓得尿了裤子,多少人被吓死了?人习惯于抬出自己种群中出现的个别英雄,给所有的人遮脸,一个人英雄了,似乎所有的人都英雄了,我也英雄了:大隋好汉雄阔海抓起老虎扔下山了,就等于所有人,当然包括我,也把老虎扔下山了;武松以拳脚击毙母大虫,就等于所有的人,当然包括我,都可以把老虎当蚂蚁捏着玩。人在这样想、在这样说时,在一旁干活的驴昂首一声长鸣,把专心意淫的人吓了一大跳。驴天生就是出蛮力,干粗活、累活、笨活的,驴要是会制造枪炮,指不定谁是人谁是驴呢。

驴的另一个坏名声是:犟。人把那些一根筋,不知变通的,固执的人,往往说成是犟驴。驴是有些犟,有些人比驴还犟,但评价却是不一样的。说谁犟,当然不是褒义,其实也非贬义,而是中性词。嘴角稍一撇,就由中性词变成褒义词了。比如执着,比如倔强,比如百折不挠,等等,而说驴的犟时,却只剩下犟了。人的犟,有时是可以犟出好名声,好结果的,比如谁谁数十年如一日,不到黄河心不死,云云。但驴的犟只会有一个结果:挨揍。人常说:鞭子挨了,犁沟走了,犟驴挨的鞭子多。必须按照人设置的路线行走,必须无条件地执行人的意志,在人那里,驴别说有什么追求自由的行为,在生出自由念头的那一刻,灾难也随之而来了。你犟?谁犟得过人!犟得过人,才算犟呢。

驴就这样风风雨雨跌跌绊绊,陪伴人走过了数千年,当人进入了机器代替人力畜力的时代,驴的负担也随之减轻了。可是,人减

236

轻负担后,会抽出更多的精力和时间去享受人生,减轻了负担的驴,便等于减少了驴生命存活的价值。如今,所有村庄的驴都日少一日,说不定,距今不远的哪一天,驴也会被列入珍稀动物保护名单的。真的到了那一天,驴有了大熊猫、东北虎那样的尊贵,如果驴的犟脾气,还是今天这个样子,你再看看驴,让我下沟给你驮水,做梦吧你,你把矿泉水往我嘴里喂,还要看我愿不愿张嘴哩,别说我没犯什么错儿,无辜挨你的鞭子,就是我故意找碴,一蹄子蹦翻了你,你又能把我怎么样!

当然,驴不会这样做的,驴是一种在任何时候都可拿得住自己的动物。不过,驴在发迹前,多了解一些自己种群以前所经历的苦难史,把心态调整得恰当一些,对自己,对种群,对别的生命,对整个世界的秩序,都是有好处的。

二十三　无边无际的村庄

1　黄土旮旯里的村庄史

黄土高原地带的阳光，一年四季除了三伏天给人一种激情四射的感觉外，另外的三季，都摆出一副懒散的、不爱搭理人的姿态。冬天的风刮在人的身上，就是早已被人说滥了的那种情形：寒风如刀。其实，这只是在旷地里，或人的心情不好，或日子过得不如意时，对季节所产生的心理感受。要是这样的话，冬季黄土高原的人就应该老老实实猫在家里，村庄里就应该了无人迹了——谁愿意睁大眼睛往刀尖上碰呢？相反，猫在家里是一件相当不划算的举动，因为屋里冷得出奇，有条件生火炉的人家即便付出了耗费宝贵燃料的代价，也并不能给屋里营造出让人感到温暖的那种温度。人们喜欢用温暖来形容家，实则，那种温暖只是对亲情的感受，在这个季节，家里的冷是超过野外的。当然，我说的是，在头顶有太阳的时候。

黄土高原的冬天，几乎每个白天，抬头都可看见一颗大太阳的。太阳如一个渐入晚景的老太太，眼睛里失去了神采，脸上没了生动，眼里偶然捉住某个物事，很可能是一个极端没意思的物事，也会目不转睛好半天的。那眼神似乎内容饱满，似乎又空无一物，你感觉投向你的目光是友善的、充满关切的笑意，你不禁心生亲切，可是，走近了看，目光却不是投向你的。那是一种散乱的、游移不定的目光。可是，在每个村庄，都会有一处或几处被称为阳面旮旯儿的所在，每一个所在，便是一个村庄整个冬天温暖的象征，也许还是产生思想的渊薮。背风向阳，北面是黄土崖壁，东西两壁如翅膀，缺口朝南，所有的风都很难进来，而所有的阳光似乎都可聚拢而来。老人在这里抽旱烟，谝干传，孩子在这里玩闹，从老人口中喷吐而出的烟团笼罩了旮旯儿，烟团堆积得厚了，就要逸出旮旯儿遮蔽的范围，便被凛冽的寒风卷起，霎时消失在旷野中。旮旯儿里早已积聚了厚厚一层陈年浮土，孩子的玩闹将浮土激扬起来，尘雾喧腾，尘雾如果逸出旮旯儿，也会像烟雾一样，随适时而过的寒风，迅捷地消失于大化之中。

一个村庄的冬天因此而生动，而拥有了与黄土一样厚重的内涵。每一个老人都是一本村庄的活字典，都是世道人心的评判者。远古洪荒时代的传说，远近村庄的奇事逸闻，家族之间的恩怨，某些家族的隐秘，都会从他们的口中不经意地说出来。偶尔，互相间还会为某件事情的真相，以及对这件事的看法，发生一些不乏激烈，但趋向和解的争执。争执不下的事情很少，真的遇到争执不下的事情，最后的裁决者是某个年纪最长的人。而这个长者裁决的依据是，他曾经听某个已经过世许久的长辈说的。别人没有见过这个长辈，或者与这个长辈机缘甚浅，那么，眼前这个长者的结论便是对这件事情的最后结论，如果某一天这位长者死了，以后再遇到此等情形，在场的某个比别人活得久的跃升为长者的人也会引用他的观点，为大家释疑解惑。

小孩子是可以一心二用，或多用的。玩是他们的天赋人权，对于玩，每个小孩都秉持着天纵聪明。在大人眼里，眼前只是一堆内容空洞的浮土，实在玩不出什么意思来的。大人和小孩在这里产生了根本的分野。眼前的这些大人也都是在土旮旯中由小孩玩成目前这个样子的，但他们忘了当年土旮旯带给他们的无穷乐趣。好在他们并不干涉小孩的玩闹，也绝无亲自指导小孩如何玩闹的冲动。好为人师是人的通病，但，关于玩，无论哪个大人都比无论哪个小孩要弱智得多。村庄里大人对小孩的态度是：大人做大人的事，小孩玩小孩的。如此看来，在辈分森严的村庄，民主的细节如同偶尔渗入旮旯的野风，在不时地吹拂着人们的情怀。小孩的手脚忙而不乱，小嘴巴的使用频率也很高，真不知道在空洞的黄土旮旯里，他们会玩出那么多花样，玩出那么大的兴致。他们的耳朵也没闲着。他们在不停地说话，也在听大人说话。在村庄，大人说话时，小孩是不可插嘴的，哪怕大人说出了多么荒谬的话，哪怕小孩对此有多么非凡的真知灼见，但，小孩是万不可插嘴的。有插嘴的想法都是错的，话一出口，就是不可饶恕的错了。轻则遭到一顿呵斥，重则要挨大巴掌抽的。插一次嘴，遭呵斥，遭抽，只要吸取教训，下不为例，也就罢了，老插嘴，你就会变成一个让大家都不待见的人，由此还会影响到父母在村庄的声誉：某某家的娃简直少教嘛。

孩子在玩闹中，大人所谝的干传，有一搭没一搭，钻进他们的耳朵，这个冬天听到只言片语，下一个冬天又听到一些，到他们长大成人时，从大人口中听到的片断信息，在他们的心灵里经过一番折冲樽俎，再结合自己已经获得的人生经验，对一个村庄的认识，对广大未知世界的基本理解，就这样形成了。村庄里每个孩子的乡土教育就是这样完成的,他们从中听到的神狐鬼怪故事,是最初文学的和想象力的启蒙,听到的是非恩怨悲欢离合故事,成为他们对人世间开展最初的道德判断的标尺,听到的男女隐秘情事,使他们在懵懂中完成了情感启蒙,或性启蒙。

城里的父母在说大人话时,一般是要回避子女的,在村庄则无须这样,既无须耳提面命,也无须藏藏掖掖,一切自然而然。城里的父母生怕孩子过早地懂得男女那点儿事情,可满城都是情欲的喧嚣和暗示,谁也无法蒙上孩子的眼睛,孩子还是毫无例外地过早知道了。村庄的孩子睁开眼睛看世界时,就可以真切地看见性场面,家里驯养的各种动物,天上的各种飞禽,并不会因为少儿不宜,而有所收束。也因此,大人在说这些话题时,并不刻意回避未成年人。村庄里的人并不懂得多少教育学,只因为他们在有些事情上相对高的透明度,当神秘不再神秘时,探究神秘的劲头也相应小了。这恐怕是村庄的孩子在对待性问题上比城里的孩子要保守许多的原因。想想也是,人终究是要长大的,该知道的迟早都要知道的,知道了就意味着长大了,既然长大了就该知道他们想知道的事情,谁又能拿出什么切实可行的方案来,让天下人都模范遵守,哪个年龄段该知道什么,哪个年龄段不该知道什么。知道还是不知道,知道好,还是不知道好,完全是一个自然的无师自通的过程,这与年龄无关,无须刻意传授,更无须刻意遮掩。

冬天是农闲季节,在冬天,背风向阳的黄土旮旯是相当温暖的,村庄里把向太阳取暖,叫晒暖暖。暖暖晒暖了人的身心,晒出了热情。村庄里把聊天叫谝干传,既然是干传,而且是谝出来的,那么,就不能当作在正规场合说的正经话对待,等于是一则"免责声明",就为说话者的即兴演绎和再创作提供了广大空间。村庄里的人常说:你把人家谝干传的话都当真了,让人咋说你嘛! 一个,几个,无数个;一年,几年,几辈子,一代代干传谝出了一代代人生,枯寂的村庄因此生动了,丰富了,关于村庄的知识以自然的形式得到传承。当眼下这些在旮旯里晒暖暖、谝干传的人谢世后,眼下这些玩土混闹的孩子也长大了,老了,自动成为晒暖暖、谝干传的主角,他们会把他们在童年听到的干传,在他们晒暖暖晒出热情后,声情并茂地,也不妨添油加醋地,谝给他们的后辈。

2 村庄的痛和爱

我又去了一趟这个名叫洪水庄的村庄。

两条高山平行延展时,好似商量好的,在这里同时拐弯儿,恰如两根粗粝的纠结在一起的胳臂肘子间留出的薄薄的一条缝隙。风从这里尖叫着挤过去,洪水从这里喧嚣着挤过去,昨天挤过去的风今天又来了,一年四季,这里便成了一条风路。以前在每个春夏秋三季隔三间二都要从这里挤过去一回的洪水,如今只有在盛夏季节偶尔光顾一次,除了把残留在洪水沟的数量极其菲薄的枯枝败叶和羊粪豆儿清洗干净外,在遇到情绪比较昂扬时,还会迅捷地漫上两边扁担宽的条田里,将各种本来就显得萎靡的庄稼连根卷起,哂笑着,逍遥远去。

不知在何年何月,有那么一个人,或是男人,或是女人,或是一对男女,也可能是兄弟俩,或母女俩,抑或是父子俩、姊妹俩——都有可能的——看见风从这里挤过去了,洪水挤过去了,他们本来也是打算从这里挤过去,像风或洪水那样,走向远方的,但,他们在往过挤时,也许是累了,也许觉得这地方还不错,就在这里的黄土峭

242

壁上凿出几孔简易的窑洞，落脚了。不知过了多少年月，峭壁上居然被凿出了上百孔窑洞，数百人，老老少少，男男女女，以家的形式分住在属于自己的窑洞里。

一个村庄俨然诞生了。诞生了的村庄俨然一个村庄。诞生了的生命就有理由活下去，就要想办法活下去，诞生了的村庄当然有理由，也有责任，以村庄的姿态延续下去。

村庄名叫洪水庄。名字不知出自谁的智慧，想当然地说，当年以洪水命名村庄，到底是名至实归的，这有那一条贯穿了全村的深刻的洪水沟作证的。同样可以想当然地说，洪水是这个村庄成为村庄的前提。因为村里逼仄的空地上残留着大大小小十多处涝池，每个涝池都有岔口连接洪水沟。涝池的作用是，将洪水引入，积攒下来，作为旱季的生活用水。如今，大多涝池终年无水可蓄，龟裂的干泥片儿象征着这只是一个曾经的村庄。国家在千里之外的荒漠地带开辟了一片广阔的绿洲，洪水村被列为首批移民村庄。政府来人三番五次动员搬迁，可是，没有人愿意离开洪水村。多少年了，村民们无数次望着不下雨的天，一遍遍划拉着不长庄稼不生草木的土地，他们小声咒骂着不通人情的天，甚至咒骂着瞎了眼睛的祖先，恨不能凭空生了翅膀，携家带口飞向冥冥之中的肥田沃土，享受现世的幸福。可是，当真的生出了飞翔的翅膀后，他们却不愿飞了。一夜间，故土是那样地令人留恋，这里的山山水水仿佛自身的血脉经络，牵扯到某个部位，引发的都是深刻的痛，由衷的爱。公家人是懂得洪水庄人的心理的，他们说，前往的地方，没有别的居民，洪水村的建制不会被打乱，甚至洪水村的村名都可以保留，那里平原广阔，灌渠纵横，国家出资建造的房屋宽敞明亮，居住条件比城里人都要好。某个心眼较活的村民心眼动了，也只是动了一下,随即心口那里便是一阵惊悸。离开村庄无异于婴儿离开父母,世间的一切景致带来的都是无一例外的迷茫和恐惧。

一些读过几年书的年轻人心眼活了,真的活了,他们能看得懂国家提供的地图。迁往的地方仍然是地球上的一片土地,不仅属于中国,也属于本省。一个群体在面临同样的抉择时,所有的人在某个特定时刻都处在无主张状态,这时,只要有一个人做出了决定,哪怕这个决定是最糟糕的决定,所有的人立即都会心明眼亮,把它当成最佳的、唯一的决定。离开村庄的时刻无可阻挡地到来了,此时,哪怕只是一束茅草都是那样的宝贵,他们把一切能拿走的,统统装上国家提供的大卡车。牛驴猪羊鸡,坛坛罐罐,一样不能少。只可惜,土地拿不走,哪怕只有扁担宽的、十种九不收的土地。小孩欢叫着爬上从未坐过的卡车,他们还不懂得离乡背井的意义,大人一步三回头,女人和老人哭哭啼啼,互相解劝着,被解劝的人哭,解劝别人的人也在哭。终于,一辆辆卡车开动了,洪水庄在卡车的轰鸣中陷于沉寂。

那一天,我去了洪水庄,他们要迁往的地方此前我已去过了,在我看来,无论以什么样的眼睛,以什么样的观点看待世界,洪水庄的人都应该算是由地狱步入天堂了。可是,几年后,我听说,稍有点儿年纪的人大多又返回洪水庄了。

这是我再度来洪水庄的原因。我想探究是什么理由让他们放弃天堂重返地狱。我问了许多人,许多人默然无语,许多人言语嗫嚅,而神情既淡然,又坚定。我问是那里生活苦吗? 他们说,不苦,比这里好多了,我问是受本地人欺负吗? 他们说,那里没有本地人,一个村子都是洪水庄人。我的理解能力受到了空前的挑战,我不知道我到底该问什么,该怎样发问。沉默许久,一个原来当过村支书的老者也许看见了我的尴尬，先前他是应付过一些场面的。他有些难为情地说，住在那里，主要是心里不踏实嘛，在田里干活好像脚下踩的是浮云，看见满仓的粮食老觉得是梦境，吃完饭，肚子倒是饱了，可嘴里一点儿味道都没尝出来，宽敞漂亮的房子老觉得是画上的，收工回家忍不住要伸手摸摸墙壁，看是不是真的，半夜醒来，也要摸一摸墙壁，害怕是做梦睡在野地里呢。说完，他呆望着眼前的秃山，神情一片空茫，继而脸生激愤之色，他说，我不是说你，没当过农民的人纯粹不理解农民嘛，有些人说我们是愚民，谁不知道国家是为我们好，我们没有文化，难道连饭香屁臭都闻不出来？不是那回事嘛！在哪里长大的人，一辈子都是哪里的人，等那些生在灌区的孩子长大了，你去问问他们还愿不愿回到洪水庄？人家的父母把人家生在那里，那里当然就是人家的家，我们的父母把我们生在这里，这里当然就是我们的家，自己的家自己不爱让谁去爱？自己的爹妈生得丑，难道要找一个生得漂亮的男人女人当爹妈？

我是怀着满肚子的惆怅离开洪水庄的，出村口时，我回头对村庄盯视了好大一会儿，村庄比先前更破败了，在田间地头忙碌的人们注定了，他们的忙碌是没有什么好结果的。当我在村口跨上县里提供的轿车要离开洪水庄时，我突然觉得，那些在无望的田地里忙碌的身影与那片天地是那样地谐和，他们行走在山窝里的脚步是那样地坚实，他们忧郁的眼神投射在那片土地上时，显现出来的却是心安理得的淡定和从容。

此时，我似乎勘破了某些有关村庄的玄机，我似乎窥见了村庄对于生长于村庄的人所拥有的那种超越功利的意义。

从此，我便拒绝用功利的眼光去审视村庄。

3　别人的村庄

离开村庄后,对我来说,所有的村庄都是别人的村庄了。我的村庄也是别人的村庄了。非要说及一个村庄与自己有关系,准确的说法只能是:我曾经的村庄。依照前妻前夫的说法,应当说成:前村庄。当然,我不会这样说。我这样说了,有遮掩自己头发丛里高粱花子的嫌疑。可是,村庄又是我记忆最多最深刻的地方,免不了时常提起。问题于此产生了。我要继续说我的村庄或我们的村庄这类话,认真的人会问:

你的(或,你们的)村庄在哪儿,你领我去看看呀。这我就得犯难了。我要是搪塞推诿,别人会怀疑我在撒谎,要是硬了头皮领他们去,哪一块土地是我的,我又能坦然掏出钥匙打开哪一扇柴门上的锁,哪一只狗见了我会摇尾巴?所以,为了避免这类误会,我只能谨慎地说:我曾经的村庄。如同一个人在说前妻时,最能闹的人也不会说:走,咱们去找嫂子讨酒喝。老家,娘家,在家的前面加上任何限定词,就意味着这不是自己的家。

离开村庄的前几年,每年还是要回至少两趟村庄的。因为村庄里,还有父亲和两位兄长。有他们在,我与这个村庄的关系尚处在存续期。即便这样,在父兄那里,我已经获得客人的待遇了。这与以前我在村庄时的情形有着本质的区别。十四岁那年暑假,我进子午岭拉了一趟木头,三个昼夜,往返三百里山路,几百斤的重车,赶回来,正是大晌午,人快要累虚脱了,撂下架子车,刚喝完两大老碗凉水,父亲说:缸里没水了。我二话没说,挑起水桶,又到深沟挑了一趟水。往返又是几公里。我没有不高兴,也没有别的想法。因为我是主人,我是男人,我只是做了一件男人该干的活儿而已。自己家的活儿自己不干,谁干?考上师范院校,吃饭国家全包了,有些以前生活条件好一点儿的同学老埋怨大灶伙食不好,我倒认为挺好,有肉有菜的,四毛钱就可以吃一份至少有四两多的红烧肉,真的挺好。女同学见我能吃,就把她们节余的饭菜票惠赠于我,我一直吃双份伙食。人说,黑猪不吃昧心食,也正是长个儿的年龄,第一个学期下来,就蹿高十四厘米,增加体重十四公斤。白天上课,晚上熄灯了,点起煤油灯苦读到半夜,却仍然精力过剩,睡不着觉,便与几个同学练习翻墙,学校后院的墙过几天,便出现几个豁口,砌起来,过几天,又是豁口,老抓不住破坏分子。有时怕被抓住挨处分,便猛蹬马路边的水泥墩练腿功。石油工人穿的那种翻毛牛皮鞋,真叫结实,一年也蹬不坏一次,坏了,花两毛钱打一个补丁,更结实了。

有力气干活了,假期回家,想把在学校用来翻墙蹬水泥墩子的力气用于正途,帮父亲做点儿事。工具刚抓在手里,父亲便喊:放下,你能干个啥!他居然害怕把自己闲得发慌的儿子累着了。我要做的这些庄稼地里的活儿,本来只有成年人才可以承担的,可我在十岁之后就在做了,不做不行,各家的孩子都一样。这都是苦活,累活,脏活,是需要力气的,那时候,我真的不堪重负,但必须做。现在,我有力气了,却不让做了。最终获准做的,也就是每天到沟里去挑一趟或两趟水,或者赶上一头驴,两头牛,到山坡上遛遛,牲口在吃草散心,我在割草散心。在学校听电铃作息惯了,回到家里,听不着电铃,窑洞里光线黯淡,天大亮了,还没有睡醒,听见外面有响动,急忙爬起来,父亲已经做了许多事了。便有些不好意思,便埋怨父亲:怎么不喊我一声呀?父亲笑说:你睡你的,起来那么早干吗。大约从三四岁起,在家,我从来没有睡过懒觉。我家的传统从来不许人睡懒觉,无论是谁。黎明即起,洒扫庭除,非常严格。大雪天,大雨天,早上起来什么事也做不成,但必须起来,哪怕坐在炕上都行,睡下却是不行的。假期在家的日子里,我几乎每天起床时,都是日上三竿了,父亲从来没有表示过不满。我们这样一个大家族,爷爷叔叔辈的,见了我,也变得和颜悦色,这在我成长经历中太罕见了啊。打打闹闹中一起长大的伙伴,我不去找他们,他们是绝不会找我玩的,我去了,互相间,也只是说一些很客套的话,再也玩不起来了。

第一个假期就这样过去了,在第二个假期到了一半时,我忽然明白了:我已经是村庄的客人了,无论在乡邻那里,还是在父兄亲人那里。我们家族无论在任何时候,发达时,倒霉时,只要客人上门,总是礼数周全。小时候,村中经常有讨饭客光临,无论到谁家门头,哪怕自家人也在饿肚子,都是立即喝喊孩子搬出凳子来,先请他们坐下,喝水,再给他们寻找食物。送走他们后,会对自己的儿女说:出门人,太造孽了,对他们要好一些。哦,我也算出门人了,住的房子是公家的,足下的土地是公家的,做的事是公家的,有朝一日,公家不让你做事了,与流浪汉又有什么区别呢? 我是客人,在我所在的城市,我是客居者;在公家那里,我是一个雇员;在亲人那里,我是偶尔登门拜访的客人;在村庄那里,我是来去匆匆的过路客。有手不打上门客,对待客人嘛,起码的礼数是要有的。林黛玉初进贾府时,上至贾母,下至丫鬟仆人,对她备极亲切,备极客气,然而,黛玉却备极伤感。为什么呢? 备极热闹的背后是备极的荒寒。一门心思要做羽客的贾赦传话给黛玉说:劝姑娘不必伤怀想家,跟着老太太和舅母,是和家里一样的。贾母说得明白,做得明白,时时把黛玉当贵客招呼。一切都在提醒黛玉:你是借居者,这里不是你的家。真正的自家人,吃我的,用我的,住我的,理直气壮,谁也用不着客气。客气就是生分,就是距离,就是主客有别。

失去自己的村庄后,几十年间,又去过无数别人的村庄,大江南北,长城内外,或半日走马观花,或一日例行访谈,互相间的关系再也明白不过。来了,别人来了,别人来咱村了;走了,别人走了,别人离开咱村了。我是所有村庄的别人,我去的都是别人的村庄。最长的一次是受公家委派,在接近川北的一农户家住了半个月,很快与那家人建立了良好关系。该县县委书记下来看望我时,本来是要与他治下的村民联手把我灌翻的,房东正读高中的女儿负责斟酒,却与我联手,把书记灌翻了,又联手抬上轿车。后来,书记问那女孩,为什么这么快就与别人打成一片当叛徒,女孩说:我跟马叔叔是一家人嘛。我感到了温暖。但我知道,我只是客人,我住在别人的村庄,住在别人的家,别人在为我的安全担责。书记是这块土地的主人,醉了,病了,自有人照顾;我呢,醉倒,病倒在千里之外别人的村庄别人的家里,算什么事呢?

父亲去世后,我彻底失去了村庄。虽然,一个兄长仍然住在村庄里,可是,我知道,即便是亲兄弟,我仍然是被当作客人对待的。做过村庄主人的我是不愿沦落为村庄的客人的。在自己家里做客,那不是什么尊贵的待遇。离开了,就永远离开了,失去了,就永远失去了。有村庄的人是有根的活法,飘零的人是无根的活法。风儿无家,长空大地为家;鱼儿无家,大江大海为家。

我是一个飘零人,归宿在哪里,我不知道。我以别人的身份寄居在别的地方。我不仅是所有人的别人,所有地方的别人,我也是我的别人。因为我无法告诉别人,我确切的所在,确切的归宿。

4　离开村庄的日子

离开村庄的那一天,天地山川笼罩在秋雨中。连阴雨已经下了一个星期了,还没有停下来的意思。往年秋天的雨也很多,但大多是细雨、毛毛雨。天在下雨,人在雨中干活、行路,牲口在雨中吃草、撒欢,鸟雀在雨中飞翔、嬉戏,花草在雨中茂盛、凋谢,都不耽搁的。而这个秋天的这几天,箭杆雨不舍昼夜——箭杆一样的雨柱,从冥冥的天空,结结实实射在地上——多形象呀。村中鸦雀无声,所有的生灵都在屏息静气躲雨了。

我得走了,我要离开这个我一口气生活了十六年的村庄了。

我曾经那样盼望离开村庄,我曾经做过无数飞翔的梦。醒来后,我的胳膊还是胳膊,腿还是腿,并没有变成翅膀。

然而,就在可以理直气壮离开村庄时,我却犹豫了。

二哥从华北专程赶回为我送行,特意为我置办了三套新衣服,还有一套我一直渴望的石油工装。我把工装穿在身上,勉强可以撑起来了。我长大了,此前,我连小号的工装都撑不起来。二哥的假期到了,仍然没能把我送走。三套衣服大约花去了二哥两个月的工资。他除了工装,没有别的衣服。他想让他的弟弟体面地走出村庄,迈进大学的门槛。

我还是那样渴望离开村庄,但我不愿去学校。我考上的并非我要上的学校。虽然,全县只有十三名幸运儿,全公社只有我一个。低得可怕的录取率,只要榜上有名,哪怕敬陪末座,都是一件值得庆贺的事情。其实,对于这个结果,我也是很高兴的。想想那高达百分之九十几的淘汰率,想想从恢复高考,一连复读四年仍名落孙山的师兄师姊,我的高兴是有充足理由的。我已经证明我有上大学的能力了,上与不上,无所谓的事情。我的意思是,要上就上一个自己满意的大学,要不上,就做一些与读书无关的事情。

我没有明确说不去上学,我怕父亲难为情。在那样艰难困苦的条件下,父亲坚持让我读书,可在高考的冲刺阶段,却让我回家参加生产队的夏收。一个多月的昼夜突击,麦子入库了,我的身体累垮了,所学的那点儿可怜的知识早随汗水洒在广阔天地了。我不说去,也不说不去,整天挥汗如雨与社员一道劳动。天阴下雨,没法劳动了,我便闲游闲逛,不打伞,冒着大雨,从村子这头走到那头,看谁家的狗不顺眼,砸给一石头。我的户口从村庄转走了,如果不去学校,我将成为黑人黑户。我觉得这样也不错。粮户关系是我一级一级跑下来的。从此,哪头都管不着我了。

我自由了。

天色暗了下来,雨还没有要停的意思。明天是新生报到的最后一天。三哥扛起我的行李,断然说:走,我送你去县城!他在前面踏着满地泥泞大步流星,我在后面笑嘻嘻慢步悠悠。去县城必须要过马莲河的。我心想,下了几天大雨,河水早暴涨了,哪过得去呀。不是我不听话,这是天灾。到了河边,浑黄的河水波浪喧天,三哥毫不迟疑,率先脱光衣服,用裤带将衣服缠在头顶,一手托行李,一手划水,在大浪中,忽忽悠悠,漂出去上千米后,爬上了对岸。他显然是要返回来接我的。这时,我不觉豪气顿生,将可爱的工装用裤带拴在头顶,跳入滚滚泥流中。从小在河里耍水,比这大的水,我也游得过去。

村子离县城还有二十里山路。雨下得更大。下雨天,天说黑就黑了。黑了,就彻底黑了。山路泥泞,一步一滑,有些路段已被洪水冲毁了,只好四肢并用。三哥走在前边,我紧跟于后。远方农户家的狗偶尔叫几声,狗叫声在绵密的雨水中声声断断。爬上这边山头,遥望什么也望不见的村庄,我猛地意识到,这个村庄已没有我的立足之地了。天下之大,无头无绪,眼下唯一可以容留我的,只有那所录走我名字的学校了。我主动说:

"哥,雨下得这么大,明天不知道发不发班车?"

"发,肯定发的,班车走的是公路。"

三哥知道我的思想通了,他的脚步在泥泞的原野上轰轰作响。

子夜时分,兄弟俩到了县城。县城也在下雨,整个县城只有车站亮着几盏昏暗的灯。三哥砸开一家旅馆大门,一位与我年龄大小差不多的少女睡眼惺忪,正要发火,一看我的样子,脸上忽然露出笑容。

她说:是大学生吧?我说:是的。房间早已客满,走廊都蹲满了人。她将我们带进她的值班间,指着那张散发着幽香的床说:你住我这儿,不收店钱了,我家就在隔壁大院,我回去住。她让我把湿衣服脱下来,她抱在怀里,临出门,又回头嘱咐我安心睡觉,她明天会让司机给我留一个座位的。三哥放心了,连夜冒雨赶回家去。明天一大早,他还有要紧事做的。

晚上,我独自躺在温暖的床上,听窗外雨声凄凄,在这个县城我前后求学四年,得到的都是永远的白眼和一次次的驱逐,我还是昨天的我,一脸苦役后的疲倦。仅仅考了一个我不想上的大学,就天翻地覆慨而慷了?不是我怎么了,在经过几十年歇斯底里的荒诞后,中国人知道正经过日子了,而新一代大学生身上承载着人们普遍的梦想,无论与自己有无直接关系。多年以后,我也搞明白了,没有烂学校,只有烂教师、烂学生;没有烂出版社,只有烂作者、烂作品;没有烂国家,只有烂政府、烂公民。

第二天早晨六时半,天还没有亮,天还在下雨,我穿上少女服务员为我烘干的工装,吃了她带给我的两只热包子,坐上了离开村庄的班车。

我知道,从此以后,我是一个永远失去村庄的人了。我将独自面对世界。村庄只承担我的生,而不会为我的死负责。

5　村庄里的仇人

有的人,没有朋友活不下去;有的人,没有对立面活着没精神。人与人的差别真叫大呀,虽然都是由一撇一捺组合起来的人。

在我们村,交朋友不大容易。那需要善心,耐心,诚心。交上了,谁也不敢保证永久。或者他变了,或者你变了,或者谁都没变。但,不再是朋友了。结一个仇人太容易了,好像你俩是商量好的,好像你俩是心心相印的朋友,同时想起了对方,同时想为对方做同一件事情。他朝你走来,笑吟吟地,边走边在怀里摸旱烟袋,他要请你共享他那优良品种的旱烟末呢。啐,你朝他走来的方向吐了口唾沫。唾沫点儿打进浮土中,大地上有了一个你制造的湿湿的坑。你们大大的两人,被一个小小的坑分隔在两岸。啐,在第一时间,他也朝你所在的方向来了这么一口。你们中间就有两个坑了。你感到已经有坑了,就让坑多一些吧。他和你的想法完全相同。一会儿,你们中间便布满了坑。

仇,就这样结下了。

某某是我的仇人,我得防着他,我得与他斗争到底!于是,你注意力格外集中,你精神抖擞。他与你想到一起了,他睡觉都在想着与你斗争的策略。

居住在一个村里,见面总是不可避免的,无论离得远近,只要打了照面,只要互相看得见,你们便争相朝对方所在的方向来一口。唾沫打在地上,与直接唾在对方的脸上,是一个效果。你们都是知道的。谁反应敏捷,唾沫率先落地,谁便赢了这一回合。你们为了占得先机,时刻准备着。有了仇人的你们,精气神时刻都保持在最佳状态。

仇恨会延续下去。

仇恨会波及家人,会结为家仇、世仇,仇恨会像传家宝那样,一代代传下去。为了与仇人争出高低来,为了不被对手毁灭,这一代人在临死时,会把仇恨当作家族第一大事托付给接班人。为了生存下去,双方拼命工作,拼命生育,拼命积攒财富。你们都知道,在任何时候,实力都是最后的裁判。在一个村庄里,为什么势力最大的家族往往关系不和睦?说到这里,你是不是有些明白了?

仇恨传得久远了,后辈儿孙并不知道仇恨的根源是什么,只知道他们与那家人是有着不共戴天的深仇大恨的。仇恨在他们那里只是一个没有实际内容的概念。他们已经学会了用仇恨的目光观察对方,已经习惯于把对方的一切言谈举止往坏里想。保持对对方的仇恨是生存的前提,是立身之本。

仇容易结,也容易解。没有实际内容的仇恨如同没有大梁的房屋,大风一吹,就坍塌了。有一天,你心情很好,看见什么都是好的,这时,你看见对方了,对方像往常一样,朝你飞快地吐了口唾沫,你没有回击,你笑骂道:驴样子!嘴里进去狗屎了?对方也会不好意思地笑说:你才驴样子哩!

轻而易举结的仇,轻而易举解了。

当然,失去了一个仇人,你还会很快拥有新的仇人的。在我们村,没有仇人的日子就像没有咸盐的饭。

在我们村,我没有仇人,我是想结一个仇人来的,可我实在找不出结仇的理由。于是,我成了所有人的仇人。一个没有仇人的人当然是不见容于有仇人的人的。这个道理我懂。至今,我仍然没有仇人,我只有不屑的人。我一直想离开这个村庄,找一个没有仇人也可以安然生活的地方。我去过很多地方,至今还没有找到这样的地方。

我无处可去。

于是,我只有朋友,和不屑的人。

我也不打算拥有仇人。

6　村庄里的朋友

在我们村,一个人没有朋友是完全可以的。没有朋友,你会显得自在,散疏,孤独而傲慢。你不必看任何人的脸色,你做任何事说任何话,都不必左顾右盼。你为你负责。你权当自己是一泡野狗撒在路边的臭屎。哦,不,狗屎在我们村是很吃香的,除了村长,就数狗屎德高望重了。每天天蒙蒙亮,春夏秋冬,总有早起的老汉或小孩,挎一只柳条筐,扛一把铁锨,像训练有素的侦察兵,把躲藏得相当隐秘的牲口粪,还有人粪,一锨锨铲起来,稳稳地撂进粪筐。在所有的粪便中,狗粪是上品。狗粪是白菜的最好肥料。村里人常说:离了你那泡狗屎,还不种白菜了? 与离了张屠户不信要吃连毛猪,是一个意思。这是说大话,给自个儿长志气的话。真的不需要，就不用这样说话了。他们见到狗粪的眼神与见到雪白馒头时，没什么两样。

那么，你权当自己是河边的一块烂石头吧。可是，我得警告你，你不能是青石板。这会让人揭起来，抱回家去，或铺路，或砌墙，或垒鸡窝了。想想看，铺在路上，一天得挨多少踩呀，人，牲口，车辆，一茬一茬踩下去，踩不碎你，你是无法离岗休息的。砌了墙，也不大美妙，风吹雨淋倒没啥，盗贼，嫖客，不走正路的人，和偷偷摸摸的野兽，你眼睁睁看着，他们和它们从你的身上跨过去，你一点儿办法都没有。而你的职责就是防备他们和它们的。你也不能是青滑石。这种石头也会被人掘地三尺翻寻出来，一担一担挑进石灰窑。虽然，你一直想给人们说，你们费这么大的劲儿，换来的钱还不够替换为了找我而磨破的衣服和鞋子，所耗费的气力和烦恼，还没有计算在内。可是，没有人听你的话。你被不由分说送进了石灰窑。那里面真叫热呀。

要做石头最好做烂石头，什么用也没有，嫌碍眼，便无人注目你，你乐得自在，嫌拦路，就会有人把你搬开，扔进荒沟，那个自在呀。

在我们村，能做到一个朋友都没有，连亲人都不待见你，那是一种至高的人生境界。人们会说，那娃把人活成了。你不必细究这是正话还是反话，你尽可安享字面意思吧。外界的人把没有朋友看成是一件危险的事儿，活着没人帮衬，死了无人送丧。在我们村，这都是咸吃萝卜淡操心。只要稍有点儿阅历的人都知道，对你伤害最大最多的，是那些自称是你的朋友的人。说起这些，就扯远了，就深奥了，在我们村，做一个浅薄的人是最划算的。显而易见的事实是，没有朋友，你不必担心孤独，到处都是只会给你带来快乐而不会给你制造麻烦的朋友。

哦，我还得把话说明白了：人除外。这叫：先说响，后莫嚷。这叫：免责声明。

一群麻雀落在椿树上，喊喊喳喳，热闹非凡，你不管它们在吵架，还是开民主生活会，你一只手插在兜里，或叼一根旱烟棒子，另一只手潇洒一扬，嗓门不大不小喝喊一声，它们就会惊慌失措飞往另一棵树，国槐，刺槐，枣树，都行，随它们的高兴。你悠闲自得转一圈，再扬一下手，喊一声，它们又会飞往另一棵树。麻雀祖祖辈辈与人生活在一起，它们能准确判断出你的善意恶意来的。你逗它们玩儿，它们也逗你玩儿，反正闲着也是闲着，不就是图个乐子嘛。它们的惊慌失措是装出来的，它们让你充分感受到你原来是多么地强大。日落黄昏时，麻雀玩累了，飞进窝去，倒头便是一场好觉。你也玩累了，觉得在这个村子，你并非最弱小的，倒头便做了一场强大的梦。

第二天，晚上睡得好，你精神头很足，但昨天你在麻雀那里已证明了你的实力，你不想跟它们玩了。你低头寻找新的乐子，忽然看见一群蚂蚁，匆匆忙忙，往来穿梭。你顺手抓起一根手指粗细长短的干柴棍儿，横在蚂蚁队伍前面。行军路线是它们的尖兵早已侦察好的，突然遇到新情况，队伍立即原地待命，消息传回总部，只见几只大号的蚂蚁火速赶来，把几根长长的胡须在干柴棍上触一触，调头走了。蚂蚁队伍接到了长官指令，开始攀爬新出现的障碍物。这是一条横断山脉呀，这是长征路上的夹金山呀。它们纷纷丢弃驮在身上的笨重财物，只把卵紧紧抱在怀里，扶老携幼，互相鼓励，前赴后继，奋勇攀登，终于翻了过去。你看看，每只蚂蚁的脸上都荡漾着胜利后灿烂的笑容。它们并不怀疑和怨恨谁在恶作剧,生活中遭遇什么便面对什么,这有啥呀。它们重新排好队列,出发了。你觉得好玩,又用干柴棍儿在它们的必经之地划出一厘米深一厘米宽的壕来。正在赶路的蚂蚁立即停止前进。这是天堑,这是鸿沟。几名尖兵勇敢地站了出来,它们到沟沿察看一番,一个就地十八滚,到了沟底。一名尖兵以为摔坏了,趴在地上想了会儿,试着甩胳膊蹬腿儿,嗨,没事儿,太刺激了!它回头招呼弟兄姊妹们,大伙儿以它的方式一一滚下沟去,一沟都是快活的尖叫。人说上山容易下山难,蚂蚁深有同感。最难做的很容易做了,上山简直是清风明月般的享受。

你的一个小小的动作,便让蚂蚁费尽周折,你的心中油然生出了成就感,优越感,还有挥斥一方的不可一世感。再看蚂蚁,它们并没有像人那样感叹:行路难,行路难!它们乐天知命,一身都是坦然。它们在征服一个个艰难险阻中,凝聚,团结,延续和发展种群。生活嘛,每天都是阳光灿烂,活着还有什么劲儿。

望着远去的蚂蚁队伍和在枝头喧哗的麻雀,你突然觉得你学到不少东西,这是你在人那里从来没有学到过的东西,你内心突然涌上一种冲动,你想称蚂蚁和麻雀为老师。你鼓足勇气,一声喊出,蚂蚁不为所动,继续前行,麻雀一哄,飞向离你远一点儿的枝头。

如果你嫌蚂蚁麻雀太小,你叫它们老师有点儿难为情,乃至于以它们为朋友,也怕人笑话,在我们村,你也不会感到孤独的。你可以扯开嗓子给天唱歌,可以一边走路,一边把一泡少少的尿撒在一大片土地上。在城市,给天大声唱歌,那不叫唱歌,叫大声喧哗,随地小便,叫破坏公共卫生,都是不文明行为。在我们村,没人干涉你。如果没有人与你说话,而你实在想说话,你就说吧,到处都是你忠实的听众。你可以和牛，和驴，和猪，和羊，和狗，和鸡，和小麦，和玉米，和高粱，和一切长耳朵的生命、不长耳朵的生命说话，说什么都可以，说多久，它们都不会烦你。它们不会因为与你的观点不同而红脖涨脸，乃至抬脚踢你，张口咬你，撑角顶你，故意不好好吸收阳光雨露，让你饿肚子，没精神在它们面前口辩滔滔。在这一点上，动物和植物比人的修养好多了。你别担心它们听不懂你在说什么，它们还在担心你不懂得它们呢。你也不必焦虑你的话说多了，它们的耳朵里会装不下。有一头牛的两只耳朵，就够你说一天、几天、几个月、几年、十几年的话了，何况还有那么多的飞禽走兽的那么多只耳朵，何况还有那生生不息的花草树木。

你要说的话，你能说出来的话，其实是很有限的。

所以我说，在我们村，没有人做你的朋友是完全可以的，天空大地，飞禽走兽，草木庄稼，都是你至亲至爱的朋友。有它们在，你不孤独。

7　早起的错误

那天早晨，我起得很早。天还处在被习称为黎明前黑暗的那种情形。可是，我却起床了。按理说，这么早起床算不得一件壮举，连给人说道的资格都不具备的。多少人比这早得多都起床了，有些夜行人还没有来得及睡觉呢。

所以，这是一个寡淡的事件，这是一个普通的早晨。

我把这个早晨从我经历过的无数的早晨单独抽出来，大略是因为这个早晨我原本不必要起得这样早，我完全可以像以往一样，无论睡够了没有，都安心蜷缩在被窝里，有事情可想，就认真地，或装模作样地，像别人想事情时所惯用的那种神态想一些事情；无事情可想，最好什么也别想，眼睛透过屋里漆黑的光线，目不转睛地盯着天花板。虽然，按道理是什么都看不见的，但，天花板上的一切都历历在目。蜘蛛网，灰尘串儿，苍蝇蚊子留下的爪痕，炊烟熏黑了的裱糊纸，等等，这些都不会因为光明而使它们更显眼，也不会因为黑暗而被遮蔽。都是熟悉的物事，多少年了，早已了然于心。我说无事可想时最好什么也别想，听起来这是一句十足的废话，但，最好还是不要当废话对待。有些事就是想出来的。好事被想出来以后未必还是好事，坏事被想出来后一定是坏事。不幸的是，以我的人生经验，自然而然产生的事情都是人生必须经历的事情，它们有助于人的成长，无论是好事，还是坏事，如同风雨雷电之于草木禾稼，而凡是被刻意想出来的事情，总不是什么好事，带给人的多是片面的戕害，如同害虫之于草木禾稼。

既然起床了，就得像一个早起人的样子。有事没事，有意义没意义，总得像一个有事人的样子，总得像一个活在意义中的人的样子。我悄悄打开屋门，在院子里顺手抓过一把铁锨，像一个早起的勤勉的农民，出了大门，来到旷野中。我说的旷野和别人常说的那种旷野似乎不大一样。村落就在旷野中，一家离一家很远。所以，我来到旷野中和我来到村落中，表达的是一个意思。我来到旷野中。手中的一把铁锨，对我并无多少实际意义。这是习惯。所有的农民都这样。我是农民的儿子，我也应该这样。旷野中一定是有野狗游荡的，有时还有野狼出没。我手中的铁锨只是摆设，只是一种姿态，既无奈于野狗，更无损于野狼。我好像还很小，还不具备与铁锨发生关系的资质，而铁锨本身的重量对我都是一个沉重的负担。但，我手中有一把铁锨。我说过，这是一种习惯，这是我的人生的未来形态。我得对未来的不可抗拒的到来有所练习。

　　夜色浓重,旷野中可以看见的物事很少,但我都看得见。我知道哪个庄院是哪家的,是什么形状,在什么位置;我知道哪片地是谁家的,种的什么庄稼,庄稼的长势如何;我知道哪里有一个牛蹄子窝儿,是谁家的牛于某天某时某刻,因为某一件事情踩出来的,出自公牛还是母牛。这些,我都知道。在乡村生活,有些事情,有些堪称复杂高妙的事情,不知不觉就连同现象与本质一起呈现出来了。这与学校完全不一样。一加一等于二,这种原理本来是会自然而然呈现出来的,在学校,却需要老师庄严地站在讲台上,以知识的化身,以真理持有者的傲慢,郑重其事地划拉着指头一遍又一遍地演示的。如此,居然还有同学闹不明白其中的道理。猴老二家的锁娃就搞不明白这个道理。老师已经专门为他演示两遍了,他还不明白。老师有些气恼,便用左手撮起右手的一根手指说,比如这是你爹,你只有一个爹对不对,锁娃说对,老师又撮起右手的一根手指说,又比如这是你妈,你只有一个妈对不对,锁娃说对,老师说,好了,现在我们把你爹和你妈加起来,你说说是几个,锁娃举头想了想说:一个爹,一个妈。老师狠狠地把自己高举着的双手掼下来。当然,没有掼在地上。手与胳膊是连在一起的,一般情况下是掼不到地上的。他说了一句脏话,又说了一句不算脏的骂人话:蠢驴!

　　说良心话,锁娃并不蠢的,我们日常干的坏事,至少有一半出自他的创意。这些,关乎他人的名誉,我就不说了。咱们说涝池旁那一片零乱杂沓的牛蹄子窝儿吧。那就是锁娃家那头公牛和母牛踩出来的。那天午后,锁娃赶着这两头牛来涝池喝水,各自才喝了几口,公牛抬起头朝母牛叫了一声,母牛也抬起头,朝公牛叫了一声,互相叫过三声后,它们便为了一个共同的目标走到一起来了。六只牛蹄将泥地踩出一片狰狞的土窝,在它们那里,我似乎理解了什么叫壮怀激烈。先前,我对这个成语半是明白,半是迷惘。我们都知道它们在做什么,我说锁娃,一头公牛加一头母牛是几头牛,锁娃不屑地说,两头呗,谁又不是傻子!我说,那么一加一等于几,他更不屑地说,二呗,这还用问?我说,那你怎么不知道两根指头加起来是几?锁娃说,指头能加到一起吗,你给我加起来看看!我看见锁娃如此聪慧敏捷,便不怀好意地问,一头牛几只蹄子,锁娃说四只,我说两头牛加起来共几只蹄子,锁娃近乎愤怒地说,当然八只了,你再不要问我这类糟蹋人的简单问题好不好?我说,回答错误!请你虚心些好不好?他愕然说,怎么错了,怎么会错?我指着两头叠在一起的牛说,你自己数吧。锁娃一二三四数了几遍,果然是六只。他忽然指着悬在半空的两只牛蹄说,看,那还有两只!我说,那两只不算。他不服气,说怎么不算?我说,牛长蹄子是做什么用的,他说当然是走路用的,我说,那么悬在空中的牛蹄子还算数吗?锁娃语塞。

我以小人得志的方式为我的胜利欢呼。他从来都很佩服我,在此之后,更佩服了。

我来到涝池边,我看不见那一片零乱杂沓的牛蹄窝儿,但我知道它们分布在哪儿,知道它们的形状,那种壮怀激烈的气息依然清晰可感。涝池离小坡家最近,小坡他爹在一个遥远的地方当兵。他爹不常回来,前年回来过一次。他每次回来,我们都跟前跟后,缠着他讲打仗的故事。他很乐意给我们讲,他有许多这样的故事。可我这个从小就不知好歹的家伙,竟然对他提出了新的要求,我让他讲自己亲身经历的打仗故事,别老讲别人的。听了这话,他使劲一呆，脸红了，红透了。随即，他的表情自然了，他笑笑说，我没有上过战场。原来，我们以为当兵就是上战场打敌人，小坡经常说他爹在以鲜血和生命保卫祖国。小坡他爹在说他没有上过战场时，小坡很不自在，快要哭的样子。小坡的担心是多余的，他的爹并没有因为没有上过战场而损毁在我们心目中的形象，小坡也并没有因为这个而影响与我们的友谊。我们这一帮子小混蛋，做过的混蛋事罄竹难书，但，从小就善解人意。

我觉得在这个安静的时刻，做一些有意义的事情是应该的，何况我手里还抓着做有意义的事情的工具。我想了想，借着微弱的晨曦，用铁锨将那一片狰狞的牛蹄子窝儿铲平了。我突然心明眼亮，终于为黎明时分带铁锨出门找到了理由。让我无法安心躺在床上度过黎明前黑暗时光的诱因，原来是想起了这些本来与我无关的物事。小坡家没有养狗。村里家家都有狗，他家却没有。他家是最有理由养狗的，因为他爹常年不在家。他妈说，养狗干什么，现在的社会这么好的，我家又是军属。这理由让所有的人在这件事情上不再瞎操心。所以，我铲牛蹄子窝儿的行动，看起来场面恢宏，实则是悄没声息完成的。正对涝池的小坡家的大门悄然开了。此时，错误前来叩我心智之扉了。我今天起得早，便以为天下的人都起得早。我以为是小坡，我要跟他在一起玩。我兴冲冲迎上前去。看不清来人的面目，但我知道不是小坡，只有大人在黑夜才可弄出那么厚重的阴影。

双方的碰面不可避免。那人是谁，我就不说了。那个时候都没说，现在当然不会再说了。过了一些日子，在一个深夜，那人被县上来的警察从小坡家逮走了。他是坐那种偏头三轮摩托走的。那一夜，全村所有的狗都在狂吠，全村男女老少在狗的狂吠中不约而同赶到了小坡家。我也去了。那人在几名警察的推搡下,上了摩托车。我感到,他坐在车斗里,野风吹乱长发,很像我在电影中见到的某些人物。偏头车启动时,他抓紧时间狠狠地瞪了我一眼,在此后的很长日月里,村里的人,包括小坡他妈,小坡,都拿眼睛瞪过我。老爹瞪过我多少眼,我记不得了,专门为此事揍过我一回,我却是牢记的。以别的事为由头还揍过我许多次,但我知道,根子在这件事上。后来,那人以破坏军婚罪,被劳教三年。

这件事情,我今天是第一次给人说,三十多年了,我从来没有给人说过。我也从来没有为自己的无辜辩解过。说不清楚的事情何必去说。最初的几年,我并不知道因为什么好端端地受人白眼,好端端地挨揍,也没有人告诉我为什么。那人半夜从小坡家出来,这有什么呀,在我们村,半夜串门的人多去了,谁想到谁家去,想什么时候去,推门就进去了。我和小坡经常玩到半夜,他到我家,或,我到他家,跟在自己家没什么两样。一件如此正常的事,我如果当成什么新鲜的见闻说给人听,不是自讨没趣么?长大了些,我觉得事情多少有些不合适,因为小坡他爹不在家。自家男人在身边,女人可以和别的男人说任何能说出口的话,可以摔跤玩,谁占了谁的便宜,自家男人都会开怀大笑的。自家男人不在身边,女人时时刻刻则要保持一种令人肃然起敬的姿势。小坡妈白天的姿势无比正确,连最挑剔的人也心服口服。

小坡家的墙壁上贴了许多张模范军属的奖状。后来,我明白了,我一不小心把一个神话撞破了。小坡妈是村里人和城里人联手创作的一部神话。她是一个集体的荣耀。我让一个集体脸上无光。

那人刑满释放后,直到我出门远行前,坚持不懈地恨了我许多年,我也没有做过任何辩解。三年的牢狱之灾,使他获得了恨一个人的权利。虽然,他应该恨的人并不是我。我知道,有些事情是一定要有人负责的,无论与你有无关系。多年以后,那人知道是谁出卖了他,村里人也都知道了,在我回老家时,那人和所有拿眼睛瞪过我的人,试图想向我表达一些什么,每逢此时,我便把话题岔开,或借故走开。说不清楚的事情何必去说,已经清楚了事情又何必再说。何况,归根结底地说,我并非完全无辜。那天早晨为什么要起那么早,偌大的村庄为什么单单去了有可能发生事件的场所,与世无涉的牛蹄子窝儿碍你什么了你竟然铲平了它们,一个集体因为你偶尔的早起而颜面尽丧,你还敢妄称无辜?世界上没有无缘无故的事情,有时候,我们要为因果分明的事情负责,也不得不为无缘无故的事情负责。想起了,看见了,躲避不及,这本来就是缘故啊,你就得为此承担后果啊。

我睡懒觉的毛病大约就是那时候种下的根儿,我的生活永远比别人慢半拍,或者几拍。天晴有太阳的时候,我就等着太阳升起了再起床,我不想看见别人不打算被太阳晒着的事情;天阴下雨没有太阳的时候,我就等着来自生活的喧嚣声吵醒我,这样,我看见的事情,已经有许多人先我而见了。我不必担心我看见了什么我不该不愿看见的事情,我也不必为我的看见而担责。

我曾经为我获得的生存经验暗自得意了很长时间。遗憾的是,我渐渐发现,我仍然必须为许多与我无关的事情负责,规避了一种危险,另一种危险从另外的渠道悄悄逼近了。也许,这就是人生的常态啊,谁能说清楚什么事情与自己无关呢?只要你与生活有关,生活便与你有关。

二十四　踩着脚窝走

晚上下了一场大雪,悄悄地,没有人知晓。父亲有睡不着觉的毛病,刚到后半夜,他朝窗外看了一眼,他看见枯黄的地突然白了,知道是下雪了。他很兴奋,从热被窝中拽起了我。他要我赶早去清扫通往山泉的路。我有些不乐意,还得赶紧爬起来。父亲就是父亲,儿子就是儿子,谁家都一样。

我觉得这雪下得有些鬼鬼祟祟。冬天和夏天是不一样的,不仅是天空和大地的颜色不一样,风向不一样,热冷不一样,天和地的行为方式也不一样。夏天,村庄上面的天空,有时候碧蓝如洗,有时候只有几朵云,突然有一股野风从哪条沟里冲出来,天上能聚起一亩地大的云块,地上就能落下几十几百亩地大的雨水。冬天可不一样,比如这次,天空阴沉了几天,人都说今晚要下雪的,早晨起来,地上没雪,雪藏在头顶那一块云中看人的笑话。又有人斩钉截铁地说,今晚一定要下雪的,早晨起来,雪依然在云里藏着。人们对天到底下不下雪不置可否时,天上的云变成了地上的雪。天不喜欢人探究它的机密。

冬天的天像狗,夏天的天像驴。那时候,我是生产队的饲养员,与牲畜接触多了,看见天地万物也都很牲畜。我发现,哪条公狗钟情于哪条母狗,或哪条母狗暗恋哪条公狗,它们的恋情进展得

266

很绅士，无论哪方先主动地叫一声，对方也一定要回应一声，然后，趔趔趄趄，慢慢靠近，互相间伸出嘴来，嗅一嗅，一方叫：汪！一方应：汪汪！翻译成汉语，便是：好，你好。两条狗获得了共识，在广阔的原野上，追逐着，嬉戏着，情绪酝酿足以后，一前一后，躲进庄稼地，林子里，塄坎下，做它们想做的事。驴子可不一样，公驴只要看见母驴，不管母驴愿不愿意，有情绪没情绪，也不看母驴主人的脸色，不由分说昂首一串大叫，叫声把天都能震碎了，撒开四蹄，上刀山下火海般地去了。母驴一副畏怯样子，掉头便跑。村子有多大，驴就能跑多远。两头驴将一个村子搅得与世界大战相似。然后，在众生注目中，它们自顾自地快乐着，或痛苦着。人把胡搞的男女斥之为狗男女，狗若听得懂，定会一百个不服气。其实，狗的恋情比起现代人对性的态度算是老传统了。人在将自己产生的脏水倒在狗身上以示自己的优越时，驴在一旁偷着乐，它们悄悄说：没才气，明明是驴男女嘛。

狗和驴都是离人最近的牲畜，互相间虽不通言语，人却可以用言行影响、领袖它们，牲畜的身上或多或少带着主人的影子。比如，赵七家的狗爱偷吃，赵七就是一个贼种；比如，周二家的驴懒，周二本人便是一条懒虫。在我们村，狗其实对人没多大用处，村子三面是河，一面是高山，请外贼来贼还嫌麻烦。驴的用途可大了，下沟驮水，驾车上坡，拉犁耕地，转圈推磨，还有娶亲时让新媳妇压在妙不可言的胯下，等等。可是，在对待恋爱的态度这一点来说，狗要比驴文明一些。话说到这里就不咋好说了，与人接触得多的牲畜更像牲畜，与人接触得少的牲畜更像人。

我抓起一把铁锨出了院门。在这样一个冰清玉洁的冬晨，我的脑子格外聪明，不大一会儿，脑海装进去过狗、驴、人，还有冬天和夏天这些哲学家才有资格考虑的问题。山是白的,沟是白的,田地是白的,世界变成了一个面孔。晚上,人在户外没有干过什么,牲畜也没干过什么,完好无损的雪地就像一位纯洁无瑕的新娘在等待着我去玷污。我想着我做什么事老落在别人后面:做好事,没有力气,没有技术,做不过别人;做坏事,缺少心眼,缺少胆量,做不过别人。清理山泉路上的积雪,我做到了人前面。我想这大概也是父亲的意思。山泉是全村几十户人家唯一的水源,人们从各家出来,经过或长或短的岔道,都汇集于这条大道。顺着看,像一棵树的几十条毛根,倒着看,像一棵树分出去的几十根横枝。水泉像一个大人物,也像一个没脸见人的有深刻廉耻感的人,躲在一条毛沟里,与所有的人家保持着五六里的距离。每次降雪,不用人号召,各家会主动来干活。这是村里的公益事业,谁家出力多,会得到大家的好评。我家穷,成分也不好,父亲常受冷遇,他想借一场雪提高自己的威望。我理解父亲。我要为改变父亲在村中的境遇恪尽绵薄。

我扛着铁锨上了大路。可是,大路上有一行脚印。我惊讶村中还有比我家地位更低的人家。我心中生出窃喜,虽不道德,却也无可厚非。一个人不能老是排在末尾。这是谁的脚印呢?村中所有的人,大人,小孩,男人,女人,所有的大牲畜,牛、驴、骡,脚印、蹄印我都认得;猪,羊,狗,鸡,还有猫、老鼠、兔子、狐狸,它们的蹄印我可分不清。分不清也没关系,这是一行人的脚印。脚很大,体格似乎也不小,一脚可以踩透半尺厚的雪。脚上穿着棉鞋,前后钉有皮掌,用废旧轮胎做的。村中没有见过这样的人,这样的脚。而且,这个人不是来清理道路的,如果是清理道路的,他会随手用铁锨在路中间豁开一条通道。

我蹲下仔细研究脚印。脚头朝着水泉方向，脚后跟朝着村子。这个人由村子向水泉走了。首先得搞清楚他是从哪家出来的，我沿着脚印往村中央走。还没走过几家大门口，脚印戛然断了，平整无痕的雪地上平白无故地添了一行脚印，像半夜从天上跳下来一个人，准备到谁家去借宿，又觉得黑天半夜的，打搅别人不好，扭头朝水沟走了。我没有铲路上的雪，端着铁锨，将自己的脚准确地套进那行脚窝里。回头看，妙合无垠。我内心涌上成功的喜悦。

　　那时候，我已初中毕业了。踩着别人留在雪地上的脚印，我突然觉得我活了这把年纪，竟都是这么过来的。上小学第一天，老师指着黑板上的一个粉笔字说，毛，毛，毛毛雨的毛，我们跟着说，毛，毛，毛毛雨的毛。院子的积雪刚消尽，地皮还很硬，五个年级只有一孔窑洞教室，轮到二年级进教室上课了，一年级将学到的那个字带到室外，在冻地上练习。我把"毛"字下面那一弯钩老是拐到左边，像个"手"字。大我五岁的班长急了，抓住我的食指在冻地上一笔一画地抠，我怕痛，立即会写了。过了几天，课文中有一个"牛"字，我放过牛，也曾牧笛横吹过，许多次地目击公牛和母牛做羞耻事，并多次帮忙将小牛从大牛的某个隐秘处扯出来。牛进了课本，我却不认识它了，我以为它是另外一个村子的牛。老师把"牛"请上黑板，用教杆的的笃笃点着它，它坚定不移地站在那里。老师的目光飘向院外，高远深邃。他说，牛，牛，牛牛的牛，我们跟着说，牛，牛，牛牛的牛。老师悚然回头，说不对不对，牛，牛，老黄牛的牛。老师领错路，我们也跟着错；老师走上正确轨道，我们也跟着正确。我们都是听话的孩子。但从此我却知道了，我裤裆里那个小闹闹，上了课本，与威风八面的老黄牛是一个东西。初中毕业，老师说（这是另外一个老师，从一座很大很大的城市来的），你们应该到农村去,广阔天地,大有作为啊。老师待在县城,那里还有一批批没学会走路的人需要他指引。天地广阔啊,放羊,放牛,放驴,看牲畜们吃草,干活,打架,大张旗鼓地不要脸。我心中有一棵草,嘣嘣嘣往上蹿,茁壮成长,势不可遏。

脚印很端正,一看就是一个走得端行得正的人踩出来的。这对我是一个约束,一种规范,一种号召。不能因为这是一行莫名其妙的脚印就可亵渎它,不能因为这是一个来路不明的人就可漠视他。脚印是指向水泉的。水泉是全村人的生命之源。世间有没有离开水可以存活的生命?没有,肯定没有。老师们都明确地表达过这层意思。牲畜也需要水,比人更需要水。人没有水,还可以暂时忍耐一会儿,人是听话的牲畜。牲畜可不干,我放过的牛、驴、羊,想喝水了我没水给它们喝,它们就顶我,踢我。牲畜是不会听话的牲畜。我每走出几步就要回头一次,看两种脚印交叠得好不好。这是个原则问题。别人能走到好地方,你跟着走,没有走到,你不能怨别人,你先得自审与别人的走法一样不一样。我的脚印与前面的脚印完全重合。我对前途充满信心。

水泉掩映在一道石坎下。石坎有两人高,一条石梯使人下到泉边变得容易。水泉封冻了,上面铺着银白的雪。这是绝对不可能发生的故障。泉是不冻泉,天可以把石头冻烂,也从未冻住过泉水。现在,泉水封冻了。令人胆战心惊的事情还有:那行脚印不见了。脚印停留在泉边,没有回返的迹象,石坎下没有继续行进的脚印。我踩住最后一个脚印研究了半天,我仿佛看见一个人,冒着风雪,迈着坚定有力的步伐往天国赶,到了天国地界,天忽然塌了,他心中装满的东西顷刻化为乌有。我能理解那个人的沮丧、绝望,可我不敢面对他那张大彻大悟的脸。他没有返回,也没有另找他途,他站在泉边，两眼空茫，心中的东西化为一股薄雾，身子也轻了，消失于白茫茫的雪野。

有一种物质从我的身体某处锥进，十分坚挺、锐利，穿透了把我与世界隔离开来的一堵墙，冷风袭来，周身寒彻。我一下子明白了我从来没有弄明白的事情，我端着铁锹，反身狂奔，也不在乎是否与那行脚印吻合。我另外踏出一行歪歪扭扭的丑陋脚印。回到村庄，人们都在享受着黎明前的美梦，我用铁锹挨门挨户拍过去，狂欢般地喊：啊哈，泉水封冻，啊哈，泉水封冻了。

水泉废弃了，在未开出来新泉之前，全村人和牲畜都在皱着眉头喝苦涩的河水。这么好，这么唯一的水泉，在谁也没有任何准备时废弃了。那一天早晨，我只看见泉水封冻了，却没看见冰层下面的东西。扣在泉上的是一个大锅盖，上面落了一层雪，我把锅盖当成了冰。常拐子的儿媳妇巧花泡涨在里面。人们恍然记起，他家赶在下雪之前，美美地闹过一次家庭纠纷。巧花过门五年了，肚皮还是那样四平八稳。全家人都很着急，巧花也急了。她穿走了她刚给公爹做成的一双新棉鞋。她是怎样将留在家门口的脚印消灭掉的呢？谁也想象不出来，问巧花，巧花无语。

村里开出了新泉，水比旧泉更甘甜爽口。常拐子的腿更拐了，留在大地上的脚印歪歪扭扭。此后，我常常庆幸，那天我若多做一件事，用铁锹敲一敲泉上的冰盖，也许会踩着巧花的脚窝跟她走一程的。

那时候，我习惯了跟着别人走。

二十五　放羊的隐士

　　我原以为放羊是一件简单的事情,简单得比做世间任何事都简单。我甚至认为,一个连羊都不会放的人,恐怕就得让羊去放他了。这话当然有些极端。我那时候说话就这么极端。不仅说话,做事也是很极端的。

　　比如,我家的母鸡正在下蛋,大人让我看住,讨厌的麻雀鹞子就在头顶悬着。它是麻雀鹞子,整个村庄的大树小树草丛间,都活跃着叽叽喳喳的麻雀,它不去抓它该抓也擅长抓的,却把一双鹞子眼,盯在下蛋鸡那里。鹞子的听觉很好,它们能准确判断出公鸡母鸡的叫声,能准确判断出哪只母鸡是因为下蛋叫,还是闲得没事叫着玩,还是让公鸡欺负得叫。只要听谁家的母鸡是因为下了蛋,在高声大气地向主人表功,它就会从高空一个俯冲,飞进鸡窝,稳稳当当地抱走热突突,有时还沾有血丝和鸡屎的鸡蛋。鹞子偷走鸡蛋,当然不是为了孵小鸡,而是为了吃鸡蛋。是不是麻雀缺少某种只有鸡蛋里面才有的营养成分? 麻雀鹞子在吃鸡蛋时,是不是也吃麻雀? 麻雀鹞子既然那么爱吃鸡蛋,它也是下蛋的,它在吃不到鸡蛋时,会不会吃了自己的蛋? 这都是要闹明白的问题。在这个世界上要闹明白的事情太多了。在这个世界上,我不明白的事情太多了。

这种事情不好去问鹞子,只有看住自家正在下蛋的鸡是正经。守护鸡屁股很重要,各家的咸盐、针头线脑等等,差不多都是从鸡屁股出来的。但,让大人去干这种重要的事情,显然是不划算的。好在那时候各家都不缺少娃娃,我就是一个适合守着鸡屁股收鸡蛋的娃娃。别的伙伴也承担这种任务,可每天我家母鸡下蛋的那会儿,别人家的母鸡都还没有下蛋的意思,伙伴们无事可干,便在村里人声鼎沸地玩。我的心早被勾走了,可我的双脚必须一动不动站在离鸡窝两三米远的地方。母鸡好像不大着急,卧在那里,把我的心急上火完全不当回事儿。我又不能离它太近,害怕吓跑了它,也不能给它帮忙。在这件事上,我似乎也帮不上什么忙。我只能在心里暗暗给它使劲儿,我一遍遍悄声呼喊:加油,加油!我看见它加油了,身子一耸一耸的,冠子那里都红了,可是,还不见鸡蛋出来。它掉转身子,把屁股朝外,大概是要调整一个比较舒服的下蛋姿势,我看见鸡蛋的尖梢了,蛋却卡在那里,迟迟出不来。那一刻,我做了我这一生都算比较重要的决定,我悄悄蹿上去,一手按住鸡身子,一手稳准狠地掏出了鸡蛋。

类似的极端事情,其实我并没有做多少。但,极端的话却是常说的。我为我说的极端的话很快付出了代价。我说,拐老黄都能放羊,我不但放得了羊,连拐老黄都能放的。村里管事的人就把放羊的差事交给我了。那时候,我正闲得无事可干。准确地说,可干的事很多,无数的事在等着我干,我干不了,也不愿干。我能干的事情,就是每天看见我家哪只母鸡摆出下蛋的样子,我就立即守在鸡窝边,一只眼睛盯着鸡屁股,一只眼睛扫视空中窜高窜低的麻雀鹞子。当确定每一只母鸡在这一天都下过蛋了,我的事情便做完了。好在我家的母鸡并不多,只有两只。好在每只母鸡无论怎样勤快，无论怎样善解人意，每天最多只能下一次蛋。这我是老早就知道的。我希望的是，两只母鸡能够在同一时间下蛋，这样我就可以节省出一只母鸡下一次蛋的时间。可是，它们好像故意跟我作对，一只母鸡下蛋时，另一只母鸡丝毫没有要下蛋的表示。我只有等待，我不能到离家较远的地方去玩儿。我待这两只母鸡都不算薄啊，每天早上我给它们喂玉米、高粱，还有糜子，它们黄昏回窝时，往往还能吃到我捉的我再也玩不出新花样的各种虫子。我还为保护它们不受公鸡的侵犯而付出过努力。公鸡掐住母鸡的冠子，爬上母鸡的脊背，只要让我发现，我就会把公鸡赶开。我是母鸡的解放者。据说，我也曾被谁解放过，好像只解放过一次，我就被无数次警告，要记住解放者的恩情，可我解放过母鸡多少次，母鸡怎么不记我的好呢？后来，我知道了，不仅这两只母鸡是这样，给你脚下使绊子，给你晾晒在院子里的内裤上抹辣椒面的，差不多都是你待之不薄的人。

两只鸡蛋都收回家后，这一天，我就彻底自由了。据说，自由对有些人来说，比生命还重要，对我来说，有亦可，无亦可。我最多是利用自由之身，爬上门前那棵高大的楸树，看喜鹊窝里的喜鹊究竟在干什么。我往往无功而返。当我还没有爬到喜鹊窝跟前时，喜鹊早飞到另一棵树上了，啾呀啾呀的。我知道它们在骂我。爱骂骂去，被喜鹊骂，比被人骂，耳朵舒坦多了。后来，喜鹊发现，它们误会了我，冤枉了我。我并没有破坏它们辛苦搭建的窝。村里有一个流行的说法，谁要是捣了喜鹊窝，养的娃娃头上生黄疮。村里的很多话，村里的人都深信不疑，可我都不信，这句话村里人都信，我也信。我距离养娃娃的日子，不知道会有多远，但，肯定不是明天。因为我还是娃娃。我不是怕养出一个头顶生黄疮的娃娃，才不破坏喜鹊窝的。不是的。我喜欢喜鹊的叫声,还有它们华美的羽毛。村里有些娃娃一落地,头顶就戴着一层厚厚的垢痂,会走了,会跑了,会干坏事了,那层垢痂还没有褪尽。据说,他们的爹在小时候就掏过喜鹊窝。

我只是看一眼喜鹊窝罢了,只看一眼。窝里其实也没有什么值得多看几眼的东西。这件事情很快做完了,我溜下树,我要去山畔看放羊的老黄。老黄这个人有意思,腿拐得有意思,两条腿都是拐的,左腿朝外拐,右腿朝里拐,都是自家的两条腿,意见却不一致,按我们村子有些嘴头子活泛人的说法:尿不到一只壶里。他的耳朵也是聋的,两只都是聋的。我们村那些嘴头子活泛的人又说了:瞎子会算卦,聋子还编话。确实的。老黄就是一个把话编到登峰造极水平的聋子。有一次,县城逢集,他扛了一卷芦席格拐格拐回来了。那年月,谁家能花两元钱买回一页能罩住一盘土坑的芦席,那绝对是一件风光无比的壮举,荡漾在脸上的笑容比今天把宝马开回家的人灿烂多了。那天,肩扛芦席的老黄很风光,笑容很灿烂,比那天西下的斜阳还要灿烂。我这人,小时候很调皮,做过许多坏事,但从没做过令人恶心的事情。我还有一个优秀品质,从儿时保持到现在了,现在比当年发扬光大无数倍了,可惜的是,很少有人对我这一优秀品质提出表扬。我谁也不怨,我知道,这个优秀品质在我们所在的这个人种里,差不多失传得很难一见了。什么优秀品质呢,说起来很简单,就是:君子成人之美。当然,当年我成老黄之美时,还算不得君子,只是一介到处惹事的乡下顽童而已。我迎上去,我脸上的笑容估计在他看来也是灿烂的。他一定知道当下自己的笑容很灿烂,两个共同拥有灿烂笑容的脸,在那一个斜阳时分隆重相遇了。我说:"你赶集去唻?"老黄呵呵笑答:

"哦,我买席去嘛。"我说:"集大不大?"他又呵呵一笑,一手拍着肩上的芦席说:"哦,不大不小,是中号的,我家的炕就是中号的嘛。"

老黄以夸张的姿势扛着芦席,以夸张的脚步向村庄深处走去。望着他渐行渐远越发夸张的背影,我突然明白刚才为什么会出现如此奇怪的一段对话了。他是根据我的口型,判断我说话的内容,然后,根据现场情景进行回答的。这是一桩了不得的机密,能发现这个机密的人,长大以后没有当间谍,没有搞卧底,实在是浪费人才。我把这个机密告诉了伙伴。以后,老黄在任何场合,都有孩子迎上前去和他说话。其实,孩子什么话都没说,只是嘴皮胡乱动了动,老黄判断口型的天赋也是超群的,他马上就可与面前的孩子开展一场对话。比如,他正在拾粪,遇到孩子问候,他马上会说:"好娃娃哩,这有啥臭的哩,只有臭大粪才种得出好庄稼哩。"得逞了的孩子往往忍不住笑,笑着跑开,把他的辉煌业绩绘声绘色说给伙伴。这种场景遇到多了,老黄有了警惕,再有孩子与他说话,他不急于回话,认真研究一会儿对方的口型后,才决定回话或不回话。

我今天去,不是为了搞这种恶作剧,这是我玩剩的,我向来不玩自己玩剩的游戏。玩,也要玩出新意。这是一个原则问题。我去看老黄捉虱子。羊儿在山坡吃草,他坐在山头晒暖暖。别人是在天冷的季节晒暖暖,老黄无论天冷天热都晒暖暖。大夏天的,狗流着哈喇子都躲到树荫下乘凉了,看门的责任心早让大太阳蒸发干净了。老黄坐在毒日头下,裤子提在手中,低了头,一板一眼捉虱子。我也不是纯粹为了看他捉虱子。老黄的绰号叫气卵子黄。后来,才知道这是一种很难治愈的男性病,他得病的原因大约是因为战争,他是这场战争的最终胜利者,但他却损坏了两条腿,两只耳朵,还有那个那个东西,害得他连老婆都没法娶。所以,有时候上面来人请他参加什么庆祝胜利的活动时,趴在他耳边吼半天,他终于听到了,他耳朵和腿不灵便,嘴头子却相当灵便,他眼皮朝上猛地一翻,反问来人:"谁胜利了？你看我像个胜利者的样子吗？"他的话也有道理。他的许多话都有道理。他是一个能随口说出许多道理的人。他的所有道理都让他两颗硕大无朋的卵子遮蔽了。两朵硕大的肉瘤,堆放在他的裆部,满满当当,在艳阳下,明晃晃地,有吹胀的气球马上要爆裂的感觉。我到了跟前,他也不做最起码的回避。这符合我们村男人的做事风格,他们做有些事时,像我这么大的娃娃,不在回避范围。枣大的娃娃,知道个啥！他们在表达这个意思时,一脸的坦然,还有不屑。我折下一根蒿草棍儿,捣弄他的肉瘤,他在专心捉虱子。我们各做各的,互不干涉。我捣弄一下,捣弄一下,又捣弄一下。他捉一颗虱子,捉一颗虱子,又捉一颗虱子。忽而,他抬眼一望,发现羊儿跑出了他在心里给它们划定的活动范围。老黄右手的拇指和食指将刚捕获的一颗肥硕的虱子夹住,用两颗指头蛋捻呀捻呀,仰起头,朝羊群高喊一声:噭！他什么都没说,只有一声不表达任何意义的喊叫,再看羊群,它们互相招呼一声,那只头羊昂起头,朝老黄所在的方向叫一声,老黄再噭噭几声,头羊就朝老黄所在的地方折返回来了,羊群跟着都折返回来了。

我深感震惊,说实话,对老黄还有些嫉妒。在几十年的人生中,我从不嫉妒人,但,我曾经嫉妒过老黄。不是因为他那两朵惊世骇俗的肉瘤,也不是因他身上拥有绵绵不绝的虱子,完全是因为他与羊的默契,和对羊的无上权威。我觉得,老黄都可以做到,我当然可以做到。我并没有深究,老黄为什么可以做到,我当然不会反躬自问,我有什么理由可以做到老黄能做到的事情。后来,我读一本寓言书,有一个寓言说,每个人肩上都搭着一条褡裢,把自己的缺点装在后面,把别人的缺点装在前面。那个寓言就是专指那时候的我。我只看见了老黄的两条拐腿,两只聋耳朵,两只大卵子。他的弱项正好是我的强项。

于是,我就说了一句大话,于是,我就成了放羊人。

当我从老黄手里接过牧羊鞭,放羊出圈,赶羊进山的路上,我立即明白了:我说话做事是多么地不知轻重啊。羊在村里的大路上别别扭扭地走,一只羊突然脱离队伍跑进庄稼地里,我喊,它不听,我声嘶力竭地喊,它仍不听,我挥起皮鞭去抽它,这当儿,群羊一起涌入庄稼地里。我挥鞭驱赶,羊四散跑开,哪只都需要赶,先赶哪只后赶哪只,都不合适。我在高声叫骂着,而村头也传来了激越的叫骂声,我在骂羊,人在骂我。终于,把羊赶进山里了。散在山坡上的羊,似乎把吃草没当回事儿,与我作对才是它们的任务。我让它们朝东,它们偏偏朝西,而且,每只羊都很有主见似的,都不愿跟另一只羊合群,我撵回这只,那只又跑远了。一整天,我从没停止过叫喊,从没停止过追赶,别说坐在山头悠闲地睡觉吼山歌了,撒把尿的工夫还是我狠了心不搭理羊,才获取的。一天这样,两天这样,一个月也没有多大改观。羊把庄稼糟蹋得实在不像样了,老黄又重掌牧羊鞭。他本来不用做什么事,村里都得像供养老先人那样待他,可他不愿吃闲饭,他喜欢放羊。据说,在最初放羊时,他只用了一天的时间,就可以准确分辨出来八十多只羊哪只是哪只,他给每只羊都起了名字,只用了三天的时间,每只羊都知道自己叫什么名字了,他站在山头上喊一声:"四眼子,过来!"喊声一落,一只黑眼圈的羊就咩咩叫着,很贱地叫着,朝主人屁颠颠过来。牧羊鞭刚抓到老黄手里,羊群眨眼就恢复了秩序。老黄整天

278

闲得无事可干,暴晒了裆部,新生的一代虱子也消灭得差不多了。他就吼山歌,他的声音真叫难听,但他好像不觉得难听,羊也不觉得难听,村里人都不觉得难听,所有活着的有耳朵的生灵都在听。村里太寂寞了,人寂寞,所有的生灵都寂寞,唱得好坏根本不是问题,要的只是响动。大家都在听,我也听,我本来不爱听,我没有别的可听,我的耳朵有听的冲动和听的需要,鸟叫,驴吼,人吵架,都行,只要是声音都行。我听他唱了半天,其实只唱了一首歌。他把所有的耳朵都哄了,耳朵们还以为听了很多首歌呢。他唱的是:

> 月儿落西下,心想小冤家,
> 冤家他不来,奴也不怪他,
> 冤家不在我家耍,心里乱如麻。

> 冤家他不来,奴也不怪他,
> 写封书信拜上他,奴有知心话。
> 两步进绣房,打开龙凤箱,
> 银红纸儿取一张,与郎写心肠。

不知什么原因,好几天,老黄没有吼山歌,村里万籁俱寂,所有的人和生灵似乎都感到了某种恐慌,我的耳朵忽然很想听见什么声音,最好是这种能够让耳朵感到折磨的声音。此时才醒悟道:在这种消磨人意志的地方,耳朵是拒绝好听的声音的,耳朵需要折磨,才可维护听觉功能。为什么一听见驴吼,人就会生出热血沸腾之感呢?

我的放羊生涯以失败宣告结束。我很不服气。当然不服气。我连羊都放不了,再还能干什么? 可我知道,不服气不行,周五自以为长得人高马大，算是男人里面的人尖子，又娶了一个女人里面的人尖子，怎么说，都算是婚姻里的绝配，可是，他的婆娘竟然跟罗三好。罗三算什么东西呢，以周五的话说，跳起来还摸不着我家婆娘的奶头。这不怪罗三，是周五的婆娘主动找上门的。周五和自家婆娘打了几年的仗，还是阻挡不了她找罗三的脚步，周五又跟罗三打了几年的仗，倒把两人打得更热火了。周五彻底灰心了，逢人便说：人里面啥人都有哩，每只羊面前都有一口青草哩，不服不行。

真的，不服不行。无论以什么眼光看，我放羊的水平都应该比老黄高，可是，经羊的考核，被录取的是他，遭淘汰的是我。不服不行。在这个世界上，凡你没有干过的事情，千万不要轻言说那事干起来有多么容易。你觉得容易，那是你看别人做起来容易，自己做了，真的容易，再说容易不迟。那时候，我们村的人常说：放上三年羊，给个县官也不当。我深为这句话所蛊惑，心想世上最苦难的事情恐怕莫过于当县官了，长大后让我干什么都行，扫马路，淘大粪，都行，只是别让我当县官。现在想来，说这话的人，都没有当过县官，连县官见都没见过几个，哪怕当过一天县官，哪怕见过一个县官，在放羊和当县官之间，他毫不犹豫地选择放羊，那他就是一个放羊的隐士。村里唯一有资格说这话的人是老黄，他干过比县官干的还大的事，他不愿干了，他愿意放羊，他放羊的水平很高，他说，前半辈子我让别人把我当羊放了，后半辈子我放羊。他还说，放羊什么闲心也不用操，羊永远不会像人害人那样害人。

二十六　一碗杂碎

1　具体的人

吾乡直到世风日下的现在，仍然堪称民风淳厚古朴，别的不说，单是日常的一些用语及其传达的意思，听起来常常既令人摸不着边际，又感到温暖，比如：具体的人。

什么是具体的人呢，我也算是吃语言饭的人，可多年来，却始终没有搞明白这句话的确切含意，我只能把一些具体的人和事略作罗列，以求同好帮我解疑释义。

其一，周二长的人高马大，力大无穷，与别的大力气的人角力，可以把数百斤重的石碌碡抱起来，绕打麦场转几圈。可他居然是个懒虫，懒名与他的大力气名一样大。他家住在山尖上，田地在河川，两口子日出而作时，挑着两只空桶搁在水泉边，日没回家时，舀满一担水挑回去。那桶是特大号的铁皮桶，一担水刚六十公斤。他家离水泉有将近两公里的路程，都是六七十度的陡坡。两口子在田地里共同忙活了一天，回家时，媳妇挑着一担沉重的泉水，吭吭哧哧爬山，周二跟在后面，双手拢在背后，嘴里叼着一根粗大的旱烟棒，间或还撂出一段酸曲。他常唱的是这样几句：

绣花枕头抱上楼，

看郎睡在哪一头？

这头那头我不睡，

要在妹的怀儿打瞌睡；

在妹的怀儿睡一觉，

身子快乐人轻俏。

周二心安理得，媳妇无怨无悔，村里人也习以为常，有几位老年人看不下去，恨得牙痒痒，恨完，叹口气，说："这个具体的人！"也有对周二媳妇恨铁不成钢的，便咬牙切齿道："两口子一个比一个具体！"

其二，侯爷半辈子只好一件事：嫖风。吾乡把男人乱搞女人的行为叫嫖风。风者，风雅颂之风也，这里面有风流的意思。侯爷从小毛手毛脚，上蹿下跳，跟猴子相似。老了手脚不利索了，可手脚还不安生下来。六十岁那年午后，他在山上砍柴，年过半百的赵大婆在山头放牛，他心里起了意，蹭过去厮磨一番，赵大婆不肯，他便自己动手，只顾眼下快活。这事让人看见了，一声吆喝，村民们都赶来了，赵老大也赶来了。他抡圆扁担抽了侯爷两下，边抽边骂："你这头驴，咋这具体！"村长也在场，他劝赵老大说："算了，他干了坏事，你打了他，两清了，你又不是不知道，大半辈子了，一直这么具体。"

这事就这样了了。

其三，白老大是个贼，活了七十岁，偷了六十多年。他不偷什么值钱的东西，也就是偷东家一个西瓜，摸西家几颗梨而已。走在路上，看见什么好吃好玩的，不摸一把，不尝几口，给自己没法交代似的。幼小时，小偷小摸解嘴馋，人多不在意，小孩子淘气！长大成人还管不住自己的手脚,那就是贼了。可他不偷什么值钱东西,人便不好把他当贼看,被偷的人说给人听,人会说,就那么个具体的人,被偷的人生气罢,也会说,这人真具体。其实,根本不用偷,乡里乡亲的,无论谁到了谁家门前,小吃小喝,从来都是大家共享的。可白老大还是偷,他说:"偷吃的,香!"白老大年过花甲了,腰来腿不来的,还偷,一次翻墙偷苹果时,跌伤了腰,从此卧床不起。村里人都去看望他,自家田地里产什么好吃的便送什么,一送好几年,一直到他死为止。大家都说:"真是个具体的人,到老了,还这么具体。"

被视为具体的人的人很多,被视为具体的人的具体的行为很多,比如,好说荤话屁话混账话的,好搬弄是非的,不拘小节的,说话做事不分场合的,等等,等等,鄙人阅历有限,在此,仅列荦荦大者,不尽一一。看得出来,具体的人,其语义倾向于贬,是那种轻微的贬,多指那些言行越出常规的人,今天越轨了,今天便说是具体的人,明天回到常规了,明天就不是具体的人了。

从学理上说,世上没有两片完全相同的树叶,更无两个一模一样的人,每个人都是具体的人,可吾乡人不懂什么学理,更不是从学理上说的,从具体的人这个内涵与外延都极不确定的判断句衡人论事,更多地则是出于对生活的宽容,忍让,以及无奈。或许,还有一次次无奈后的麻木。

2　不正确的人

吾乡是周人先祖的发祥地,在一般的文书中或口头上,都说这里历史悠久,文化传统浓厚。其实,谁都知道,这只是个说法,说顺口了，换成另外的说法，说着不顺口，听着不顺耳。周人，而且还是周人先祖，那是多么遥远而又遥远的年代啊，周人脚下的大河如今都干涸了，如云如雾如魂如影的传统还能在风霜刀剑严相逼的漫漫历史征程中走到如今？传统肯定是有的，只是此传统非彼传统罢了。一个简单的例证便是，而今存活在周人先祖开辟出来的土地上的人，已经没有几人读得懂先民留下的典籍了。当然，这个要求有些过分了，即以现在的脱盲标准说事，文盲率仍是很高很高的啊。

然而，有传统和传统断档毕竟不同，传统深厚和传统浅近毕竟有别，就如大河干涸了，河床总是在的，高楼大厦崩毁了，地基是在的。吾乡人，哪怕是目不识丁的普通到底的人，内心储存的话语好似这里深厚广袤的黄土，无穷无尽。上小学时，我随父亲去县城，这是我第一次去县城，内心那个激动，那个荣耀！十几名乡亲结伴穿行于二十里长的山道上，经过一个村头的打麦场时，突然看见一伙人头戴纸糊的尖尖帽，胸挂厚木板，被五花大绑着，佝偻在土台上，台下一帮人摩拳挥袖，群情振奋，呼喊声直冲云霄。那时，我已识得不少字了，见这些人的胸前写着各种"分子"的名号，但我不知道这些"分子"究竟何所指。问一位见多识广的乡邻，他淡然道：

"都是些不正确的人。"

"不正确的人！"此后，随着年龄的增长，阅历增广，我发现，在吾乡人的话语系统里，把行为越轨，甚至干了坏事，但不曾受到国家追究的人，都说成是"具体的人"，把被国家认定为坏人的人，则统称为"不正确的人"。前者为纯粹民间的是非判断，后者则是对公权已做出是非判断后的民间是非判断。他们很少机械地搬用已经成型或流行于天下的公权话语来衡人论事。在特殊年代里，把那些戴着各种帽子的"分子"们，他们统称其为"不正确的人"，在后来社会逐渐开明的日子里，他们仍然拒绝使用权威机构使用了的，并且流行开来的话语。比如邱和平把婆姨杀了，被枪决了，法院布告上明明说他是故意杀人犯，那婆姨贤惠善良，大家一致认为，邱和平让国家枪毙一百次也是该当的，但却拒绝说他是故意杀人犯，仍说他是个不正确的人；比如柳黑娃从小就是个坏种，偷鸡摸狗，打人骂人，长大后，变本加厉，骚扰得四邻不安，民愤极大，在被国家关起来前，逢他干了坏事，人们都撇嘴咬牙说："这个具体东西，咋不挨枪子呢！"判刑入狱后，人们又都撇嘴咬牙说："那个不正确的东西！"

事有例外。

樊子昌是个远近闻名的逆子。两口子都不是什么好鸟。樊子昌幼年丧父，靠寡母含辛茹苦拉扯大，娶来的媳妇是个悍妇恶娘，过门没几天，便开始虐待婆婆了。初则克扣吃穿，继之拳脚相加，樊子昌初则不闻不问，继之助纣为虐。有一次，母亲不堪儿媳侮辱，回了几句嘴，樊子昌大怒，竟然冲上前去，将母亲一顿暴捶。乡人看不下去了，他们结伙上告村委，村支书不管，又联名上告乡政府，乡长一推六二五。他们气不过，我家老姑爷大手一挥，喊声："打这两个不正确的狗东西！"樊子昌两口子遭到乡邻一顿暴捶，收敛多了。这次，吾乡人用他们纯粹民间的是非判断代替了公权的是非判断，樊子昌两口子已失去了做"具体的人"的资格，而沦为"不正确的人"了。

语言是权力。忘了是哪位大哲说的这句话，不论是谁说的，这话说得好啊。公权的强弱，在于它创制了多少话语，在于它所创制的话语占据了多大的公共空间;私权的有无,则在于私人是否拥有创制话语的自由,和究竟拥有多大的自由度。而对话语权的占有,则是每一群体和每一个体共同的、不由自主的内心冲动,可是公权过大,群体则会僵硬,失去活力;私权泛滥,又会导致群体的一盘散沙。

"具体的人","不正确的人",从这两个极具地方色彩的命名中,我似乎理解了:吾乡人呈现给世人的常常是两种面目,一者是那样的安贫守道,言行拘谨;一者又是那样的放达自任,口无遮拦。

3　一条狗的告别演说

深夜,周二家的狗叫了一声,悲愤交加地叫了一声。任何一条正派的狗在叫的时候,或者因为某个危险要向主人传达信号,或针对某个攻击目标发表宣言,抑或仅仅是内心涌出了叫喊的渴望,一般至少都要叫两声以上:汪汪!或者:汪汪汪……周二家的狗是啰嗦出了名的,为一件小事,甚至什么事都没有,它只要叫起来,不把一个村庄的毛驴吵得牙龈出血,是不肯罢休的,好长时间了,一个村庄就是在它的叫声中,度过了一个又一个夜晚的。

可今夜,它只叫了一声:"汪!"万籁俱寂的山乡之夜,平白无故地一声狗叫,像是天上落下一个硬东西砸在了朽木板上,或破铜锣上,干瘪地,暴戾地,唐突地,响了这么一声。然后,山乡之夜恢复于万籁俱寂。周二家的狗名叫碎嘴子,这本是别人给起的一个不怀好意的绰号,因为形象,贴切,人们便都这样叫,狗的主人心中很不乐意,可奈何不了众口滔滔,也只好顺乎民意了。碎嘴子在每个夜晚都是要叫的,叫起来滔滔不绝,谁也不知道它会有那么多的话要对世界说,连它的主人都不甚清楚。周二家独居在周家山,偌大一座山头,只住着一家人。碎嘴子每晚在发表演说时,或许是怕吵了主人招致责打,或许是想拥有更多的听众,它攒眉低头,步履施施,从庄院里踱步出来,蹲在山巅最显眼处,朝另外几座住着居民和狗的山头盯视片刻,便开口了。它像一位狂热的领袖,或像一位敬业的老师,后腿蜷曲充作座椅,前腿撑地,舒缓而有节奏地叫上了。叫到动情处,它会舞起两只前爪,往前冲几步,或向后退几步,用形体动作补充着语言表达的不足。

　　碎嘴子的演说开始时,全村人也准备熄灯休眠。起初,人们听着狗叫睡觉还不大适应,边捂着耳朵强行入睡,边与自家人一起数落周家的狗。天明,他们碰上周家的人还要不轻不重地抗议几句,可周家人与大家一样无奈,抗议无效,也就不抗议了。事实上,过了不长时间,人们发现听着狗叫声渐入梦乡,是一件相当美妙的事情。碎嘴子在抑扬顿挫地叫,叫声经过静夜的过滤,接近人耳时,已变得絮絮叨叨,甚或还有些飒飒的意味。听着这样的声音,犹如听着轻音乐入睡一样,不知不觉地,已然堕入梦乡。碎嘴子不明缘由,它以为全村的人,包括所有长耳朵的生灵,都在听它激情澎湃的演说。它叫得很起劲,很动情,也很忘情,它几乎要把演说当作安身立命的事业了。不避风雪雷电,不畏主人的呵责捶打,一夜又一夜。天明后,它依然蹲在山巅上,遥望着各山头忙碌的人影,它想看看人们的脸色,想揣摩人们的情绪反应,以此推断它的演说效果。起初,它看见人们一脸倦容,打着呵欠,把愤怒的神色隔山头向它扔过来,或者向它叫骂一顿,它感到惬意——那种受到关注的实现感;后来,它惊讶地发现,人们天刚亮就起床下地了,个个精神饱满,神情怡然,或者,自顾自忙碌,偶尔向它瞥一眼,也是那种无动于衷的淡漠。它不平了，它愤怒了，它绝望了，难道我竭才尽智的演说，没有一句拨动过你们的心弦？

通过长时间的观察，碎嘴子最担心的结局得到了证实，长时间以来，它在向一个没有任何听众的虚空发表着秋风过耳般的演说，套用一句人常说的话便是：言者谆谆，听者藐藐。

真实的往往是可怕的，可怕得令人绝望，而绝望又往往成为希望滋生和成长的契机。碎嘴子经过一段时间的痛苦思考，终于痛下决心，要在某一夜向全村发表一场告别演说，作为对一项事业的最后总结。这一夜，它伫立山巅，透过夜幕，看见一家家的灯盏依依熄灭，天地静谧，夜色沉沉。它庄严肃穆地站起身来，四爪紧扣大地，身子极力抿缩，鼓足气力，全身往前一突，短促而有力地叫了一声："汪！"然后，像历经千辛万苦，终于到达某个目标一样，如释重负偃然入寐。它仿佛看见这声极具穿透力的叫喊，如同一把利刃，破墙穿屋，凌厉地刺入每个人每个牲灵的耳孔，全村都为之悚然一惊。

确实是这样，全村所有的生命早已习惯了碎嘴子每夜无休无止的演说，而今夜在一声爆叫之后却无下文，他们在倾听，他们已习惯了在倾听中进入梦乡，可是戛然而止的演说中断，使人们进入梦乡的路变成一条绝路。人们经历了一个无眠之夜。早上，太阳升起一人高了，村里只能听见五禽六畜惶恐不安的聒噪，却听不见人声，看不见人影。而碎嘴子从此深居简出，闭口不言，即使全村的狗叫沸反盈天，它也不吭一声。它想，该说的我都说完了，对世界，我已无话可说。

288

4　一头豪情满怀的猪

老姜头家穷,家底本来就薄,薄得差不多要透明了。今夏又遭遇泥石流,瘠薄的田地里一眨眼间涌进去了数不清的牛头大小的乱石,这茬庄稼当然是没指望了,下一茬庄稼眼见得时令过了,地里的乱石还清理不出去。一家老幼五口,这日子咋个过法呢?

现在的政府忙里偷闲,还是记着给老百姓送温暖这档子事的。这不,秋末时,乡政府不知道从哪里弄回来一批扶贫猪,层层划拨下来,老姜头家也荣获一头。那头猪大约二三个月年纪,头圆股隆,四肢短促,步履蹒跚,反应迟钝,一看就是一头食量大容易上膘的好猪。这头猪可是老姜头一家的救星,明春如果无钱买化肥,农田里的肥料就靠它了,如果这半年还找不到来钱的路,明夏全家的单衣就靠它了,明年一年四季都熬过了,那么,过年的费用就得靠它了。一头猪,负担着全家切近的现在和不算遥远的未来。这头猪一进门,老姜头喜不自胜,把抽剩的半锅旱烟在地上梆梆几敲,在灰飞烟灭中,随口说:"天上的元宝掉到咱家了。"他这一说,老伴、儿子儿媳和小孙子,也都随口把这头猪叫元宝了。

元宝似乎懂了主人的话,初来乍到,对新的生存环境一派陌生,也不知晓主人是什么脾气癖好,但它是可以分得清人的笑脸和恼脸的,当即,它迎着一圈笑脸,就地撒了个欢儿。一圈笑脸更灿烂了,元宝就此侦察到了它在这个家中的地位。其实,元宝来到的这块地方,养猪是十分省劲的,不用耗费饲料,也不用拾猪草,也不用看护,将圈门打开,让猪在山野里自由地觅食即可。此地山场浩茫,地广人稀,山坡上盛产当归、党参、柴胡、蕨麻等中药材,而猪最喜欢吃的是蕨麻的那撮嫩叶儿。因此，在此地长大的猪，被叫做蕨麻猪。这里山水秀丽，风清月明，有人用一段谣儿单道蕨麻猪的妙处：吃的中草药，喝的矿泉水，屙的冬虫草，长的金钱膘。蕨麻猪经常在山里野着，块儿长不大，最大的一头也不过三四十公斤。可这种猪肉香艳绝伦，一家煮肉，全村飘香。肉价也极为昂贵，一斤抵得上普通猪肉五斤以上。当然，大多让城里有钱人吃了。饲养蕨麻猪，成为当地居民的一大财源。

元宝大概是出身于城镇的养猪场的，自从来到世间，日月天地是见过的，可它没有体验过在日月天地下徜徉的好滋味。与新主人见面寒暄过后，它瞥见后院有一石砌围栏，便知这是它的安身立命之地了，它主动蹅进去，在不甚宽敞的地面上走了几个来回，看见石墙是新砌的，食槽还算干净，睡觉的地方也遮得住风挡得了雨，它对自己的新家颇为满意。在老家，围栏是终日关闭的，不在于为安全考虑，而在于减少它们的活动量，目的是为了让它们尽快长膘。据说，这是什么科学养猪法。狗屁！人要是多事起来，猪一点儿办法都没有。元宝恨恨地嘟囔了一声，倒头便睡。不幸生而为猪，只得逆来顺受，好在咱天生就爱睡懒觉。

元宝懵懵懂懂睡了一觉，睁眼一瞧，围栏的那扇木条门还未关上，心下正在踌躇是否出去散散步，这时，老主人来了，他仍是一张笑花了的脸，他蹅进围栏，用脚尖轻轻地碰它一下，轻声说："元宝，别睡懒觉了，该吃点东西了。"它站起来，伸头一看，食槽里什么也没有，便惶恐地回头看了主人一眼。他又用脚尖碰碰它的屁股，示意它出去，它一步三回头，走出猪舍，举头回顾，一脸茫然。主人又用脚尖轻踢它的屁股，把它赶到院门外，甩手回屋了。

一条小河从山缝里挤出来，清澈的河水脱了羁绊，在平地上撒着欢儿,一头头或大或小的猪,或三五成群,或形单影只,在小河里,在河边乱石滩中戏耍着,寻觅着各种植物,还有牛、羊、鸡间杂其中,个个无忧无虑,逍遥自在。真个是牲口见牲口,两眼泪花流,元宝顿时精神抖擞,一蹦老高,一头扎入水中洗了个爽身澡,然后,学着别的猪样儿,在乱石堆中觅食。吃了几棵嫩草,它不觉胃口大开,眼界也为之一开,看似乱石磊磊,内中却别有洞天。秋天眼看尽了,别处早已是一派肃杀萧条之色,而河边的乱石丛中,却青草披陈,种类繁多。举头四望,阳光铺地,雾迷青山,清流喧闹,秋风含爽,好一个世外桃源呀。

元宝就这样,日出出门,觅食戏耍于山野间,日落归来,酣卧于人情温馨中,它暂时忘却了自身的前途和未来,它不再关心这些只有哲学家才有资格探究的关于命运呀生命的意义呀这类深奥而不着边际的事情,对于它来说,活着,就豪情满怀地活着,哪怕生命短暂如彗星,也要活出光亮来,哪一天真的死到临头了,也要豪情满怀地向天地长嚎几声,宣告自己曾经活着,活得有滋有味,死得有声有色。再说啦,世间只要是生命,无论是高贵如帝王将相,还是卑贱如猪羊蝼蚁,谁又不是匆匆过客忽忽一瞬呢,谁又真的能万寿无疆生死自决呢?

5　一只被圈养的山羊

快活的日子说结束就结束了,对一撮毛来说,它刚尝着这个世界赐予它的甜头。妈妈是把它生在山坡上的,出生的那天,它记得很清楚,一场秋雨刚过,蓝天当顶,阳光灿烂,嫩草葳蕤,凉风送爽。听见妈妈的呼唤,牧羊人飞奔而来,将满身腥膻的它抱在怀里,他的那张落满尘土的笑脸,是这个世界赐予它的第一份礼物。这一天,这一天的这一个人,让一撮毛坚信:它来到了一个弥漫着自由空气和温情脉脉的和洽世界。

过了几天,一撮毛可以随妈妈一道去牧场了。也就是这一天,它拥有了自己的名字:一撮毛。获得这个名字的缘由,大概是它一身黑毛,偏偏头顶有一撮白毛吧。且不去理会,每只羊都有名字的,或依据外形特征,或依据性格特点,或什么也不依据,牧羊人随口叫出来的,就是你的名字。再说啦,名字嘛,叫得响就行。在它眼里,管护自己的主人就跟皇上一样,可他的名字却叫:草灰。哈哈!一撮毛在清洌的小溪边喝水时,果然在水中看见了自己头上格外显眼的白毛,真是一个天造地设的好名字。它为它拥有这样一个好名字而自豪。出生刚几天的一撮毛来牧场,纯粹是为了散心,为了玩,为了预习今后的生活。母亲和别的叔伯辈的大羊都在忙忙碌碌吃草,有时为争夺一个相好,或一棵嫩草,还得发动或应付你死我活的战争。一撮毛呢,这些事情暂时与它无关,它不远不近跟在母亲身后,眼望蓝天白云,耳听秋风飒飒,呼吸着嫩草野花的清香芬芳,偶尔走神了,母亲会适时呼唤它,或心急火燎寻找它。在它高兴或无聊的时候,也会伸出嫩嘴去舔舔嫩草,这只是做个样子,靠吃草维持生命,对它还是未来的事情。饿了,它会理直气壮地钻入母亲的胯下,母亲丰沛甘甜的奶水是它独享的美餐。有时,主人还会赶过来,将它抱在温暖的怀中,替它顺顺毛,揉捻拿捏筋骨蹄脚,看见它在健康成长,主人的那张布满尘土的脸,比它来到人世间第一眼见到的那张脸还要生动。

这样的日子多好呀,有幸为羊,是多么多么地幸福呀。

可是,这样的日子在一个早晨,却如一阵来无影去无踪的风,莫名其妙地离它远去了。那天早晨,到了往常去牧场的时间,羊圈门还未打开,只见主人扛着一麻袋干树叶,面无表情地随手撒在地上,一言不发,转身而去。母亲和大羊们不问情由,忙着吞食树叶子,一撮毛已经到了断奶的年龄,它吃了几口树叶,觉着不对劲儿:是不是天气变了?它奔到圈门口,抬头看天,阳光明媚,万里无云。这是它来到世间后遭遇的第一件重大事情,还在攒眉思考,听见母亲呼唤它,它只好怏怏回到圈中。母亲叫它没有什么要紧事,只是令它抓紧时间吃草。母命难违,再说它也饿了,可心中的结没有解开,树叶虽吃进嘴里却难以下咽。莫名其妙的生活还在延续,中午,主人又怀抱一捆紫花苜蓿撒在地上,还是面无表情转身而去。这种草是高档食物,平时是不容易吃到的,可在今天,它却吃出了无尽的困惑和酸涩。

熬到了夕阳西下时分,主人打开了圈门,挥起牧羊鞭赶它们出去。这是往常归圈的时间呀,今天是怎么搞的?且不去想这些头痛的事情,奔向自由天地是当务之急。主人要带它们去小溪喝水,走在山路上,它看见即将坠入山谷的夕阳是那样地辉煌艳丽,掠过身边的清风是那样地贴心贴肺,路边的枯草是那样地生机勃然,但,有一点却令它无比沮丧:通往牧场的几个路口都拉上了冰冷的铁丝网!一撮毛通过间接渠道,终于弄清了事情的原委:政府要封山禁牧了。据说,有些靠吃羊肉长大成人并被称为专家的人振振有词地说,每只山羊每年要破坏一百亩草场,因为山羊导致了牧场退化,导致了水土流失环境恶化,只有把山羊圈养起来,才有希望重建一个秀美山川!

真个是嘴是扁的,舌头是软的,咋说咋有理,而人的理便是普天之下唯一的理,而且人的理比天还大。既然人这样说了,又这样做了,羊还能说什么呢?又能如何呢?眼看着一个个同伴被拉走了,据说是直接送屠宰场的。看得多了,一撮毛也不去看,不去想这些事情,活一天算一天罢。一撮毛整天待在圈里,在自己和同类生产的难闻的气味中,吃草、做爱、打架、生儿育女。偶尔想起童年经历过的虽短暂但难忘的快活日子,便奔向圈门,隔着栅栏,怅望几眼蓝天白云,呼吸几口新鲜空气。每天黄昏时分去小溪喝水的那阵儿,便是它唯一的快乐之源和对生活的唯一奢望。

6 牛的样子

我家养了两头牛,一头公牛,一头母牛。我老家那疙瘩,把公牛叫犍牛,把母牛叫乳牛,都是一身土黄色的皮毛,典型的黄土高原的黄牛。我回老家都在春节前后,那阵儿,人闲得无聊,牛也闲得无聊。回家的动机除了亲情的牵挂,总想为家里做点儿什么事情。我能做的事情本来就少之又少,这个时节,就更少了。

于是,我就去伺候牛。

牛对我并不亲热,就像老家人待我一样,觉得我是亲人,也是外人,言谈举止,总有一些不必要的客气,和忽隐忽现的距离感。牛也如此,似乎知道我是它们出门在外的主人,不拒斥我,也不亲近我。父亲任何时候走近它们,它们都会轻摇尾巴,把眼皮和耳朵慵懒地耷下来,把头不经意地偏过去,一副自家人不设防的样子。我靠近它们,尽管手里端着它们渴望的黑豆和清水,它们老是大睁两眼,睁得不算暴烈,却也是一副提高警惕的样子。耳朵也翘起来,看似要伏下去,又翘起来了。四条腿绷得老直,也是一副提高警惕,随时准备逃窜和防卫的样子。我知道,它们还不了解我的身世背景和倾心结交它们的动机。这也怪不得它们，人对陌生人怀有本能的戒备是应该的，牛对陌生人的戒备和敌意也在情理之中。这个道理我是懂的，我便尽量把脸色调配得灿烂一些，动作轻柔一些。但越是这样，倒越显出我的不怀好意来。父亲给它们添料加水时，神色是正常的，动作是自然的，牛要是调皮捣蛋，他理直气壮地呵斥它们，有时还大巴掌抽它们。可它们不往心上去，就像小孩吃自家饭那样，一切显得理所当然。我去添料加水时，它们很矜持地站在那里，头偏到一边去，似乎在对我说：我本无求，悉听尊便。

家乡人把狼吞虎咽的吃相贬为"蛮"，意为不尊贵，不文雅，即使饿极了，也不可显出蛮相。牛们也不愿示我以"蛮"。童年时，我养过牛，每每草料还未调配得当，它们就呼啸而上，常常将宝贵的食物掀翻在地，气得我老哭鼻子。可我心里高兴，牛以我为依靠，我以牛为伴，在野天野地，我骑在随便哪头牛身上，它们都会摇摇晃晃，优哉游哉任阳光朗照，清风吹拂，即使路边有可口的青草，它们也不去吃一口。是不是怕颠下我来？如今，当年我养的那几头牛早已化为尘埃，人虽是由当年的那个牧童长大的，身心内外无疑是变化了的。狗与牛同是家养动物，待人却不同。狗见了衣服光鲜高视阔步的人，就像乡下人见了城里人，脸上总是带着拂之不去的卑怯，见了穿烂衣服脏衣服而不是主人的人，扑咬得格外起劲；与此相反，牛见了身上披满尘土，头脸上挂满脏汗的人，有一种天生的亲近感，大概同是依赖土地讨生活的缘故吧。我的身上没有尘土，头脸上也无脏汗，在牛的眼里，我就是阶级异己分子。它们患了厌食症似的，带吃不吃地吃一口，要抬头看看我。我知趣地退出牛棚，隔窗窥去，它们朝棚口看一会儿，才放口大吃起来。

冬天野外没有青草，但牛还是愿意去散心。我带它们去深沟喝泉水。父亲带它们去时,一脱羁绊,犍牛就去磨蹭乳牛,每磨蹭一回,犍牛哞哞,乳牛哞哞,都是快活惬意的叫声。偶或,它们会犄角相对,不轻不重地磕碰几番。不是打架,是打情骂俏。我带它们上路,它们或一前一后,或隔着尺把距离并行,谁也不招惹谁,像在老师眼皮底下,那些羞涩而稳重的男生女生。我心里说,旷天野地,带你们出来,就是让你们自由活动的。带你们的人既不老,也非老封建,何必呢?可它们不领这份情,大概要向我表示,虽然它们同室相处,同息同止,是不得已的,无可选择的,而它们只是纯洁的同志关系,就像单位上的男女同事,或教室里的男女同学。

几天下来,我的身上有了一些农民的气味。两头牛渐渐地认可了我,与我的关系日见和谐,可这时,我要走了。当我再回去时,一切又得从陌生中开始。牛不会说话,可牛心里装的事可真不少啊,牛要是会说话,许多人生奥义书的作者,大概要由牛署名了。

7　楼前一只鸡

路过城中心一栋居民楼下,在二单元一楼门口呆立着一只鸡。好像是公鸡。公鸡就是公鸡,那是有质的分界和量的规定的,为何还"好像"呢?诸君且勿焦躁,听我道来。此鸡有冠,但冠不甚丰伟,亦不甚亮泽;有尾,但尾羽不甚修长;有腿,但不甚挺拔雄健,略显臃肿拖沓。而我又不好揭开它的屁股看看,揣揣。鸡也是生命,是生命就有隐私,就有尊严,就有维护自身秘密的权利。再说,即使它允许我看看,揣揣,欢迎我看看,揣揣,请求我看看,揣揣,我又能看出个什么门道,揣出个什么是非?

因此,我只能谨慎地说:好像。

无论公鸡,还是母鸡,这都不重要,反正是只鸡,这一点问题都没有,我敢以新版的一张票面为一元的人民币做赌注。

　　需要我们认真对待的是,这是城市的中心,一只鸡为何会站在这里,难道城里允许私人养鸡了?原先,有钱的城里人,都喜欢养个狗儿鸟儿什么的,走在街上,狗儿绕前溜后,如膝下娇子,鸟儿端在手上,如掌上明珠。人儿尊贵,狗儿鸟儿娇贵,满眼都是一个俗透了的贵字。后来,没钱人也学有钱人的样儿来了,一种品级的狗儿鸟儿,狗儿也绕前溜后,鸟儿也高居手中,显出的,却是一股化工厂烟囱里冒出的酸臭气都掩藏不了的穷酸气。

　　现在的人啊,真会玩,玩遍了狗儿鸟儿猫儿鱼儿,又玩起了鸡。我大为感动,但我想象不出这鸡究竟如何玩。再善解人意的鸡也不会在主人面前百媚千娇;再聪明的鸡,发出的声音都是那样的单调无趣;再色胆包天的鸡,让男主人或女主人搂在怀里也睡不着觉。考古资料证明,狗与鸡被人驯养的历史前后差不多,但我相信,在相当长的时间内,鸡不会像狗那样与人贴得近。何故?天性也。

　　我向这只鸡走近了些,它只是身子耸了耸,并未打算逃开。它的两只眼睛像害了红眼病的人眼,烂糟糟的,像血,却没有血水流出来。它的目光呆滞迷茫,好像在做着一个幽深的梦。我向它扬了一下手,就是那种在乡下庄园里常见的赶鸡动作,它只是轻轻地"咯"了一声,就再不理我。它的无趣,让我更感无趣,我便无趣地走了。走出一截,听见有些异样的响动,回头一看,一个男人赤着两膊,一手端着一把亮晃晃的砍刀,一手按住鸡,一撮红水绽出一朵小小的红花,那只鸡便被顺手丢在了旁边一只冒着热气的塑料盆中。在这个过程中，人所制造的响声微乎其微，要不是我的听力优秀，对身后一场大屠杀是要茫然无觉的。

在我的印象中，鸡的嗓门是相当大的，在乡下，鸡们也是要常面对屠刀的，而且，它们深知，只要人把屠刀举起来，它们便会毫无例外地鸡头落地，绝无侥幸，可它们还会在脖子被割断的那一霎间，抓紧时间大叫几声，让热血飞溅开来，以此来证明自己曾是多么鲜活生动的一条生命。可在当下，那只鸡面对屠刀却连吭都不吭一声，不屑，不敢，还是另有隐情？或者，进了城的鸡便把自己当作城里鸡了，城府深一些，绅士一些，傲慢一些，要与乡下土鸡以示区别？

如果再在城里碰见这样一只鸡，我得不耻下问，向它讨教一二。

二十七　乡　赌

1　血色黄昏

　　吾乡地处僻远，三面临河，一面是险峻黄土高坡与外界沟通。乡亲日出作日入息，别无什么娱乐活动，赌博便为一大乐事。除妇女外，老少男子大多参赌，一个赌场，赌客中可能同时荟萃了爷孙父子兄弟亲戚朋友。赌场无父子，来的都是客，谁输谁赢，一律照赌场规矩办事，没有谁给谁讲情面这一说。乡亲们农忙赌，农闲赌，无钱时赌，有钱时赌。农闲时，无钱时，赌兴尤浓，赌风尤炽。一代代人赌下来，便赌出了一方民风，赌出了无数的恩怨。

　　我第一次知道赌博这种事是在四岁那年的冬天。我们那里外甥给舅家拜年是在正月初二。我家与舅家隔一条马莲河，此时河水还在封冻，冰层很厚。刚满十岁的三哥领着我，手提礼物，踏冰而过。中午时分，到了舅家。舅和舅母坐在热炕上，我们进门，二话不说，纳头便拜。舅和舅母像那年月所有的长辈那样摆摆手说："算啦算啦，新社会啦。"话虽这样说，头非磕不可，话是时代话语，磕头却是老规矩。外甥不给舅磕头，那是忘本的罪过。三哥和我上了炕，舅母飞快下炕去，一会儿，饭端上来了。吃罢饭，舅严肃了脸,对几个表哥表姐说:"你们几个给我好好在家玩!"说完,转身走了。过了一会儿,舅母也这么说了一句,端起一面盆油饼出门而去。又过了一会儿,三哥和两个大些的表哥说要去上厕所。过了很久,还不见他们回来,我与两个小表姐不熟悉,玩不到一块儿去,便闹着要去找三哥,她们劝我不住,也便不再劝了。

　　出了舅家门,我却不知道该到哪儿去找三哥。舅家是一座孤庄院,四周都是黄土山丘,几里方圆没有人烟。寒风一阵阵刮过,山川尘埃喧天,一片混沌。第一次一个人处在这样的境况,我感到了极大的恐怖。我觉得满世界都向我大睁着明溜溜的眼睛,都向我伸出了森森利爪,我一边惨声哭号着,一边没头没脑在山丘间奔窜。不知过了多长时间,眼泪哭干了,嗓子哭哑了,我爬上一个孤山包,突然看见一条大沟里,一片柏树高可摩天,在四棵树下,各围裹着一群人,远远看去,人头攒动,隐隐有喧哗声。看见人,恐惧感消失了,不管是什么人,我得和人在一起。一派黄土陡坡,没有路,没有人踏过的脚印,我认准方向,叫号着,连爬带滚,来到了树下。没有人注意我,也没有我认识的人,我只听见人们在高喊着:押单!押双!揭啦!每一轮喝喊过后,便是一片惊叹声,欢笑声,叹息声,咒骂声。我不知道他们在干什么,人群密不透风,我人小,从人的腿缝钻了进去,张眼一看,天,满地的钱。一个人手捧一只瓷碗,碗里装着两颗镶有黑红圆点的方形骨块,盖上碗盖,双手捧碗,一阵猛摇,只听碗里铿铿锵锵如打铃,摇一会儿,将碗放在面前,高喊道:"押,押,快押,要吃牛肉牛滚沟,押!"人们纷纷掏出钱来,堆在碗的两边。那人再喊几遍,看看再无人掏钱,便高喊一声:"揭啦!"人们大睁眼睛盯住碗,碗盖揭开,一片惊叹声过后,一些人欢笑,纷纷往怀中揽钱,一些人边叹息咒骂,边摸索着往外掏钱,天寒地冻的,脸上却流着汗,铁青了脸色,厉声喊:"再来,我就不信狼是麻的!"有人回嘴道:"你来,你来,牛不顶牛是尿牛,瓦罐不离井上破,只要你来的回数多!"

场面热烈,一沟沸腾,我沉浸其中,忘了害怕,也忘了找三哥的事。不知过了多久,忽听得沟口人声嘈杂,几个人群一片声呐喊,眼前的人迅疾各揣钱入怀,一人抓起碗,四堆人各发一声喊,犹如炸弹爆裂,又如羊群突遭狼袭,亦如山洪暴发,只听得一沟的嗡嗡嘤嘤,只见得眼前都是纷纷乱乱的人腿,我不知所措,瑟缩在地,只怕被哪只脚踩上。正惶恐无着,只见一个不认识的妇女,一把提起我,冲过人群,将我扔在沟坡上。此时,天已黄昏,一颗浑黄的太阳挂在天边,随时都要跌落山谷,斜阳余晖,寒风卷尘,天地苍凉。所谓站得高,看得远,定下神来,放眼一望,满沟都是人。有一片已打了起来,众多的人哗地围过去,还没打起来的地方,人们在互相争吵着,推搡着,不知争吵些什么,只见嘴皮飞动,唾沫喷溅。又一个地方打起来了,又有一个地方打起来了,满沟都打起来了。人们有的手抡木棒,有的手挥镰刀,有的解下了扎在腰里的皮带,一沟的咒骂声,一沟的吭哧吭哧声,一沟的惨叫声。我看见了父亲,看见了大哥二哥三哥,看见了舅和几个表哥,看见了几个叔叔,看见了好几个我认识的乡邻。我还看见了舅母,她手中的面盆已空了。父亲离我很近,他隔在两个火气冲天的人中间,那二人一人手持镰刀,一人手提皮带,父亲似乎在劝架,忽见那个手持镰刀的人一把豁开父亲,顺手一挥,一道白光划过,而手提皮带的人顿时脸上红血溅起,我看见,一块红肉从他的脸上跌下来,落在地上,还蹦跳了几下,才轰然寂灭。我看见,那人捂了脸,委顿在地,而我的父亲夺过那人手中的皮带,朝那个拿镰刀伤人的人的头上抽去,皮带挟着劲风,那人扔了镰刀也委顿在地。我看见很多人开始是和父亲一样,在给别人劝架,劝着劝着,也打起来了。

那一场混战是什么时候结束的,怎样结束的,我已想不起来了,多年以后我才知道,那是"文革"中的两派旧怨未平,一方借抓赌之机报复另一方,又让更多的赌客卷了进去。那一场混战,没有人死亡,但在场的,差不多都受了程度不同的伤。

2　摇麻糖

我们那儿把赌博叫耍钱,赌博的形式叫摇碗子,也叫押宝。一人手捧有盖的碗,将两颗色子装进碗里,剧烈摇晃一会儿,参赌的人猜单双,猜哪个就把自己的赌注押在哪边,揭开碗后,两颗色子上的点数加起来,或单数,或双数,或输或赢,磊磊分明。谁执掌碗子,谁便是宝官,谁想当接过碗子就是了,不用任命或选举什么的。不过,一般人不敢揽这大出大进的差事,只有大赌家才敢一试的。其实,赌博的形式远不止这一种。我正式参赌是在六岁那一年冬天,赌的是摇麻糖。我们那儿把麻花叫麻糖,摇麻糖,就是赢麻花吃。

冬闲了,离家很远的一个大村庄过庙会,请的是一个很有名的戏班子,父亲是秦腔戏迷,他要去看戏,顺便带上了我。父亲爱看的是传统秦腔剧目,我们称之为老戏,那年月老戏名列四旧,不准演的,只准演新戏,父亲不爱看新戏,还是去看了,聊胜于无吧。日场戏是《三世仇》,看了一半,父亲不愿看了,便领我逛会。我很高兴。时已过午,肚子早饿了。随身带有粗面干粮的,可又冷又渴,食之难以下咽。一棵大柳树下,围了一大群人,爆笑喧哗,声闻远近,我要去看看,父亲说,那是摇麻糖的。我不知道这是干啥,听上很热闹,便心向往之。看了几分钟,我已明白了其中机关。主人手捧一竹筒,内插若干竹签,将某根签摇出来一次,赢一根麻花。一根麻花本来标价一角钱,客人花五分钱摇一次签,摇中了,得一根麻花,并再赏一次摇签机会,摇不中,五分钱算白花了。看来是很难摇中的,许多人已花很多个五分钱了,还未尝到麻花味儿。顾客多是小孩,人们都没多少闲钱,每从大人手里索到五分钱,就得机关算尽。主人对自己生意的宣传也颇费苦心,有的孩子好不容易安定下来了,他便使劲摇几下手中的拨浪鼓,张口唱出一段谣儿来:

> 当当当,摇麻糖,
> 盘腿坐在了热炕上;
> 喝米汤,吃麻糖,
> 你看吃得香不香。

孩子的肚中馋虫就这样被他反复引出,大人恨得牙痒痒,却也无奈。我也耐不住了,问父亲要钱,父亲倒没为难我,但他掏出五分钱后,决然道:"就这五分钱。"主人看我拿到钱了,几步跨上来,拨浪鼓猛摇几摇,向我高声唱出一段谣儿来:

> 就看你这个乖蛋蛋,
> 签子摇得端不端;
> 一根麻糖香又甜,
> 老汉吃了香断肠,
> 娃娃吃了忘了娘。

接过签筒,我的手有些抖。我双手抱住,闭了眼睛,使劲摇几

摇,一签落地,主人拣起一看:哇,中了! 满场一片惊叹。主人一边给我取麻花,一边乘机大肆鼓吹生意,张口又是一段谣儿:

当当当,摇麻糖,
三请茅庵诸葛亮;
诸葛亮,本事强,
坐在炕上吃麻糖。

奖励的一次机会我又摇中了,再奖一次,还中了,一连摇中六次。每中一次,全场欢声雷动,大多都是花了冤枉钱没有吃到麻花的,主人输得越惨,大家越解气。摇中第六次时,我看见主人的脸失了血色,他不再摇拨浪鼓,也不再唱谣儿,往外取麻花的手有些抖。他是长年做这生意的,明白这是遇到了怪签。我只是四岁那年进过一次赌场,但我也见过一连摇出二十几个单或双这种怪色子,大输或大赢,都是这样导致的。幸好,第七次我没摇中,主人解脱了,我也长出一口气。

五分钱换得六根麻花,按获利的比例计算,恐怕是我从小到现在,占别人的最大的一桩便宜,几十年过去了,至今还颇感得意。占便宜和吃亏,确实是两种完全不同的感受。父亲也很高兴,他毅然将我领进羊肉馆,慷慨地摸出两角钱,大言道:“咱也喝羊肉汤!”两大碗热腾腾的羊肉汤端上来,里面虽然没肉,可那是煮过羊肉的水,是有浓烈的肉味的。父子俩每人两根麻花泡进热汤里,那个香。麻花个儿很大,一根足有三两重,以那时的饭量,我与父亲每人一顿吃掉四根是正常的,各吃掉两根后,都同时说:“饱了。”我不舍得吃了,父亲更是舍不得。福是要悠着点享的。

太阳落山了,朔风怒号,满天飞扬着枯枝败叶。父亲不想看夜戏了,这正合我意。离家还有几十里山路呢,得连夜赶回去。肚里装上了肉汤麻花,既熨帖又温暖,走起夜路来,脚板无比轻捷。走出一段路后,碰上父亲的一位熟人,他也是逛会的,说了一会儿话,他说今夜哪里哪里有场合,问父亲去不去,父亲看看我,黯然说:"不去了吧。"场合是当地人对赌场的说法,我是知道的。我也知道父亲是想去的,他担心我小,累赘。我说:"咱去看看吧,没事的。"父亲和那人看着我这么一个小不点儿,对赌博也有兴趣,都笑。我也跟着傻笑。

场合在一条黄土大沟边的一座独立土庄院里,进出只有一条路。在路口,我忽地发现一截断墙后隐隐有人,我小声说给了父亲,父亲的警惕性很高,便去墙后侦察。墙后藏着几十人,有的挎着步枪,有的手执木棒和红缨枪,个个精神抖擞,严阵以待。他们都是公社的基干民兵,根据内线情报,准备将赌徒一网打尽的。其中的许多人与父亲很熟,有的还与我家沾亲带故的。一个人笑道:"你还是党员,又是当过干部的,还带着这么小的娃,又是天寒地冻深更半夜的,居然也来赶场合,我先把你父子抓了!"夜幕下,我看见父亲的脸色极是尴尬,他不回嘴,只一个劲儿傻笑。那人一只手一划拉,豪迈地说:"算你运气好,四周都是我的人,今晚,哼,一个也跑不了! 明天,一个个串起来,挂上牌子,游完村,一伙押到水利工地改造去!"

侥幸逃脱天罗地网,父亲和那人一路走,一路嗟叹连连,为自己庆幸,为那些即将遭难的人担忧。父亲说:"你看这悬不悬,要是把父子俩绑在一起游村,那还得了,这么小的娃跟我丢人丧德,人咋骂我都不说了,老先人都饶不了我的。"这话他一连说了多少遍,走一会儿,总要说一回的。父亲当然不会公开夸我的,他要背着我走,我却不愿意。一种前所未有的成就感鼓舞着我,那一夜,我特别爱走路,脚上也格外有劲。

3 游　村

父亲与我侥幸逃过一劫,另一劫却在悄悄等着他与我的二哥。正应了一句俗话:将军合应阵前死,瓦罐不离井上破。二哥读初三时正赶上闹"文革",他是远近闻名的尖子生,家里穷成了那样,父亲仍然坚持供他读书,希望有个出息。世道一乱,家庭成分又不好,书没法读了,他失学在家。与所有读书不成的农村少年一样,回到家,所受的教育立即化为无形,大家怎么活,他也怎么活,而且显得有些出类拔萃。

劳作之余,二哥也迷上了赌博。没有本钱,好在也没人验本,也没规定多少钱一注,钱多大赌,钱少小赌,没钱还可以观赌,挺人性化的。二哥天生聪明,赶一趟场合,身上仅有的三五角钱,往往会变成几元钱。这在当时,实在是一笔可观的财富。乡村抓赌抓得很严,再严,也有人赌。被抓一回,游一趟村,或被狠揍一顿,劳改几天,放回来的当天,又去赌。大队生产队干部一边带民兵抓赌,忙里偷闲也亲自赌,民兵也赌。这一切,要根据风头形势判断,要是政治任务,就狠抓,抓别人,自己是要远离赌场的,要是一般的例行公事,那就自由多了。赌得多了,苦头吃得多了,大家都成了有经验的政治家,也学到了对付抓赌的真本事。场合一般都选择在荒僻的废弃土窑洞里,多少年没人住了,窑洞顶上土块伶仃,随时都有可能坍塌。这种土庄院都是依地势修造的,面朝黄土深沟,进出只有一条路,是旧时代防土匪用的,一遇土匪,人可以一头从面前的沟里扎下去轻松脱逃,生人不熟地理,怕摔坏了,不敢往下跳。其实没事的,沟里都是疏松的黄土,跳得得法,至多摔个鼻青脸肿,不会伤筋动骨的。村干部和民兵当然是熟悉地理的,但他们不会往沟里跳,都是乡里乡亲的,谁跟谁有多大的过不去呀。再说了,万一跳下沟追别人摔坏了自己,不但没任何益处,乡亲们还会骂你是个二杆子,拿鸡毛当令箭了。任务只不过是任务,完了任务,任务就完了,脑子没毛病的人,早都成完任务的专家了。

父亲和二哥出事那回,是他们把政治风向判断错了。那天,村干部和民兵都去公社开会了。黄昏时分,有人在山头唱了一曲信天游,唱完就朝一座荒山走了。这是乡亲们发明的一种招赌方式。这一次,场合很大,几个生产队留在家里的男人差不多都去了。管事的人开会去了,大家便放松了警惕。其实,干部和民兵开会只是幌子,半夜时分,他们给腰里拴上绳索,缒入庄院,包围了几口窑洞,又在沟边设了一层埋伏。一声尖厉的哨音响起,抓赌开始了。几口窑洞的赌客束手就擒,而父亲和二哥所在的窑洞是有山墙和门的,被抓赌的人堵在了窑洞里,他们从里面顶死了门,外面的人一声声喝令他们投降,不知谁出了一个主意,里面几个年轻人暗里铆足了劲儿,喊一声"一二",一齐用力,生生地把一面山墙推倒了。抓赌的人没防备,猛地看见山墙倒下来,吓得四散奔逃,里面的人趁乱冲出去要往沟里跳,却被伏兵抓个正着。

这次抓赌是因为国家出了什么大事,为了防止阶级敌人趁机捣乱才大搞社会治安的。父亲他们不知道这个情况,他们的反抗让大队支书大为震怒,被推倒的山墙差点儿砸了支书。被抓的人实在太多,支书将乖乖就范的人训斥了一顿,放了。他喝令民兵将父亲他们捆起来,关押在这座庄院里。第二天,押回队里,给每个人胸前挂上一块大木板，写上各人的名字，用红墨水将名字杀了，用绳子串成一溜游村。全大队共有五个生产队，分散在几十座山包上，方圆几十里。这一次，是要游完五个生产队的。每到有人的地方，每个犯人都要说一句："我叫某某某，我是个坏分子！"围观的人都笑，祖祖辈辈生活在一起，用不着自报家门，谁不认识谁呀，谁没因为赌博被游过村呀，谁笑话谁呀。日子过得寂寞，这是难得的热闹。父亲被定为重点专政对象，因为他是老资格的党员，又是当过公社干部的。要知道，他这个党员是多么有分量吗，五个生产队长都是条件不够入不了党的。父亲自报家门时要比别人多说一句话："我是共产党员，我对不起组织。"

父亲遭到了沉重打击，回家后，他大病一场。乡亲们都来解劝，大队支书也亲自上门来给他说了不少宽心话，可他的心宽不了，他一遍遍说："丢了先人了，父子两个同时丢人现眼，把先人的脸丢尽了。"病好后，父亲在公众场合郑重宣布："大家看好了，我要再弄这事，你们就往我脸上吐唾沫。"

父亲再也没进过任何形式的赌场。二哥也彻底金盆洗手了，工余，他复习功课，自学中医。过了一年，他参军走了。他是一名优秀的军人。

4　人生一场赌

我有一位远房姑父，王姓，名字我不甚清楚，从小都叫他王家姑父。他是乡土名人，名声来自于他的赌。他是有一手不错的木工手艺的，人都叫他王木匠。可他很少出门做工，实在为生计逼得不行了，做一趟工，一分钱拿不回来，有时连行头都会输得涓滴不

308

剩。据说,他拿到工钱的那一天,必定是要进赌场的,他也有忍住不去的时候,可赌友的消息是十分灵通的,三勾两引,他就去了,去了,输不干净是不罢休的。赌友不罢休,他也不罢休。

他就是这样一个人。他有老父亲,有妻子,有一儿五女,妻子漂亮贤惠,儿女也都聪明可爱,多年来跟他一直过着有一顿没一顿的日子,他也不放在心上去。他不知道娇惯妻子儿女,老爹却一直在娇惯他,年近半百的人了,老爹还是很不正常地宠着他,他做事无论如何出格,老爹都是嘿嘿一笑,怜爱地说一声:"这狗日的。"人们把王老爹都叫王老汉,他也是有影响的人物。他很早就参加了陕甘宁地区的红军游击队,特别能打仗。可他立一次功,就要当一次逃兵。他是往家逃的。队伍上舍不得他,就派人来叫,去了,打一次胜仗,又跑回家了。据说,他前后逃跑过十几次。最后一次逃跑,新中国已经成立多年了,不打仗了,可他还跑。这次,再没人来叫他,他回到原地,当了农民。他的逃跑是有原因的,他家从高祖手上,一直都缺男丁,盈盈一线血脉,维持了几代人。打了几十年仗,恶仗硬仗打了不少,他又是个一马当先的好战士,可他连花都没挂过。他是要为家族留后的,可几十年下来,也只获得一个儿子。儿子要不沉浸赌场,十天半月不着家,回家了,不是整日昏睡,便是搜罗家产变卖,偿还赌债。他啥话也不说,儿媳间或埋怨丈夫几句,公爹倒先不高兴了。我记事时,王老汉大概已年近古稀了,他白天要为生产队干活,给全家挣工分,挣粮食,下工回家,要伺候自留地,晚上还要下深沟挑水。可他整日乐呵呵的,没人见过他发脾气长吁短叹过。他爱跟小孩玩,我们这一帮半大小子,经常一哄而上,压住将他的裤子脱了,挂在树梢上,大天白日,人来人往的,他双手捂住羞处,期期艾艾求我们给他上树拿裤子。其实,我们心里都是清楚的，要是真动手，别说脱他裤子，三五个精壮小伙也是近不了他身的。他就是这样一个了身达命永远快乐的老人。

王家祖居之地离我家很远，由于王木匠的豪赌，日子过不下去，在那里他家又是单门单户，没人肯照应，便借重我家势力，迁到了我们村，我家把一座废弃的老庄院让给了他家。

王家还没迁来时，我已见过王木匠了。我也真正见识了这位赌客的风采。我们村靠河边有一条荒沟，长满了枣树，名为枣树沟。那里经常有人聚赌。在我上小学的前一个冬夜，大雪飘飞，天冷得出奇，我早早上炕睡了。半夜突然被惊醒，王木匠坐在炕上，父亲一边跟他说话，一边在地上给他熬茶做饭。王木匠见我醒了，从身边一只黑皮包摸出几角钱塞给我，慷慨地说："给娃买糖吃去。"我伸头一看，包里塞满了钱，我从来没见过这么多钱。王木匠披着一件崭新皮袄，眉飞色舞，大谈他在赌场上的风采。父亲语重心长地对他说："娃他姑父，你半辈子不学好，婆娘娃娃跟你受够了艰难，这次你得见好就收，回去置点家产，过几年正经日子。"王木匠答应了。可喝茶吃饭毕，他手提皮包，一跃下炕要走。父亲急忙拦住他，他手一扬，决然说："狗日的手里还有钱哩，今晚上要是刮不干净他们，我誓不为人"。父亲拦他不住，天快亮时，他回来了。大雪还在下，北风还在刮，王木匠满身只有一条短裤，身上全冻青了。父亲啥话都没说，急忙将他掀上炕，用棉被捂住。王木匠将赢来的一皮包钱倒得一分不剩，连赢来的皮袄、石头眼镜，还有他自己的棉衣内衣旱烟锅都顶了赌债。我长大后，父亲给我说过王木匠那晚赢得的钱的数字，真是太可怕了，那可是上世纪七十年代初的钱啊。

王家搬到我们村后，我第一次失学在家，年龄太小，实在干不了生产队的重活，父亲想让我再去上学，却无学可上。王木匠得知后，手一扬，大言道："这么点儿小事有什么难的，二中校长是我的好朋友，一句话的事嘛!"二中离我家九十里山路，王木匠带上我半夜出发，午后赶到了二中。校长正在操场转悠，王木匠赔上笑脸疾步而前，自我介绍后，校长冷然道："我不认得你!"说完，转身就走。王木匠挡住去路，忙摸出一根九分钱一包的烟卷，往人家手里塞，校长激烈地摆着手，不接。王木匠还没来得及说事情，校长已回了房子，哐的一声关了门。原来王木匠所说的好朋友，只是多年前，他给二中做过几天活。

天快黑了，我俩身上一分钱都没有，随身带的干粮吃完了，在小河里喝了几口冷水，又困又乏又冷又饿，王木匠突然想起他曾给附近一家居民干过活。去后，那家人还勉强认得他，吃过喝过后，就住在那家。早上起来再不好打扰人家了，只得空肚子往家赶。走到街上，农副公司来了一车货，没人搬运，王木匠带上我，还有另外两个人，整整一个早上，把货全部从车上弄下来，搬进了库房。下一车货一元二角钱，每人分得三角。三角钱够吃一顿饭了，可身上没粮票，正在四处找偷卖馒头的人家，在一个背巷的一棵榆树下，看见有一堆人在赌博。王木匠顿时眼里迸放金光，三步并作两步，挤进人圈，摸出三角钱，拍在地上，高喊："押单!"碗子揭开，果然是单。王木匠手里有六角钱了，他喜气洋洋，将六角钱一次拍在地上，大喊："押单!"碗子揭开又是单。他赌得兴起，见我也挤进来了，伸手向我喝道："拿来!"他将我的三角钱和他的一元二角钱，一次拍在地上，又是一声高叫："押单!"碗子揭开，却是双。他脸不变色，啥话也不说，起身拍拍手，高叫一声："回家喽!"

我俩饿着肚子走了九十里山路，回到家，已是午夜时分。

我第二次失学时,已到了改革开放的前夕了,王木匠因为赌博受了半辈子穷,家人也跟他遭了数不尽的殃,他也没少受政府的惩治和乡邻的鄙薄。可他在这一年的腊月二十八夜里,一举扳回了金钱、名誉和人们对他应有的尊重。快要过年了,别人年货都办齐了,可王家一穷二白,别说什么年货了,吃的粮食还是乡亲周济的,几个孩子穿着破单衣熬了大半个冬天。王木匠要借两元钱置办年货,全村几十户人家借遍了,一分钱都没借到。没人敢给他借钱,倒不是怕他不还,怕的是他钱一到手就去赌,这是害人,不是帮人,人们宁愿帮衬他粮食日杂用物。太阳落山时,王木匠朝县城方向走了,上山时,一路还在吼着秦腔。家人也不管他,反正他身上一分钱都没有。村子离县城有二十里山路。第二天日上三竿时,他甩着手回来了。刚进家门不久,人们就听见王家吵成了一锅粥,男人吼,女人叫,乡邻以为打架了,都远远近近赶去解劝。原来是王木匠赢了很多的钱,留下办年货的钱,又要去赶场合。这次,一辈子对儿子百依百顺的王老汉不干了,他顺手抄起一根顶门杠,双手高举,堵住大门,喝令儿媳和孙子孙女抢钱。有老爷子撑腰,姑姑率领六个儿女呼啸而上,将王木匠扑倒在地,将钱抢得一分不剩。为了不出变故,王老汉决定,由他在家看守儿子,让儿媳带着孩子,拉上架子车上县城采购,急用的不急用的,把钱花光。夜幕降临时,姑姑和儿女兴高采烈地从县城回来了,拉了满满一车东西,有布匹衣物,吃的用的,应有尽有。王老汉手不离顶门杠,儿子睡着了,他依然紧握木杠寸步不离,他怕儿子逃脱追到县城抢钱。儿媳回来了,听说钱全部花完了,他才解除武装。人们问王木匠是如何赢到这么多钱的,他无限风光地给大家宣讲了他的辉煌经历。

　　那天,他赶到县城,找到了在县卷烟厂上班的我的五哥,五哥带他吃了饭,他还要借两元钱买年货,五哥不给,他赌咒发誓不去赌博,五哥还是不给。磨到天黑,五哥给了两元钱,但不准他出门,意思是只要他晚上没机会出去,明天一大早买上货,就安全了。王木匠睡着后,五哥上夜班了,临走又给门卫做了交代。五哥下班回来,王木匠还没睡醒,五哥暗自得意。他哪里知道,王木匠在他上班后,悄悄翻墙出去,在县城边的一个村庄找到赌场,他将两元钱一次拍在单上,赢了,他没有往回抽注,一连押了十三次单,揭开都是单。按行话说,宝跌进了单槽。他本想再押一次单,却临时收手了,抽回了注。这次是双。他惊出一身冷汗,揣上钱,推说撒尿,出门拔腿就逃。王木匠这次到底赢了多少钱,很好算的,是二的十三次方那么多。这一场豪赌,也就半个小时吧。听了王木匠的赌法,人们好半天缓不过气来,都说这真是大赌家才敢这样赌的。

在我离家远行的那一年夏天,王木匠唯一的儿子病了,治病需要很多钱,他没有钱,也借不到钱,一再延误,终于不治而殇。他从此不再赌博,什么事也不干,整日昏睡,过了两年,他家迁走了,又迁回了祖居的村庄。

5 赌场无父子

在我出门远行的前一年,国家改革开放了,我们那儿也在酝酿包产到户,神圣了几十年的大集体,一时处于风雨飘摇中。一些好动的年轻人走了,他们都不曾学到什么手艺,文化程度都很低,人们都担心他们出门做何生业。过了半年,不好的消息便联翩传回,有的劫财害命被政府枪毙了,有的被强人杀了,在家蠢蠢欲动要去闯社会的另一些年轻人,有的畏难而退,有的被父母管住了。在家又不想过正经日子，便没黑没白聚赌，那段时间，已没人抓赌了，于是，在任何时间任何地点，只要有人张罗，场合便有了。那个时候的农村已破败到了极限，谁也没有闲钱去赌，又不知道社会要朝哪个方向走，没心思干活，又闲得无聊，便人心思赌。真可谓穷则思变，村里便兴起了摇洋糖包。洋糖者，水果糖也。一毛钱八颗，公社在村里设了百货代销店，九叔高中毕业回家，当上了营业员。天晴的日子，就地在商店门口聚赌，老少妇幼，赌的，看的，叫喊哭闹，里三层外三层，热闹非凡；天阴下雨，赌场便挪入生产队库房，妇女和太小的小孩不许入内，场合便整肃了许多。赢洋糖和赢钱的规则相同，还是摇碗子，揭单双。

　　九叔给大家现场卖洋糖，间或也亲自赌几把。手风正顺的人，赢了糖，随手抓起几颗，扔给自己的儿女，高声大气地说："吃去，管饱吃，看你能吃多少！"把眼睛盼绿了的儿女，顿时，一脸灿烂，手捧洋糖，竟也显出趾高气扬相。正走背运的人，看见他们的儿女也不会有好声气，喝儿骂女之声直冲云霄，有那些不懂眼色的儿女，却在这时向老爹讨糖吃，自然是讨不到的，讨到的常常是顺手一巴掌。那些得到老爹赏赐了洋糖的小孩，剥开糖纸，三番五次要吃，又三番五次舍不得，流着涎水，终于还是忍住馋，挤进人圈，很内行地，大呼小叫着押单押双。八岁的铜锁是赵六的独生子，赵六是一代名赌，和王木匠一样，赌得家里要甚没甚。赵六这一阵手风正顺，眼前堆满了赢来的洋糖，他一下给铜锁扔过来十颗糖。铜锁抓糖在手，并不像别的孩子那样，脸上露出馋相，又舍不得吃，他则毫无迟疑，腰一猫，钻进人圈内围，将十颗洋糖一次拍在单上。赵六刚将两大把洋糖拍在双上，见儿子与他斗法，便一瞪眼，喝道："拿回去！"铜锁说："你押你的，我押我的，少管我的事！"赵六抬手要扇铜锁,被人喝止了,人说:"赌场无父子,各赌各的运气,这是老先人定的规矩。"赵六是知道这规矩的,便不再干涉铜锁。这一宝揭开是单,铜锁有了二十颗洋糖的本钱,气势大增,他挽挽袖子,准备大干一场。

在赌场,财力胆力不济的赌客都自觉地站在离碗子稍远的地方,一般都押游注,这会儿,揭出的单多,便跟着押单,出的双多,就转押双。也不跟人争强斗狠,如果色子较乱,没什么规律可循,便不下注,站到一边看别人赌。小孩一般都选择这种赌法,输不了多少,也赢不了多少。大赌家就像大领导一样,一上场,中心的位置便是他的,傲然往那盘腿一坐,先抓过碗子,等人把注上齐了,也不卖单不卖双,高喊一声:"扯啦!"一把揭开碗子,单双互赔,抵过,有赢余,自己收,有亏欠,自己补。而且,前三宝不卖,借此震场子立威。赵六盘腿坐在左边,铜锁人小,在右边很容易地挤出一个位置,也盘腿坐下。父子俩头脸相对,各具风采。铜锁坐在了赌头的位置,但他却只押游注,而且,赵六押单,他便押双,赵六押双,他一定押单,更离奇的是,铜锁押什么,揭出来便是什么。大家看铜锁手顺如神,便跟着他押,这一头赌注便很重,赵六那一头当然很轻,每开一宝,赵六就要赔出大把洋糖。铜锁越赌越顺,赵六越赌越背,却又不肯认输,眼前的一大堆洋糖眼看没了。

这一宝,铜锁将一大堆糖押在双上,赵六要押单,但他已经没糖可押了,又没有钱在九叔那儿买糖,九叔是声明不赊欠的,赵六便要揭碗子。这是一种破釜沉舟的赌法,自己没赌注了,揭开碗子,如果赌赢了便罢,赌输了,或者卖房卖地卖儿卖女卖老婆,或者当场让人打残打死,老辈人遭此命运的人很多。新社会了,是不敢这样做的,但打是要挨的,赌债也得认,父死子还,不可赖账。在人

315

生地不熟的赌场,如果有人要这样赌时,早有人环立四周,戒备森严,怕他赌输逃跑。村里的老周就干过这活,在离家很远的一个地方与人豪赌时,一把掀开碗子,输了,大略要给赢家赔几千元注的,他一分钱没有,在第一时间,他一跃而起,冲倒几个监视他的人,夺门而出,顺势跳下深沟,脱身而去。他是当过多年特种兵的,身手不凡。即便这样,多年以后说起这事,他仍心有余悸。当然眼下这一赌没有如此凶险,顶多是丢脸罢了。赵六已是满脸稀汗,揭碗子的手抖得厉害,铜锁坐在那里,气定神闲,他不屑地说:"看看你的本钱再揭,这是赌洋糖,不是赌命!"赵六火上来了,大喝一声:"我就不信马能生出骡子!"揭开是一双四点子。铜锁嘲道:"马偏偏生出了骡子。"赵六的脸红了,又紫了,他沉声喝令儿子:"把你的注拿回去!"意思是不给儿子赔注了。铜锁不应声,低了头,在一五一十数洋糖,共是五百颗。赵六又低喝一声:"拿回去!"他的呵斥声现出了气急败坏。铜锁仍低了头,不撤注,也不说话。意思是再也明白不过的:上一宝清不了,下一宝就不能开。赌兴正浓的人不耐烦了,对赵六连声喊:"过注过注,赌场无父子哩,不能坏了规矩,你都算是大赌家嘛,输赢是个啥,脸要紧!"赵六无奈,只好求九叔给他赊五百颗糖,九叔死活不肯,有人出面担保,他也不肯。这时,铜锁把刚当作赌注的五百颗糖推给赵六,说你把账记牢,欠我一千颗洋糖。赵六居然接受了儿子的借贷,坐那儿继续赌。

铜锁一战成名,名声几乎盖过了赵六。洋糖宝摇了一年多,除了小孩吃掉一些糖,这次赢了糖的,下次还拿这些糖赌,经过多次揉搓,糖纸溃烂,糖块化水,污迹斑斑,不可再度登场时,方才万分不忍地赏给孩子吃。铜锁不上学了,小小年纪,整日出入赌场,多大的场合他都敢去,多大的注他都敢下。赵六不敢赌了,父子俩赌掉了家里所有多少值点儿钱的东西。大约十年以后,铜锁被人杀了,全裸的尸体撂在一条深沟里。据说,那一晚,铜锁威风八面,全场让他一人席卷一空。在哪赌,和谁赌,都一清二楚,但怎么死的,赢的钱哪去了,却查不出来,最后,公检法给定了一个失足摔死结了案。赵六在结案文书上签了字,尸体也火化了。这时,赵六又后悔了,年年月月日日上访,找遍了所有与法律有关的机关,把与法律无关的机关都找害怕了。后来,上级法律部门派员复查过,可有用的线索一概没有,这已是铁案。其实,杀人凶手是谁,人们都知道,赵六也知道,赵六翻案不成,曾多次手持利器去杀那人,人没杀了,反倒挨了几顿暴打。赵六已经很老了,不适合耍这种英雄壮举了。赵六知道主管这起案子的都是我的同学和朋友,多年以后我回老家,赵六老两口来我家,期期艾艾求我帮铜锁翻案。我问过我的同学,他说了一些情况,我便想起了美国审理辛普森杀妻案的法官说的一席话,大意是,全世界的人都看见了辛普森那双杀妻的手,唯独法律不能说:它也看见了。法制社会,法律原则高于一切,不冤枉一个好人,大概是可以做到的,不放过一个坏人,如果没有铁证,还不得不放他一马。

6　蒲松龄先生如是说

经历过那么多的赌场风云,目睹过那么多的赌场沉浮,很想就赌博一事发表一点儿对世道人心有裨益的意见,如此也不枉了在赌场流连过,可搜索枯肠,竟找不出一句自感掷地有声的话。好在我中华文化源远流长,博大精深,无论有关哪个方面,先贤语录都堪称皇皇成帙,需要什么,搬将出来,我等后辈,谨遵教导便是。蒲松龄先生不光写小说的手段高超绝伦,对人世诸种委曲的洞察也是入木三分,也正是他卓越的洞察力,成就了他的伟大的小说艺术。老先生不仅善谈鬼说狐,刺贪刺妖,即便偶或论起赌博,其真知灼见,也堪称独步古今。《聊斋志异》中有一篇很短的小说,题为《赌符》,客观地说,这篇与先生的好小说相比,艺术上要逊色不少,可文后的一段"异史氏曰",却不可小觑,现抄录于后,与诸位共赏。唯愿先生泉下明鉴,念此心区区,不以剽窃罪我也。

其文曰:

天下之倾家者,莫速于博;天下之败德者,亦莫甚于博。入其中者,如沉迷海,将不知所底矣。夫商农之人,具有本业;诗书之士,尤惜分阴。负耒横经,固成家之正路;清谈薄饮,犹寄兴之生涯。尔乃狎比淫朋,缠绵永夜。倾囊倒箧,悬金于崄巇之天;呵雉呼卢,乞灵于淫昏之骨。盘旋五木,似走圆珠;手握多张,如擎团扇。左觑人而右顾己,望穿鬼子之睛;阳示弱而阴用强,费尽魍魉之技。门前宾客待,犹恋恋于场头;舍上火烟生,尚眈眈于盆里。忘餐废寝,则久入成迷;舌敝唇焦,则相看似鬼。迨夫全军尽没,热眼空窥。视局中,则叫号浓焉,技痒英雄之臆;顾囊底,而贯索空矣,灰寒壮士之心。引颈徘徊,觉白手之无济;垂头萧索,始玄夜以方归。幸交谪之人眠,恐惊犬吠;苦久虚之腹饿,敢怨羹残。既而鬻子质田,冀珠还于合浦;不意火灼毛尽,终捞月于沧江。及遭败后我方思,已作下流之物;试问赌中谁最善,群指无裤之公。甚而枵腹难堪,遂栖身于暴客;搔头莫度,至仰给于香奁。呜呼!败德丧行,倾产亡身,孰非博之一途致之哉!

二十八　故乡的反方向是故乡

是的,我是一个不回老家的人,一个生活在距离老家并不算远,而且也并没有忙到分身无术境况的人,几年,十年,二十年,未曾回过一次老家。在我们这个把老家捧上至高无上地位的文化氛围下,非但不容易被理解,相反,对于人们,有关的,完全无关的人们,从各个不同角度的指责,你都得默默听着,默默承受着。因为指责你的人是占据着前定的道德制高点的,而对你开展的合法性指责,对于指责者来说,至少有两层立竿见影的好处,一是满足了自己对道德感的追求,一是可以遮盖自己在道德方面的某种不足。国人向来喜欢指责别人,其动机,其功用,大抵如此。谁见过真正有道德的人,会动不动抡起道德的大棒打人? 古人说,小人无错,君子常过。说的是小人永远不觉得有错,错了的只能是别人,而君子因为习惯于反省,反躬自问,便常常会发现自身的诸多不是来。我们且不说小人君子之类的语焉不详的模糊话,在日常生活中,小人说出的话往往一派君子气象,大言炎炎,放之四海而皆准,而君子说话往往带有小人腔,因为要求实求真,说话要接地气,而地上有肥田茂草,也少不了污泥浊水。

我并不是没有回过老家。这期间,有几次,站在河对岸的山畔上,在对老家久久伫望过后,决然反身而去,并未像在老家生活时那样——如果从老家以东的方向回家,到了河边,无论春夏秋冬,水涨水落水清水浊,脱掉鞋子,或挽起裤脚,或扒光衣服,蹚过河去,那就是家啊——可我再也不愿意蹚过这条河,踏上那座被河水和黄土高坡环抱的小村庄了。我不是刻意要这样诀别老家,而是心中不愿,确实不愿,不愿再踏上那片曾经寄托过我十六年生命的土地。但我得郑重声明:我与老家没有任何过节,也与自己的人生处境毫无关系。我与老家的离心离德产生于老家。在我懵懂记事时,有朝一日逃离这个地方,便是我对人生最大的奢望。逃离了,便是逃离了,谁见过脱网的鱼儿会主动返回网里?家是由一个单字组成的语词语义完全闭合的丝毫不具备开放性的概念,在家的前面加上任何限定词或修饰词,比如老家,娘家,便意味着那是别人的家,不再是自己的家了。家只是家,自己的家,生存意义上的家,事实意义上的家,法律意义上的家。

不知道为什么,我是那样醉心于流浪,从能够记事起,这个念头便无比强烈。记事以前呢?我想一个贯穿数十年的念头,和由念头凝聚而起的决心,其诞生绝非毫无征兆。那么,将其归结为天性,将其说成是生命中本身潜藏着流浪的因子,也是在理的。

现在我得说说我老家的样子。

从我记事起,我仰首面前的山,我对眼中能够看见的东西,看一眼后,便不再感兴趣,装满眼睛的渴望是被山挡住的看不见的世界;看不见前面的山以外的事物,便回首身后的山,而身后的山几乎压在我的头上,没有足够的角度观测。严格地说,身后的山并非看见,而是感知到的,那种碾压式的推搡和紧逼,使我时时感到,我会被身后的山推到面前的马莲河中。当然,我后来知道了,身前身后的山,都不是山。这是我终于有足够的体力和自由爬上山顶后才得知的。那是一种叫塬的地形。本来也是可以被称作原的，平原的原，高原的原，原野的原。这是高原上的平地，又是黄土高原上的平地，原来大约是一望无际的那种平地，只因是用黄土堆积而成的，质地太过疏松，在雨水亿万斯年的冲刷中，平地被反复切割，如同一个顽童，用刀子、木棍，或手指，在一只蛋糕上，充满恶意地、反复地划拉，而留下的残迹。于是，原变成塬了，特指的含义是：黄土残塬。

而我住在川里。川，便是被洪水切割下去的壕沟，宽大的叫川，窄小的叫沟。细分的话，还有冲沟、毛沟等等。本地人对这种地形不会感到惊奇，住在川里或沟里的人，将住在塬上的人，统一称为塬上人，而塬上人则将住在川里或沟里的人，称作川里人。这样的称呼极其厚道，或者圆滑，乃至于虚荣。而这正是家乡民间文化的基本底色：厚道，圆滑，或者虚荣。塬是有大小之分的，最大的塬，比如董志塬，那可是地球上最大的、土层最为深厚的黄土塬，几十万人在这里过着衣食无忧的生活，大约还有几十万座坟头占据着可观的肥田沃土。可喜的是，我出生在董志塬边的马莲河畔，可恨的是，这只是地质学上的说法，要化为真实的人生，还得爬上漫长而崎岖陡峻的黄土高坡，在田园时代，那可是需要卓越的体力耐力才可跨越的一道道天堑啊。一代代男人被这一道道天堑累断了腰，一代代女人被这牢狱一般的天堑禁闭在一孔孔黄土窑洞里，生死荣辱全凭天意，或自己的些许小运气。小一点儿的塬，可以成为一个县、一个乡镇的核心，而最小的塬，只可供几户人家，或一户人家安身立命，比如，六寸塬、四寸塬。听听这名字！这样的塬，准确的叫法，应该是峁。就是在影视剧中，在摄影绘画作品中常见的，那种馒头样的黄土山丘。明明是峁，却被叫做塬，正是黄土文化的厚道，圆滑，或者虚荣。如同当下将几乎一文不名的人也称作老板，而把脸皮早已山川起伏的女人称作女生一样，都是一种假装。我假装不知道你生存的窘迫，一声貌似恭敬的老板，叫得你也假装自己不那么窘迫了，把身上最后一张纸币掏出来，为的是对得起人家的那一声恭敬，我假装不知道你的实际年龄，一声女生叫出，你也会像那些不谙世事、不懂得人世艰辛，以青葱的肢体语言，以羞涩的神情，决然地，满不在乎地，掏出丰满或干瘪的荷包，买下只有真的女生才可用的物件。

塬上的人住在高处，住在川里或沟里的人，时时需要仰望，就像底层人遇到了高端人士，高端人士越是礼贤下士，越是虚怀若谷，底层人士越是堕入底层，本来在底层人士中间尚可正常抑扬的头颅，现在颈椎当即断了，本来奉行着人穷志不短不做亏心事不怕鬼敲门人生信条的你，此时，腰间敏感部位忽地有了虚脱感，按正常的音量说话，都有可能导致一泻无余的尴尬，你只有嗡嗡嘤嘤，千般忸怩万般卑贱，高端人士在你的眼前便真的危乎高哉了。而当高端人士体察民情已毕，绝尘远去多时，你拊膺再三，调匀气息后，那个高端的身影由正午时的长度猛可间延展为夕阳西下时的景象，而这会成为你终其一生的奇遇和荣耀，你从此，再也走不出那个漫长的身影了，从脚步到灵魂。塬上的人终日俯视着比自己低的川里或沟里人，长久的俯视，最容易建立起对被俯视者的一种优越感，对方本来就比自己低，现在更是渺小，或者近乎不存在了。然而，身居高处的人，站得高看得远，心胸开阔，气魄雄大，明白同情心和怜悯心，是人类最为宝贵的一种品德，尤其是高端人士之所以成为高端人士先决的道德律令。于是，明明被俯视的人，只有靠先天的优越的体力、意志力，才可勉强苟活的，蜷缩在阴暗、逼仄的冲沟、毛沟里的人,一概被塬上人尊称为川里人。而在这样称呼对方时,语气中一律挥洒着慷慨豪迈,就像那些在自己一脸倦色的属下面前神采奕奕叮嘱要注意休息的高端人士。

而塬上人最喜与川里人联姻。基本的格局大约是,塬上的男人往往讨川里的女子做老婆。川里人在塬上人那里,血液中流转着一种自卑感,川里的女子做了塬上人的老婆,如同民女嫁入豪门,那可是一步登天,人家吃了亏,自己占了大便宜的买卖。这样的选择,处处透着塬上人站得高看得远的高屋建瓴。川里的女子从小是在苦水中泡大的,吃得了苦中苦,最容易满足,婆家人偶尔给一个好脸色,都是山珍海味的享受,都是要以牛马般的忠诚和辛劳作为回报的。还有,万一两亲家有什么别扭,最先让步的,理所当然是女方了。塬上的中等男人闲谈间,便可娶到川里的上等女子,塬上的下等男人,哦,得格外声明,这里的上等中等下等之说,与人权概念中的种族无关,说的只是人的先天条件,完全是民间习惯用语,所谓下等男人,指那些家境贫寒,本人游手好闲,家无余财,身无长技,或者,有着这样那样的身体残疾,只要他们格外放下身段,便可轻松娶到川里的中等女子。而塬上的上等男人,那些家有闲钱,人也有说得过去的才貌,门风家风周正,个人没有什么明显坏毛病的人,说一千道一万,是不会把川里的女子放在眼里的,除非你有西施之貌。而荒天荒地的,哪里又会生出西施一般的妙人呢。所以,这只是一种假设。那么,塬上的此类上等男人如何解决婚配呢,第一选择当然是大体门当户对的塬上人家吧。

塬上的女子也有下嫁到川里的可能,无论处于什么情形,都是下嫁。这是老天爷对塬上有些女子天大的不公。不是家境差,严格地说,相对于川里人,塬上没有家境太差的人家,大体平整的土地,一眼可以望出去很远的视野,哪怕房无一间地无一垄人无一技品无一优,地理环境把这一切的不足都可一把抹平了,就像王侯将相家不成器不成人样的公子,照样可以轻松娶到貌美如花的妻子。塬上的女子相貌再差,差到无盐的份上,川里人都得当成西施那样仰望。这里说的差,是指那些天生残疾,身体缺这少那,心窍缺这少那,这样的女子在塬上同样不被人看好,哪怕男方比自己还差,男方也不会正眼看你,因为有川里的中等女子早已投怀送抱了。塬上的这类女子,站在塬畔,把川里人俯视够了,扯开嗓门大哭一场,骂天骂地,骂川里人,好似她的不幸是由川里人造成的,然后千挑万选,横挑鼻子竖挑眼,鸡蛋里面挑骨头,最终挑一个家境殷实、门风家风周正、其人老实厚道、勤劳能干的男子嫁过去,而迎娶之前,男方必须给女方家提供一笔让真正的有钱人都得出几身冷汗的彩礼,来报答女方父母给自己养大了一房媳妇。这是纯粹给女方家的,还有给女方本人的,足够八年穿的衣物,足够一辈子用的生活设施,还要规模浩大豪华排场的婚礼。这都是女方父母对女儿的关怀呵护,若不借着这次机会一次备足了,女儿到男方家会受苦的。对男方的一次性搜干榨尽,男方娶一房媳妇,下半辈子基本上都用来偿还结婚债务了,而媳妇除了能够承担传宗接代功能,基本什么事儿也干不了,生育的儿女从小在社会底层挣扎,长大成人,仍然处于社会底层,恶性循环,永世不得翻身。如果没有改天换地的重大变故,在正常社会秩序下,这样的人家恐怕几代人都不得翻身。

那么,又有心思缜密的人要质疑了:川里的男人干吗不在川里找一个身体大概全乎的川里女人为妻呢?这就不大容易说明白了,非要说就得语涉玄虚,比如人性的弱点什么的,虚荣,攀高枝,攀龙附凤,如此等等,要的是人前的面子,要的是挂在人们嘴上的说头。"谁家谁家给儿子娶了一房塬上的媳妇!"听听啊! 修习过史学的人,都知道历史是一门最容易忽视细节的学问,在结果那里,动机、过程,往往会遭到有意或无意的遮蔽,而川里人当然谈不上什么史学了,可史学也并非一味地高高在上,相反,向来与人情道理纠缠不清,而所谓的人情道理的形成,史学无休无止地训育,则功不可没。就像一位乡邻女孩,使尽黄土高坡文化熏陶磨炼出来的坚忍不拔精神,嫁给了老外,而那个老外在那个生活水平与我们大中华天朝还有一定距离的国度里,仍属平民阶层,但人们并不刻意根究这些,舆论一律地说:谁家谁家的女娃嫁给了外国人,看看人家! 女孩的家人在人面前从此有了面子,如同结了皇亲。而摆在川里男人面前最残酷的现实是,川里稍微看得过眼的女孩谁又会把自己的人生托付给川里男人呢。

　　当然,老天爷关闭一道门,总会随手打开一扇窗的,世界的失衡是世界的本来面目,但严重失衡,则会导致倾覆。所谓覆巢之下无完卵,这种结局也非老天爷本意。道理很简单,受到众人抬举供奉的老天爷,才成其为老天爷,才活得像个样子,正如皇上,高居龙廷,挥斥万民,才算是皇上,孤家寡人一个,是不是皇上都无所谓。老天爷的平衡术在黄土山乡起到的效用,触目皆是,众所周知。川里人也有自己的优越感,真实的优越性,心里的优越感,都有。拿吃水这件最日常不过的事情说吧。黄土高原缺水,对于此,老天爷都是心知肚明的,土层太厚,地表水留存不住,地下水埋藏太深,要是生长于山清水秀地方的人乍然看见塬上人的日用水,当场吓不死,也得吓得好半天回不过神来。塬上人都备有水窖。什么是水窖,就是收集储存雨水的土窖。土窖的建造是一项非常浩大繁复的工程,先在低洼地挖出一方深坑,再用黄土沿圈夯筑成瓦缸状,撮口,鼓腹,收底,就像当下我们常见的那种营养过剩又慵懒昏聩脑满肠肥大腹便便的中年男人。这当然不够,黄土无论怎么夯筑,都会渗水的。这就需要红胶泥。黄土高原满目黄土,遍地黄土,可要找到红胶泥,比找到成形成材的石头还难。红胶泥就是红土,黏性大,干燥后,不易渗水。先在空地上圈起一方泥坑,把粗糙的红土颗粒碾压成面粉般细柔的粉末,浇上适量的水,人的力气有限,再强壮的男人都是搅拌不匀称的,得用黄牛。挑选一头最为强壮的犍牛,赶入泥坑,一人牵着缰绳,犍牛在泥坑反复转圈,牛蹄每在泥坑走出一步,如同红军过草地那样艰难。等到一坑红胶泥彻底黏结了,那头最为强壮的犍牛也累瘫了,休息半个月一个月都缓不过劲儿。有的犍牛,这样一场事儿下来,强牛变成弱牛,算是半废了。红胶泥顶替的是水泥的作用,先贴墙箍起一圈,再将泥团搓成胳膊粗细的泥棒,从已经相当致密的泥墙上楔入,像是给木头家具上卯榫。每片手掌大的墙体上楔入一根泥棒,俗称钉窖。一口这样的水窖,如果管护得当,可供几代人使用,谁家拥有这么一口水窖,几乎是最值钱的家当。水窖阴干了,改好水路,遇到下雨,便可蓄水了。

必须是暴雨。黄土层深厚而疏松,小雨,乃至中雨,地面难以形成水流。暴雨来得急,收得也急,地面洪流涌起,沿事先修好的水路灌入水窖,而水路都是黄土路面,洪水如利刃,沿路切削黄土,水路上有什么捎带什么,牲口粪,枯草枯树叶,杂七杂八,一并涌入水窖。刚入窖的雨水,最好不要去看,一窖黄泥汤,上面漂浮着各色杂物。这时候水窖的水是不能饮用的,人不能饮用,牲口也不能饮用,谁用谁拉稀跑肚。必须沉淀十天半个月,泥沙下沉,水色渐渐变为土黄色。取用时，像在水井打水那样，水桶吊下去，拉起一桶土黄色的水。大一些的水窖，可以储水七八十方，在夏季，随用随储，冬天过后，春旱开始，水窖有无水，储水多少，直接关系到日常生活。到夏天暴雨来临之际，水窖也要空了，得赶紧清淤，所谓一窖水半窖泥，窖底淤泥已有一米厚薄了。当然，时代在进步，现在好了点儿。前些年，有关社会组织在极度缺水的黄土旱塬大规模修建母亲水窖，修造原理与泥窖类似，只是用砖和水泥垒砌窖体，再用水泥修建雨水集流场，这样一来，中雨，乃至小雨，冬雪，只要水泥地面起水，都可汇入水窖，而且，落在水泥地面的雨水杂质较少。这多年，塬上的人看到了这点好处，也不惜工本，几乎家家都有了这种集水设施。说是水质好，只是相对而言，只是依照塬上人先前的饮水标准，在城里人，在川里人那里，饮用未经净化的雨水，仍是一桩可怕的事情。

讲究的人家，也会不惜工本去吃泉水，而泉水只有川里或沟里有。取一趟水，最短距离也要三五里，大多都在七八里，乃至十几里。挑一副空桶，从陡峭的黄土高坡下来，装满泉水，再原路爬坡，取一趟水，往往需要耗费几个小时，半天工夫。这只有强壮男人在农闲时分才可做到。有大牲口的人家，可以赶着毛驴或骡子驮水，妇女、小孩、腿脚灵便的老人，都可以做到，而一对大号的驮桶，一次可以盛水二百斤，抵得上人工取水两趟。水来得不易，用水便格外节省，塬上人家再不懂得过日子的人，浪费粮食的行为有，浪费水的人绝对没有。川里人挖苦塬上人，往往说，到你家门前讨一口水喝你都不舍得。确实，是夸大了些，要馒头吃，只要有现成的，别说是乡邻，哪怕是要饭的外乡人，一般都不会被拒绝，而要喝水，那可真不一定给你。

人畜饮水是再也日常不过的事情,因其日常,说成是天大的事也不为过。在这一点上,川里人的头颅尽可以抬得高过垂直高度几百米的黄土塬,然后俯视塬上人。在日常生活方面,川里人还有一个优越条件。在漫长的时代,黄土地带草木稀疏,居民的烧柴主要依靠庄稼收割后的秸秆,还有山坡上的蒿草。但,秸秆的用途太多了,比如大牲口在冬天的干草,而秸秆本身是不经烧的。蒿草便成为主要燃料。人口充分繁衍后,塬上哪怕脚掌大的平地都种了庄稼,哪有野草的生长空间?再说了,蒿草这种植物,夏秋间长高了,极其鲜嫩,连根拔下来,晒干了,烧起来可真烦人,火力不足倒是小事,主要是烟太大,农村都用土灶,塞进去一把,火灭了,却不能用风箱,风箱一起,柴灰轰灭了火焰,也将灰雾吹得满灶屋都是。只能用嘴吹,嘴对着灶膛,用力小,扇不起火焰,用力猛,火焰轰然而起时,一股浓烟,一团灰雾也跟着喷薄而出。而这种柴火又是极易熄灭的,吹一口,一道火焰,一股浓烟,一团灰雾,烧火者两包眼泪,一脸灰雾。嘴刚离开,又熄火了。一顿饭做下来,眼泪根儿都被剜出来了。

　　川里地广人稀,野地多,许多地方,一户人家占据一条冲沟毛沟,或一座小山包,勤快的人家,屋前屋后广植树木,有果树,也有薪炭林,每年剪伐下来的树枝,都可以对付一阵子的。还有,门前河流每年夏季都是要发几场大水的,黄汤滚滚,裹挟着各种杂物,比如,树枝,乱草,牲口粪,等等,要是来自东边子午岭林区的洪水,那就可观了,河水整个都是黑的,大树亦不鲜见。河边的人都有从古以来约定俗成的规矩,从河里捞上来的东西,谁捞上来归谁所有,包括活人,主要是青年女子,理所当然归打捞者。假如打捞者家人正好没有婚配需求,则可以当成自家女儿嫁给亲友,而该女也会将自己的救命恩人当成娘家。不说这种属于小概率事件的非常好事了，即以正常而论，一场大水，往往可以解决大半年，乃至几年的燃料。发大水时，每个村子人声鼎沸，一片不分点的吆喝声："捞柴了！"老少男女，凡是能够行动的人，扛着铁耙、木杈、舀子等工具，呐喊着，奔向河边，占据有利位置。所谓有利位置，也就是回水湾，或河水拐弯处，中流正好靠近河岸的地带。人们挥舞起各种捞柴工具，将洪流中的漂浮物，划拉到岸边。碰上大树，也正好离岸边稍近，一个人，或一户人家是绝对拉扯不出来的，这时，合作精神便诞生了，几户人家各自水性好的男子进入洪流中，合作拖住大树，在几尺高的泥浪里颠簸起伏，先顺流而下，借着水势，慢慢将大树拖离激流区，在下游的某个回水湾，再拉扯出来。捞柴行动结束后，参与者对大树分解了，然后平分。也有大树太大，水流太急，继续拖扯下去会有危险，一般也不会有人效法中学语文课本上宣传的金训华为了在洪水中抢救电线杆而搭上性命的英雄壮举，此时，有经验的人会大喊一声放手，大家同时放手。人命第一，再值钱的东西原本是洪水冲来的，捞着了归自己，捞不着，还给洪水，没有人会因此拼命的，也不会有人因此心生遗憾。可别小看了洪水中捞出的烧柴，大多都是普通植物，蒿草，秸秆，草根，等等，经洪水浸泡后，晒干，顶得上干树枝用呢。不起烟，火力壮，随便抓起一把塞入灶膛，风箱扯起，火苗呼呼的，一顿饭用不了多少。发一次大水，哪怕洪水发自苍白干旱的黄土区，也会大有收获的。那些漂浮在浪头上的黑乎乎的杂物，碎草，树叶，羊粪之类的，用不着铁耙木杈之类的，用铁网细密的舀子捞上来，晒干了，仍是上好燃料。这种燃料被称之为浪沫子。洪水退后，凹凸不平的河滩上，还会沉淀些许浪沫子，用竹扫帚攒起，拿回家，也是上好燃料。同样的植物为何经过洪水浸泡后,质地坚硬了,烟灰少了？河边的人没有人去管这闲事,好用就行了。其实,原理很简单,洪水含有大量泥沙,将植物中的水分吸附一空,阳光暴晒后,构成植物的元素起了变化。

塬上人就没有这种条件了,夏季的暴雨都是一片一片的,这片山坡暴雨如注,那片山坡艳阳高照,都是常事。俗话说,隔一条犁沟,都是旱涝两重天。意思是说,只有半尺宽的犁沟,这边暴雨成涝,那边亢旱成灾。这不是形容词,而是黄土山乡夏季的常态。本地暴雨,洪水中的财富与本地无关,洪水将本地的杂物搜罗出来,携带给下游了,而上游下没下过暴雨,下游人并不知道,看见河道里洪水翻卷,川里人赶往河边,都是来得及的。待塬上人看见洪水,一路奔跑到川里,几道洪峰已过,而前几道洪峰携带的杂物最多。再者,川里人早把几乎所有便于捞柴的有利位置都占据了,塬上人只能见缝插针,看着川里人的脸色,溜些许边儿。而且,都在一方天地生活,只是塬上塬下的区别,塬上人活到老,都是彻底的旱鸭子,一个村子挑不出一个勉强会水的,还普遍晕水,只要到了河边,据他们说,脚下的土地在到处乱跑,眼前的水流迷离恍惚,脚下明明踏着硬地,此时,地是软的,棉花一般虚浮,他们跟着脚下的土地跑,直接跑进水中了。在清流那里如此,在喧天洪流面前,早已魂飞魄散了。

小时候,每到县城逢集——县城在马莲河以东的高原上——马莲河西边塬上的人,下到河边,大男人在只有齐膝深的河水里哇哇哭喊,我们这些河边七八岁的小孩,牵着他们的手过河,一趟可以挣两毛钱。黄昏,赶集回来,我们再接引他们过河,一趟又可挣得两毛钱。十天一集,我们在这一天,每人都可挣得一元两元钱。在那年月,这可是一笔巨款啊,一个月一分钱不进的农户,太普遍了啊。若是早上赶集过河,中午突遇暴雨,发了洪水,黄昏时,塬上人隔在河那边,那又是一番情形。洪水要是太大,川里人也不敢轻易涉足,一般的洪水,川里的男人,半大小孩,会脱光衣服,在洪流中漂流几百米,爬上对岸,让对方,无论男女,都要脱得一丝不挂,为保险起见,还得捆住他们的双手,拉扯进洪流,在泥流中,高高低低,漂流到回水湾,拉扯上岸,让他们自己去小河沟,用清水洗去身上泥垢,川里的男性又从河岸逆流而上数百米,选一个入水位置,再去拉另一个人过河。为什么要脱得一丝不挂呢?性命相关,丝毫顾不得半分廉耻。半河水,半河泥,身上带有一丝一缕,泥水搅缠上去,那可是不轻的分量。为何又要捆住双手?不会水的人,到深水区,双脚一旦踩不到河底岩石,心中一慌,双手乱打乱抓,拍起的泥水会将双方眼睛蒙了,都被泥浪打晕了,冲走,或直接呛死,若被对方抓住,无法划水,两人的性命很难保住。

在黄土山乡,小河沟的洪水是沾不得的,河床极其狭窄,水流奔涌,夹杂着大量泥土,还有巨石,任你水性好过浪里白条,也不顶用。这与水性无关,哪怕是自己的亲老子亲儿子被洪水卷走,都是不能入水救的,白费工夫,再搭上一条命。

在洪水中游泳,专指在马莲河这种大河中,水面开阔,两岸还有不算陡峻的堤岸。大河里的洪流,看起来泥浪喧天,声震远近,其实,哪怕在清水中纯粹浮不起的那种水性,只要胆大心正,你都可以一搏泥流的。因为泥流浮力大,你站在水中,双手搭在水面,都不会下沉的。你只须借着水势,遇到大浪,适时昂起头,不要让泥浪打蒙了,遇到漩涡,你将身子圈起,屁股朝下,手脚都漂浮在水面上,便不会被漩涡吸进去。我算不得有什么水性,在清水中,手脚并用,勉强浮得起来而已,而很小的时候,即可在洪流中玩水。

我觉得太神奇了，多年后，我在一本书中看到，说是黄土高原的洪水泥沙太大，而泥沙的比重大于人体比重，所以，人体可以自然漂浮于水面。当然，我也多次遇险，淹得半死时，大人救援及时，拉扯上岸，趴在牛背上控水，缓过劲儿后，反身又钻进水里。河岸边所有的男孩都是这样过来的，闯过一关又一关，大人管不了，也不大管，因为他们也是这样成长的。只是我最小的哥哥，在那一个炎热的午后，把十二岁的生命停留在门前的漩涡里了。

那年我九岁，午饭后，收拾完家务，每人挎上一只草筐，手持镰刀，叫上与我同龄的堂哥，下河滩打猪草。半个月没有下雨了，热得难受，上游似乎也没有下过雨，河水平缓，门前的一段河水有一个远近闻名令人谈之色变的恶名老龙潭，约有三里长短。这里曾经淹死过许多岸边有名的弄潮儿，水域中间位置还有一个漩涡，在平水期，那儿都会旋起一圈水桶粗细的涡流，圆圆的水圈像是一只滴溜乱转的贼眼睛，眼神如刺，令人不由心惊肉跳。岸边活着的几代有名的水手中，只有屈指可数的几个人下去过。不知是谁先提议的，没有人犹豫过，我和堂哥率先入水，小哥哥接着入水了。小哥哥那时已算得上有水性了，我和堂哥只是在清水中手脚并用勉强浮得起的水平。三个人同时被淹没，原来那是一个水坑，坑口与河岸没有任何过渡，入水即入坑。我和堂哥前后挣扎出来了，小哥哥却久久不见踪影，我和堂哥慌了神，像两条被人追打的小狗，满河滩疯跑呼喊，而一切都是命运的安排，那天所有的大人都在半山腰一个宽阔的台地上劳动，互相间被山坡隔挡着，看不见，也不可能听见我们的喊叫声。还是在另一山头的牧羊人似乎看出了河滩的不对劲儿，他那里正好高于台地。河边发生孩子溺水的事故每年都会有多起，台地上的大人像是训练有素随时整装待发的军人，撂下工具，第一时间赶往河边。山坡漫长，连通河边的陡坡小路，走起来在四五里远近。大约半小时后，大人赶来了，几个水性好的人立即跳下漩涡，一遍遍潜水，一遍遍空手返回水面。直到太阳落山时，在漩涡底的淤泥中，捞起了小哥哥。从此，家中只剩我一个孩子了，几个大哥哥和姐姐，早已以大人的身份各自奔波自己的生活了。

村中的孩子消停了，每天都在河边溜达，打猪草，打柴，打群架，再没有人玩水了。半个月后，一切恢复常态，每隔几天都有孩子溺水，都因为救援及时，有惊而无险。直到我离家数年后，我的亲侄子，十六岁的亲侄子，第二年就要参加高考了，那个暑假在县城中学补习，回家取干粮时，徒步走过二十里山路，到河边，暑热难挨，下河凉快时遇险，我的年已花甲的嫡亲三叔正好在河边劳作，飞身下河救援，爷孙俩双双遇难。

在马莲河边生活了十六年，马莲河给了我无尽的欢乐，也给了我无尽的伤痛。我的童年少年一切的欢乐都与马莲河有关，我的童年少年一切的苦难，却不都是拜马莲河所赐。而小哥哥的遇难，对于我，实在是一桩致命的打击。虽然，在刚满两岁时，母亲的去世，已经注定了我童年和少年苦难的底色，可能是因为不懂事，倒没有觉得什么，而小哥哥是我日常生活的唯一依傍，他的离去，世界在我面前，从此一直是空茫的。这个世界与我无关，没有什么东西属于我，假如某个物件，同时被我和另一个人看上了，那么，毫无疑问，它属于另一个人。自那之后，我没有与人争抢过什么，直到现在。金钱，名誉，地位，女人，一切引起人争抢欲望的东西。我的世界在那个夏天的午后，已完全彻底地还给了世界。在这个世界上我只是活着，活在这里，活在那里，这样活着，那样活着，活得好坏只是别人用别人自己所认定的标尺对我的丈量,与我无关。在我觉得,怎么活着都是好的,身无分文的时候,坐拥财富的时候,迎风高歌的时候,逆水行舟的时候。凡是命运给你的,强加你的,赠予你的,你都得接受,主动地接受,被动地接受。没有什么好不好,好你也得接受,坏你也躲它不过。在他人看来,在这几十年中,我还做过不少事情,以现行的操行标准衡量,所做基本上都是对社会对他人有益的事情,有些人甚至将我恭维为成功人士。以这些为基点,不乏真诚地指出了我的身上的若干优点,比如善良、敬业、达观、洒脱,等等,等等,还有手不释卷,博学多识,等等,等等,让我自己看到这些词汇后,往往都要回环四顾,一时无法确定到底说的是谁。只有我自己知道,因为我已经确认,这个世界真的与我无关,或者,我真的与这个世界无关,所以,我才会成为这个样子,如果我觉得这个世界与我有丁点儿关系,或者,我与这个世界有丁点儿关系,我的人生态度肯定不是这样子的。至少,我可以放弃原本属于我的东西,但我得郑重声明,某些东西原本是我的。

这一来,并不因为你放弃了对这个世界的利益诉求,而因此获得某种安宁。相反,你因此得面临一个又一个完全符合逻辑的质疑:这个是你应该得到的,那个也是你应该得到的,你为什么要放弃?遇到这种完全站在我的立场上替我鸣不平的人,我除了内心感动,还有内心的悲哀。我只有虚言应付,或傻笑搪塞。当然,有时我也会较真,我会反问:什么是你的,你说说这个世界上什么是你的?你出世时,你给世界带来了什么?你离开世界时,你打算带走什么,你又能带走什么?你见过谁出世时手里带了东西,你又见过谁是带着东西离世的?什么是应该?应该的事情很多,数不胜数,你应该这样,同样也应该那样,人活在世上,真的都是在摸着石头过河,你,我,他,所有人。成功人士往往会给人讲自己的励志故事,渴望成功的人也手捧这种励志故事心潮澎湃,那么,你不妨照猫画虎试试呀。他的成功之路只是他的,只是他已经走过的那条路,那条路当他走过后,已经化为一条概念中的路,一条画布中的路,定格的路,定型的路,永恒的路,永久废弃的路。别说对于你已经此路不通,不信试试,让那位成功走过这条路的成功人士再踏着自己走过的脚步重走一遍,说不定会走成什么样子呢。也许更成功,也许一塌糊涂,但绝非原来的样子。

黄土山乡人的文墨普遍不深,但说出的话,很多接近真理,很多疑似真理,很多有着真理的意味,还有若干,在我看来,几乎是绝对真理。比如:眼前的路是黑的,早知三日事,富贵一千年之类。这些话不像学者那样,从文献到文献,深文周纳,把书中已有的东西,变个说法,塞入自己的书中,当成自己的发明,于是,从头到脚都是学问家的傲慢和霸蛮,开场话必是:我认为,毫无疑问,众所周知,纵观古今中外,记得当年在某某门下求学时,导师一再教导我,等等,等等。别人一听这话,初则腰酸肾虚,继之则阴囊紧缩,真可谓:哪个虫儿敢吱声。黄土山乡的人没有受过学术训练,甚至不知道学术是一种什么术,但开言动语,却是谨遵学术规范的。比如,在描述人生的不可知性和偶然性时,如果对于知识产权明确的话,他会说,某某人说了,眼前的路是黑的,不是你的本事有多大,是你的运气好。若是岁月久远,产权人早已湮没无闻,你即便像学问家那样公开剽窃,也不会有人跟你较真,但你也不会做这种不名誉的事情,因为你知道,头顶三尺有神明,欺人,祸在当下,欺天,现世报侥幸躲过了,还有来世报恭候你多时了。所以,他必然会在自己的话头前加上:老话说,或,老辈人说了。如是,如是,来去清白,屡屡分明。

世间的诸葛亮只有一个,谁都知道,作为料事如神典范的诸葛亮,鞠躬尽瘁一辈子,并没有真正打过几场胜仗,在他生前,能够把手头的局面勉强维持下来,就这,已经算是智慧的化身了,大家也并没有因为他的多次决策失误,多次被对手搞得顾此失彼,而低看他一眼,也许人们都是有自知之明的,也许人们的心中都是有数的:所谓的料事如神,那只是一个形容词。诸葛亮终其一生,能够预知,并一手促成鼎足三分大局面的形成,已经算是站在智慧之巅了,要求再高一点儿,或在言谈中拔高一点点儿,就已经涉嫌"状诸葛之智已近妖"了。而在现实生活中,我们太多的人,不明白这一点,明明连"事后诸葛亮"都够不上,还非要把自己装扮成"事前诸葛亮"。最重要的一个手段,便是因果倒推。在学界,充斥着这样的高明论断:如果谁谁当初怎么怎么样,后来将会怎么样。貌似有理,貌似高深,实则比不上黄土山乡随便哪一只打鸣公鸡的洞察力:无论是月明如昼的夜晚,还是风雨如晦的夜晚,被关在笼子里的公鸡,何曾错报过时间?当然,也有乱打鸣的公鸡,一旦发现这种情况,主人会毫不犹豫捉来一刀宰了吃肉,因为这不是一桩错报时间的简单事情。在乡村,时间观念并不重要,除了农忙时间赶农时,时间其实是游离于生活之外的。再说了,在时间可以与生命等量齐观的领域,比如飞机火车,经常都在晚点,也没见得主管者因此受到什么惩罚,说是虎口夺粮什么的,不过是乡村文化中激励警醒人们的一种说法。公鸡打鸣前后错那么几分钟,半个时辰,真的会产生火车碰头飞机接吻那么严重的灾难?之所以对乱打鸣公鸡执行必杀令,是因为,在农人的意识里,乱打鸣的公鸡,其意识已经昏聩了,混乱时序,便意味着阴阳失调颠倒乾坤,而大灾大难已呈山雨欲来风满楼之势了。公鸡不可乱打鸣,但人却可以乱说话,尤其那些头戴金字招牌拥有一言九鼎话语权的人。一只公鸡乱打鸣,充其量给一家一村人的生活带来混乱,而此类被众人奉为领袖或贤达的人,却把自己那张嘴完全不当嘴看待,谬论迭出,灾难频作。这是我在离开我那荒凉的黄土山乡,进入某个被习称为神圣殿堂以后,聆听这样的高论,已经是经常地每日每时的工作了。

十六岁前,虽然也在艰苦求学,课本,课外读物,读了一本又一本,当有一天,可以睁开眼睛看世界时,我与同时代的许多人,前辈,同龄人,突然发现,我们原来生活在中世纪。不是,够不上中世纪。中世纪被公认为人类的黑暗纪,其实,黑暗与黑暗是不一样的。在无月之夜的黑暗中,你可以摸索着行走,你可以将自己完全等同于瞎子,什么都看不见,手持一根棍子探路,走遍通衢原野,没有听说过,有多少瞎子失足摔死了,只要赋予他们双脚的自由,他们甚至可以到达有眼睛的人不能到达之地。但是,将你赶进一条漫长的隧洞呢,隧洞两头再用钢筋水泥封死了,在隧洞中,你尽情地走吧,结局只会有三种:一是互相踩踏而死;二是脑袋触墙而死;三是窒息而死。幸好,老天爷的格外眷顾,我生在了一个肯定不好,但还算不坏的时间段。我出生时,三年大饥饿已经过去三年,此后虽然经常饿肚子,但饿肚子和饿死,这是两个量级完全不同的概念。接着赶上了以后被官方明文定位为"大浩劫"的年代,全社会的人在一个漆黑的隧洞里互相踩踏,歇斯底里,而"余生也晚",半明白半糊涂见过亲人乡邻之间的加害和受害,罪及妻孥倒是符合时代的逻辑,也成为时见时新的风景,但却没有满门抄斩的恶性事件发生。某某人家全家人被扫地出门,这是常事,但,满门抄斩却没有过。绝没有,至少在那时候我没有听说过,也没有见过。有了这种文明,我们每一个华夏子民,都有充裕的资格傲视人类所有的祖先都曾经历过的那个罪恶的不文明反文明的中世纪。长大成人后,在有些半遮掩半公开的资料中,说是满门抄斩的恶性事件并不算少,只是不在我的那片黄土山乡。我不由得一遍遍倒吸冷气,我的黄土山乡,没有什么可以让人流连忘返的好风景,没有那种让你为之要死要活的美女帅男,甚至经常会让你吃不饱穿不暖,但,为人行事,却是有底线的。我对这片土地用心研究了三十年,至今虽没有拿得出手的可以成为不刊之论的成果问世,但有一点则可以肯定,而且是这片黄土地的立地之本,和寄身于这片黄土地上的人群的立身之本。这片黄土地,在地质学家那里,被定位为鄂尔多斯南缘台地;在气象学家那里,被定位为半湿润半干旱大陆性季风气候区;在文化学家那里,被定位为中原文明与西北草原文明的交汇带。我认为,这些定位都是准确的,各有各的准确。地质上,气候上,文化上,各取一半,都不算典型,都不算完整,但都兼而有之,都没有达到极致。是不是因此,生活在这片土地上的人,自从来到人世以来,便一直聆听着来自冥冥之中的某个声音的告诫:做事差不多些。其实,表达这个意思时,用的是另外一个词汇,我在古今汉语中没有找到对应的字,发音是:bangjian。帮兼?邦间?傍肩?没有意思嘛!难道来自少数族语的汉语音译?真的说不准,我们那儿的很多方言词汇,是在规范汉语中找不到对应词的,但在日常生活中,却是离不开的词汇,很多则直接涉及对地域文化精髓的理解和把握。比如,bangjian。大概意思就是做事,包括说话,差不多些,留有余地。古雅一点,就是中庸之道,就是持中守正,就是大清雍正帝赐给大臣的条幅中表达的:持盈保泰。

　　说得远了。

离家生活的三十年间,前十八年,在距老家一百多里的地方生活,按照在老家时对地域概念的界定:我是塬上人,由川里到了塬上。那是名动世界的董志塬,当然,只限于地理地质学家范围,或者,还有一些文人骚客。确实,与在川里相比,天高地阔,一眼可以望到一眼望不到的地方。有一年到西安出差,一个南方朋友对我家乡的那一块黄土高原有了兴趣。班车沿着盘山路,一盘一盘攀登董志塬时,他说,呀,上山了,好高的山啊! 我笑笑说,是啊,我住在山上。车上山顶,却无半点山顶的气象,举目一派宏阔平畴,蓝天白云,绿树成荫,阡陌纵横,人烟扰攘。他说,你们这地方真有意思,我们那地方山就是山,平地就是平地。我说是啊是啊,我们这地方最高处是平地,最低处是平地,两块平地如同两个永不相交的平行线,两块平地之间是山坡,山坡也是由一块块平地组成,由最低处到最高处,每一块山坡平地与另一块也大致成为两条平行线,有时相交,有时不相交,螺旋式上升,这就是梯田。

　　我没有因为自己终于成为塬上人了,而比川里人高出多少,当然,我也从来没有返回川里的打算。从川里出来了,我得老实承认,我是挣扎出来的。自从小哥哥遇难后,那里已经与我从情感上没有任何关系了,尽管那里还生活着众多的或近或远的亲人。在老家,我只有一个在感情上在道义上在法律上需要我奉养的亲人,亲人离去后,老家从此与我无关。我觉得在塬上生活的唯一好处,便是一眼能够看到眼睛看不到的地方,而每一个看不到的地方,脚下都有一条伸向那个方位的大道。而在川里的老家,你即便拥有多么豪壮的野心,走完通往任何一个方位的崎岖山路,那份野心大约也被耗损得只剩下回家的野心了。在这十八年中,我骑自行车就近走遍了董志塬所有的村庄,考察过横跨陕甘宁三省的子午岭林区,沿着陕甘蒙宁四省区的边界骑行一圈,徒步考察过战国秦长城,走过中国的大部分省区。自小,我对地图情有独钟,手捧一张地图,神游天南地北。我知道,世界太大了,我脚下的那片土地,在现实生活中,把双脚走短了,也未必能够达到"走遍"的要求,但是,上了地图,有时连标上自己名字的资格都没有,有时名字倒是标上了,两个字已经挤满了全境。而我就读小学时,最让我感到震撼的是,村子旁边挖出一具完整的重达八吨的大象化石,这具大象化石现藏于中国自然博物馆,是迄今为止地球上发现的最大、最完整的剑齿象化石,而这具化石却有着一个名号:黄河古象。那时候,我从地图上便可准确测出,出土大象的地方,从东南西北任何一个方位,距离黄河都在千里以上。负责挖掘的专家解释说,眼前的马莲河属于黄河流域。哦,原来是这样的。地图上确实标注得很明白,马莲河发源于塞上宁夏,距黄河也不过百里之遥,黄河一路东去,马莲河却逶迤南下,在陕甘边上,注入从西边来的泾河,马莲河于此完成自己的使命,成为泾河的一部分;而泾河携带着马莲河的水流,到了关中平原,集体注入同样从西边来的渭河,泾河就此打住,渭河继续东行,在豫陕晋三省大三角处,汇入黄河。马莲河转了这么一大圈,几乎是由黄河出发回到黄河了。

一段时间我为此忧伤过,我想到了人世间,一将功成万骨枯啊!而且,我还知道了,河流有一级支流二级支流之说,大概是,直接注入干流的支流为一级支流,无论水流大小,而间接注入干流的支流,无论支流的水势有多么浩荡,名头有多么高迈辉煌,与干流之间隔着几条支流便是几级支流。这么说,马莲河只是黄河的三级支流了,而我在黄河边见过许多直接注入黄河的水流,实在不能算作河流,水面宽不过一步,水量简直就是几头叫驴同时撒了一把尿而已。可这却是一级支流,如同那些豪门子弟,生下来的第一声啼哭,与所有初生儿一样都是内容大体相同的啼哭,可人家的一声啼哭,简直就是中军帐中发出的号令,多少人为之奔走!我连续看过十几年的有关动物世界的书和电视节目,越看越痴迷,有些内容不知看过多少遍了。

这是一个看不够看不完也看不透的人类世界。

任何生命,只要是生命,都有自己的活法,都有自己的生命规则,老虎狮子强大无比,在动物界,他们是食物链的高端,走在哪里都是王者,可老虎狮子走到哪里,都不可能在数量上占优,而其生存的艰难程度,则胜过任何一个,哪怕弱小到可以忽略不计的生命。有意思的是,对老虎狮子最大的威胁,不是其他生命对它们的掠食,而是饥饿。饥饿而死。有几只兔子是被饿死的?有几只耗子是被饿死的?有几只蚂蚁是被饿死的?达尔文说,不是最强的,也不是最弱的,是最能适应环境的。这与人类社会的情形何其相像啊!在人世间,固然没有统计数据做支撑,但以所占人群比例而言,真正的高危人群,恐怕不是平民百姓,恰恰是处在社会高端的帝王将相,进入《史记》的,大汉王朝的开国功臣约有一百四十家,几十年后,绝大多数家族不仅没落了,而且绝户了。而在华夏大地上,百年老村,千年古村,多了去了。一族一姓,生生死死,有如荒草,野火烧不尽,春风吹又生,百年千年,瓜瓞绵绵。真是:他强由他强,清风拂山岗,他横由他横,明月照大江。

生态平衡永远是动态的平衡,人世的公平永远是动态的公平。得之不必喜,失之不必悲,谁都是匆匆过客,谁都是所在世界的一分子,仅仅是一分子,有你不见得多,没你不见得少,可有可无的一分子。像一条大河的支流那样,一级也好,二级三级也罢,即使更大河流的支流，自身也是由众多的支流汇聚起来的。如同环绕老家的那条马莲河一样，仅在这个小小的村落视野内，就接纳了四条流水哗哗的支流，从河边岩缝中渗出的，直接融入河水的泉眼瀑流，还没有计入其中。这些涓流从来没有计较过自己的名分，马莲河似乎也从来没有向谁争过名分，从远古到现在，不舍昼夜，在其两岸干燥苍白的土层下，还埋藏着让世界侧目的巨量的石油和煤炭。

十八年后，我西行千里，定居于黄河边，完全出自偶然。但以人们习以为常、且擅长的那种因果倒推招数回头看，怎么着，都有处心积虑的嫌疑。小哥哥死后，我一直都在逃离，终于逃离村庄了，由川里人变身塬上人，或索性俗气到家了说：由乡里人变身城里人了。对我来说，那是人生命运最大也最重要的一次转折，甚至可以用得上翻天覆地这个被国人也包括我用了几十年的词语。回想起来，在如此重大转折那里，我的最为真切的感受，也不过只是内心稍稍安妥了些。随即，便无奈地发现，我的心不在这儿，完全不在这儿。几乎是获得饭碗的同时，我便开始了流浪，人的流浪，心的流浪。有一次，和顶头上司发生了严重的冲突，他质问我："单位这么重视你，我这么看重你，请问你到底要什么？"我说："请首长仔细回想一下，我问你问单位要过什么吗？合理的，不合理的，为公的，为私的？"他一愣，举头想了好大一会儿，咻咻说："还真没有。"我说这不就结了。随即，他也许觉得，上了我的话语圈套，在下属面前失却了某种东西，大约属于面子尊严之类，他厉声喝道："你今天必须给我说清楚，你提出任何要求，只要是政策允许的，客观条件能达到的，我一定满足你！"我说："敬爱的首长，我本身没有任何要求，如果一定有什么要求，也一定是政策允许的，客观条件能达到的,但你却不能满足我。"他气喘吁吁地说:"你说你说!"我说:"我想流浪,一无所有,浪迹天涯。"他瞪大眼睛看了我好几眼,确信我说的是真话,便冷笑道:"这个还真满足不了你。"多年以后,对于首长的这次光火,我稍稍有些明白:遇到一个对自己完全无求的下属,于公于私一概无求,还真不是一件幸运的事情,至少,他的权力在一个人身上是失效的。

也因此,我获得了某种自由,以现实利益的受损,换来的些许自由。我可以利用每个法定的节假日,四处流浪,我也获得了出外求学的资格,仅负笈京华,即达四年之久。然而,在国内所有我去过的城市中,我坚决不愿意成为它的市民的城市,北京之外,还有我目前定居的城市。不是因为我找到了另外的足以安顿自己身心的美好所在,不是的,我只是不喜欢这两个地方而已。然而,几年的京都漂泊,我再也不愿回到故乡了,偶尔闻见故乡的气息,听见故乡的口音,都让我烦躁不安。在离故乡仅仅一百多里的所在讨生活,又怎么能说是离开故乡了呢? 在那个秋天,我终于逃离了,一口气逃到千里之外,不幸的是,我由一个不喜欢的地方,来到了另一个不喜欢的地方。但,此时,我已经三十五岁高龄了。家乡人说,人过三十五,半截子入了土。在三十五岁生日的那天,我喝醉了,第二天便是农历大年,醉倒在风雪交加的黄河边。我在那一天的日记中写道:我感到真的有黄土埋住了肚脐眼,丹田以下,顿时麻木不仁。

我的年龄已经不适合流浪了,我只有以身体的坚守,换取心灵流浪的自由。于是,人们在任何时间,任何地点,都会看见一个手不释卷的我。我在书中流浪。人问我,你读那么多书干什么,我说不干什么,人说不干什么你读书干什么,我说因为不干什么才读书的，要是想干什么，读书干什么。人又问，那么你写文章干什么，我说不干什么呀，他说不干什么你写文章干什么，我说因为不干什么才读书写文章的，要是想干什么，靠读书写文章又能干得了什么。

人不是跟我抬杠，我也不是跟人抬杠。人说的是读书的功利性，我说的是读书的非功利性。任何事情如果与现实功利挂上钩，那真是没有任何意思。而不幸的是，我们生活在一个完全彻底地功利化时代，以雷达先生的话说，便是：缩略时代。一切都被缩略了，爱情，感情，友谊，社会交往规则，等等，都被缩略为一个核心词语：利益。也因此，所有的危机，社会危机，生态危机，道统学统危机，情感危机，种种危机，不正是追求功利太过导致的么？自从把读书与现实功利挂上钩以后，事实上，读书人已经死了。不是被书读死的，是被书毒死的。在我从业的这个圈子里，见面三句寒暄后，话题便很自然地转移到业务上，而这业务却与学问无关，无非是谁拿到了国家课题，经费是多少；谁拿到了省级课题，经费是多少；谁拿到横向委托课题，经费又是多少；谁在什么学术刊物上发表了文章，是不是核心期刊，是哪个评价系统认可的核心期刊，而本省认可的又是哪个评价系统，认可某种评价系统又是多么荒谬，而自己的论文又如何有价值，只因为不在本省认可的那个评价系统里，所以，又吃了多大的亏，耽搁了多大的前程，如此等等，让人感觉到，这不是一群读书做学问的人，更像街头的小商小贩。于是，我便闭门谢客，我也不打算干什么，我早已认定我做不了什么大事，连几乎所有的人都能做好的生活小事都做不好。我也做不了什么重大的学问，最多只是尽量多读一些古圣先贤写的文章，写一写算不得有什么价值，但一定是出自心灵的文字。这些文字与生存无关。哪怕，这些文字在某种程度上也影响了生存，正面的影

344

响,负面的影响,这只能算是连带效应。

我不是一个厚古薄今者,也不是一个一味沉溺于过去的人,虽然我写了那么多关于今人的,类似于读后感的文字,但我从感情上更倾向于古人。读今人的文字,只因为生活在当下,或者,从当下的文字中,获取当下的生活和精神信息,判断自己生活在一个什么样的时代;倾向于古人,大约是因为,我从田园中走出来,我曾经的田园已经与我无关。我从故乡走出来,而我无意或有意疏远了故乡,甚至在身体和情感上,都与故乡划清了界限,但这正是我将自己与故乡融为一体的郑重选择。离开故乡时,我已将故乡随身带走了,我走到哪儿,故乡随我到哪儿,我带走的是一个我认可的,与我的身体和灵魂有关的故乡。这是一个共同体,先民耗费了几千年的岁月和心血,构建的一个乡土文明共同体。我用几十年的心血,以文字的方式,在复原,在重构这个乡土文明共同体。在这个共同体中,苦难与欢乐,荒寒与繁荣,卑琐与高贵,动荡与安宁,一切的一切,水乳交融,自然而然。而我们现在的乡土上还剩下什么,那个给了我生命,并赐予我最初的本真的生命体验的村庄,现在还剩下什么?山川依旧,老弱病残,居无生机勃勃之烟火,野无沸反盈天之童稚,一个被掏空了五脏六腑的黄土躯壳。

据说全国拥有一百万个行政村,现在,每天有一个行政村消失,每天消失的自然村则达到一百个。而我所理解和了解的行政村,有着人为的强制组合的因素。当然,这是为了方便管理,方便权力自上而下的统辖贯彻。行政村下辖的各个自然村之间,有的有着天然或人为的一体性,比如自然地理上的一体性,比如血缘渊源上的一体性,有的行政村则纯属拉郎配。比如我老家的那个行政村,以自然地理而言,似乎具有一体性,五个自然村分布在一条纵长约有十几里、横宽大约二三里的黄土墚上，每一个自然村又根据其特殊的地形地貌，以及各家族历史传承，又分为不同的居住村落，当下大约被称为"社"吧。我的老家的那个自然村却是一条相对独立的山墚，并且是由三部分组成的。马氏宗族最大，也是最早的居民，占据着河川平地，赵家人是后来者，占据了与马家祖居之地相连的那条黄土坡的半坡，而周家人先前只有一户，占据着由两条大的山墚夹峙的一条狭窄而又有相对独立性的山墚。三个宗族呈"品"字形，分布于三处，地脉相接，窗户相望，走动起来却要跨沟越涧，相当地不易。日常生活也是各过各的，交集甚少。其他四个自然村的情况大体相似。而五个自然村，三个在塬上，一个在半坡，直达川底河边，另一个，也就是我的老家所在的自然村，其实属于另一条山墚的下半部分，整个自然村，三个家族中，没有任何一个家族与塬上的三个自然村的任何一个家族，有着家族传承上的交集。塬上人和川里人，在生活习惯上，在情感倾向上，也有着十分明显的区别，之所以被纠集在一起，至今从行政统辖上分割不开，完全是大集体时代留下的行政格局。行政村的主体部分在塬上，当然，来自国家的行政资源便集中在塬上，从公共设施，到日常福利，川里人是没有条件享受的。比如，与这块黄土地的未来有关的小学就设置在塬上。

我就读小学时，上边也许为了照顾川里人，将校址设在川、塬交界处，即便如此，离家仍然将近十里山路，去一趟学校，要过两条小河沟，要爬一道漫长而峻峭的黄土陡坡。我离开故乡的那一年秋季，联产承包责任制在故乡全面铺开，不久，小学由原来搭在塬畔同时照拂塬上川里的土窑洞庄院，完全挪到了塬上整个行政村的腹地。川里的孩子走上十里路读小学的那点儿恩惠都被剥夺了。好在我老家的那个自然村保留了一所三年制小学,一个老师,是我小学的同学,他读到初中,"文革"末期的初中,学校完全放弃文化课教育,学生完全放弃学习的那两年。生产大队要成立一个药房,设在塬上的腹地,要从我们两个失学初中生中选拔一个售货员。当然是他了,不用怎么费心选拔,即使让我负责选拔,入了我的眼的也一定是他,而不是我。身份还是农民,每日拿全劳工分,见天拿,年终参与全大队分红。从社员的眼光看去,不用出力流汗,整日蹲在凉房里,挣着最高的工分。确实,这比社员强到天上去了,社员出的牛马力,既受生产队长的任意刻薄,也受老天爷的管制,雨雪天,农闲时,无法出工,便也没有工分。一个农民,能够享受到的公共资源就这么多,这已经是顶天的好事了。我只有下地劳动。几年后,药铺转制,而他一点儿医都不懂得,又转身为民办教师。这个小学使得我们这个自然村的孩子会认会写自己的名字,三年学满,无法去中心小学就读,只好失学。我上学那会儿,虽说那些不落后的地方,学校不怎么开课,学生不怎么学习,可因为我们的落后,学校仍把教学活动放在首位,评价老师好坏的尺度仍然是教得好与坏,学生仍把课堂学习放在首位,评价学生的基本尺度仍然是学习好坏。落后,让一批完全不具备受教育条件的农家子弟,都以学生的身份,留在了学校。比我大十岁以内的和比我小五岁以内的家乡的那一批孩子,除了个别女孩子,大多读完了小学,一部分读完了初中,或者高中,少部分则通过高考这个相对公平的跑道,走向了外界。而土地在手的农民,在生产上获得了自主权,对自家孩子的未来也有了自主权,读完家门口的三年制小学后,大多选择了弃学。

　　恢复高考后,最初的几年,在我们那样一个落后到无法再落后的地方,完全不具备现代教育条件的地方,在全省的高考录取率只有百里取不到一的境况下,前后却走出了六名大学生和四名中专生,在四邻八乡被视为奇迹,都说文脉在我们那里,包括在塬上人的眼里。我说的是以马氏宗族为主体居民的那个自然村。而此后,生活条件似乎得到了极大改善,在新世纪的曙光照射到那个黄土山村时,彻底告别了煤油灯时代,一条可以行走农用车的土路与塬上接通了,可是,村中再无一个孩子考上高中。不过二三十年的光景,难道文脉如残梦,屋檐下早起的鸟雀叫一声便可惊破了?

其实,我一直与故乡保持着联系,间接的联系。从故乡走出来的子弟,那些通过考学走出来的子弟,他们像所有跳出农门的孩子一样,回家看看,从来都是一桩神圣的人生大事。他们把回家看到的人事,以电话,以面谈的方式,不断地提供给我。我不能表示我对这方面的信息毫无兴趣,相反,我得装出饶有兴趣的样子。前者,出自理智,后者,出自感情。是那种冰冷的,面对纯然客观对象的理智。是那种揪扯不清的感情,剪不断,理还乱,无所谓恨,无所谓爱,无所谓冰冷,无所谓炎热,声声断断,心口那儿总会觉得有什么东西在揪扯。谁谁死了,谁谁老无所依,谁谁生了多少娃,谁谁的媳妇跟人跑了,如此等等。而新一代的儿郎们大多守着那几亩老祖先开辟的川地坡地艰难度日,一些格外胆大的人偶尔也出门谋生,谋生的手段便是给人下苦力。可在一切都技术化的今天,还需要多少苦力呢,苦力又能值多少呢,苦力出完了,也往往拿不到哪怕多么微薄的工钱。人们的眼界真是开阔了,村中哪怕个人条件多么差的姑娘都会把自己嫁到塬上去,塬上无论条件多么差的姑娘都不会嫁到川里来,一部分男性三十过了,仍是光棍,一部分男性掘地三尺凑够不菲的彩礼,迎娶来的差不多都是重度残疾女性,或身残,或脑残。

我是一个意志薄弱的人,至少我没有人们看起来,或想象的那样坚强。我经不住任何打击,那种来自故乡的眼见为实的打击。我宁愿活在过去,活在那个让我没有安全没有温饱没有尊严,但却有着挣扎,有着希望,有着活力的故乡。我假装我的故乡还是我曾经生活过的故乡,那个曾让我时时深以为耻不愿有片刻停留,逃离了永远不愿回头多看一眼的故乡。在那个故乡里,男人有力气有兴趣暴打自己的女人,女人有激情有勇气咒骂自家的男人;邻居间可以为一根麦秸秆大打出手,可以用世间最恶毒最肮脏的语言互相诅咒;孩子们可以为某个村庄的某条恶狗曾经咬过其中的哪一位,而在某个漆黑的夜里,奔跑十几里山路,结伙去为同伴报仇。但每当谁家有了大事以后,不用谁动员,男女老少齐上阵,有钱的出钱,有力的出力,无钱无力的倾力捧场,平日不共戴天的人,心甘情愿接受对方的支配,十年不说话的人一起言笑晏晏,哪怕事情完了,立即仇人相见分外眼红。所谓的大事,无非是婚丧嫁娶新修窑洞庄院罢了,它们维系的是一个村庄固有的生存秩序和道德秩序,一个村庄面对外界时,必须要有的脸面。而当下,这些都不存在了,任何时候,村庄都是平静的,古墓一般的平静,没有孩子的沸反盈天,没有妇女的家长里短,没有跳墙偷情的男人,连那习惯于大惊小怪的农家土狗,哪怕鬼子进村,也懒得叫一声。在学术界,有人把当下的乡村命名为后乡土时代,至于有无道理,只是一种说法吧,打着"后"的旗号的命名太多了,后现代,后后现代,后革命,真是一个"后"字,境界全出矣,这个"后"以前的一切都过时了。那么,如果这个后乡土时代之"后",真的表达了一种真的事实,我们便真的成为一群永远失去故乡的飘零者了。

我喜欢安静，村庄般的安静，生机勃勃的安静，但我害怕死亡一般的安静。二十年间，我没有回过故乡，但我去过无数的乡村，天南地北，富名远播的村，穷烟乱冒的村，我还有着联户扶贫的任务。可我看不到乡村应有的那种生气，那种挣扎着，也叫嚣着，歌唱着的生气，看不到一种底气，那种把自己的土窝窝当成金窝窝银窝窝，绝无井底观天之可笑可怜，却有着夜郎自大的可爱可敬的底气。我在别的村庄那里似乎看到了我的故乡的终极命运。难道数千年的乡土文明真的要画上句号吗？这是我不愿看到，也没有勇气正视的，我只知道，我朝着故乡的方向走，注定是找不到故乡的。也许，我只有朝着故乡的反方向走，站在别人的故乡的土地上遥望和复原我的故乡，哪怕依然找不到故乡，至少还可以假装自己的故乡仍然在天地间的某个角落里喘息着，挣扎着，但依然活着，以村庄的姿势活着。